外国文学名著丛书

〔美〕亨利·戴维·梭罗／著

# 瓦尔登湖

徐 迟／译

"外国文学名著丛书"编委会

人民文学出版社
PEOPLE'S LITERATURE PUBLISHING HOUSE

Henry David Thoreau
WALDEN
根据 The Modern Library，New York 1987 年版译出。

**图书在版编目(CIP)数据**

瓦尔登湖/(美)亨利·戴维·梭罗著;徐迟译.—北京:人民文学出版社,2019(2025.2 重印)
(外国文学名著丛书)
ISBN 978-7-02-015062-5

Ⅰ.①瓦… Ⅱ.①亨…②徐… Ⅲ.①散文集—美国—近代 Ⅳ.①I712.64

中国版本图书馆 CIP 数据核字(2019)第 031617 号


责任编辑　王　婧
装帧设计　刘　静
责任印制　王重艺


出版发行　人民文学出版社
社　　址　北京市朝内大街 166 号
邮政编码　100705

印　　刷　河北新华第一印刷有限责任公司
经　　销　全国新华书店等

字　　数　234 千字
开　　本　850 毫米×1168 毫米　1/32
印　　张　10.625　插页 3
印　　数　40001—43000
版　　次　2018 年 5 月北京第 1 版
印　　次　2025 年 2 月第 12 次印刷

书　　号　978-7-02-015062-5
定　　价　45.00 元

如有印装质量问题,请与本社图书销售中心调换。电话:010-65233595

亨利·戴维·梭罗

# 出 版 说 明

　　人民文学出版社自一九五一年成立起,就承担起向中国读者介绍优秀外国文学作品的重任。一九五八年,中宣部指示中国科学院文学研究所筹组编委会,组织朱光潜、冯至、戈宝权、叶水夫等三十余位外国文学权威专家,编选三套丛书——"马克思主义文艺理论丛书""外国古典文艺理论丛书""外国古典文学名著丛书"。

　　人民文学出版社与中国科学院文学研究所,根据"一流的原著、一流的译本、一流的译者"的原则进行翻译和出版工作。一九六四年,中国社会科学院外国文学研究所成立,是中国外国文学的最高研究机构。一九七八年,"外国古典文学名著丛书"更名为"外国文学名著丛书",至二〇〇〇年完成。这是新中国第一套系统介绍外国文学作品的大型丛书,是外国文学名著翻译的奠基性工程,其作品之多、质量之精、跨度之大,至今仍是中国外国文学出版史上之最,体现了中国外国文学研究界、翻译界和出版界的最高水平。

　　历经半个多世纪,"外国文学名著丛书"在中国读者中依然以系统性、权威性与普及性著称,但由于时代久远,许多图书在市场上已难见踪影,甚至成为收藏对象,稀缺品种更是一书难求。在中国读者阅读力持续增强的二十一世纪,在世界文明交流互鉴空前频繁的新时代,为满足人民日益增长的美好生活的需要,人民文学出版社决定再度与中国社会科学院外国文学研究所合作,以"网罗经典,格高意远,本色传承"为出发点,优中选优,推陈出新,出版新版"外国文学名著丛书"。

值此新版"外国文学名著丛书"面世之际,人民文学出版社与中国社会科学院外国文学研究所谨向为本丛书做出卓越贡献的翻译家们和热爱外国文学名著的广大读者致以崇高敬意!

"外国文学名著丛书"编委会

二〇一九年三月

# 编委会名单

# 目 次

译本序 ………………………………………………… *1*

经济篇 ………………………………………………… *1*

补充诗篇 …………………………………… *75*

我生活的地方;我为何生活 ………………… *77*

阅读 ………………………………………… *95*

声 …………………………………………… *107*

寂寞 ………………………………………… *124*

访客 ………………………………………… *134*

种豆 ………………………………………… *148*

村子 ………………………………………… *161*

湖 …………………………………………… *167*

倍克田庄 …………………………………… *193*

更高的规律 ………………………………… *202*

禽兽为邻 …………………………………… *214*

室内的取暖 ………………………………… *228*

旧居民;冬天的访客 ……………………… *244*

冬天的禽兽 ………………………………… *259*

冬天的湖 …………………………………… *270*

春天 …………………………………………… 285

结束语 ………………………………………… 305

# 译 本 序

　　亨利·戴维·梭罗（Henry David Thoreau，1817—1862）的生平十分简单，也可以说十分不简单。他生于一八一七年七月十二日，在美国的马萨诸塞州，风光美丽的康科德城。这使他颇为自豪，该城是美国独立战争的爆发地点。他说过：永远使他惊喜的是他"生于全世界最可敬的地点"之一，而且"时间也刚好合适"，刚好是美国知识界极为活跃的年代。当时的康科德城燃烧着美国精神生活的辉耀火炬。在梭罗的青年时期，著名的作家、思想家——拉尔夫·沃尔多·爱默生①，已经在康科德发表演说，撰文，出书，鼓吹卓越的人，给予梭罗的影响很深。

　　他的家庭境况比较困难，但他还是进入了哈佛大学。一八三七年毕业，跟他的哥哥约翰一起在家乡的一家私立学校里教了两年书。对他，学生们都表示爱戴，他经常带着他们在户外授课，野餐，让学生们受到以大自然为讲堂、以万物为课本的生活教育。他被一位朋友称作"诗人与博物学者"，并非过誉。他的生活和知识是丰富而渊博的。

----

① 爱默生（Ralph Waldo Emerson，1803—1882），美国散文作家，诗人，先验主义作家的代表。

一八三九年，他们兄弟俩在康科德河和梅里麦克河上航行了一个星期，后来他出版的第一本书就是这河上一星期航行的记录。他对大自然的细致观察，他一路上的探索沉思以及他的学识和文笔使他写出一篇有名的旅行记，精雕细刻，他写了十年才拿出来。

那时，他像爱默生那样，在康科德学术讲座上，做过多次演说，但并不受欢迎。一八四二年，约翰不幸病逝，从此亨利离开了学校。没有固定的职业，一八四三年他住到了爱默生家里，一边照顾这位晚年的大作家，一边在他的身旁研究他的思想。那时他也给爱默生主编的《日晷》季刊写过稿子。稍后，他到了纽约，到爱默生兄弟的家里居住，希望在那里建立起他的文学生涯来。但他那种独特的风格并不能被人喜爱，靠写作维持生活也不容易，不久又回到家乡。有一段时间他在家里帮助父亲制造铅笔，但很快又放弃了这项营利的事业。

一八四五年里，他走出了勇敢的一步。三月底他借来一把斧头，跑到城外，在瓦尔登湖边的森林中，开始伐木。七月四日，恰好那一天是独立日①，他住进了自己盖起来的湖边的木屋。在木屋中，他观察着，倾听着，沉思着，梦想着，独立生活了两年又多一点，记录了他的观察体验，分析研究他在自然界里得来的阅历和经验。可是不能把他的独居湖畔看作是隐士生涯。他的目的是探索人生，批判人生。他并不是逃避人生而是走向人生，并且也曾以他自己的方式投身于当时的政治斗争。在认为已达到了他的目的时，他就走出森林，回到了城里。

---

① 七月四日，美国国庆。

就是在瓦尔登湖滨独居时,有一个晚上他到一个鞋匠家去补鞋,忽然遭到逮捕,并被拘禁在康科德的监狱中。原因是他拒绝支付人头税。他已经拒付了六年之久。他在狱中住了一夜,毫不在意。第二天因为有人给他付清了人头税,就被释放了。释放出来后,他还是到鞋匠家里,补好了他的鞋,然后穿上它,和一群朋友跑到两英里外的一座高山上,漫游在那儿的看不到什么州政府的越橘丛中——这便是他的有名的入狱事件。在一八四九年出版的《美学》杂志第一期上,他发表了一篇有名的论文《公民不服从》。在其中,他认为好政府自然有利于人民,更不会去干扰人民,但所有的政府还都没有能做到这一点,更不用说保存了奴隶制度的美国政府了,因此他拒绝支持它。他拒绝交付人头税,以此表示抗议,表示他不愿意服从这样一个政府。他认为如果政府强迫人民去做违背良心的事,人民就应当有消极反抗的抵制它的权利。《公民不服从》这篇论文对后来以绝食方式对英帝国主义进行斗争的印度圣雄甘地的"不合作运动""非暴力主义"有很大作用;对托尔斯泰"勿以暴抗暴"的思想也有启发;对罗曼·罗兰也曾有一定的影响。

梭罗一生都是反对美国的蓄奴制度的,不止一次帮助黑奴逃亡。继一八四五年的抗议之后,在一八五一年和爱默生一起积极支持了约翰·布朗①的反对蓄奴运动,一直到一八五九年十月三十日布朗被判绞刑,梭罗在康科德市会堂发表演说《为约翰·布朗请愿》。布朗死后,当地拒绝给布朗开追

① 约翰·布朗(John Brown,1800—1859),美国废奴运动的杰出组织者之一,因协助奴隶逃跑而被判处绞刑。

悼会，梭罗亲自跑到市会堂去敲响大钟，召集群众举行会议。梭罗关于约翰·布朗的一系列文章都是强烈的政治论文。这期间，梭罗得了肺结核病，健康明显地变坏。虽然去明尼苏达州作了一次医疗性质的旅行，但病情并无好转。他自己知道已不久人世了。最后的两年里，他平静地整理他的三十九卷日志手稿，从中选出一些文章发表在《大西洋月刊》上。他平静安详地结束了他的一生。他死于一八六二年五月六日，其时还未满四十五岁。

梭罗生前，只出版了两本书。一八四九年自费印刷出版了《康科德和梅里麦克河上的一星期》，印了一千册，只售出二百十五册。送掉七十册，存书都堆在家里，因此负债，好不容易才还清。一八五四年出版的《瓦尔登湖》，也没有引起多少注意，相反地，受到詹姆斯·洛厄尔①以及罗伯特·路易·斯蒂文生②的讥刺和批评。但随着时光的流逝，这部书的影响越来越大了，它已成为美国文学中一本独特的书，一部世界名著。他一生写了三十九卷手稿，都是他的日志，或者说就是日记，其中记录着他的观察和思想，理想和信念。它们是他的生命的精髓，给他的文章提供了丰富的第一手材料。他在世时在报刊上发表的文章，死后收集成书的有《旅行散记》（出版于一八六三年）、《缅因森林》（出版于一八六四年）和《科德角》（出版于一八六五年）等。

《瓦尔登湖》是一本寂寞的书，恬静的书，智慧的书。其

---

① 詹姆斯·洛厄尔（James Russell Lowell，1819—1891），美国诗人，散文作家，外交家。

② 罗伯特·路易·斯蒂文生（Robert Louis Stevenson，1850—1894），英国小说家。

分析生活,批判习俗,有独到处,但颇有一些难懂的地方,作者自己也说过"请原谅我说话晦涩",例如那失去了的猎犬,栗色马和斑鸠的寓言。有位爱德华先生特地跑到克拉克岛上去问他什么意思。他反问:"你没有失去吗?"但这本书内也有许多篇页是形象描绘,优美细致,像湖水的纯洁透明,山林的茂密翠绿;也有一些篇页说理透彻,十分精辟,能启发人。这是一百多年以前的书,似乎至今还未失去它的意义。其实,至今还能留下来的过去的名著,它们在历史长河中,总是在向前运动的。他们的作者是人类的接力跑中的一个个选手。这就是它们和他们的价值所在。本书十分精深,不是一般的读物。在白昼的繁忙生活中,我有时读它还读不进去,似乎我异常喜爱的这本书忽然又不那么可爱可喜了,似乎觉得它什么好处也没有,甚至弄得将信将疑起来。可是黄昏以后,心情渐渐寂寞和恬静下去,再读此书,则忽然又颇有味,而看的就是白天看不出好处、辨不出味道的章节,语语惊人,字字闪光,沁人肺腑,动我衷肠。到了夜深人静、万籁无声之时,这《瓦尔登湖》毫不晦涩,清澄见底,吟诵之下,不禁为之神往了。

人们常说,作家应当找一个僻静幽雅的去处去进行创作;信然,然而未必尽然。我反而认为,读书确乎需要一个幽静良好的环境,尤其读好书,需要的是能够高度集中的精神条件。读者最需要有一个朴素淡泊的心地。读《瓦尔登湖》如果又能引起读者跑到一个山明水秀的、不受污染的地方去的兴趣,就在那样的地方读它更是相宜了。

梭罗的书近年在西方世界更获得重视。严重的污染使得人们重新向往瓦尔登湖和山林的澄静的清新空气。梭罗的书自有一些可取之处。他能从食物、住宅、衣服和燃料,这些生

活之必需出发,以经济作为本书的开篇,崇尚实践,含有朴素
的唯物主义思想。

徐　迟

# 经　济　篇

　　当我写后面那些篇页，或者其中大部分文字的时候，我是在孤独地生活着，在森林中，在马萨诸塞州的康科德城，瓦尔登湖的湖岸上，在我亲手建筑的木屋里，距离任何邻居一英里，只靠着我双手劳动，养活我自己。在那里，我住了两年又两个月。目前，我又是文明生活中的过客了。

　　要不是市民们曾特别仔细地打听我的生活方式，我本不会这般唐突，拿私事来渎请读者注意的。有些人说我这个生活方式怪僻，虽然我根本不觉得怪僻，考虑到我那些境遇，我只觉得非常自然，而且合情合理呢。有些人则问我有什么吃的；我是否感到寂寞；我害怕吗，等等。另一些人还好奇得很，想知道我的哪一部分收入捐给慈善事业了，还有一些人，家大口阔，想知道我赡养了多少个贫儿。所以这本书在答复这一类的问题时，请对我并无特殊兴趣的读者给以谅解。许多书，避而不用所谓第一人称的"我"字；本书是用的；这本书的特点便是"我"字用得特别多。其实，无论什么书都是第一人称在发言，我们却常把这点忘掉了。如果我的知人之深，比得上我的自知之明，我就不会畅谈自我，谈那么多了。不幸我阅历浅陋，我只得局限于这一个主题。但是，我对于每一个作家，都不仅仅要求他写他听来的别人的生活，还要求他迟早能简单而诚恳地写出自己的生活,写得好像是他从远方寄给亲人似的,因为我觉得一个人若生活得诚恳,他一定是生活在一个遥远的地方了。下面的这些文字,对于清寒的学生,或许特别地适宜。至于其余的读者,我想他们是会取其适用的。因为,没有人会削足适履的;只有合乎尺寸的衣履,才能对一个人有用。

我乐意诉说的事物,未必是关于中国人和桑威奇岛①人,而是关于你们,这些文字的读者,生活在新英格兰②的居民,关于诸君遭遇的,特别是关于生逢此世的本地居民的身外之物或环境的,诸君生活在这个人世之间,度过了什么样的生活哪;你们生活得如此糟糕是否必要呢;这种生活是否还能改善改善呢?我在康科德曾到过许多地区;无论在店铺、在公事房、在田野,到处我都看到,这里的居民仿佛都在赎罪一样,从事着成千种的惊人苦役。我曾经听说过婆罗门教的教徒,坐在四面火焰之中,眼盯着太阳,或在烈火的上面倒悬着身体;或侧转了头望青天,"直到他们无法恢复原状,更因为脖子是扭转的,所以除了液体,别的食品都不能流入胃囊中";或者,终生用一条铁链,把自己锁在一株树下;或者,像毛毛虫一样,用他们的身体来丈量帝国的广袤土地;或者,他们独脚站立在柱子顶上——然而啊,便是这种有意识的赎罪苦行,也不见得比我天天看见的景象更不可信,更使人心惊肉跳。赫拉克勒斯③从事的十二个苦役跟我的邻居所从事的苦役一比较,简直不算一回事,因为他一共也只有十二个,做完就完了;可是

---

① 即夏威夷群岛。

② 美国东北部六州总称。马萨诸塞州在其内,是英国清教徒最初移植之地。

③ 希腊神话中的英雄,曾杀死纳米谷中的雄狮,九头兽,亚马逊女王,三个身体的怪牛等。

我从没有看到过我的邻人杀死或捕获过任何怪兽，也没有看到过他们做完过任何苦役。他们也没有依俄拉斯这样的赫拉克勒斯的忠仆，用一块火红的烙铁，来烙印那九头怪兽，它是被割去了一个头，还会长出两个头来的。

我看见青年人，我的市民同胞，他们的不幸是，生下地来就继承了田地、庐舍、谷仓、牛羊和农具；得到它们倒是容易，舍弃它们可困难了。他们不如诞生在空旷的牧场上，让狼来给他们喂奶，他们倒能够看清楚了，自己是在何等的环境辛勤劳动。谁使他们变成了土地的奴隶？为什么有人能够享受六十英亩田地的供养，而更多人却命定了，只能啄食尘土呢？为什么他们刚生下地，就得自掘坟墓？他们不能不过人的生活，不能不推动这一切，一个劲儿地做工，尽可能地把光景过得好些。我曾遇见过多少个可怜的、永生的灵魂啊，几乎被压死在生命的负担下面，他们无法呼吸，他们在生命道上爬动，推动他们前面的一个七十五英尺长，四十英尺宽的大谷仓，一个从未打扫过的奥吉亚斯的牛圈①，还要推动上百英亩土地，锄地、芟草，还要放牧和护林！可是，另一些并没有继承产业的人，固然没有这种上代传下的、不必要的磨难，却也得为他们几立方英尺的血肉之躯，委屈地生活，拼性命地做工哪。

人可是在一个大错底下劳动的啊。人的健美的躯体，大半很快地被犁头耕了过去，化为泥土中的肥料。像一本经书里说的，一种似是而非的，通称"必然"的命运支配了人，他们所积累的财富，被飞蛾和锈霉再腐蚀掉，并且招来了肽箧的盗

---

① 希腊神话中，奥吉亚斯王有三千头牛，牛圈三十年没有打扫，赫拉克勒斯引阿尔甫斯河水，一天就把它冲洗干净了。

贼。这是一个愚蠢的生命,生前或者不明白,到临终,人们终会明白的。据说,杜卡利盎和彼尔在创造人类时,是拿石头扔到背后去。① 诗云:

Inde genus durum sumus, experiensque laborum,

Et documenta damus quâsimus origine nati. ②

后来,罗利③也吟咏了两句响亮的诗:

"从此人心坚硬,任劳任怨,
证明我们的身体本是岩石。"

真是太盲目地遵守错误的神示了,把石头从头顶扔到背后去,也不看一看它们坠落到什么地方去。

大多数人,即使是在这个比较自由的国土上的人们,也仅仅因为无知和错误,满载着虚构的忧虑,忙不完的粗活,却不能采集生命的美果。操劳过度,使他们的手指粗笨了,颤抖得又太厉害,不适用于采集了。真的,劳动的人,一天又一天,找不到空闲来使得自己真正地完整无损;他无法保持人与人间最勇毅的关系;他的劳动,一到市场上,总是跌价。除了做一架机器之外,他没时间来做别的。他怎能记得他是无知的呢——他是全靠他的无知而活下来的——他不经常绞尽脑汁吗?在评说他们之前,我们先要免费地使他穿暖、吃饱,并用

① 据希腊神话,洪水过后,世上只剩下杜卡利盎和彼尔他们两个人,于是神示意他们把母亲的骨骼从头顶扔到背后去。他们认为大地是万物之母,石头是母亲的骨骼,就照办了。每一块石头扔到背后都变成了人。

② 拉丁文:从此人成为坚硬物种而历尽辛苦,给我们证明我们是什么来历。

③ 罗利(Walter Raleigh,1552—1618),英国航海家、政治家、作家。

我们的兴奋剂使他恢复健康。我们天性中最优美的品格，好比果实上的粉霜一样，是只能轻手轻脚，才得保全的。然而，人与人之间就是没有能如此温柔地相处。

读者之中，这些个情况我们都知道，有人是穷困的，觉得生活不容易，有时候，甚而至于可以说连气也喘不过来。我毫不怀疑在本书的读者之中，有人不能为那吃下肚的全部饭食和迅速磨损或已经破损的衣着付出钱来，好容易忙里偷闲，才能读这几页文字，那还是从债主那里偷来的时间。你们这许多人过得是何等低卑、躲来躲去的生活啊，这很明显，因为我的眼力已经在阅历的磨刀石上磨利了；你们时常进退维谷，要想做成一笔生意来偿清债务，你们深陷在一个十分古老的泥沼中，拉丁文的所谓 aes alienum——别人的铜币中，可不是有些钱币用铜来铸的吗；就在别人的铜钱中，你们生了，死了，最后葬掉了；你们答应了明天偿清，又一个明天偿清，直到死在今天，而债务还未了结；你们求恩，乞怜，请求照顾，用了多少方法总算没有坐牢；你们撒谎，拍马，投票，把自己缩进了一个规规矩矩的硬壳里，或者吹嘘自己，摆出一副稀薄如云雾的慷慨和大度的模样，这才使你们的邻人信任你，允许你们给他们做鞋子，制帽子，或上衣，或车辆，或让你们给他们代买食品；你们在一只破箱笼里，或者在灰泥后面的一只袜子里，塞进了一把钱币，或者塞在银行的砖屋里，那里是更安全了；不管塞在哪里，塞多少，更不管那数目是如何地微少，为了谨防患病而筹钱，反而把你们自己弄得病倒了。

有时我奇怪，何以我们如此轻率，我几乎要说，竟然实行了罪恶昭彰的、从外国带进黑奴来的奴役制度。有那么多苛虐而熟练的奴隶主，奴役了南方和北方的奴隶。一个南方的监守人是毒辣的,而一个北方的监守人更加坏,可是你们自己做起奴隶的监守人来是最最坏的。谈什么——人的神圣!看大路上的赶马人,日夜向市场赶路,在他们的内心里,有什么神圣的思想在激荡着呢?他们的最高职责是给驴马饲草饮水!和运输的赢利相比较,他们的命运算什么?他们还不是在给一位繁忙的绅士赶驴马?他们有什么神圣,有什么不朽呢?请看他们匍匐潜行,一整天里战战兢兢,毫不是神圣的,也不是不朽的,他们看到自己的行业,知道自己是属于奴隶或囚徒这种名称的人。和我们的自知之明相比较,公众舆论这暴戾的君主也显得微弱无力。正是一个人怎么看待自己,决定了此人的命运,指向了他的归宿。要在西印度的州省中谈论心灵与想象的自我解放,可没有一个威尔伯福斯①来促进呢。再请想一想,这个大陆上的妇人们,编织着梳妆用的软垫,以便临死之日用,对她们自己的命运丝毫也不关心!仿佛蹉跎时日还无损于永恒呢。

人类在过着静静的绝望的生活。所谓听天由命,正是肯定的绝望。你从绝望的城市走到绝望的村庄,以水貂和麝鼠的勇敢来安慰自己。在人类的所谓游戏与消遣底下,甚至都隐藏着一种凝固的、不知又不觉的绝望。两者中都没有娱乐可言,因为工作之后才能娱乐。可是不做绝望的事,才是智慧的一种表征。

当我们用教义问答法的方式,思考着什么是人生的宗旨,什么是生活的真正的必需品与资料时,仿佛人们还曾审慎从

---

① 威尔伯福斯(William Wilberforce,1759—1833),在英国殖民地从事解放奴隶的人道主义者。

事地选择了这种生活的共同方式,而不要任何别的方式似的。其实他们也知道,舍此而外,别无可以挑选的方式。但清醒健康的人都知道,太阳终古常新。抛弃我们的偏见,是永远不会来不及的。无论如何古老的思想与行为,除非有确证,便不可以轻信。在今天人人附和或以为不妨默认的真理,很可能在明天变成虚无缥缈的氤氲,但还会有人认为是乌云,可以将一阵甘霖洒落到大地上来。把老头子认为办不到的事来试办一下,你往往办成功了。老人有旧的一套,新人有新的一套。古人不知添上燃料便可使火焰不灭;新人却把干柴放在水壶底下;谚语说得好:"气死老头子",现在的人还可以绕着地球转,迅疾如飞鸟呢。老年人,虽然年纪一把,未必能把年轻的一代指导得更好,甚至他们未必够得上资格来指导;因为他们虽有不少收获,却也已大有损失。我们可以这样怀疑,即使最聪明的人,活了一世,他又能懂得多少生活的绝对价值呢。实际上,老年人是不会有什么极其重要的忠告给予年轻人的。他们的经验是这样地支离破碎,他们的生活已经是这样地惨痛的失败过了,他们必须知道大错都是自己铸成的;也许,他们还保留着干信心,这与他们的经验是不相符合的,却可惜他们已经不够年轻了。我在这星球上生活了三十来年,还没有听到过老长辈们一个字,可谓有价值的,堪称热忱的忠告的。他们什么也没告诉过我,也许他们是不能告诉我什么中肯的意见了。这里就是生命,一个试验,它的极大部分我都没有体验过;老年人体验过了,但却于我无用。如果我得到了我认为有用的任何经验,我一定会这样想的,这个经验嘛,我的老师长们可是提都没有提起过的呢。

有一个农夫对我说:"光吃蔬菜是活不了的,蔬菜不能供给你骨骼所需要的养料。"这样他每天虔诚地分出了他的一部分时间,来获得那种可以供给他骨骼所需的养料;他一边说话,一边跟在耕牛后面走,让这条正是用蔬菜供养了它的骨骼的耕牛拖动着他和他的木犁不顾一切障碍地前进。某些事物,在某些场合,例如在最无办法的病人中间,确是生活的必需资料,却在另一些场合,只变成了奢侈品,再换了别样的场合,又可能是闻所未闻的东西。

有人以为人生的全部,无论在高峰之巅或低陷之谷,都已给先驱者走遍,一切都已被注意到了。依照爱芙琳①的话:"智慧的所罗门曾下令制定树木中间应有的距离;罗马地方官也曾规定,你可以多少次到邻家的地上去拣拾那落下来的橡实而不算你乱闯的,并曾规定多少份橡实属于邻人。"希波克拉底②甚至传下了剪指甲的方法,剪得不要太短或太长,要齐手指头。无疑问的,认为把生命的变易和欢乐都销蚀殆尽的那种烦懑和忧闷,是跟亚当③同样地古老的。但人的力量还从未被衡量出来呢;我们不能根据他已经完成的事来判断他的力量,人做得少极了。不论你以前如何失败过,"别感伤,我的孩子,谁能指定你去做你未曾做完的事呢?"

我们可以用一千种简单的方法来测定我们的生命;举例以明之,这是同一个太阳,它使我种的豆子成熟,同时竟然照耀了像我们的地球之类的整个太阳系。如果我记住了这一点,那就能预防若干的错误。可是我锄草时并没有这样去想。

---

① 爱芙琳(John Evelyn,1620—1706),英国作家。
② 希波克拉底(Hippocrates,前 460—约前 359),希腊名医,西方医学的始祖。
③ 亚当(Adam),《圣经》中人类的始祖。见《圣经·旧约·创世记》。

星星是何等神奇的三角形的尖顶！宇宙各处,有多少远远隔开的不同的物种在同时思考着同一事实啊！正如我们的各种体制一样,大自然和人生也是变化多端的。谁能预知别人的生命有着什么远景？难道还有比一瞬之间通过彼此的眼睛来观察更伟大的奇迹吗？我们本应该在一小时之内就经历了这人世的所有时代;是的,甚至经历了所有时代中所有的世界。历史、诗歌、神话！——我不知道读别人的经验还有什么能像读这些这样地惊人而又详尽的。

凡我的邻人说是好的,有一大部分在我灵魂中却认为是坏的,至于我,如果要有所忏悔,我悔恨的反而是我的善良品行。是什么魔鬼攫住了我,使我品行这样善良的呢？老年人啊,你说了那些最聪明的话,你已经活了七十年了,而且活得很光荣,我却听到一个不可抗拒的声音,要求我不听你的话。新的世代抛弃前一代的业绩,好像它们是些搁浅的船。

我想,我们可以泰然相信,比我们实际上相信的,更加多的事物。我们对自己的关怀能放弃多少,便可以忠实地给别人多少的关怀。大自然既能适应我们的长处,也能适应我们的弱点。有些人无穷无尽地忧患焦虑,成了一种几乎医治不好的疾病。我们又生就地爱夸耀我们所做工作的重要性;然而却有多少工作我们没有做！要是我们病倒了,怎么办呢？我们多么谨慎！决心不依照信仰而生活,我们尽可能避免它,从早到晚警戒着,到夜晚违心地祈祷着,然后把自己交托给未定的运数。我们被迫生活得这样周到和认真,崇奉自己的生活,而否定变革的可能。我们说,只能这样子生活呵;可是从圆心可以画出多少条半径来,而生活方式就有这样的多。一切变革,都是值得思考的奇迹,每一刹那发生的事都可以是奇迹。孔夫子曾说："知之为知之，不知为不知，是知也。"当一个人把他想象的事实提炼为他的理论之时，我预见到，一切人最后都要在这样的基础上建筑起他们的生活来。

让我们思考一下，我前面所说的大多数人的忧虑和烦恼又是些什么，其中有多少是必须忧虑的，至少是值得小心对待的呢？虽然生活在外表的文明中，我们若能过一过原始性的、新开辟的垦区生活还是有益处的，即使仅仅为了明白生活必需品大致是些什么，及如何才能得到这些必需品，甚至翻一翻商店里的古老的流水账，看看商店里经常出售些什么，又存积哪些货物，就是看看最杂的杂货究竟是一些什么也好。时代虽在演进，对人类生存的基本原则却还没有发生多少影响：好比我们的骨骼，跟我们的祖先的骨骼，大约是区别不出来的。

所谓生活必需品，在我的意思中，是指一切人用了自己的精力收获得来的那种物品：或是它开始就显得很重要，或是由于长久的习惯，因此对于人生具有了这样的重要性，即使有人尝试着不要它，其人数也是很少的，他们或者是由于野蛮，或是出于穷困，或者只是为了一种哲学的缘故，才这么做的。对于许多人，具有这样的意义的生活必需品只有一种，即食物。原野上的牛只需要几英寸长的可咀嚼的青草和一些冷水；除非加上了它们要寻求的森林或山荫的遮蔽。野兽的生存都只需要食物和荫蔽之处。但人类，在天时中，其生活之必需品可分为：食物、住宅、衣服和燃料；除非获有这些，我们是无法自由地面对真正的人生问题的，更无法展望成就了。人不仅发明了屋子，还发明了衣服，煮熟了食物；可能是偶然发现了火焰的热度，后来利用了它，起先它还是奢侈品哩，而到目前，烤火取暖也是必需品了。我们看到猫狗也同样地获得了这个第二天性。住得合适,穿得合适,就能合理地保持体内的热度,若住得和穿得太热的话,或烤火烤得太热时,外边的热度高于体内的热度,岂不是说在烘烤人肉了吗? 自然科学家达尔文说起火地岛①的居民,当他自己一伙人穿着衣服还烤火,尚且不觉得热,那时裸体的野蛮人站得很远,却使人看到了大为吃惊,他们"被火焰烘烤得竟然汗流浃背了"。同样,据说新荷兰人赤裸身体而泰然自若地跑来跑去,欧洲人穿了衣服还颤抖呢。这些野蛮人的坚强和文明人的睿智难道不能够相提并论吗? 按照李比希②的说法,人体是一只炉子,食物是保持肺部内燃的燃料。冷天我们吃得多,热天少。动物的体温是缓慢内燃的结果,而疾病和死亡则是在内燃得太旺盛的时候发生的;或者因为燃料没有了,或者因为通风装置出了毛病,火焰便会熄灭。自然,我们不能把生命的体温与火焰混为一谈,我们的譬喻就到此为止。所以,从上面的陈述来看,动物的生命这一个词语可以跟动物的体温作为同义语用:食物,被作为内燃的燃料,——煮熟食物的也是燃料,煮熟的食物自外吞入体内,也是为增加我们体内热量的,——此外,住所和衣服,也是为了保持这样地产生和吸收的热量的。

所以,对人体而言,最大的必需品是取暖,保持我们的养身的热量。我们是何等地辛苦,不但为了食物、衣着、住所,还为了我们的床铺——那些夜晚的衣服而辛苦着;从飞鸟巢里和飞鸟的胸脯上,我们掠夺羽毛,做成住所中的住所,就像鼹鼠住在地窟尽头草叶的床中一样! 可怜人常常叫苦,说这是

① 南美洲南端的群岛。
② 李比希(Justus von liebig,1803—1873),德国化学家。

一个冰冷的世界;身体上的病同社会上的病一样,我们大都归罪于寒冷。在若干地区,夏天给人以乐园似的生活。在那里除了煮饭的燃料之外,别的燃料都不需要;太阳是他的火焰,太阳的光线煮熟了果实;大体说来,食物的种类既多,而且又容易到手,衣服和住宅是完全用不到的,或者说有一半是用不到的。在目前时代,在我们国内,根据我自己的经验,我觉得只要有少数工具就足够生活了,一把刀,一柄斧头,一把铲子,一辆手推车,如此而已;对于勤学的人,还要灯火和文具,再加上几本书,这些已是次要的必需品,只要少数费用就能购得。然而有些人就太不聪明,跑到另一个半球上,跑到蛮荒的、不卫生的区域里,做了十年二十年生意,为了使他们活着,——就是说,为了使他们能舒适而温暖——,最后回到新英格兰来,还是死了。奢侈的人不单舒适了温暖了,而且热得不自然;我已经在前面说过,他们是被烘烤的,自然是很时髦地被烘烤的。

大部分的奢侈品,大部分的所谓生活的舒适,非但没有必要,而且对人类进步大有妨碍。所以关于奢侈与舒适,最明智的人生活得甚至比穷人更加简单和朴素。中国、印度、波斯和希腊的古哲学家都是一个类型的人物,外表生活再穷没有,而内心生活再富不过。我们都不够理解他们。然而可惊的一点是,我们居然对于他们知道得不少呢。近代那些改革家,各民族的救星,也都如此。唯有站在我们所谓的甘贫乐苦这有利地位上,才能成为大公无私的聪明的观察者。无论在农业,商业,文学或艺术中,奢侈生活产生的果实都是奢侈的。近来是哲学教授满天飞,哲学家一个没有。然而教授是可羡的,因为教授的生活是可羡的。但是,要做一个哲学家的话,不但要有精美的思想,不但要建立起一个学派来,而且要这样地爱智慧,从而按照了智慧的指示,过着一种简单、独立、大度、信任的生活。解决生命的一些问题,不但要在理论上,而且要在实践中。大学问家和思想家的成功,通常不是帝王式的,也不是英豪式的,反而是朝臣式的成功。他们应付生活,往往求其与习俗相符合,像他们的父辈一般,所以一点不能成为更好的人类的始祖。可是,为什么人类总在退化?是什么使得那些家族没落的?使国家衰亡的糜侈是什么性质的呢?在我们的生活中,我们能否确定自己并未这样?哲学家甚至在生活的外形上也是处在时代前列的。他不像他同时代人那样地吃喝、居住、穿着、取暖。一个人既是哲学家,怎会没有比别人更好的养身的保持体温的方法呢?

人已在我所描写的几种方式下暖和了,其次他要干什么呢?当然不会是同等样的更多的温暖。他不会要求更多更富足的食物,更大更光耀的房屋,更丰富更精美的衣服,更多更持久更灼热的火炉,等等了。他在得到了这些生命所必需的事物之后,就不会要过剩品而要有另一些东西;那就是说免于卑微工作的假期开始了,现在他要向生命迈进了。泥土看来是适宜于种子的,因为泥土使它的胚根向下延伸,然后它可以富有自信地使茎向上苗长。为什么人在泥土里扎了根之后,不能援例向天空伸展呢?——因为那些更高贵的植物的价值是由远离地面的、最后在空气和日光中结成的果实来评定的,而不是像对待那低卑的蔬菜那样。蔬菜就算是两年生的植物①,那也只是被培植到生好根以后,而且常被摘去顶枝,使

---

① 两年生的植物:第一年生叶,第二年生子结实,如胡萝卜,甜菜等。

得许多人在开花的季节都认不得它们。

我可不想给一些性格坚强的人定什么规章,他们不论在天堂地狱,都会专注于自己的事业,他们甚至比最富者建筑得更宏伟,挥霍得更厉害,却不会因而贫困,我们不知道他们是如何生活的,——如果确实像人们梦想着的,有这种人存在的话;另外我也不给另一种人定出规章,他们是从事物的现状中得到鼓励,得到灵感,像情人一样热烈地珍爱现实——我认为我自己也属于这种人的;还有那些人,在任何情况下都能安居乐业,不管他们知不知道自己是否安居乐业,那些人,我也不是向他们说话的。我主要是向那些不满足的人说话,他们在应该可以改善生活的时候,却偏偏只是懒洋洋地诉说他们的命苦和他们那时代的悲惨。有些人对任何事情,都叫苦连天,不可救药地诉不完的苦,因为据他们说,他们是尽了他们的职责的。但我心目之中还有一种人,这种人看来阔绰,实际却是所有阶层中贫困得最可怕的,他们固然已积蓄了一些闲钱,却不懂得如何利用它,也不懂得如何摆脱它,因此他们给自己铸造了一副金银的镣铐。

如果说一说我曾希望如何度过往昔岁月中的生命,我会使许多熟悉我实际情况的读者感到奇怪,更会使对我不熟悉的人大为惊讶。我只略述我心头的几件事就行了。

在任何气候任何时辰,我都希望及时改善我当前的状况,并要在手杖上刻下记号;过去和未来的交叉点正是现在,我就站在这个起点上。请原谅我说话晦涩。我那种职业比大多数人的有更多的秘密。不是我故意要保密,而是我这种职业有这种特点。我极愿把所知的全都说出来,在我的门口并没有

"不准入内"的招牌。

很久以前我丢失了一条猎犬，一匹栗色马和一只斑鸠，至今我还在追踪它们。我对许多旅客描述它们的情况、踪迹以及它们会响应怎样的叫唤。我曾遇到过一二人，他们曾听见猎犬吠声，奔马蹄音，甚至还看到斑鸠隐入云中。他们也急于追寻它们回来，像是他们自己遗失了它们。

不仅要观日出和黎明，如果可能，还要瞻仰大自然本身！多少个冬夏黎明，还在任何邻居为他们的事务奔波之前，我就出外干我的事了！许多市民无疑都曾见到我干完事回来，清晨赶到波士顿的农夫，或去干活的樵夫都遇到过我。真的，我虽没有具体地助日出以一臂之力，可是不要怀疑，在日出之前出现是最重要的事了。

多少个秋天的，嗳，还有冬天的日子，在城外度过，试听着风声，听了把它传布开来！我在里面几乎投下全部资金，为这笔生意而迎着寒风，使我连气都喘不过来了。如果风声中有两党政治的信息，一定是一些党的机关报上抢先发表了的。别些时候，守望在高岗或树梢的观察台上，用电信宣布有任何新的客人到来，或守候在山巅黄昏中，等待夜幕降落，好让我抓到一些东西，我抓到的从来就不多，这不多的却好像是"天粮"①一样，那是会在太阳底下消融的。

有很长一段时间，我是一家报纸的记者，报纸销路不广，而编辑从来不觉得我写的一大堆东西是可用的，所以，作家们都有同感，我忍受了很大苦痛，换来的只是我的劳动。然而在

① 天粮：以色列人曾于旷野中得到天赐粮食。见《圣经·旧约·出埃及记》。

这件事上,苦痛又是它自身的报酬。

很多年来,我委任我自己为暴风雪与暴风雨的督察员,我忠心称职;又兼测量员,虽不测量公路,却测量森林小径和捷径,并保它们畅通,我还测量了一年四季都能通行的岩石桥梁,自有大众的足踵走来,证实它们的便利。

我也曾守护过城区的野兽,使忠于职守的牧人要跳过篱笆,遇到过许多的困难;我对于人迹罕到的田庄的角隅也特别注意;却不大知道约那斯或所罗门今天在哪一块田地上工作;因为这已不是我分内的事了。我给红色的越橘,沙地上的樱桃树和荨麻,红松和黑桦,白葡萄藤和黄色的紫罗兰花都浇过水,否则在天气干燥的季节中,它们可能会枯萎的。

简单地说,我这样子干了很久(我一点不夸耀),我忠心耿耿地管理我的这些事,直到后来越来越明白了,市民们是不愿意把我包括在公职人员的名单之内,也不愿意给我一笔小小的薪俸,让我有个挂名职务的。我记的账,我可以赌咒是很仔细的,真是从未被查对过,也不用说核准了,更不用说付款,结清账目了。好在我的心思也不放在这上面。

不久以前,一个闲步的印第安人到我的邻舍一位著名律师家中兜卖篮子。"你们要买篮子吗?"他说。回答是"不,我们不要"。"什么!"印第安人出门叫道,"你们想要饿死我们吗?"看到他的勤劳的白种人邻居,生活得如此富裕——因为律师只要把辩论之词编织起来,就像有魔术似的,富裕和地位都跟着来了——因而这印第安人曾自言自语:我也要做生意了;我编织篮子;这件事是我能做的。他以为编织好篮子就完成了他的一份,轮下来就应该是白种人向他购买了。他却不知道,他必须使人感到购买他的篮子是值得的,至少得使别人相信,购买这一只篮子是值得的,要不然他应该制造别一些值得叫人购买的东西。我也曾编织了一种精巧的篮子,我并没有编造得使人感到值得购买它。在我这方面,我一点不觉得我犯不着编织它们,非但没有去研究如何编织得使人们觉得更加值得购买,我倒是研究了如何可以避免这买卖的勾当。人们赞美而认为成功的生活,只不过是生活中的这么一种。为什么我们要夸耀这一种而贬低别一种生活呢?

发现市民同胞们大约是不会在法院中,教堂中,或任何别的地方给我一个职位的了,我只得自己改道,于是我比以往更专心地把脸转向了森林,那里的一切都很熟识我。我决定立刻就开业,不必等候通常的所谓经费了,就动用我手上已经有的一点儿微薄的资财吧。我到瓦尔登湖上去的目的,并不是去节俭地生活,也不是去挥霍,而是去经营一些私事,为的是在那儿可以尽量少些麻烦;免得我因为缺乏小小的常识,事业又小,又不懂得生意经,做出其傻甚于凄惨的事情来。

我常常希望获得严格的商业习惯;这是每一个人都不能缺少的。如果你的生意是和天朝帝国往来的,你得在海岸上有个会计室,设在某个撒勒姆的港口,确定了这个就够了。你可以把本国出品,纯粹的土产输出,许多的冰、松木和一点儿花岗石,都是本土本乡的地道产品。这一定是好生意。亲自照顾一切大小事务;兼任领航员与船长,业主与保险商;买进卖出又记账;收到的信件每封都读过,发出的信件每封都亲自撰写或审阅;日夜监督进口货的卸落;几乎在海岸上的许多地方,你都同时出现了似的;——那装货最多的船总是在泽西岸上卸落的;——自己还兼电报员,不知疲倦地发通讯到远方去,和所有驰向海岸的船只联络;稳当地售出货物,供给远方的一个无餍足的市场；既要熟悉行情，你还要明了各处的战争与和平的情况，预测贸易和文明的趋向；——利用所有探险的成果，走最新的航道，利用一切航海技术上的进步；——再要研究海图，确定珊瑚礁和新的灯塔、浮标的位置，而航海图表是永远地改而又改，因为若计算上有了一点错误，船只会冲撞在一块岩石上而至于粉碎的，不然它早该到达了一个友好的码头了——，此外，还有拉·贝鲁斯①的未知的命运；——还得步步跟上宇宙科学，要研究一切伟大的发现者、航海家、探险家和商人，从迦太基探险家饭能和腓尼基人直到现在所有这些人的一生，最后，时刻要记录栈房中的货物，你才知道自己处于什么位置上。这真是一个辛苦的劳役，考验着一个人的全部官能，——这些赢利或损失的问题，利息的问题，扣除皮重的计算问题，一切都要确实数字，非得有全宇宙的知识不可啊。

我想到瓦尔登湖会是个做生意的好地方，不但因为那铁路线和贮冰的行业；这里是有许多的便利，或许把它泄露出来并不是一个好方针；这是一个良好港口，有一个好基础。你不必填没那些好像涅瓦河区的沼泽；虽然到处你都得去打桩奠基。据说，涅瓦河要是涨了水，刮了西风，流来的冰块可以把圣彼得堡一下子从大地的表面上冲掉的。

鉴于我这行业是没有通常的经费先行交易的，所以我从什么地方得到凡是这样的行业都不能缺少的东西呢，也许不容易揣测吧。让我们立刻说到实际问题上来，先说衣服，我们

① 拉·贝鲁斯（Jean-François de La Péouse, 1741—1788），法国著名航海家。一七八五年被法王路易十六派去做航海探险，在新赫布里底群岛以北美拉尼西亚的瓦尼科罗群岛同探险队员们一起被当地人杀害。

采购衣服，常常是由爱好新奇的心理所引导的，并且关心别人对它的意见，而不大考虑这些衣服的真实用处。让那些有工作做的人记着穿衣服的目标，第一是保持养身的体温，第二是为了在目前的社会中要把赤身露体来遮盖；现在，他可以判断一下，有多少必需的重要工作可以完成，而不必在衣橱中增添什么衣服。国王和王后的每一件衣服都只穿一次，虽然有御裁缝专司其事，他们却不知道穿上合身衣服的愉快。他们不过是挂干净衣服的木架。而我们的衣服，却一天天地跟我们同化了，印上了穿衣人的性格，直到我们舍不得把它们丢掉，要丢掉它们，正如抛弃我们的躯体那样，总不免感到恋恋不舍，要看病吃药作些补救，而且带着十分沉重的心情。其实没有人穿了有补丁的衣服而在我的眼里降低了身份；但我很明白，一般人心里，为了衣服忧思真多，衣服要穿得入时，至少也要清洁，而且不能有补丁，至于他们有无健全的良心，从不在乎。其实，即使衣服破了不补，所暴露的最大缺点也不过是不考虑小洞之会变成大洞。有时我用这样的方法来测定我的朋友们，——谁肯把膝盖以上有补丁的，或者只是多了两条缝的衣服，穿在身上？大多数人都好像认为，如果他们这样做了，从此就毁了终身。宁可跛了一条腿进城，他们也不肯穿着破裤子去。一位绅士有腿伤，是很平常的事，这是有办法补救的；如果裤脚管破了，却无法补救；因为人们关心的并不是真正应该敬重的东西，只是关心那些受人尊敬的东西。我们认识的人很少，我们认识的衣服和裤子却怪多。你给稻草人穿上你最后一件衣服，你自己不穿衣服站在旁边，哪一个经过的人不马上就向稻草人致敬呢？那天，我经过一片玉米田，就在那头戴帽子、身穿上衣的木桩旁边，我认出了那个农田主人。

他比我上一回看见他，只不过风吹雨打更显得憔悴了一些。我听说过，一条狗向所有穿了衣服走到它主人的地方来的人吠叫，却很容易被一个裸体的窃贼制服，一声不响。这是一个有趣的问题啊，没有衣服的话，人们将能多大地保持他们的身份？没有了衣服的话，你能不能在任何一群文明人中间，肯定地指出谁个最尊贵？斐斐夫人在她周游世界，从东到西的旅行中，当她非常地接近了亚洲的俄罗斯，要去谒见当地长官的时候，她说，她觉得不能再穿旅行服装了，因为她"现在是在一个文明国家里面，那里的人民是根据衣服来评价人的"。即使在我们这号称民主的新英格兰城中，只要有钱穿得讲究住得阔绰，具有那种偶然的因素，他就受尽了众人的敬仰。可是，这些敬仰着的众人，人数真多，都是异教徒，所以应该派遣一个传教士前去。话说回来，衣服是要缝纫的，缝纫可是一种所谓无穷无尽的工作；至少，一个女人的衣服是从没有完工的一天的。

　　一个人，到后来，找到工作做了，其实并不要他穿上新衣服去上工的；旧衣服就行了，就是那些很久地放在阁楼中，积起了灰尘的旧衣服。一个英雄穿旧鞋子的时间倒要比他的跟班穿它们的时间长——如果说，英雄也有跟班的话——至于赤脚的历史比穿鞋子更悠久了，而英雄是可以赤脚的。只有那些赴夜宴，到立法院去的人必须穿上新衣服，他们换了一件又一件，正如那些地方换了一批又一批人。可是，如果把我的短上衣和裤子穿上身，帽子戴上鞋子穿上，便可以礼拜上帝的话，那么有这些也就够了，不是吗？谁曾注意到他的破衣服——真的已经穿得破敝不堪了，变成了当初的原料，就是送给一个乞儿也算不得行善了，说不定那乞儿还要拿它转送给一个比他更贫苦的人,那人倒可以说是最富有的,因为最后还是他什么都不要还可以过活的呢。我说你得提防那些必须穿新衣服的事业,尽可不提防那些穿新衣服的人。如果没有新的人,新衣服怎么能做得合他的身? 如果你有什么事业要做,穿上旧衣服试试看。人之所需,并不是要做些事,而是要有所为,或是说,需有所是。也许我们是永远不必添置新衣服的,不论旧衣服已如何破敝和肮脏,除非我们已经这般地生活了,或经营了,或者说,已向着什么而航行了,在我们这古老的躯壳里已有着新的生机了,那时若还是依然故我,便有旧瓶装新酒之感了。我们的换羽毛的季节,就像飞禽的,必然是生命之中一个大的转折点。潜鸟退到僻静的池塘边去脱毛。蛇蜕皮的情形也是如此,同样的是蛹虫的出茧。都是内心里孜孜扩展着的结果;衣服不过是我们的最表面的角质①,或者说,尘世之烦恼而已。要不然我们将发现我们在伪装底下行进,到头来必不可免地将被人类及我们自己的意见所唾弃。

我们穿上一件衣服又一件,好像我们是外生植物一样,靠外加物来生长的。穿在我们最外面的,常常是很薄很花巧的衣服,那只是我们的表皮,或者说,假皮肤,并不是我们的生命的一部分,这里那里剥下来也并不是致命伤;我们经常穿着的、较厚的衣服,是我们的细胞壁,或者说,皮层;我们的衬衣可是我们的韧皮,或者说,真正的树皮,剥下来的话,不能不连皮带肉,伤及身体的。我相信所有的物种,在某些季节里都穿着有类似衬衣的东西。一个人若能穿得这样简单,以至在黑暗中都能摸到自己,而且他在各方面都能生活得周密,有备而

① 角质:植物皮最外层之薄膜。

无恐,那么,即使敌人占领了城市,他也能像古代哲学家一样,空手徒步出城,不用担什么心思。一件厚衣服的用处,大体上可跟三件薄的衣服相同,便宜的衣服可以用真正适合顾客财力的价格买到,一件厚厚的上衣五元就可以买到了,它可以穿上好几年,厚厚的长裤两元钱,牛皮靴一元半,夏天的帽子不过一元的四分之一,冬天的帽子六毛两分半,或许还可以花上一笔极少的钱,自己在家里制一顶更好的帽子,那穿上了这样的一套自己辛勤劳动赚来的衣服,哪里还是贫穷,难道会没有聪明人来向他表示敬意吗?

当我定做一件特别式样的衣服时,女裁缝郑重其事地告诉我,"现在他们不时行这个式样了",说话中一点没有强调"他们"两字,好像她说的是跟命运之神一样的某种非人的权威,我就很难于得到我自己所需要的式样了,因为她不相信我是当真地说话的,她觉得我太粗莽了。而我,一听到这神示似的文句,就有一会儿沉思,把每一个字都给我自己单个地强调了一下,好让我明白它的意思,好让我找出他们和我有怎么样的血缘关系,在一件与我如此密切有关的事上,他们有什么权威;最后,我决定用同样神秘的方式来答复她,所以也不把"他们"两字强调。——"真的,近来他们并不时行这个式样,可是现在他们又时行这个了。"她量了我的身材,但没有量我的性格,只量了我肩宽,好像我是一个挂衣服的钉子;这样量法有什么用处?我们并不崇拜娴雅三女神①,也不崇拜帕尔茜②。我们崇拜时髦。她纺织,剪裁,全权处理。巴黎的猴王

---

① 希腊神话中,光明、快乐及壮盛之三位女神的总称。
② 罗马神话中,命运三女神之总称。

戴上了一顶旅行帽,全美国的猴子学了样。有时我很失望,这个世界上,可有什么十分简单而老实的事是通过人们的帮助而能办成功的?必须先把人们透过一个强有力的压榨机,把他们的旧观念压榨出来,使他们不再能够马上用两条腿直立,到那时你看人群中,有的人脑子里是长蛆虫的,是从不知什么时候起就放在那里的卵里孵化出来的,连烈火也烧不完这些东西;要不这样做,什么劳力都是白费。总之,我们不要忘记,埃及有一种麦子是一个木乃伊传下来,一直传到了我们手里的。

　　整个说来,这国或别国的服装已达到了一种艺术的尊贵地位的这类话是不能成立的。目前的人,还是有什么,穿什么。像破碎的舟上的水手漂到岸上,找得到什么就穿什么,他们还站得隔开一点,越过空间的或时间的距离,而嘲笑着彼此的服装呢。每一代人都嘲笑老式样,而虔诚地追求新式样。我们看到亨利八世①或伊丽莎白女王②的装束,就要好笑,仿佛他们是食人岛上的岛王和岛后一样。衣服没有了人,就可怜和古怪起来。抑制住哗笑,并且使任何人的衣服庄严起来的,乃是穿衣人的严肃地显现的两眼和穿衣人在衣服之中过的真诚的生活。穿着斑斓衣衫的丑角如果突然发疝痛了,他的衣服也就表现了这痛楚的情绪;当士兵中了炮弹,烂军装也宛如高贵的紫袍。

　　男女都爱好新式样,这种稚气的、蛮夷的趣味使多少人转动眼珠和眯起眼皮看着万花筒,好让他们来发现今天这一代

━━━━━━━━

①　亨利八世(Henry VIII,1491—1547),英国国王(1509—1547)。
②　指伊丽莎白一世(Elizabeth I,1533—1603),英国都铎王朝女王(1558—1603)。

需要什么样的式样。制造商人早知道他们的趣味只是反复无常的。两种式样，其不同只有几条丝线，而颜色多少还是相似的，一件衣服立刻卖掉了，另一件却躺在货架上，常常在过了一个季节之后，后者又成了最时髦的式样。在身上刺花，比较起来真还不算是人们所说的可怕的习气呢。这并不仅仅因为刺花是深入皮肤，不能改变就变得野蛮的。

我不相信我们的工厂制度是使人们得到衣服穿得最好的办法。技工们的情形是一天一天地更像英国工厂里的样子了，这是不足为奇的，因为据我听到或观察到的，原来那主要的目标，并不是为了使人类可以穿得更好更老实，而无疑的，只是为了公司要赚钱。往长远处看去，人类总能达到他们目标的，因此尽管事情一时之间是要失败的，目标还是不妨定得崇高些。

至于住所，我并不否认这现在是一种生活必需品了，虽然有很多例子可以说明，很久以来比这里更为寒冷的国土上都有人能够没有住所照样生活下去。塞牟尔·莱恩说，"北欧的拉普兰人①穿了皮衣，头上肩上套着皮囊，可以一夜又一夜地睡在雪地上——那寒冷的程度可以使穿羊毛衣服的人冻死的。"他亲眼看到他们这样地睡着。接着他说，"可是他们并不比旁人更结实。"大概是人类生活在地球上不多久以后，就发现了房屋的便利，以及家庭生活的安逸，这句话的原意，表示对于房屋感到满足，超过家庭的融乐；然而有的地带，一说到房屋就联想到冬天和雨季，一年里有三分之二时间不用房屋，只要一柄遮阳伞，在这些地方，这样的说法就极其片面，而

━━━━━━━

① 拉普兰人，居住在挪威、瑞典、芬兰等地的人。

且只是偶尔适用罢了。我们这一带的气候，以前夏天晚上只要有个遮盖就行了。在印第安人的记录中，一座尖屋①是一整天行程的标志，在树皮上刻着或画着的一排尖屋代表他们已经露营了多少次。人类没有壮大的肢体，身材并不魁梧，所以他得设法缩小他的世界，用墙垣来圈起一个适宜于他的空间。最初他是裸体的，在户外的；虽然在温和宁静的气候中，在白昼还非常愉快，可是另外有雨季和冬天，且不说那炎炎赤日，要不是人类赶快用房屋来荫蔽他自己，人种或许早在抽芽的时候就被摧残了。按照传说，亚当和夏娃在穿衣服之前，以枝叶蔽体。人类需要一个家庭，一个温暖的地方，或舒服的地方，但是肉体的温暖在先，然后才是感情的温暖啊。

我们可以想象那个时候，人类还在婴孩期，有些进取心很强的人爬进岩穴去找荫蔽。每个婴孩都在一定程度上再次重复了这部世界史，他们爱户外，不管雨天和冷天。他们玩房屋的游戏，骑竹马，出于本能。谁不回忆到自己小时候窥望一个洞穴，或走近一个洞穴时的兴奋心情？我们最原始时代的祖先的天性还遗留在我们的体内。从洞穴，我们进步到上覆棕榈树叶树皮树枝，编织拉挺的亚麻的屋顶，又进步到青草和稻草屋顶，木板和盖板屋顶，石头和砖瓦屋顶。最后我们就不知道什么是露天的生活了，我们的室内生活比我们自己所想的还要室内化得多。炉火之离开田地可有很大的距离。如果在我们度过白昼和黑夜时，有更多时候是和天体中间没有东西隔开着的，如果诗人并不是在屋脊下面说话说得那么多，如果圣人也不在房屋内住得那么长久的话，也许事情就好了。鸟

①　北美印第安人住的一种用树皮、草席和兽皮覆盖的棚子。

雀不会在洞内唱歌，白鸽不会在棚子里抚爱它们的真纯。

然而，如果有人要打图样造一所住宅，他应该像我们新英格兰人那样的稍为精明一点才好，免得将来他会发现他自己是在一座工场中，或在一座没有出路的迷宫中，或在一所博物院中，或在一所救贫院中，或在一座监狱中，或在一座华丽的陵墓中。先想一想，荫蔽并不见得是绝对必需的。我看见过潘诺勃斯各特河上的印第安人，就在这镇上，他们住在薄棉布的营帐中，四周的积雪约一英尺厚，我想要是雪积得更厚，可以替他们挡风的话，他们一定更高兴。如何使我老实地生活并得到自由来从事我的正当追求，从前这一个问题比现在更使我烦恼，因为我幸亏变得相当麻木了。我常常看到，在铁路旁边，一只大木箱六英尺长三英尺宽，工人们把他们的工具锁在其中过夜，我就想到，每一个觉得日子艰难的人可以花一元钱买这样一只箱子，钻几个洞孔，至少可以放进空气，下雨时和晚上就可以住进去，把箱盖合上，这样他的灵魂便自由了，他可以自由自在地爱他所爱的了。看来这并不很坏，也决不是个可以鄙视的办法。你可以随心所欲，长夜坐而不寐；起身出外时，也不会有什么大房东二房东拦住你要房租。多少人因为要付一只更大而更宏丽的箱子的租金，就烦恼到老死；而他是不会冻死在这样的一只小箱子里的。我一点儿也不是说笑话。经济学这一门科学，曾经受到各种各样的轻视，但它是不可以等闲视之的。那些粗壮结实，在露天过大部分生活的人，曾经在这里盖过一所舒服的房屋，取用的几乎全部是大自然的现成材料。马萨诸塞州垦区的印第安人的总管戈金，曾在一六七四年这样写道："他们的最好的尖屋用树皮盖顶，干净清爽，紧密而温暖，这些树皮都是在干燥的季节中，从树身上掉下来的,趁树皮还苍翠的时候,用相当重的木材压成巨片。……较蹩脚的尖屋也用灯心草编成的席子盖顶,也很紧密而温暖,只是没有前者那么精美……我所看到的,有的是六十英尺,或一百英尺长,三十英尺宽。……我常常住在他们的尖屋中,发现它跟最好的英国式屋子一样温暖。"他接着还说,室内通常是把嵌花的席子铺在地上和挂在墙壁上的,各种器皿一应俱全。而且印第安人已经进步到能够在屋顶上开洞,放上一张席子,用绳子来开关,控制了通风设施。首先要注意的是,这样的尖屋最多一两天就可以盖起来,只要几个小时就可以拆掉,并且重新搭好;每一家人家都有一座这样的房子,或者占有这样的尖屋中的一个小间。

在野蛮状态中的每一家都有一座最好的好住所来满足他们的粗陋而简单的需要;可是,我想,我下面的话还是说得很有分寸的,我说,虽然天空中的飞鸟都有巢,狐狸都有穴,野蛮人都有尖屋,然而在摩登的文明社会中却只有半数家庭是有房子的。在文明特别发达的大城市中,拥有房屋的人只是极小一部分。极大多数人若要身外有所荫蔽,得每年付出一笔租金,在夏天冬天,荫蔽是少不得的,可是这租金,本已足够他买下一个印第安人的尖屋的,现在却害得他在世上活多久也就贫困多久了。这里,我并不是把租屋与拥有房屋之优劣拿出来做比较,然而很明显的是,野蛮人拥有房屋是因为价格低,而文明人通常租房子住,却是因为他财力够不上拥有房屋。有人就答辩,可怜的文明人只要付了租金,就有了一个住所;和野蛮人的尖屋比较,这房屋岂不像皇宫一样?每年只要付租金二十五元至一百元,这是乡区价格,他就得到了经过多少世纪改良才进步的宽敞房间,有清洁的油漆和墙纸、鲁姆福壁炉、内涂泥灰的墙、百叶窗、铜质的抽水机、弹簧锁、宽敞的地窖，还有许多别的东西。然而，这究竟是怎么一回事？享受着这一切的，通常总被称为"可怜"的文明人，而没有这一切的野蛮人，却生活得野蛮人似的富足。假若说，文明乃是人的生活条件的一种真正改进，——我想这话是很对的，虽然只有智者才能改进他们的有利条件，——那么，必须能证明，不提高价钱就把更好的房屋建造起来；所谓物价，乃是用于交换物品的那一部分生命，或者立即付出，或者以后付出。这一地区的普通房屋也许要八百元一幢，为了节俭地储蓄起这一笔数目的钱，恐怕要一个劳动者十年以至十五年的生命，还必须是没有家累的才行；——这是以每一个人的劳动，每天值一元来计算的，若有人收入多一些，别的人收入就要少一些；——这样，他通常必须耗费他的大半辈子生命，才能赚得了他的一幢"尖屋"。假定他依旧是租房居住的，那他还只是在两件坏事中作了一次可疑的选择。野蛮人懂不懂得，在这样的条件底下，用他的尖屋来换得一座皇宫呢？

也许有人猜想，拥有这样的多余房屋，是为了未雨绸缪，防患于未然，我认为对个人而言，这样做的好处不过是可以够他偿付他的丧葬费罢了。但是人也许是用不到安葬自己的。然而，这里面就指出了文明人和野蛮人中间的一个重要区别；有人给文明人的生活设计了一套制度，无疑是为了我们的好处，这套制度为了保存种族的生活，能使种族的生活更臻完美，却大大牺牲了个人的生活。可是我希望指出，为了得到这好处，我们目前做出何等样的牺牲，我还要建议，我们是可以不做出任何牺牲就得到很多好处的。你说可怜的穷人经常和你在一起，父亲吃了酸葡萄，孩子的牙齿也发酸，说这些话有什么意思呢?

"主耶和华说,我指着我的永生起誓,你们在以色列中必不再有用这俗语的因由。"

"看啊,世人都是属于我的,为父的怎样属我,为子的也照样属我,犯罪的他必死亡。"

当我想到我的邻居时,那些康科德的农夫们,他们的境遇至少同别的阶级一样好,我发现他们中间的大部分人都已工作了二十年三十年或四十年了,为的是他们可以成为他们农场的真正主人,通常这些农场是附带了抵押权而传给他们的遗产,或许是借了钱买下来的,——我们不妨把他们的劳力中的三分之一,作为房屋的代价,——通常总是他们还没有付清那一笔借款。真的,那抵押权有时还超过了农场的原价,结果农场自身已成了一个大累赘,然而到最后总是有承继的人,正如他自己说的,因为他这个承继人和农场太亲近了。我找评价课税官谈过话,惊诧地发现他们竟然不能够一口气背出十二个拥有农场,而又自由、清白的市民来。如果你要知道这些家宅①的实况,你得到银行去问一问抵押的情形。真正能够用劳力来偿付他的农场债务的人是这样地少,如果有的话,每一个邻人都能用手指把他指点出来。我疑心康科德这一带还找不出三个这样的人。说到商人们,则绝大部分商人,甚至一百个中间大约有九十七个是肯定要失败的,农夫也是如此。然而关于商人,其中有一位曾经恰当地指出,他们的失败大都不是由于亏本,而只是由于不方便而没有遵守诺言;这就是说,是由于信用的毁损。这一来,问题就要糟糕得多,而且不

① 在美国诸州,大半是受法令保护的房地产。

禁使人想到前述那三个人的灵魂,说不定将来也不能够得救,也许他们会比那些老老实实地失败的人,在更糟的情况下破产。破产啊,拒付债务啊,是一条条的跳板,我们的文明的一大部分就从那里纵跃上升,翻了跟斗的,而野蛮人却站在饥馑这条没有弹性的木板上。然而,每年在这里举行的米德尔塞克斯耕牛比赛大会,总是光辉灿烂,好像农业的状况还极好似的。

农夫们常想用比问题本身更复杂的方式,来解决生活问题。为了需要他的鞋带,他投机在畜牧之中。他用熟练的技巧,用细弹簧布置好一个陷阱,想捉到安逸和独立性,他正要拔脚走开,不料他自己的一只脚落进陷阱里去了。他穷的原因就在这里;而且由于类似的原因,我们全都是穷困的,虽然有奢侈品包围着我们,倒不及野蛮人有着一千种安逸。查普曼①歌唱道:

> "这虚伪的人类社会——
> ——为了人间的宏伟
> 至上的欢乐稀薄得像空气。"

等到农夫得到了他的房屋,他并没有因此就更富,倒是更穷了,因为房屋占有了他。依照我所能理解的,莫墨斯②曾经说过一句千真万确的话,来反对密涅瓦③建筑的一座房屋,说她"没有把它造成可以移动的房屋,否则的话就可以从一个恶劣的邻居那儿迁走了";这里还可以追上一句话,我们的房屋

---

① 查普曼(George Chapman,约 1559—1634),英国诗人。
② 希腊神话中嘲弄与指摘之神。
③ 罗马神话中的智慧女神。

是这样不易利用，它把我们幽禁在里面，而并不是我们居住在里面；至于那需要避开的恶劣的邻居，往往倒是我们的可鄙的"自我"。我知道，在这个城里，至少有一两家，几乎是希望了一辈子，要卖掉他们近郊的房屋，搬到乡村去住，可是始终办不到，只能等将来寿终正寝了，他才能恢复自由。

就算大多数人最后是能够占有或者租赁那些有了种种改善的近代房屋的吧。但当文明改善了房屋的时候，它却没有同时改善了居住在房屋中的人。文明造出了皇宫，可是要造出贵族和国王却没那么容易。如果文明人所追求的并不比野蛮人追求的来得更加高贵些，如果他们把大部分的时间都只是用来获得粗鄙的必需品和舒适的生活，那么他何必要有比野蛮人更好的住房呢？

可是，那贫穷的少数人如何呢？也许可以看到一点，正如一些人的外表境遇高出于野蛮人，另一些的外表境遇就成正比例地低于他们。一个阶级的奢侈全靠另一个阶级的贫苦来维持。一面是皇宫，另一面是济贫院和"默默无言的贫穷人"。筑造那些法老王陵墓的金字塔的百万工人只好吃些大蒜头，他们将来要像像样样地埋葬都办不到。完成了皇宫上的飞檐，入晚回家的石工，大约是回到一个比尖屋还不如的草棚里。像下面这样的想法是错误的：在一个有一般文明的国家里，大多数居民的情形并没有降低得像野蛮人的那么恶劣。我说的还是一些生活得恶劣的贫穷人，还没有说到那些生活得恶劣的富人呢。要明白这一点，不必看得太远，只消看看铁路旁边，到处都有棚屋，这些是文明中最没有改进的了；我每天散步，看到那里的人住在肮脏的棚子里面，整个冬天，门总是开着的，为的是放进光线来，也看不到什么火堆，那只存在于他们的想象中,而老少的躯体,由于长久地怕冷受苦而蜷缩,便永久地变了形,他们的四肢和官能的发展也就停顿了。自然应当去看看这个阶级的人:所有这个世代里的卓越工程都是他们完成的。在英国这个世界大工场中,各项企业的技工们,或多或少也是这等情形。或许我可以把爱尔兰的情形给你提一提,那地方,在地图上,是作为一个白种人的开明地区的。把爱尔兰人的身体状况,跟北美洲的印第安人或南海的岛民,或任何没有跟文明人接触过因而没有堕落的野蛮人比一比吧。我丝毫都不怀疑,这些野蛮人的统治者,跟一般的文明人的统治者,是同样聪明的。他们的状况只能证明文明含有何等的污浊秽臭!现在,我根本不必提我们的南方诸州的劳动者了,这个国家的主要出品是他们生产的:而他们自己也成了南方诸州的一种主要产品。可是,不往远处扯开去,我只说说那些境遇还算中等的人吧。

大多数人似乎从来没有想过,一座房屋算什么,虽然他们不该穷困,事实上却终身穷困了,因为他们总想有一座跟他们邻人的房屋一样的房屋。好像你只能穿上裁缝给你制成的任何衣服,你逐渐放弃了棕榈叶的帽子或土拨鼠皮的软帽,你只能对这时代生活的艰难感慨系之了,因为你买不起一顶皇冠!要发明一座比我们所已经有的,更便利、更华美的房屋是可能的,但大家承认,已有的房屋我们都还买不起。难道我们老要研究怎样得到越来越多的东西,而不能有时满足于少弄一点东西呢?难道要那些可尊敬的公民们,庄严地用他们的言教和身教,来教育年轻人早在老死以前就置备好若干双多余的皮鞋和若干把雨伞,以及空空的客房,来招待不存在的客人吗?我们的家具为什么不能像阿拉伯人或印第安人那样地简单呢？我们把民族的救星尊称为天上的信使，给人类带来神灵礼物的使者，当我想到他们的时候，我想来想去，想不出他们的足踵后面，会有仆役随从，会有什么满载着时式家具的车辆。如果我同意下面这种说法，那会怎么样呢——那不是一种奇怪的同意吗？——那说法就是我们在道德上和智慧上如果比阿拉伯人更为优越，那么我们的家具也应该比他们的更复杂！目前，我们的房屋正堆满了家具，都给家具弄脏了呢，一位好主妇宁愿把大部分家具扫入垃圾坑，也不愿让早上的工作放着不干。早上的工作呵！在微红色的曙光中，在曼侬①的音乐里，世界上的人该做什么样的早晨的工作呢？我桌上，有三块石灰石，非得天天拂拭它们不可，真叫我震惊，我头脑中的灰尘还来不及拂拭呢，赶快嫌恶地把它们扔出窗子去。你想，我怎么配有一座有家具的房屋呢？我宁可坐在露天，因为草叶之上，没有灰尘，除非是人类已经玷辱过了的地方。

骄奢淫逸的人创设了时髦翻新，让成群的人勤谨地追随。一个旅行者，投宿在所谓最漂亮的房间里，他就会发现这点，因为旅店主人们当他萨达拿泼勒斯②来招待了，要是他接受了他们的盛情，不多久他就会完全失去男性的精神。我想到铁路车厢，我们是宁愿花更多的钱于布置的奢侈上，而不在乎行车的安全和便捷的，结果安全和便捷都谈不到，车厢成了一个摩登客厅，有软褥的睡椅，土耳其式的厚榻，遮阳的帘子，还有一百种另外的东方的花样，我们把它们搬到西方来了，那些

---

① 曼侬，尼罗河上的巨大雕像，相传日出时能发出竖琴之声。
② 萨达拿泼勒斯（Sardanapalus，前？—前626），古亚述国王（前668—前626）。

花样,原先是为天朝帝国的六宫粉黛,天子的后妃,后宫中的妻妾而发明的,那是约拿单①听到名称都要难为情的东西。我宁可坐在一只大南瓜上,由我一个人占有它,不愿意挤在天鹅绒的垫子上。我宁可坐一辆牛车,自由自在来去,不愿意坐什么花哨的游览车去天堂,一路上呼吸着污浊的空气。

原始人生活得简简单单,赤身露体,至少有这样的好处,他还只是大自然之中的一个过客。当他吃饱睡够,神清气爽,便可以再考虑他的行程。可不是,他居住在苍穹的篷帐下面,不是穿过山谷,便是踄过平原,或是攀登高山。可是,看啊!人类已经成为他们的工具的工具了。独立自然地,饥饿了就采果实吃的人已经变成一个农夫;而在树荫下歇力的人已经变成一个管家。我们不再在夜间露营,我们安居在大地上,忘记了天空。我们信奉基督教,不过当它是一种改良农业的方法。我们已经在尘世造好府邸家宅,随后就建造冢墓坟地。最杰出的艺术作品都表现着人类怎样从这种情形中挣扎出来,解放自己,但我们的艺术效果不过是把我们这屈辱的境遇弄得舒适一点,而那比较高级的境界却会被遗忘了。真的,在这村子里,美术作品没有插足之地,就算有些作品是流传下来了的,因为我们的生活,我们的房屋或街道都不能为美术作品提供恰当的垫座。挂一张画的钉子都没有,也没有一个架子来接受英雄或圣者的胸像。当我想起我们的房屋是怎样建筑的,是怎样付款或付而未清账的,它们家庭的内部经济又是怎样的一回事,我不禁暗暗纳罕了,为什么在宾客赞赏壁炉架上那些小玩意儿的时候,地板不会一下子坍下去,让它掉落到地

---

① 约拿单是《圣经》中人物,扫罗之子,大卫之友。

窖中去，一直落到坚固的、忠实的基岩上。我不能不看到，世人是在向着所谓富有而优雅的生活跳跃，我一点也不欣赏那些点缀生活的美术品，我全神贯注在人们的跳跃之上；想起人类肌肉能达到的最高的跳高纪录，还是某一些流浪的阿拉伯人保持的，他们从平地上跳到二十五英尺之高。没有东西支持的话，跳到了这样的高度上也还是要跌到地上来的。因此，我要问问那些太不恰当的产业所有者，第一个问题是，谁支持你？你是在九十七个失败的人当中呢，还是在三个成功的人当中？回答了这些问题之后，也许我会去看看你的华丽而无价值的玩物，鉴赏鉴赏它们的装饰风味。车子套在马前面，既不美观，也没有用处。在用美丽的饰物装饰房屋之前，必须把墙壁剥去一层，还得剥除一层我们的生命，还要有美好的家务管理，美好的生活作为底子：要知道，美的趣味最好在露天培育，在那里既没有房屋，也没有管家。

老约翰逊①在他的《神奇的造化》中，说起他的那些最初移民到这个城市来的同时代人，他告诉我们说："他们在小山坡上，挖掘窖洞，作为最早的荫蔽处所，他们把土高高地堆在木材上，在最高的一边，生了冒浓烟的火，烘烤泥土。"他们并不"给自己造房子"，他说，直到"上帝赐福，土地上生产了足够的面包喂饱了他们"，然而第一年的收成却不好，"他们不得不有很长的一季减少口粮"。一六五○年，新尼德兰州②州秘书长用荷兰文写过一段话，更加详细地告诉预备往那里移居的人说，"在新尼特兰的人，特别在新英格兰的人，起初是

① 移民美洲之威廉·约翰逊（William Johnson，1598—1672）。

② 新尼德兰州，原荷兰殖民地名称，即今纽约州等地。

无法按他们的愿望建造农舍的,他们在地上挖个方方的地窖似的、六七英尺深的坑,长短随便他们自己,然后在墙壁上装上木板,挡住泥土,用树皮合缝,以免泥土落下来,当然也有用了别种材料的;还用木板铺了地板,做了天花板,架起了一个斜桁的屋顶,铺上树皮或绿草皮,这样他们全家可以很温暖很干燥地在里面住上两年、三年,或者四年,可以想象,这些地窖中,还隔出了一些小房间,这要看家里的人口数目了。新英格兰的阔气的要人,在开始殖民的时候,也住在这样的住所里面,那是有两个原因的,第一,免得筑造房屋,浪费了时间,弄得下一季粮食不够吃;第二,不希望他们大批地从祖国招来的苦工感觉到灰心。三四年之后当田野已适宜于耕种了,他们才给自己造漂亮的房子,花上几千元的钱。"

我们的祖先采取这个做法,可以看出,他们至少是非常小心的,他们的原则似乎以满足最紧迫的急需为第一。而现在,我们最紧迫的急需满足了没有呢?想到要给我自己置备一幢奢华的广厦,我就垂头丧气了,因为看来这一片土地上还没有相应的人类文化,我们至今还不得不减少我们精神的口粮,减得比我们的祖先节省面粉还要多。这倒不是说一切建筑的装饰甚至可以在最初的阶段里完全忽略掉;而是说可以把我们房屋里和我们生活有联系的部分搞得美一点,就像贝壳的内壁那样,但千万不能搞得过分的美。可是,唉!我曾经走进过一两座房屋,从而知道它们的内部是如何布置的呵!

当然我们没有退化到今天住窑洞,住尖屋,或穿兽皮的程度,自然,那付出了高价换来的便利人类的发明与工业的贡献也还是应该接受的。在我们这一带,木板、屋面板、石灰、砖头总比可以住人的洞窟,原根的圆木,大量的树皮,或黏土或平坦的石片更容易得到，也更便宜。我说得相当内行吧，因为我在理论和实际上都熟悉这一些事。只要再聪明一点儿，我们就可以用这些材料，使我们比今天最富有的人还更加富有，使我们的文明成为一种祝福。文明人不过是更有经验、更为聪明一些的野蛮人。可是，让我赶紧来叙述我自己的实验吧。

一八四五年三月尾，我借来一柄斧头，走到瓦尔登湖边的森林里，到达我预备造房子的地方，就开始砍伐一些箭矢似的，高耸入云而还年幼的白松来做我的建筑材料。开始时要不东借西借，总是很难的，但这也许还是唯一的妙法，让你的朋友们对你的事业发生兴趣。斧头的主人，在他出手借给我的时候，说它是他掌中的珍珠；可是我归还他时，斧头是愈加锋利了。我工作的地点是一个怡悦的山侧，满山松树，穿过松林我望见了湖水，还望见林中一块小小空地，小松树和山核桃树丛生着。湖水凝结成冰，没有完全融化，只化了几处地方，全是黝黑的颜色，而且渗透着水。我在那里工作的几天之内，还飘过几阵小雪；但当我回家去的途中，出来走到铁道上的时候，在大部分的地方，它那黄沙地一直延伸过去，闪烁在蒙蒙的大气中，而铁轨也在春天的阳光下发光了，我听到云雀、小鹩和别的鸟雀都到了，来和我们一块儿开始过这新的一年。那是愉快的春日，人们感到难过的冬天正跟冻土一样地消融，而蛰居的生命开始舒伸了。有一天，我的斧头柄掉了，我伐下一段青青的山核桃木来做成一个楔子，用一块石头敲紧了它，就把整个斧头浸在湖水中，好让那木楔子涨大一些，这时我看到一条赤链蛇窜入水中，显然毫不觉得不方便，它躺在湖水底，何止一刻钟，竟跟我在那儿的时间一样长久；也许它还没有从蛰伏的状态中完全苏醒过来。照我看，人类之还残留在目前的原始的低级状态中，也是同样的原因；可是人类如果感到万物之春的影响把他们唤醒了起来，他们必然要上升到更高级、更升华的生命中去。以前，我在降霜的清晨看到过路上一些蛇，它们的身子还有一部分麻木不灵活，还在等待太阳出来唤醒它们。四月一日下了雨，冰融了，这天的大半个早晨是雾蒙蒙的，我听到一只失群的孤鹅摸索在湖上，迷途似的哀鸣着，像是雾的精灵一样。

我便这样一连几天，用那狭小的斧头，伐木丁丁，砍削木料、门柱和椽木，并没有什么可以奉告的思想，也没有什么学究式的思维，只是自己歌唱，——

> 人们说他们懂得不少；
> 瞧啊，他们生了翅膀，——
> 百艺啊，还有科学，
> 还有千般技巧；
> 其实只有吹拂的风
> 才是他们全部的知觉。①

我把主要的木材砍成六英寸见方，大部分的间柱只砍两边，椽木和地板是只砍一边，其余几边留下树皮，所以它们和锯子锯出来的相比，是同样地挺直，而且更加结实。每一根木料都挖了榫眼，在顶上劈出了榫头，这时我又借到一些工具。在林中过的白昼往往很短；然而，我常常带去我的牛油面包当午餐，在正午时还读读包扎它们的新闻报纸，坐在我砍伐下来的青松枝上，它们的芳香染到面包上，因为我手上有一层厚厚的树

---

① 没有加引号的诗句是梭罗自己写的诗。

脂。在我结束以前,松树成了我的密友,虽然我砍伐了几枝,却依然没有和它们结怨,反而和它们越来越亲了。有时候,林中的闲游者给斧声吸引了过来,我们就愉快地面对着碎木片瞎谈。

我的工作干得一点不紧张,只是尽力去做而已,到四月中旬,我的屋架已经完工,可以立起来了。我已经向詹姆斯·柯林斯,一个在菲茨堡铁路上工作的爱尔兰人,买下他的棚屋来使用他的木板。詹姆斯·柯林斯的棚屋被认为是不平凡的好建筑。我找他去的时候,他不在家。我在外面走动,起先没有被里面注意到,那窗子很深而且很高。屋很小,有一个三角形的屋顶,别的没有什么可看的,四周积有五英尺高的垃圾,像肥料堆。屋顶是最完整的一部分,虽然给太阳晒得弯弯曲曲,而且很脆。没有门框,门板下有一道终年群鸡乱飞的通道。柯夫人来到门口,邀我到室内去看看货色。我一走近,母鸡也给我赶了进去。屋子里光线暗淡,大部分的地板很脏,潮湿,发黏,摇动,只有这里一条,那里一条,是不能搬,一搬就裂的木板。她点亮了一盏灯,给我看屋顶的里边和墙,以及一直伸到床底下去的地板,却劝告我不要踏入地窖中去,那不过是两英尺深的垃圾坑。用她自己的话来说,"头顶上,四周围,都是好木板,还有一扇好窗户,"——原来是两个方框,最近只有猫在那里出进。那里有一只火炉,一张床,一个坐坐的地方,一个出生在那里的婴孩,一把丝质的遮阳伞,还有镀金的镜子一面,以及一只全新的咖啡磨,钉牢在一块幼橡木上,这就是全部了。我们的交易当下就谈妥,因为那时候,詹姆斯也回来啦。当天晚上,我得付四元两角五分,他得在明天早晨五点搬家,可不能再把什么东西卖给别人了;六点钟,我可以去占有那棚屋。他说，赶早来最好，趁别人还来不及在地租和燃料上，提出某种数目不定，但是完全不公道的要求。他告诉我这是唯一的额外开支。到了六点钟，我在路上碰到他和他的一家。一个大包裹，全部家产都在内，——床，咖啡磨，镜子，母鸡，——只除了猫；它奔入树林，成为野猫，后来我又知道它触上了一只捕捉土拨鼠的机关，终于成了一只死猫。

这同一天的早晨，我就拆卸这棚屋，拔下钉子，用小车把木板搬运到湖滨，放在草地上，让太阳再把它们晒得发白并且恢复原来的形状。一只早起的画眉在我驾车经过林中小径时，送来了一个两个乐音。年轻人派屈里克却恶意地告诉我，一个爱尔兰邻居叫西莱的，在装车的间隙把还可以用的、直的、可以钉的钉子、骑马钉和大钉放进了自己的口袋，等我回去重新抬起头来，满不在乎、全身春意盎然地看着那一堆废墟的时候，他就站在那儿，正如他说的，没有多少工作可做。他在那里代表观众，使这琐屑不足道的事情看上去更像是特洛伊城①众神的撤离。

我在一处向南倾斜的小山腰上挖掘了我的地窖，那里一只土拨鼠也曾经挖过它的丘穴，我挖去了漆树和黑莓的根，及植物的最下面的痕迹，六英尺见方，七英尺深，直挖到一片良好的沙地，冬天再怎么冷，土豆也决不会冻坏了。它的周围是渐次倾斜的，并没有砌上石块；但太阳从没有照到它，因此没有沙粒流下来。这只不过两小时的工作。我对于破土特别感兴趣，差不多在所有的纬度上，人们只消挖掘到地下去，都能得到均一

---

① 古希腊诗人荷马（Homer，约公元前九至八世纪）所写史诗《伊利亚特》中经十年围攻才攻破之城。

的温度。在城市中,最豪华的住宅里也还是可以找到地窖的,他们在里面埋藏他们的块根植物,像古人那样,将来即使上层建筑完全颓毁,很久以后,后代人还能发现它留在地皮上的凹痕。所谓房屋,只不过是地洞入口处的一些门面而已。

最后,在五月初,由我的一些熟识的人帮忙,我把屋架立了起来,其实这也没有什么必要,我只是借这个机会来跟邻舍联络联络。关于屋架的竖立,一切荣耀自应归我。我相信,有那么一天,大家还要一起来竖立一个更高的结构。七月四日,我开始住进了我的屋子,因为那时屋顶刚装上,木板刚钉齐,这些木板都削成薄边,镶合在一起,防雨是毫无问题的,但在钉木板之前,我已经在屋子的一端砌好一个烟囱的基础,所用石块约有两车之多,都是我双臂从湖边抱上山的。但直到秋天锄完了地以后,我才把烟囱完成,恰在必须生火取暖之前,而前些时候我总是一大清早就在户外的地上做饭的;这一种方式我还认为是比一般的方式更便利、更惬意一些。如果在面包烤好之前起风下雨,我就在火上挡几块木板,躲在下面凝望着面包,便这样度过了若干愉快的时辰。那些日子里我手上工作多,读书很少,但地上的破纸,甚至单据,或台布,都供给我无限的欢乐,实在达到了同阅读《伊利亚特》一样的目的。

要比我那样建筑房屋还更谨慎小心,也是划得来的,比方说,先考虑好一门一窗、一个地窖或一间阁楼在人性中间有着什么基础,除了目前需要以外,在你找出更强有力的理由以前,也许你永远也不要建立什么上层建筑的。一个人造他自己的房屋,跟一只飞鸟造巢,是同样的合情合理。谁知道呢,如果世人都自己亲手造他们自己住的房子,又简单地老实地用食物养活了自己和一家人，那么诗的才能一定会在全球发扬光大，就像那些飞禽，它们在这样做的时候，歌声唱遍了全球。可是，唉！我们不喜欢燕八哥和杜鹃，它们跑到别个鸟禽所筑造的巢中去下蛋，那叽叽喳喳的不协和乐音并不能使行路经过的人听了快乐。难道我们永远把建筑的快乐放弃给木匠师傅？在大多数的人类经验中，建筑算得了什么呢？在我所有的散步中，还绝对没有碰到过一个人正从事着建造自己住的房屋这样简单而自然的工作。我们是属于社会的。不单裁缝是一个人的九分之一，还有传教士，商人，农夫也有这么多呢。这种分工要分到什么程度为止？最后有什么结果？毫无疑问，别人可以来代替我们思想啰；可是如果他这么做是为了不让我自己思想，这就很不理想了。

真的，在这个国家里面有一种人叫作建筑师，至少我听说过一个建筑师有一种想法要使建筑上的装饰具有一种真理之核心，一种必要性，因此有一种美，好像这是神灵给他的启示。从他的观点来说，是很好的啰，实际他比普通爱好美术的外行人只高明一点儿。一个建筑学上感情用事的改革家，他不从基础，却从飞檐入手。仅在装饰中放一个真理之核心，像糖拌梅子里面嵌进一粒杏仁或者一粒葛缕子，——我总觉得吃杏仁，不用糖更有益于健康，——他不想想居民，即住在房屋里面的人，可以把房屋建筑得里里外外都很好，而不去管什么装饰。哪个讲理性的人会认为装饰只是表面的，仅属于皮肤上的东西，——认为乌龟获得斑纹的甲壳，贝类获得珠母的光泽，就像百老汇的居民获得三一教堂似的要签订什么合同呢？一个人跟他自己的房屋建筑的风格无关，就跟乌龟跟它的甲壳无关一样；当兵的不必那么无聊，把自己的勇气的确切的颜色画在旗帜上。敌人会知道的。到了紧要关头上，他就要脸色发青了。在我看来，这位建筑师仿佛俯身在飞檐上，羞涩地向那粗鲁的住户私语着他的似是而非的真理，实际上住户比他还知道得更多。我现在所看到的建筑学的美，我了解它是从内部向外面渐渐地生长出来的，是从那住在里面的人的需要和他的性格中生长出来的，住在里面的人是唯一的建筑师，——美来自他的不知不觉的真实感和崇高心灵，至于外表他一点儿没有想到；这样的美如果必然产生的话，那他先已不知不觉地有了生命之美。在我们这国土上，画家们都知道，最有趣味的住宅一般是穷困的平民们的那些毫无虚饰的、卑微的木屋和农舍；使房屋显得别致的，不是仅仅在外表上有的哪种特性，而是外壳似的房屋里面的居民生活；同样有趣味的，要算市民们那些郊外的箱形的木屋，他们的生活将是简单的，恰如想象的一样，他们的住宅就没有一点叫人伤脑筋的风格。建筑上的大多数装饰确实是空空洞洞的，一阵九月的风可以把它们吹掉，好比吹落借来的羽毛①一样，丝毫无损于实际。并不要在地窖中窖藏橄榄和美酒的人，没有建筑学也可以过得去。如果在文学作品中，也这样多事地追求装饰风，如果我们的《圣经》的建筑师，也像教堂的建筑师这样花很多的时间在飞檐上，结果会怎样呢？那些纯文学、那些艺术学和它们的教授们就是如此矫揉造作的。当然，人很关心这几根木棍子是斜放在他上面呢，还是放在下面，他的箱子应该涂上什么颜色。这里头是很有一点意思的，如果认真地说，他把它们斜放了，箱子涂上颜色了；可是在精神已经离开了躯壳的情况下，

① 有一个寓言说，寒鸦借来孔雀的羽毛，把自己打扮起来。

那它跟建造他自己的棺材就属于同一性质了——说的是坟墓的建筑学,——而"木匠"只不过是"做棺材的人"的另一个名称罢了。有一个人说,你在失望中,或者对人生采取漠然态度时,抓起脚下的一把泥土来,就用这颜色来粉刷你的房子吧。他想到了他那临终的狭长的房子了吗?抛一个铜币来抉择一下好了。他一定有非常多的闲暇!为什么你要抓起一把泥土来呢?还是用你自己的皮肤颜色来粉刷你的房屋好得多;让它颜色苍白或者为你羞红好了。一个改进村屋建筑风格的创造!等到你找出了我的装饰来,我一定采用它们。

入冬以前,我造了一个烟囱,在屋侧钉上一些薄片,因为那里已经不能挡雨,那些薄片是木头上砍下来的,不很完善的很苍翠的木片,我却不得不用刨子刨平它们的两旁。

这样我有了一个密不通风,钉上木片,抹以泥灰的房屋,十英尺宽,十五英尺长,木柱高八英尺,还有一个阁楼,一个小间,每一边一扇大窗,两个活板门,尾端有一扇大门,正对大门有个砖砌的火炉。我的房子的支出,只是我所用的这些材料的一般价格,人工不算在内,因为都是我自己动手的,总数我写在下面:我抄写得这样的详细,因为很少数人能够精确地说出来,他们的房子终究花了多少钱,而能够把组成这一些房子的各式各样的材料和价格说出来的人,如果有的话,也是更加少了:——

木板 ……………… 8.035 元(多数系旧板)

屋顶及墙板用的旧木片 ……………… 4.00 元

板条 ……………… 1.25 元

两扇旧窗及玻璃 ……………… 2.43 元

一千块旧砖 ……………… 4.00 元

两箱石灰 ……………… 2.40 元——买贵了

| | | |
|---|---|---|
| 头发 ················· | 0.31 元—— | 买多了 |
| 壁炉用铁片 ················· | 0.15 元 | |
| 钉 ················· | 3.90 元 | |
| 铰链及螺丝钉 ················· | 0.14 元 | |
| 闩子 ················· | 0.10 元 | |
| 粉笔 ················· | 0.01 元 | |
| 搬运费 ················· | 1.40 元—— | 大多自己背 |
| 共计 ················· | 28.125 元 | |

所有材料都在这里了，除了木料、石头、沙子，后面这些材料我是用在公地上占地盖屋的人应该享受的特权取来的。我另外还搭了一个披屋，大都是用造了房子之后留下来的材料盖的。

我本想给我造一座房子，论宏伟与华丽，要超过康科德大街上任何一座房子的，只要它能够像目前的这间使我这样高兴，而且花费也不更多的话。

这样我发现，只想住宿舍的学生完全能够得到一座终身受用的房子，所花的费用还不比他现在每年付的住宿费大呢。如果说，我似乎夸大得有点过甚其辞，那么我的解释是我并非为自己，是为人类而夸大；我的短处和前后不一致并不能影响我言论的真实性。尽管我有不少虚假和伪善的地方——那好像是难于从麦子上打掉的糠秕，我也跟任何人一样为此感到遗憾，——我还是要自由地呼吸，在这件事上挺起我的腰杆子来，这对于品德和身体都是一个极大的快乐；而且我决定，决不屈辱地变成魔鬼的代言人。我要试着为真理说一句好话。在剑桥学院①，一个学生住比我那房稍大一点儿的房间，光住

① 这里的剑桥学院即指哈佛大学。

宿费就是每年三十元,那家公司却在一个屋顶下造了毗连的三十二个房间,占尽了便宜,房客却因邻居众多而嘈杂,也许还不得不住在四层楼上,因而深感不便。我就不得不想着,如果我们在这些方面有更多的真知灼见,不仅教育的需要可以减少,因为更多的教育工作早就可以完成了,而且为了受教育而必须有钱交费那样的事情一定已经大部分都消灭掉了。学生在剑桥或别的学校为了必须有的便利,花掉了他或别人的很大的生命代价,如果双方都合理地处置这一类事情,那只消花十分之一就够了。要收费的东西,决不是学生最需要的东西。例如,学费在这一学期的账目中是一笔大的支出,而他和同时代人中最有教养的人往来,并从中得到更有价值得多的教育,这却不需要付费。成立一个学院的方式,通常是弄到一批捐款的人,捐来大洋和角子,然后盲目地遵从分工的原则,分工分得到了家,这个原则实在是非得审慎从事不可的,——于是招揽了一个承办大工程的包工来,他又雇用了爱尔兰人或别的什么工人,而后果真奠基开工了,然后,学生们得适应在这里面住;而为了这一个失策,一代代的子弟就得付出学费。我想,学生或那些想从学校中得益的人,如果能自己来奠基动工,事情就会好得多。学生得到了他贪求的空闲与休息,他们根据制度,逃避了人类必需的任何劳动,得到的只是可耻的、无益的空闲,而能使这种空闲变为丰富收获的那种经验,他们却全没有学到。“可是,”有人说,“你总不是主张学生不该用脑,而是应该用手去学习吧?”我不完全是这样的主张,我主张的东西他应该多想一想;我主张他们不应该以生活为游戏,或仅仅以生活作研究,还要人类社会花高代价供养他们,他们应该自始至终,热忱地生活。除非青年人立刻进行生活的实践,他们怎能有更好方法来学习生活呢?我想这样做才可以像数学一样训练他们的心智。举例以明之。如果我希望一个孩子懂得一些科学文化,我就不愿意走老路子,那不过是把他送到附近的教授那儿去,那里什么都教,什么都练习,只是不教生活的艺术也不练习生活的艺术;——只是从望远镜或显微镜中考察世界,却从不教授他用肉眼来观看;研究了化学,却不去学习他的面包如何做成,或者什么工艺,也不学如何挣来这一切的;虽然发现了海王星的卫星,却没有发现自己眼睛里的微尘,更没有发现自己成了哪一个流浪汉的卫星;他在一滴醋里观察怪物,却要被他四周那些怪物吞噬。一个孩子要是自己开挖出铁矿石来,自己熔炼它们,把他所需要知道的都从书本上找出来,然后他做成了一把他自己的折刀——另一个孩子则一方面在冶金学院里听讲冶炼的技术课,一方面收到他父亲给他的一把洛杰斯牌子的折刀,——试想过一个月之后,哪一个孩子进步得更快?又是哪一个孩子会给折刀割破了手的呢?……真叫我吃惊,我离开大学的时候,说是我已经学过航海学了!——其实,只要我到港口去打一个转身,我就会学到更多这方面的知识,甚至贫困的学生也学了,并且只被教授以政治经济学,而生活的经济学,那是哲学的同义语,甚至没有在我们的学院中认真地教授过。结果弄成了这个局面,因儿子在研究亚当·斯密①、李嘉图②和萨伊③,

① 亚当·斯密(Adam Smith,1723—1790),英国古典政治经济学体系的建立者。
② 李嘉图(David Ricardo,1772—1823),英国经济学家,古典政治经济学的完成者。
③ 萨伊(Jean Baptiste Say,1767—1832),法国早期庸俗政治经济学的代表人物。

父亲却陷入了无法摆脱的债务中。

正如我们的学院，拥有一百种"现代化的进步设施"；对它们很容易发生幻想；却并不总是有肯定的进步。魔鬼老早就投了资，后来又不断地加股，为此他一直索取利息直到最后。我们的发明常常是漂亮的玩具，只是吸引我们的注意力，使我们离开了严肃的事物。它们只是对毫无改进的目标提供一些改进过的方法，其实这目标早就可以很容易地到达的；就像直达波士顿或直达纽约的铁路那样。我们急忙忙要从缅因州筑一条磁力电报线到得克萨斯州；可是从缅因州到得克萨斯州，也许没有什么重要的电讯要拍发。正像一个人，热衷地要和一个耳聋的著名妇人谈谈，他被介绍给她了，助听的听筒也放在他手里了，他却发现原来没有话要对她说。仿佛主要的问题只是要说得快，却不是要说得有理智。我们急急乎要在大西洋底下设隧道，使旧世界能缩短几个星期，很快地到达新世界，可是传入美国人的软皮搭骨的大耳朵的第一个消息，也许是阿德莱德公主害了百日咳之类的新闻。总之一句话，骑着马，一分钟跑一英里的人决不会携带最重要的消息；他不是一个福音教徒，他跑来跑去也不是为了吃蝗虫和野蜜。我怀疑飞童①有没有载过一粒谷子到磨坊去。

有一个人对我说，"我很奇怪你怎么不积几个钱；你很爱旅行；你应该坐上车，今天就上菲茨堡去，见见世面嘛。"可是我比这更聪明些，我已经明白最快的旅行是步行。我对我的朋友说，假定我们试一试，谁先到那里。距离是三十英里，车票是九角钱。这差不多是一天的工资。我还记得，在这条路

① 英国一匹著名的赛马。

上做工的人一天只拿六角钱。好了,我现在步行出发,不要到晚上我就到达了;一星期来,我的旅行都是这样的速度。那时候,你是在挣工资,明天的什么时候你也到了,假如工作找得巧,可能今晚上就到达。然而,你不是上菲茨堡,而是花了一天的大部分时间在这儿工作。由此可见,铁路线尽管绕全世界一圈,我想我总还是赶在你的前头;至于见见世面,多点阅历,那我就该和你完全绝交了。

这便是普遍的规律,从没有人能胜过它;至于铁路,我们可以说它是很广而且很长的。使全人类得到一条绕全球一圈的铁路,好像是挖平地球的表面一样。人们糊里糊涂相信着,只要他们继续用合股经营的办法,铲子这样子铲下去,火车最后总会到达某个地方的,几乎不要花多少时间,也不要花什么钱;可是成群的人奔往火车站,收票员喊着"旅客上车!"烟在空中吹散,蒸气喷发浓密,这时可以看到少数人上了车,而其余的人却被车压过去了,这就被称作"一个可悲的事故",确是如此。毫无疑问,挣到了车资的人,最后还是赶得上车子的,就是说,只要他们还活着,可是说不定那时候他们已经失去了开朗的性情和旅行的愿望了。这种花了一个人的生命中最宝贵的一部分来赚钱,为了在最不宝贵的一部分时间里享受一点可疑的自由,使我想起了那个英国人,为了他可以回到英国去过一个诗人般的生活,他首先跑到印度去发财。他应该立即住进破旧的阁楼去才对。"什么!"一百万个爱尔兰人从土地上的所有的棚屋里发出呼声来了,"我们所造的这条铁路,难道不是一个好东西吗?"是的,我回答,比较起来,是好的,就是说,你们很可能搞得更坏;可是,因为你们是我的兄弟,我希望你们能够比挖掘土方更好地打发你们的光阴。

在我的房屋建成之前,我就想用老实又愉快的方式来赚他十元十二元的,以偿付我的额外支出,我在两英亩半的屋边的沙地上种了点东西,主要是蚕豆,也种了一点土豆、玉米、豌豆和萝卜。我总共占了十一英亩地,大都长着松树和山核桃树,上一季的地价是八元零八分一英亩。有一个农夫说这地"毫无用处,只好养一些叽叽叫的松鼠"。我没有在这片地上施肥,我不是它的主人,不过是一个居住在无主之地上的人,我不希望种那么多的地,就没有一下子把全部的地都锄好。锄地时,我挖出了许多树根来,有几"考德"①,供我燃烧了很久,这就留下了几小圈未耕作过的沃土,当蚕豆在夏天里长得异常茂盛的时候是很容易区别它们的。房屋后面那些枯死的卖不掉的树木和湖上漂浮而来的木头也供给了我其余的一部分燃料。我却不能不租一组犁地的马和雇一个短工,但掌犁的还是我自己。我的农场支出,第一季度在工具、种子和工资等方面,一总十四元七角两分五。玉米种子是人家送的。种子实在不值多少钱,除非你种得比需要量更多。我收获蚕豆十二蒲式耳②,土豆十八蒲式耳,此外还有若干豌豆和玉米。黄玉米和萝卜种晚了,没有收成。农场的收入全部是:

23.44 元

减去支出 ·············· 14.725 元

结余 ················ 8.715 元

---

① 128 立方英尺为 1"考德",为木柴堆的体积单位。

② 计量谷物等的容量单位。在美国 1 蒲式耳等于 35.238 升。

除了我消费掉的和手头还存着一些的产品之外,估计约值四元五角——手上的储存已超出了我自己不能生产的一点儿蔬菜的需要量。从全面考虑,这是说,我考虑到人的灵魂和时间的重要性,我虽然为了这个实验占去了我很短的一些时间,不,一部分也因为它的时间非常短暂,我就确信我今年的收成比康科德任何一个农夫的都好。

第二年,我就干得更好了,因为我把总需要量的全部土地统统种上了,只不过一英亩的三分之一,从这两年的经验中,我发现了我没有给那些农业巨著吓倒,包括亚瑟·扬①的著作在内。我发现一个人如果要简单地生活,只吃他自己收获的粮食,而且并不耕种得超过他的需要,也不无餍足地交换更奢侈、更昂贵的物品,那么他只要耕几平方杆②的地就够了;用铲子比用牛耕又便宜得多;每次可更换一块新地,以免给旧地不断地施肥,而一切农场上的必要劳动,只要他夏天有空闲的时候略略做一做就够了;这样他就不会像目前的人们那样去和一头牛,或马,或母牛,或猪猡,捆绑在一起。在这一点上,我希望大公无私地说话,作为一个对目前社会经济措施的成败都不关心的人。我比康科德的任何一个农夫都更具独立性,因为我没有抛锚固定在一座房屋或一个农场上,我能随我自己的意向行事,那意向是每一刹那都变化多端的。况且我的光景已经比他们的好了许多,如果我的房子烧掉了,或者我歉收了,我还能跟以前一样地过得很好。

① 亚瑟·扬(Arthur Young,1741—1820),英国农业家和作家。
② 1平方杆等于30$\frac{1}{4}$平方码。

我常想，不是人在放牛，简直是牛在牧人，而人放牛是更自由的。人与牛是在交换劳动；如果我们考虑的只是必须劳动的话，那么看来牛要占便宜得多，它们的农场也大得多。人担任的一部分交换劳动便是割上六个星期的干草，这可不是儿戏呢。自然没有一个在各方面的生活都很简单的国土，就是说，没有一个哲学家的国土，是愿意犯这种重大错误来叫畜生劳动的。确实世上从未有过，将来也未见得会有那么个哲学家的国土，就是有了，我也不敢说它一定是美满的。然而我绝对不愿意去驯一匹马或一头牛，束缚了它，叫它替我做任何它能做的工作，只因为我怕自己变成了马夫或牛倌；如果说这样做了，社会就得益匪浅，那么难道能够肯定一个人的盈利就不是另一个人的损失，难道能够肯定马房里的马夫跟他的主人是同样地满足的吗？就算有些公共的工作没有牛马的帮助是建立不起来的，而且就让人类来和牛马一起分享这种光荣；是否能推理说，那样的话，他就不可能用更加对得起自己的方式来完成这种工作了呢？当人们利用了牛马帮助，开始做了许多不仅是不需要的和艺术的，而且还是奢侈的和无用的工作，这就不可避免要有少数人得和牛马做交换工作，换句话说，这些人便成了最强者的奴隶。所以，人不仅为他内心的兽性而工作，而且，这像是一个象征，他还为他身外的牲畜而劳动。虽然我们已经有了许多砖瓦或石头砌造的屋子，一个农夫的殷实与否，还得看看他的兽厩在什么程度上盖过了他的住屋。据说城市里有最大的房屋，供给这儿的耕牛、奶牛和马匹居住；公共大厦这一方面毫不落后；可是在这个县里，可供言论自由与信仰自由用的大厅反倒很少呢。国家不应该用高楼大厦来给它们自己树立起纪念碑，为什么不用抽象的思维力来纪念呢？东方的全部废墟，也决不比一卷《对话录》①更可赞叹！高塔与寺院是帝王的糜侈。一个单纯而独立的心智决不会听从帝王的吩咐去干苦活的。天才决不是任何帝王的侍从，金子银子和大理石也无法使他们流芳百世，它们最多只能保留极细微的一部分。请告诉我，锤打这么多石头，要达到什么目的呢？当我在阿卡狄亚②的时候，我没有看到任何人雕琢大理石。许多国家沉迷在疯狂的野心中，要想靠留下多少雕琢过的石头来使自己永垂不朽。如果他们用同样的劳力来琢凿自己的风度，那会怎么样呢？一件有理性的事情，要比矗立一个高得碰到月球的纪念碑还更加值得留传。我更喜欢让石头放在它们原来的地方。像底比斯③那样的宏伟是庸俗的。一座有一百个城门的底比斯城早就远离了人生的真正目标，怎能有围绕着诚实人的田园的一平方杆的石墙那么合理呢。野蛮的、异教徒的宗教和文化倒建造了华丽的寺院；而可以称之为基督教的，就没有这样做。一个国家锤击下来的石头大都用在它的坟墓上。它活埋了它自己。说到金字塔，本没有什么可惊奇的，可惊的是有那么多人，竟能屈辱到如此地步，花了他们一生的精力，替一个鲁钝的野心家造坟墓，其实他要是跳尼罗河淹死，然后把身体喂野狗都还更聪明些，更有气派些呢。我未始不可以给他们，也给他找一些掩饰之词，可是我才没有时间呢。至于那些建筑家所信的宗教和他们对于艺术的爱好，倒是全世界一样的，不管他们造的是埃及的神庙

① 古印度叙事诗《摩诃婆罗多》中的一卷《对话录》(*Bhagavat-Geeta*)。

② 阿卡狄亚(Arcadia)，古希腊的一个高原地区。后来用于指有田园牧歌式淳朴生活的地方。

③ 底比斯(Thebes)，埃及尼罗河畔的古城，有一百个城门。

还是美利坚合众国银行，总是代价大于实际。虚荣是源泉，助手是爱大蒜、面包和牛油。一个年轻的有希望的建筑师叫巴尔康先生，他在维特罗微乌斯①的后面追随着用硬铅笔和直尺设计了一个图样，然后交到道勃荪父子采石公司手上。当三十个世纪开始俯视着它时，人类抬头向着它凝望。你们的那些高塔和纪念碑呵，城里有过一个疯子要挖掘一条通到中国去的隧道，掘得这样深，据说他已经听到中国茶壶和烧开水的响声了；可是，我想我决不会越出我的常轨而去赞美他的那个窟窿的。许多人关心着东方和西方的那些纪念碑，——要知道是谁造的。我愿意知道，是谁当时不肯造这些东西，——谁能够超越乎这许多烦琐玩意儿之上。可是让我继续统计下去吧。

我当时在村中又测量又做木工和各种别的日工，我会的行业有我手指之数那么多，我一起挣了十三元三角四分。八个月的伙食费——就是说，从七月四日到三月一日这些结算出下列账目的日子，虽然在那里我一共过了两个多年头，——我不算自己生产的土豆、一点儿玉米和若干豌豆，也不算结账日留在手上的存货市价，计开：

米……………………………1.735 元

糖浆…………………………… 1. 73 元——最便宜的糖精

黑麦…………………………1.0475 元

印第安玉米粉 ………………… 0. 9975 元——较黑麦价廉

————

① 维特罗微乌斯（Marcus Vitruvius Pollio，公元前一世纪），罗马建筑大师。

猪肉······························0.22 元

面粉··········0.88 元
——价钱比印第安玉米粉
贵,而且麻烦
白糖··········0.80 元
猪油··········0.65 元
苹果··········0.25 元          都是试验,但结果统统
苹果干········0.22 元          是失败的。
甘薯··········0.10 元
南瓜一只······0.06 元
西瓜一只······0.02 元
盐············0.03 元

是的,我的确总共吃掉了八元七角四分;可是,如果我不知道我的读者之中,大多数人是跟我有同样罪过的,他们的清单恐怕公开印出来,还不如我的好呢,那我是不会这样不害臊地公开我的罪过的。第二年,有时我捕鱼吃,有一次我还杀了一条蹂躏我的蚕豆田的土拨鼠,——它颇像鞑靼人所说的在执行它的灵魂转世——我吃了它,一半也是试验性质;虽然有股近乎麝香的香味,它还是暂时给了我一番享受,不过我知道长期享受这口福是没有好处的,即使你请村中名厨给你烹调土拨鼠也不行。

同一时间之内,衣服及其他零用,项目虽然不多,却也有:

8.4075 元
油及其他家庭用具·······················2.00 元

除开洗衣和补衣,那倒多半是拿到外面去的,但账单还没有开来,——这一些是世界上这个部分必须花的全部的钱,或者超出了必须花的范围——所有全部的支出是:

房子 ················· 28.125 元

农场的一年开支 ················· 14.725 元

八个月的食物 ················· 8.74 元

八个月的衣服等 ················· 8.4075 元

八个月的油等 ················· 2.00 元

共计 ················· 61.9975 元

现在我是向那些要谋生的读者说话的。为了支付这一笔开销,我卖出了农场的产品,计

23.44 元

日工挣到的 ················· 13.34 元

共计 ················· 36.78 元

从开销上减去此数,差额二十五元二角一分又四分之三,——恰恰是我开始时所有的资金,原先就预备负担支出的,这是一方面,——而另一方面呢,除了我这样得到的闲暇、独立和康健,我还有一座安乐的房屋,我爱住多久,就住多久。

这些统计资料,虽然很琐碎,似乎没有什么用处,但因相当完备,也就有了某种价值。再没有什么我没有记上账簿的了。从上面列的表看来,仅仅是食物一项,每星期要花掉我两角七分。食物,在后来的将近两年之内,总是黑麦和不发酵的印第安玉米粉,土豆,米,少量的腌肉,糖浆和盐;而我的饮料,则是水。对我这样爱好印度哲学的人,用米作为主要的食粮是合适的。为了对付一些习惯于吹毛求疵的人的反对,我还

不如说一说，如果我有时跑到外面去吃饭，我以前是这样做的，相信将来还是有机会要到外面去吃饭的，那我这样做是会损害我家里的经济安排的。我已经说了，到外面吃饭是经常的事，对于这样的比较的说法，是一点不发生影响的。

我从两年的经验中知道，甚至在这个纬度上，要得到一个人所必需的食粮也极少麻烦，少到不可信的地步；而且一个人可以像动物一样的吃简单的食物，仍然保持康健和膂力。我曾经从玉米田里采了一些马齿苋（学名 Portulaca oleracea）煮熟加盐，吃了一餐，这一餐饭在好些方面使我心满意足。我把它的拉丁文的学名写下是因为它的俗名不很好。请说说看，在和平的年代，在日常的中午时分，除了吃一些甜的嫩玉米，加上盐煮，一个讲究理性的人还能希望什么更多的食物呢？就是我稍稍变换花样，也只是为了换换口味，并不是为了健康的缘故。然而人们常常挨饿，不是因为缺少必需品，而是因为缺少了奢侈品；我还认识一个良善的女人，她以为她的儿子送了命是因为他只喝清水。

读者当然明白，这问题我是从经济学的观点，不是从美食的观点来处理的，他不会大胆地把我这种节食来做试验，除非他是一个脂肪太多的人。

起先我用纯粹的印第安玉米粉和盐来焙制面包，纯粹的糇糕①，我在露天的火上烤它们，放在一片薄木片上，或者放在建筑房屋时从木料上锯下来的木头上；可是时常熏得有松树味儿。我也试过面粉；可是最后发现了黑麦和印第安玉米粉的合制最方便，最可口。在冷天，这样连续地烘这些小面包

---

① 用印第安玉米粉加水和盐制成，最初焙于糇上，故有此名。

是很有趣的事，过细地翻身，像埃及人孵小鸡一样。我烤熟的，正是我的真正的米粮的果实，在我的嗅觉中，它们有如其他的鲜美的果实一样，有一种芳香，我用布把它们包起，尽量要保持这种芳香，越长久越好。我研读了不可缺少的制造面包的古代艺术，向那些权威人物讨教，一直回溯到原始时代，不发酵的面包的第一个发明，那时从吃野果子，啖生肉，人类第一次进步到了吃这一种食物的文雅优美的程度，我慢慢地又在我的读物中，探索到面团突然间发酸，据信就这样，发酵的技术被学到了，然后经过了各种的发酵作用，直到我读到"良好的，甘美的，有益健康的面包"，这生命的支持者。有人认为发酵剂是面包的灵魂，是充填细胞组织的精神，像圣灶上的火焰，被虔诚地保留下来，——我想，一定有很珍贵的几瓶是最初由"五月花"①带来，为美国担当了这任务的，而它的影响还在这片土地上升腾，膨胀，伸展，似食粮的波涛，——这酵母我也从村中正规地忠诚地端来了，直到有一天早晨，我却忘记了规则，用滚水烫了我的酵母；这件意外事使我发现甚至酵母也可以避免的，……我发现这个不是用综合的，而是用了分析的方式——从此我快快活活地取消了它，虽然大多数的家庭主妇曾经热忱地劝告我，没有发酵粉，安全而有益健康的面包是不可能的，年老的人还说我的体力会很快就衰退的。然而，我发现这并不是必需的原料，没有发酵我也过了一年，我还是生活在活人的土地上；我高兴的是我总算用不到在袋子里带一只小瓶子了，有时砰的一声瓶子破碎，里面的东西都倒掉了，弄得我很不愉快，不用这东西更干脆，更高尚了。人这

---

① "五月花"，最早前往北美殖民地的英国清教徒乘坐的船名。

种动物,比起别的动物来,更能够适应各种气候和各种环境。我也没有在面包里放什么盐,苏打,或别的酸素,或碱。看来我是依照了基督诞生前两个世纪的马尔库斯·鲍尔修斯·卡托①的方子做面包的。"Panem depsticium sic facito. Manus mortariumque bene lavato. Farinam in mortarium indito, aquae paulatim addito, subigitoque pulchre. Ubi bene subegeris, defingito, coquitoque sub testu."②他的这段话我这样理解:——"这样来做手揉的面包。洗净你的手和长槽。把粗粉放进长槽,慢慢加水,揉得透彻。等你揉好了,使成形,而后盖上盖子烘烤,"——这是说在一只烤面包的炉中。一个字也没有提到发酵。可是我还不能常常用这一类的生命的支持者。有一个时期,囊空如洗,我有一个月之久,都没有看到过面包。

每一个新英格兰人都可以很容易地在这块适宜种黑麦和印第安玉米的土地上,生产出他自己所需要的面包原料,而不依靠那远方的变动剧烈的市场。然而我们过得既不朴素,又没有独立性,在康科德,店里已经很难买到又新鲜又甜的玉米粉了,玉米片和更粗糙的玉米简直已没有人吃。农夫们把自己生产的一大部分谷物喂了牛和猪,另外花了更大的代价到铺子里去买了未必更有益健康的面粉回来。我看到我可以很容易地生产我的一两蒲式耳的黑麦和印第安玉米粉,前者在最贫瘠的地上也能生长,后者也用不着最好土地,就可以用手把它们磨碎,没有米没有猪肉就能够过日子;如果我一定要有一些糖精,我发现从南瓜或甜菜根里还可以做出一种很好的

---

① 罗马的农业家,著有《农业学》一书。
② 拉丁文。

糖浆来,只要我加上糖械就可以更容易地做出糖来;如果当时这一些还正在生长着,我也可以用许多代用品,代替已经提到过的几种东西。"因为,"我们的祖先就曾歌唱,——

> "我们可以用南瓜,胡桃木和防风
>
> 来做成美酒,来甜蜜我们的嘴唇。"①

最后,说到盐,杂货中之最杂者,找盐本可以成为一个到海边去的合适机会,或者,如果完全不用它,那倒也许还可以少喝一点开水呢。我不知道印第安人有没有为了得到食盐,而劳费过心机。

这样,我避免了一切的经营与物物交换,至少在食物这一点上是如此,而且房子已经有了,剩下来只是衣服和燃料的问题。我现在所穿的一条裤子是在一个农民的家里织成的——谢谢天,人还有这么多的美德哩;我认为一个农民降为技工,其伟大和值得纪念,正如一个人降为农民一样;——而新到一个乡村去,燃料可是一个大拖累。至于栖息之地呢,如果不让我再居住在这个无人居住的地方,我可以用我耕耘过的土地价格,——就是说,八元八角,来买下一英亩地了。可是,事实是我认为我居住在这里已经使地价大大增加了。

有一部分不肯信服的人有时问我这样的问题,例如我是否认为只吃蔬菜就可以生活;为了立刻说出事物的本质,——因为本质就是信心——我往往这样回答,说我吃木板上的钉子都可以生活下去的。如果他们连这也不了解,那不管我怎么说,他们都不会了解的。在我这方面,我很愿意听说有人在

---

① 选自约翰·华尔纳·巴倍尔的《历史诗选》(1839年版)。

做这样的实验;好像有一个青年曾尝试过半个月,只靠坚硬的连皮带壳的玉米来生活,而且只用他的牙齿来做石臼。松鼠曾试过,很成功。人类对这样的试验是有兴趣的,虽然有少数几个老妇人,被剥夺了这种权利,或者在面粉厂里拥有亡夫的三分之一遗产的,她们也许要吓一跳了。

我的家具,一部分是我自己做的——其余的没花多少钱,但我没有记账——包括一张床,一只桌子,三只凳子,一面直径三英寸的镜子,一把火钳和柴架,一只壶,一只长柄平底锅,一个煎锅,一只勺子,一只洗脸盆,两副刀叉,三只盘,一只杯子,一把调羹,一只油罐,和一只糖浆缸,还有一只上了日本油漆的灯。没有人会穷得只能坐在南瓜上的。那是偷懒的办法。在村中的阁楼上,有好些是我最喜欢的椅子;只要去拿,就属于你了。家具!谢谢天。我可以坐,我可以站,用不到家具公司来帮忙。如果一个人看到自己的家具装在车上,暴露在光天化日之下,睽睽众目之前,而且只是一些极不入眼的空箱子,除了哲学家之外,谁会不害羞呢?这是斯波尔亭①的家具。看了这些家具,我还无法知道是属于一个所谓阔人的呢,还是属于穷人的;它的主人的模样似乎总是穷相十足的。真的,这东西越多,你越穷。每一车,都好像是十几座棚屋里的东西;一座棚屋如果是很穷的,这就是十二倍的穷困。你说,为什么我们时常搬家,而不是丢掉一些家具,丢掉我们的蛇蜕;离开这个世界,到一个有新家具的世界去,把老家具烧掉

---

① 斯波尔亭(Solomon Spaulding,1761—约1816),美国教士,他被认为是《摩门经》最早的作者。

呢？这正如一个人把所有陷阱的机关都缚在他的皮带上，他搬家经过我们放着绳子的荒野时，不能不拖动那些绳子，——拖到他自己的陷阱里去了。把断尾巴留在陷阱中的狐狸是十分幸运的。麝鼠为了逃命，宁肯咬断它的第三条腿子。难怪人已失去了灵活性。多少回他走上了一条绝路！"先生，请您恕我唐突，你所谓的绝路是什么意思呢？"如果你是一个善于观察的人，任何时候你遇见一个人，你都能知道他有一些什么东西，嗳，还有他好些装作没有的东西，你甚至能知道他的厨房中的家什以及一切外观华美而毫不实用的东西，这些东西他却都要留着，不愿意烧掉，他就好像是被挽驾在上面，尽是拖着它们往前走。一个人钻过了一个绳结的口，或过了一道门，而他背面的一车子家具却过不去，这时，我说，这个人是走上一条绝路了。当我听到一个衣冠楚楚、外表结实的人，似乎很自由，似乎他一切都安排得很得当，却说到了他的"家具"，不管是不是保了险，我不能不怜阀他。"我的家具怎么办呢？"我的欢乐的蝴蝶，这就扑进了一只蜘蛛网了。甚至有这样的人，多年来好像并没有家具牵累他似的，但是，如果你仔细地盘问他一下，你就发现在什么人家的棚子底下，也储藏着他的几件家具呢。我看今天的英国，就好像一个老年绅士，带着他的许多行李在旅行着，全是住家住久了以后，积起来的许多华而不实的东西，而他是没有勇气来把它们烧掉的：大箱子，小箱子，手提箱，还有包裹。至少把前面的三种抛掉了吧。现在，就是一个身体康健的人也不会提了他的床铺上路的。我自然要劝告一些害病的人，抛弃他们的床铺，奔跑奔跑。当我碰到一个移民，带着他的全部家产的大包裹，蹒跚前行，——那包裹好像他脖子后头长出来的一个大瘤——我真可怜他，并不因为他只有那么一丁点儿，倒是因为他得带着这一切跑路。如果我必须带着我的陷阱跑路，至少我可以带一个比较轻便的陷阱。机栝一发，也不会咬住我最机要的部分。可是，最聪明的办法还是千万不要把自己的手掌放进陷阱。

我顺便说一下，我也不花什么钱去买窗帘，因为除了太阳月亮，没有别的偷窥的人需要关在外面，我也愿意它们来看看我。月亮不会使我的牛奶发酸，或使我的肉发臭，太阳也不会损害我的家具，或使我的地毡褪色；如果我有时发现这位朋友太热情了，我觉得退避到那些大自然所提供的窗帘后面去，在经济上更加划得来，何必在我的家政之中，又添上一项窗帘呢。有一位夫人，有一次要送我一张地席，可是我屋内找不到地位给它，也没有时间在屋内屋外打扫它，我没有接受，我宁可在我门前的草地上揩拭我的脚底。真应该在罪恶开始时就避免它。

此后不久，我参观过一个教会执事的动产的拍卖，他的一生并不是没有成绩的，而：——

　　　"人作的恶，死后还流传。"①

照常，大部分的东西是华而不实的，还是他父亲手里就开始积藏了。其中，还有着一条干绦虫。现在，这些东西，躺在他家的阁楼和别些尘封的洞窟中已经半个世纪之久，还没有被烧掉呢；非但不是一把火烧了它们，或者说火化消毒，反而拍卖了，要延长它们的寿命了。邻居成群地集合，热心观摩，全部买下之后，小心翼翼地搬进他们的阁楼和别的尘封的洞窟中，

　　① 引自莎士比亚：《恺撒大帝》第三幕第二场。

躺在那里,直到这一份家产又需要清理,到那时它们又得出一次门。一个人死后,他的脚踢到灰尘。

也许有些野蛮国家的风俗,值得我们学一学,大有益处,因为他们至少还仿佛每年要蜕一次皮;虽然这实际上做不到,他们却有意象征性地做一做。像巴尔特拉姆①描写摩克拉斯族印第安人的风俗,我们要是也这样举行庆祝,也举行收获第一批果实的圣礼,这难道不是很好吗?"当一个部落举行庆祝圣礼的时候,"他说,"他们先给自己预备了新衣服,新坛新罐,新盘子,新器具和新家具,然后集中了所有的穿破了的衣服和别的可以抛弃的旧东西,打扫了他们的房子,广场和全部落,把垃圾连带存下来的坏谷物和别的陈旧粮食,一起倒在一个公共的堆上,用火烧掉了它。又吃了药,绝食三天,全部落都熄了火。绝食之时,他们禁绝了食欲和其他欲愿的满足。大赦令宣布了;一切罪人都可以回部落来。"

"在第四天的早晨,大祭司就摩擦着干燥的木头,在广场上生起了新的火焰。每一户居民都从这里得到了这新生的纯洁的火焰了。"

于是他们吃起新的谷物和水果,唱歌跳舞三天,"而接连的四天之内,他们接受邻近部落的友人们的访问和庆贺,他们也用同样的方式净化了,一应准备就绪了。"

墨西哥人每过五十二年也要举行一次净化典礼,他们相信世界五十二年结束一次。

我没有听到过比这个更真诚的圣礼了,就像字典上说的

① 威廉·巴尔特拉姆(William Bartram,1739—1823)是博物学家,著有《南北加洛拉那州旅行记》。

圣礼，是"内心灵性优美化的外在可见的仪式"，我一点不怀疑，他们的风俗是直接由天意传授的，虽然他们并没有一部《圣经》来记录那一次的启示。

我仅仅依靠双手劳动，养活了我自己，已不止五年了，我发现，每年之内我只需工作六个星期，就足够支付我一切生活的开销了。整个冬天和大部分夏天，我自由而爽快地读点儿书。我曾经全心全意办过学校，我发现得到的利益顶多抵上了支出，甚至还抵不上，因为我必须穿衣，修饰，不必说还必须像别人那样来思想和信仰，结果这一笔生意损失了我不少时间，吃亏得很。由于我教书不是为了我同类的好处，而只是为了生活，这失败了。我也尝试过做生意，可是我发现要善于经商，得花上十年工夫，也许那时我正投到魔鬼的怀抱中去。我倒是真正担心我的生意到那时已很兴隆。从前，我东找西找地找一个谋生之道的时候，由于曾经想符合几个朋友的希望，而有过一些可悲的经验，这些经验在我脑中逼得我多想些办法，所以我常常严肃地想到还不如去拣点浆果；这我自然能做到，那蝇头微利对我也够了，——因为我的最大本领是需要极少，——我这样愚蠢地想着，这只要极少资本，对我一贯的情绪又极少抵触。当我熟识的那些人毫不踌躇地做生意，或就业了，我想我这一个职业倒是最接近于他们的榜样了；整个暑天漫山遍野地跑路，一路上拣起面前的浆果来，过后随意处置了它们；好像是在看守阿德默特斯①的羊群。我也梦想过，我可以采集些闲花野草，用运干草的车辆把常青树给一些爱好

① 希腊神话中的国王，阿波罗曾替他看管羊群。

树林的村民们运去，甚至还可以运到城里。可是从那时起我明白了，商业诅咒它经营的一切事物；即使你经营天堂的福音，也摆脱不了商业对它的全部诅咒。

因为我对某些事物有所偏爱，而又特别重视我的自由，因为我能吃苦，而又能获得些成功，我并不希望花掉我的时间来购买富丽的地毯，或别的讲究的家具，或美味的食物，或希腊式的或哥特式的房屋。如果有人能毫无困难地得到这一些，得到之后，更懂得如何利用它们，我还是让他们去追求。有些人的"勤恳"，爱劳动好像是生就的，或者因为劳动可以使他们免得干更坏的事；对于这种人，暂时我没有什么话说。至于那些人，如果有了比现在更多的闲暇，而不知如何处理，那我要劝他们加倍勤恳地劳动，——劳动到他们能养活自己，取得他们的自由证明书。我自己是觉得，任何职业中，打短工最为独立不羁，何况一年之内只要三四十天就可以养活自己。短工的一天结束于太阳落山的时候，之后他可以自由地专心于他自己选定的跟他的劳动全不相干的某种活动；而他的雇主要投机取巧，从这个月到下一个月，一年到头得不到休息。

简单一句话，我已经确信，根据信仰和经验，一个人要在世间谋生，如果生活得比较单纯而且聪明，那并不是苦事，而且还是一种消遣；那些比较单纯的国家，人们从事的工作不过是一些更其人工化的国家的体育运动。流汗劳动来养活自己，并不是必要的，除非他比我还要容易流汗。

我认识一个继承了几英亩地的年轻人，他告诉我他愿意像我一样生活，如果他有办法的话。我却不愿意任何人由于任何原因，而采用我的生活方式；因为，也许他还没有学会我的这一种，说不定我已经找到了另一种方式，我希望世界上的人,越不相同越好;但是我愿意每一个人都能谨慎地找出并坚持他自己的合适方式,而不要采用他父亲的,或母亲的,或邻居的方式。年轻人可以建筑,也可以耕种,也可以航海,只要不阻挠他去做他告诉我他愿意做的事,就好了。人是聪明的,因为他能计算;水手和逃亡的奴隶都知道眼睛盯住北极星;这些观点是管保用上一辈子的了。我们也许不能够在一个预定的时日里到达目的港,但我们总可以走在一条真正的航线上。

无疑的在这里,凡是对一个人是真实的,对于一千个人也是真实的,正像一幢大房子,按比例来说,并不比一座小房子来得更浪费钱财;一个屋顶可以盖住几个房间,一个地窖可以躺在几个房间的下面,一道道墙壁更可以分隔出许多房间来。我自己是喜欢独居的。再说,全部由你自己来筑造,比你拿合用一道公墙的好处去说服邻家要便宜得多;如果你为了便宜的缘故跟别家合用了墙,这道墙一定很薄,你隔壁住的也许不是一个好邻居,而且他也不修理他那一面的墙。一般能够做到的合作只是很小的部分,而且是表面上的;要有点儿真正的合作心意,表面上反而看不出来,却有着一种听不见的谐和。如果一个人是有信心的,他可以到处用同样的信心与人合作;如果他没有信心,他会像世界上其余的人一样,继续过他自己的生活,不管他跟什么人做伴。合作的最高意义与最低意义,乃是让我们一起生活。最近我听说有两个年轻人想一起做环球旅行,一个是没有钱的,一路上要在桅杆前,在犁锄后,挣钱维持生活,另一个袋里带着旅行支票。这是很明白的,他们不可能长久地做伴或合作,因为这一合作中有一人根本不做什么。在他们旅行中第一个有趣的危机发生之时,他们就要分手。最主要的是我已经说过的,一个单独旅行的人要今天出发就出发;而结伴的却得等同行的准备就绪,他们出发之前可能要费很长的时日。

可是,这一切是很自私呵,我听到一些市民们这样说。我承认,直到现在,我很少从事慈善事业。我有一种责任感,使我牺牲了许多快乐,其中,慈善这一喜悦我也把它扔了。有人竭力穷智,要劝导我去援助市里的一些穷苦人家;如果我没有事做了,——而魔鬼是专找没有事的人的,——也许我要动手试做这一类的事,消遣消遣。然而,每当我想在这方面试一下,维持一些穷人的生活,使他们各方面都能跟我一样地舒服,把他们过天堂的生活作为一个义务,甚至已经提出了我的帮助,可是这些穷人却全体一致毫不踌躇地都愿意继续贫穷下去。我们市里的一些男女,正在多方设法,为他们的同胞谋取好处,我相信这至少可以使人不去做别的没有人性的事业。但慈善像其他的任何事业一样,必须有天赋的才能。"做好事"是一个人浮于事的职业。况且,我也尝试过。奇怪得很,这不合我的胃口,因此我对自己是满意的。也许我不应该有意谨慎小心地逃避社会要求于我的这种使宇宙不至于毁灭的"做好事"的特殊的职责,我却相信,在一个不知什么地方,确有着一种类乎慈善的事业,然而比起来不知坚定了多少的力量,在保持我们现在的这个宇宙呢。可是我不会阻拦一个人去发挥他的天才;对于这种工作,我自己是不做的,而对于做着的人,他既全心全意地终身做着,我将说,即使全世界说这是"做恶事",很可能有这种看法,你们还是要坚持下去。

我一点都不是说我例外,无疑,读者之中,许多人要同样地申辩的。在做什么事的时候,——我并不保证说邻居们会说它是好事的,——我可以毫不迟疑地说,我可是一个很出色的雇工呢;可是做什么事我才出色呢,这要让我的雇主来发现了。我做什么好,凡属于一般常识的所谓好,一定不在我的主要轨道上,而且大多是我自己都无意去做的。人们很实际地说,从你所站着的地方开始,就照原来的样子,不要主要以成为更有价值的人作为目标,而要以好心肠去做好事情。要是我也用这种调子说话,我就干脆这样说:去吧,去做好人。仿佛太阳在以它的火焰照耀了月亮或一颗六等星以后,会停下来,跑来跑去像好人罗宾①似的,在每所村屋的窗外偷看,叫人发疯,叫肉变质,使黑暗的地方可以看得见东西,而不是继续不已地增强它的柔和的热和恩惠,直到它变得这般光辉灿烂,没有凡人能够凝视它,而同时它绕着世界,行走在它自己的轨道上,做好事,或者说,像一个真正的哲学家已经发现了的,地球会绕着它运转而得到了它的好处。当法厄同②要证明他的出身是神,恩惠世人,驾驶日轮,只不过一天,就越出轨道时,他在天堂下面的街上烧掉了几排房子,还把地球表面烧焦了,把每年的春天都烘干了,而且创造了一个撒哈拉大沙漠,最后朱庇特③一个霹雳把他打到地上,太阳为悲悼他的丧命,有一年没有发光。

　　没有比善良走了味更坏的气味了。这像人的腐尸或神的腐尸臭味一样。如果我确实知道有人要到我家里来,存心要给我做好事,我就要逃命了,好像我要逃出非洲沙漠中的所谓

---

① 英国民间故事中一个专门恶作剧的善良的小精灵。

② 希腊神话中太阳神赫里阿斯之子。曾驾太阳神的四马金车出游,因不善驾驭,几乎把地球烧毁,被主神宙斯用雷电击死。

③ 罗马神话中最高的神,即希腊神话中的宙斯。

西蒙风①的狂风，它的沙粒塞满了你的嘴巴、耳朵、鼻子和眼睛，直到把你闷死为止，因为我就怕他做的好事做到了我身上，——他的毒素混入我的血液中。不行，——要是如此，我倒宁可忍受人家在我身上干的坏事，那倒来得自然些。如果我饥饿，而他喂饱了我，如果我寒冷，而他暖和了我，如果我掉在沟中，而他拉起了我，这个人不算好人。我可以找一条纽芬兰的狗给你看，这些它都做得到。慈善并不是那种爱同胞的广义的爱。霍华德②固然从他本人那方面来说无疑是很卓越的，很了不起的，且已善有善报了；可是，比较地说来，如果霍华德们的慈善事业，慈善不到我们已经拥有最好的产业的人身上，那么，在我们最值得接受帮助的时候，一百个霍华德对于我们又有什么用处？我从没有听到过任何一个慈善大会曾诚诚恳恳提议过要向我，或向我这样的一些人，来行善做好事。

那些耶稣会会士③也给印第安人难倒了，印第安人在被绑住活活烧死的时候提出新奇的方式来虐待他们的施刑者。他们是超越了肉体的痛苦的，有时就不免证明他们更超越了传教士所能献奉的灵魂的慰藉；你应该奉行的规则是杀害他们时少啰唆一点，少在这些人的耳朵上絮聒，他们根本就不关心他们如何被害，他们用一种新奇的方式来爱他们的仇敌，几乎已经宽赦了他们所犯的一切罪行。

你一定要给穷人以他们最需要的帮助，虽然他们落在你

---

① 非洲沙漠地带燥热带沙的风。
② 霍华德(Jonh Howard，1726—1790)，英国监狱改革家和慈善家。
③ 天主教的一派。

的后面本是你的造孽。如果你施舍了钱给他们,你应该自己陪同他们花掉这笔钱,不要扔给他们就算了。我们有时候犯很奇怪的错误。往往是那个穷人,邋遢、褴褛又粗野,但并没有冻馁之忧,他并不怎么不幸,他往往还乐此不疲呢。你要是给了他钱,他也许就去买更多褴褛的衣服。我常常怜悯那些穷相十足的爱尔兰工人,在湖上挖冰,穿得这样褴褛,这样贫贱,而我穿的是干净的似乎是比较合时的衣服,却还冷得发抖呢,直到有一个严寒的冷天,一个掉进了冰里的人来到我的屋中取暖,我看他脱下了三条裤子和两双袜子才见到皮肤,虽然裤子袜子破敝不堪,这是真的,可是他拒绝了我将要献呈于他的额外衣服,因为他有着这许多的里面衣服。活该他落水的了。于是我开始可怜我自己,要是给我一件法兰绒衬衫,那就比给他一座旧衣铺子慈善得多。一千人在砍着罪恶的树枝,只有一个人砍伐了罪恶的根,说不定那个把时间和金钱在穷人身上花得最多的人,正是在用他那种生活方式引起最多的贫困与不幸,现在他却在徒然努力于挽救之道。正是道貌岸然的蓄奴主,拿出奴隶生产的利息的十分之一来,给其余的奴隶星期日的自由。有人为表示对穷人赐恩而叫他到厨房去工作。为什么他们自己不下厨房工作,这不是更慈悲了吗?你吹牛说,你的收入的十分之一捐给慈善事业了;也许你应该捐出十分之九,就此结束。那么,社会收回的只是十分之一的财富。这是由于占有者的慷慨呢,还是由于持正义者的疏忽呢?

慈善几乎可以说是人类能够赞许的唯一美德。不然,它是被捧上了天的;是因为我们自私,所以把它捧上了天的。一个粗壮的穷人,在日暖风和的一天,在康科德这里,对我赞扬一个市民,因为,他说,那人对像他这样的穷人很善良。人种中的善良的伯父伯母，反而比真正的灵魂上的父母更受颂扬。有一次我听一个宗教演讲家讲英国，他是一个有学问有才智的人，数说着英国的科学家、文艺家和政治家，莎士比亚、培根、克伦威尔、密尔顿、牛顿和别个，跟着就说起英国的基督教英雄来了，好像他的职业一定要求他这样说似的，他把这些英雄提高到所有其他人物之上，称之为伟大人物中的尤伟大者。他们便是潘恩、霍华德、福莱夫人。人人都一定会觉得他在胡说八道。最后三人并不是最好的英国人，也许他们只能算作英国最好的慈善家。

　　我并不要从慈善应得的赞美中减去什么，我只要求公平，对一切有利于人类的生命与工作应一视同仁。我不以为一个人的正直和慈善是主要的价值，它们不过是他的枝枝叶叶。那种枝叶，褪去了叶绿素，做成了药茶给病人喝，就是它有了一些卑微的用处，多数是走四方的郎中用它们。我要的是人中的花朵和果实；让他的芬芳传送给我，让他的成熟的馨香在我们交接中熏陶我。他的良善不能是局部的、短暂的行为，而是常持的富足有余，他的施与于他无损，于他自己，也无所知。这是一种将万恶隐藏起来的慈善。慈善家经常记着他要用自己散发出来的那种颓唐悲戚的气氛，来绕住人类，美其名曰同情心。我们应该传播给人类的是我们的勇气而不是我们的失望，是我们的健康与舒泰，而不是我们的病容，可得小心别传染了疾病。从哪一个南方的平原上，升起了一片哀号声？在什么纬度上，住着我们应该去播送光明的异教徒？谁是那我们应该去挽救的纵欲无度的残暴的人？如果有人得病了，以致不能做他的事，如果他肠痛了，——这很值得同情——，他慈善家就要致力于改良——这个世界了。他是大千世界里的一个缩影，他发现，这是一个真正的发现，而且是他发现的，——世界在吃着青苹果；在他的眼中，地球本身便是一只庞大的青苹果，想起来这却很可怕，人类的孩子如果在苹果还没有成熟的时候就去噬食它，那是很危险的；可是他那狂暴的慈善事业使他径直去找了爱斯基摩人、巴塔哥尼亚人①，还拥抱了人口众多的印度和中国的村落；就这样由于他几年的慈善活动，有权有势者还利用了他来达到他们的目的，无疑他治好了自己的消化不良症，地球的一颊或双颊也染上了红晕，好像它开始成熟起来了，而生命也失去了它的粗野，再一次变得又新鲜又健康，更值得生活了。我从没有梦见过比我自己所犯的更大的罪过。我从来没有见过，将来也不会见到一个比我自己更坏的人了。

我相信，使一个改良家这么悲伤的，倒不是他对苦难同胞的同情，而是，他虽然是上帝的最神圣的子孙，他却心有内疚。让这一点被纠正过来，让春天向他跑来，让黎明在他的卧榻上升起，他就会一句抱歉话不说，抛弃他那些慷慨的同伴了。我不反对抽烟的原因是我自己从来不抽烟；抽烟的人自己会偿罪的；虽然有许多我自己尝过的事物，我也能够反对它们。如果你曾经上当做过慈善家，别让你的左手知道你的右手做了什么事，因为这本不值得知道的。救起淹在水里的人，系上你的鞋带。你还是去舒舒服服地从事一些自由的劳动吧。

我们的风度，因为和圣者交游，所以被败坏了。我们的赞美诗中响起了诅咒上帝的旋律，永远是在忍受他。可以说，便是先知和救世主，也只能安慰人的恐惧而不能肯定人的希望。

① 阿根廷中、南部潘帕斯草原和巴塔哥尼亚高原的印第安人。

哪儿也没有对人生表示简单热烈的满意的记载,哪儿也找不到任何赞美上帝的使人难忘的记载。一切健康、成就,使我高兴,尽管它遥远而不可即;一切疾病、失败使我悲伤,引起恶果,尽管它如何同情我,或我如何同情它。所以,如果我们要真的用印第安式的、植物的、磁力的或自然的方式来恢复人类,首先让我们简单而安宁,如同大自然一样,逐去我们眉头上垂挂的乌云,在我们的精髓中注入一点儿小小的生命。不做穷苦人的先知,努力做值得生活在世界上的一个人。

我在设拉子的希克·萨迪①的《花园》中,读到"他们询问一个智者说,在至尊之神种植的美树的高大华盖中,没有一枝被称为 Azad,自由,只除了柏树,柏树却不结果,这里面有什么神秘?他回答道,各自都有它适当的生产,一定的季节,适时则茂郁而开花,不当时令它们便干枯而萎谢;柏树不属于这些,它永远苍翠,具有这种本性的得称为 Azad,宗教的独立者。——你的心不要固定在变幻的上面,因为 Dijlah,底格利斯河,在哈里发②绝种以后,还是奔流经过巴格达的;如果你手上很富有,要像枣树一样慷慨自由;可是,如果你没有可给的呢,做一个 Azad,自由的人,像柏树一样吧"。

①　萨迪(Sadi,约 1208—1291),波斯诗人。
②　伊斯兰教国家政教合一的领袖的称号。

# 补 充 诗 篇

## 斥 穷 困

T. 卡仑①

穷鬼,你太装腔作势,

在苍穹底下占着位置,

你的茅草棚或你的木桶,

养成了一些懒惰或迂腐的德性,

在免费的阳光下,阴凉的泉水滨,

吃吃菠菜和菜根;在那里你的右手,

从心灵上撕去了人类的热情,

灿烂的美德都是从这些热情上怒放的,

你降低了大自然,封锁了感官,

像蛇发的女妖②,变活人为岩石。

我们并不需要沉闷的社会,

这种属于你的必需节制的社会,

不需要这种不自然的愚蠢,

不知喜怒也不知哀乐;也不知道

---

① 卡仑(T. Caren,约1595—约1645),英国诗人。诗题是梭罗改用的。

② 其发为蛇,面目狞恶,使见者化为岩石。

被迫的装腔作势的被动的
超乎积极的勇敢。这卑贱的一伙，
　　把他们的位置固定在平庸中，
成了你的奴性的心灵；可是我们
　　只推崇这样的美德，容许狂狷，
勇武和大度的行为，庄严宏丽的，
　　无所不见的谨慎，无边无际的
宏大气量，还有那种英雄美德，
　　自古以来还没有一个名称，
只有些典型，就好像赫拉克勒斯，
　　阿基里斯①，齐修斯②。滚进你的脏窝；
等你看到了新的解放了的宇宙，
　　你该求知这些最优美的是什么。

① 希腊神话中的英雄。古希腊著名诗人荷马在史诗《伊利亚特》中，描写
他英勇攻克特洛伊城。
② 觅取金羊毛的众英雄之一。

# 我生活的地方;我为何生活

到达我们生命的某个时期,我们就习惯于把可以安家落户的地方,一个个地加以考察了。正是这样我把住所周围一二十英里内的田园统统考察一遍。我在想象中已经接二连三地买下了那儿的所有田园,因为所有的田园都得要买下来,而且我都已经摸清它们的价格了。我步行到各个农民的田地上,尝尝他的野苹果,和他谈谈稼穑,再又请他随便开个什么价钱,就照他开的价钱把它买下来,心里却想再以任何价钱把它押给他;甚至付给他一个更高的价钱,——把什么都买下来,只不过没有立契约,——而是把他的闲谈当作他的契约,我这个人原来就很爱闲谈,——我耕耘了那片田地,而且在某种程度上,我想,耕耘了他的心田,如是尝够了乐趣以后,我就扬长而去,好让他继续耕耘下去。这种经营,竟使我的朋友们当我是一个地产掮客。其实我是无论坐在哪里,都能够生活的,哪里的风景都能相应地为我而发光。家宅者,不过是一个座位,——如果这个座位是在乡间就更好些。我发现许多家宅的位置,似乎都是不容易很快加以改进的,有人会觉得它离村镇太远,但我觉得倒是村镇离它太远了点。我总说,很好,我可以在这里住下;我就在那里过一小时夏天的和冬天的生活;我看到那些岁月如何地奔驰,挨过了冬季,便迎来了新春。

这一区域的未来居民，不管他们将要把房子造在哪里，都可以肯定过去就有人住过那儿了。只要一个下午就足够把田地化为果园、树林和牧场，并且决定门前应该留着哪些优美的橡树或松树，甚至于砍伐了的树也都派定了最好的用场了；然后，我就由他去啦，好比休耕了一样，一个人越是有许多事情能够放得下，他越是富有。

我的想象却跑得太远了些，我甚至想到有几处田园会拒绝我，不肯出售给我，——被拒绝正合我的心愿呢，——我从来不肯让实际的占有这类事情灼伤过我的手指头。几乎已实际地占有田园那一次，是我购置霍乐威尔那个地方的时候，都已经开始选好种子，找出了木料来，打算造一架手推车，来推动这事，或载之而他往了；可是在原来的主人正要给我一纸契约之前，他的妻子——每一个男人都有一个妻子的——发生了变卦，她要保持她的田产了，他就提出赔我十元钱，解除约定。现在说句老实话，我在这个世界上只有一角钱，假设我真的有一角钱的话，或者又有田园，又有十元，或有了所有的这一切，那我这点数学知识可就无法计算清楚了。不管怎样，我退回了那十元钱，退还了那田园，因为这一次我已经做过头了；应该说，我是很慷慨的啰，我按照我买进的价格，按原价再卖了给他，更因为他并不见得富有，还送了他十元，但保留了我的一角钱和种子，以及备而未用的独轮车的木料。如此，我觉得我手面已很阔绰，而且这样做无损于我的贫困。至于那地方的风景，我却也保留住了，后来我每年都得到丰收，却不需要独轮车来载走。关于风景，——

> 我勘察一切，像一个皇帝，
> 谁也不能够否认我的权利。

我时常看到一个诗人,在欣赏了一片田园风景中的最珍贵部分之后,就扬长而去,那些固执的农夫还以为他拿走的仅只是几枚野苹果。诗人却把他的田园押上了韵脚,而且多少年之后,农夫还不知道这回事,这么一道最可羡慕的、肉眼不能见的篱笆已经把它圈了起来,还挤出了它的牛乳,去掉了奶油,把所有的奶油都拿走了,他只把去掉了奶油的奶水留给了农夫。

霍乐威尔田园的真正迷人之处,在我看是:它的遁隐之深,离开村子有两英里,离开最近的邻居有半英里,并且有一大片地把它和公路隔开了;它傍着河流,据它的主人说,由于这条河,而升起了雾,春天里就不会再下霜了,这却不在我心坎上;而且,它的田舍和棚屋带有灰暗而残败的神色,加上零落的篱笆,好似在我和先前的居民之间,隔开了多少岁月;还有那苹果树,树身已空,苔藓满布,兔子咬过,可见得我将会有什么样的一些邻舍了;但最主要的还是那一度回忆,我早年就曾经溯河而上,那时节,这些屋宇藏在密密的红色枫叶丛中,还记得我曾听到过一头家犬的吠声。我急于将它购买下来,等不及那产业主搬走那些岩石,砍伐掉那些树身已空的苹果树,铲除那些牧场中新近跃起的赤杨幼树,一句话,等不及它的任何收拾了。为了享受前述的那些优点,我决定干一下了;像那阿特拉斯①一样,把世界放在我肩膀上好啦,——我从没听到过他得了哪样报酬,——我愿意做一切事:简直没有别的动机或任何推托之词,只等付清了款子,便占有这个田园,再不受他人侵犯就行了;因为我知道我只要让这片田园自生自

① 神话中负载了天体的巨人。

展,它将要生展出我所企求的最丰美的收获。但后来的结果已见上述。

所以,我所说的关于大规模的农事(至今我一直在培育着一座园林),仅仅是我已经预备好了种子。许多人认为年代越久的种子越好。我不怀疑时间是能分别好和坏的,但到最后我真正播种了,我想我大约是不至于会失望的。可是我要告诉我的伙伴们,只说这一次,以后永远不再说了:你们要尽可能长久地生活得自由,生活得并不执着才好。执迷于一座田园,和关在县政府的监狱中,简直没有分别。

老卡托——他的《乡村篇》是我的"启蒙者",曾经说过——可惜我见到的那本唯一的译本把这一段话译得一塌糊涂,——"当你想要买下一个田园的时候,你宁可在脑中多多地想着它,可决不要贪得无厌地买下它,更不要嫌麻烦而再不去看望它,也别以为绕着它兜了一个圈子就够了。如果这是一个好田园,你去的次数越多你就越喜欢它"。我想我是不会贪得无厌地购买它的,我活多久,就去兜多久的圈子,死了之后,首先要葬在那里。这样才能使我终于更加喜欢它。


目前要写的,是我的这一类实验中其次的一个,我打算更详细地描写描写;而为了便利起见,且把这两年的经验归并为一年。我已经说过,我不预备写一首沮丧的颂歌,可是我要像黎明时站在栖木上的金鸡一样,放声啼叫,即使我这样做只不过是为了唤醒我的邻人罢了。

我第一天住在森林里,就是说,白天在那里,而且也在那里过夜的那一天,凑巧得很,是一八四五年七月四日,独立日,我的房子没有盖好,过冬还不行,只能勉强避避风雨,没有灰泥墁,没有烟囱,墙壁用的是饱经风雨的粗木板,缝隙很大,所以到晚上很是凉爽。笔直的、砍伐得来的、白色的间柱,新近才刨得平坦的门户和窗框,使屋子具有清洁和通风的景象,特别在早晨,木料里饱和着露水的时候,总使我幻想到午间大约会有一些甜蜜的树胶从中渗出。这房间在我的想象中,一整天里还将多少保持这个早晨的情调,这使我想起了上一年我曾游览过的一个山顶上的一所房屋。这是一所空气好的、不涂灰泥的房屋,适宜于旅行的神仙在途中居住,那里还适宜于仙女走动,曳裙而过。吹过我的屋脊的风,正如那扫荡山脊而过的风,唱出断断续续的调子来,也许是天上人间的音乐片段。晨风永远在吹,创世记的诗篇至今还没有中断;可惜听得到它的耳朵太少了。灵山只在大地的外部,处处都是。

除掉了一条小船之外,从前我曾经拥有的唯一屋宇,不过是一顶篷帐,夏天里,我偶或带了它出去郊游,这顶篷帐现在已卷了起来,放在我的阁楼里;只是那条小船,辗转经过了几个人的手,已经消隐于时间的溪流里。如今我却有了这更实际的避风雨的房屋,看来我活在这世间,已大有进步。这座屋宇虽然很单薄,却是围绕我的一种结晶了的东西,这一点立刻在建筑者心上发生了作用。它富于暗示的作用,好像绘画中的一幅素描。我不必跑出门去换空气,因为屋子里面的气氛一点儿也没有失去新鲜。坐在一扇门背后,几乎和不坐在门里面一样,便是下大雨的天气,亦如此。哈利梵萨[①]说过:“并无鸟雀巢居的房屋像未曾调味的烧肉。”寒舍却并不如此,因为我发现我自己突然跟鸟雀做起邻居来了;但不是我捕到了

① 印度古代梵文叙事诗《摩诃婆罗多》的附录。

一只鸟把它关起来，而是我把我自己关进了它们的邻近一只笼子里。我不仅跟那些时常飞到花园和果树园里来的鸟雀弥形亲近，而且跟那些更野性、更逗人惊诧的森林中的鸟雀亲近了起来，它们从来没有，就有也很难得，向村镇上的人民唱出良宵的雅歌的，——它们是画眉，东部鸫鸟，红色的碛鹨，野麻雀，怪鸥和许多别的鸣禽。

　　我坐在一个小湖的湖岸上，离开康科德村子南面约一英里半，较康科德高出些，就在市镇与林肯乡之间那片浩瀚的森林中央，也在我们的唯一著名地区，康科德战场之南的两英里地；但因为我是低伏在森林下面的，而其余的一切地区，都给森林掩盖了，所以半英里之外的湖的对岸便成了我最遥远的地平线。在第一个星期内，无论什么时候我凝望着湖水，湖给我的印象都好像山里的一泓龙潭，高高在山的一边，它的底还比别的湖沼的水平面高了不少，以至日出的时候，我看到它脱去了夜晚的雾衣，它轻柔的粼波，或它波平如镜的湖面，都渐渐地在这里那里呈现了，这时的雾，像幽灵偷偷地从每一个方向，退隐入森林中，又好像是一个夜间的秘密宗教集会散会了一样。露水后来要悬挂在林梢，悬挂在山侧，到第二天还一直不肯消失。

　　八月里，在轻柔的斜风细雨暂停的时候，这小小的湖做我的邻居，最为珍贵，那时水和空气都完全平静了，天空中却密布着乌云，下午才过了一半却已具备了一切黄昏的肃穆，而画眉在四周唱歌，隔岸相闻。这样的湖，再没有比这时候更平静的了；湖上的明净的空气自然很稀薄，而且给乌云映得很黯淡了，湖水却充满了光明和倒影，成为一个下界的天空，更加值得珍视。从最近被伐木的附近一个峰顶上向南看，穿过小山间的巨大凹处,看得见隔湖的一幅愉快的图景,那凹处正好形成湖岸,那儿两座小山坡相倾斜而下,使人感觉到似有一条溪涧从山林谷中流下,但是,却没有溪涧。我是这样地从近处的绿色山峰之间和之上,远望一些蔚蓝的地平线上的远山或更高的山峰的。真的,踮起了足尖来,我可以望见西北角上更远、更蓝的山脉,这种蓝颜色是天空的染料制造厂中最真实的出品,我还可以望见村镇的一角。但是要换一个方向看的话,虽然我站得如此高,却给郁茂的树木围住,什么也看不透,看不到了。在邻近,有一些流水真好,水有浮力,地就浮在上面了。便是最小的井也有这一点值得推荐,当你窥望井底的时候,你发现大地并不是连绵的大陆;而是隔绝的孤岛。这是很重要的,正如井水之能冷藏牛油。当我的目光从这一个山顶越过湖向萨德伯里草原望过去的时候,在发大水的季节里,我觉得草原升高了,大约是蒸腾的山谷中显示出海市蜃楼的效果,它好像沉在水盆底下的一个天然铸成的铜币,湖之外的大地都好像薄薄的表皮,成了孤岛,给小小一片横亘的水波浮载着,我才被提醒,我居住的地方只不过是干燥的土地。

虽然从我的门口望出去,风景范围更狭隘,我却一点不觉得它拥挤,更无被囚禁的感觉。尽够我的想象力在那里游牧的了。矮橡树丛生的高原升起在对岸,一直向西去的大平原和鞑靼式的草原伸展开去,给所有的流浪人家一个广阔的天地。当达摩达拉的牛羊群需要更大的新牧场时,他说过,"再没有比自由地欣赏广阔的地平线的人更快活的人了"。

时间和地点都已变换,我生活在更靠近了宇宙中的这些部分,更挨紧了历史中最吸引我的那些时代。我生活的地方遥远得跟天文家每晚观察的太空一样。我们惯于幻想,在天体的更远更僻的一角,有着更稀罕、更愉快的地方,在仙后星座的椅子形状的后面,远远地离了嚣闹和骚扰。我发现我的房屋位置正是这样一个遁隐之处,它是终古常新的没有受到污染的宇宙一部分。如果说,居住在这些部分,更靠近昴星团或毕星团,牵牛星座或天鹰星座更加值得的话,那么,我真正是住在那些地方的,至少是,就跟那些星座一样远离我抛在后面的人世,那些闪闪的小光,那些柔美的光线,传给我最近的邻居,只有在没有月亮的夜间才能够看得到。我所居住的便是创造物中那部分;——

> 曾有个牧羊人活在世上,
>> 他的思想有高山那样
> 崇高,在那里他的羊群
>> 每小时都给予他营养。

如果牧羊人的羊群老是走到比他的思想还要高的牧场上,我们会觉得他的生活是怎样的呢?

每一个早晨都是一个愉快的邀请,使得我的生活跟大自然自己同样地简单,也许我可以说,同样地纯洁无瑕。我向曙光顶礼,忠诚如同希腊人。我起身很早,在湖中洗澡;这是个宗教意味的运动,我所做到的最好的一件事。据说在成汤王的浴盆上就刻着这样的字:"苟日新,日日新,又日新。"①我懂得这个道理。黎明带回来了英雄时代。在最早的黎明中,我坐着,门窗大开,一只看不到也想象不到的蚊虫在我的房中飞,它那微弱的吟声都能感动我,就像我听到了宣扬美名的金

---

① 引自《汤之盘铭》。

84

属喇叭声一样。这是荷马的一首安魂曲,空中的《伊利亚特》和《奥德赛》①,歌唱着它的愤怒与漂泊。此中大有宇宙本体之感;宣告着世界的无穷精力与生生不息,直到它被禁。黎明啊,一天之中最值得纪念的时节,是觉醒的时辰。那时候,我们的昏沉欲睡的感觉是最少的了;至少可有一小时之久,整日夜昏昏沉沉的官能大都要清醒起来。但是,如果我们并不是给我们自己的禀赋所唤醒,而是给什么仆人机械地用肘子推醒的;如果并不是由我们内心的新生力量和内心的要求来唤醒我们,既没有那空中的芳香,也没有回荡的天籁的音乐,而是工厂的汽笛唤醒了我们的,——如果我们醒时,并没有比睡前有了更崇高的生命,那么这样的白天,即便能称之为白天,也不会有什么希望可言;要知道,黑暗可以产生这样的好果子,黑暗是可以证明它自己的功能并不下于白昼的。一个人如果不能相信每一天都有一个比他亵渎过的更早、更神圣的曙光时辰,他一定是已经对于生命失望了的,正在摸索着一条降入黑暗去的道路。感官的生活在休息了一夜之后,人的灵魂,或者就说是人的官能吧,每天都重新精力弥漫一次,而他的禀赋又可以去试探他能完成何等崇高的生活了。可以纪念的一切事,我敢说,都在黎明时间的氛围中发生。《吠陀经》②说:"一切知,俱于黎明中醒。"诗歌与艺术,人类行为中最美丽最值得纪念的事都出发于这一个时刻。所有的诗人和英雄都像曼侬,那曙光之神的儿子,在日出时他播送竖琴音乐。以富于弹性的和精力充沛的思想追随着太阳步伐的人,白昼对

①　相传著名史诗《伊利亚特》和《奥德赛》是荷马所唱的唱本。
②　印度婆罗门教的古代经典,共四卷。

于他便是一个永恒的黎明。这和时钟的鸣声不相干,也不用管人们是什么态度,在从事什么劳动。早晨是我醒来时内心有黎明感觉的一个时候。改良德性就是为了把昏沉的睡眠抛弃。人们如果不是在浑浑噩噩地睡觉,那为什么他们回顾每一天的时候要说得这么可怜呢?他们都是精明人嘛。如果他们没有给昏睡所征服,他们是可以干成一些事的。几百万人清醒得足以从事体力劳动;但是一百万人中,只有一个人才清醒得足以有效地服役于智慧;一亿人中,才能有一个人,生活得诗意而神圣。清醒就是生活。我还没有遇到过一个非常清醒的人。要是见到了他,我怎敢凝视他呢?

我们必须学会再苏醒,更须学会保持清醒而不再昏睡,但不能用机械的方法,而应寄托无穷的期望于黎明,就在最沉的沉睡中,黎明也不会抛弃我们的。我没有看到过更使人振奋的事实了,人类无疑是有能力来有意识地提高他自己的生命的。能画出某一张画,雕塑出某一个肖像,美化某几个对象,是很了不起的;但更加荣耀的事是能够塑造或画出那种氛围与媒介来,从中能使我们发现,而且能使我们正当地有所为。能影响当代的本质的,是最高的艺术。每人都应该把最崇高的和紧急时刻内他所考虑到的做到,使他的生命配得上他所想的,甚至小节上也配得上。如果我们拒绝了,或者说虚耗了我们得到的这一点微不足道的思想,神示自会清清楚楚地把如何做到这一点告诉我们的。

我到林中去,因为我希望谨慎地生活,只面对生活的基本事实,看看我是否学得到生活要教育我的东西,免得到了临死的时候,才发现我根本就没有生活过。我不希望度过非生活的生活,生活是这样的可爱;我却也不愿意去修行过隐逸的生活,除非是万不得已。我要生活得深深地把生命的精髓都吸到,要生活得稳稳当当,生活得斯巴达式的①,以便根除一切非生活的东西,划出一块刈割的面积来,细细地刈割或修剪,把生活压缩到一个角隅里去,把它缩小到最低的条件中,如果它被证明是卑微的,那么就把那真正的卑微全部认识到,并把它的卑微之处公布于世界;或者,如果它是崇高的,就用切身的经历来体会它,在我下一次远游时,也可以作出一个真实的报道。因为,我看,大多数人还确定不了他们的生活是属于魔鬼的,还是属于上帝的呢,然而又多少有点轻率地下了判断,认为人生的主要目标是"归荣耀于神,并永远从神那里得到喜悦"。

然而我们依然生活得卑微,像蚂蚁;虽然神话告诉我们说,我们早已经变成人了;像小人国里的人,我们和长脖子仙鹤作战;这真是错误之上加错误,脏抹布之上更抹脏;我们最优美的德性在这里成了多余的本可避免的劫数。我们的生活在琐碎之中消耗掉了。一个老实的人除十指之外,便用不着更大的数字了,在特殊情况下也顶多加上十个足趾,其余不妨笼而统之。简单,简单,简单啊! 我说,最好你的事只两件或三件,不要一百件或一千件;不必计算一百万,半打不是够计算了吗,总之,账目可以记在大拇指甲上就好了。在这浪涛滔天的文明生活的海洋中,一个人要生活,得经历这样的风暴和流沙和一千零一种事变,除非他纵身一跃,直下海底,不要作船位推算去安抵目的港了,那些事业成功的人,真是伟大的计算家啊。简单化,简单化! 不必一天三餐,如果必要,一顿也

① 刻苦耐劳,简单而严格。

够了；不要百道菜，五道够多了；至于别的，就在同样的比例下来减少好了。我们的生活像德意志联邦，全是小邦组成的。联邦的边界永在变动，甚至一个德国人也不能在任何时候把边界告诉你。国家是有所谓内政的改进的，实际上它全是些外表的，甚至肤浅的事务，它是这样一种不易运用的生长得臃肿庞大的机构，壅塞着家具，掉进自己设置的陷阱，给奢侈和挥霍毁坏完了，因为它没有计算，也没有崇高的目标，好比地面上的一百万户人家一样；对于这种情况，和对于他们一样，唯一的医疗办法是一种严峻的经济学，一种严峻得更甚于斯巴达人的简单的生活，并提高生活的目标。生活现在是太放荡了。人们以为国家必须有商业，必须把冰块出口，还要用电报来说话，还要一小时奔驰三十英里，毫不怀疑它们有没有用处；但是我们应该生活得像狒狒呢，还是像人，这一点倒又确定不了。如果我们不做出枕木来，不轧制钢轨，不日夜工作，而只是笨手笨脚地对付我们的生活，来改善它们，那么谁还想修筑铁路呢？如果不造铁路，我们如何能准时赶到天堂去哪？可是，我们只要住在家里，管我们的私事，谁还需要铁路呢？我们没有乘坐铁路，铁路倒乘坐了我们。你难道没有想过，铁路底下躺着的枕木是什么？每一根都是一个人，爱尔兰人，或北方佬。铁轨就铺在他们身上，他们身上又铺起了黄沙，而列车平滑地驰过他们。我告诉你，他们真是睡得熟呵。每隔几年，就换上了一批新的枕木，车辆还在上面奔驰着；如果一批人能在铁轨之上愉快地乘车经过，必然有另一批不幸的人是在下面被乘坐被轧过去的。当我们奔驰过了一个梦中行路的人，一根出轨的多余的枕木，他们只得唤醒他，突然停下车子，吼叫不已，好像这是一个例外。我听到了真觉得有趣，他们每五英里路派定了一队人，要那些枕木长眠不起，并保持应有的高低，由此可见，他们有时候还是要站起来的。

为什么我们应该生活得这样匆忙，这样浪费生命呢？我们下了决心，要在饥饿以前就饿死。人们时常说，及时缝一针，将来可以少缝九针，所以现在他们缝了一千针，只是为了明天少缝九千针。说到工作，任何结果也没有。我们患了跳舞病，连脑袋都无法保住静止。如果在寺院的钟楼下，我刚拉了几下绳子，使钟声发出火警的信号来，钟声还没大响起来，在康科德附近的田园里的人，尽管今天早晨说了多少次他如何如何地忙，没有一个男人，或孩子，或女人，我敢说是会不放下工作而朝着那声音跑来的，主要不是要从火里救出财产来，如果我们说老实话，更多的还是来看火烧的，因为已经烧着了，而且这火，要知道，不是我们放的；或者是来看这场火是怎么被救灭的，要是不费什么劲，也还可以帮忙救救火；就是这样，即使教堂本身着了火也是这样。一个人吃了午饭，还只睡了半个小时的午觉，一醒来就抬起了头，问，"有什么新闻？"好像全人类在为他放哨。有人还下命令，每隔半小时唤醒他一次，无疑的是并不为什么特别的原因；然后，为报答人家起见，他谈了谈他的梦。睡了一夜之后，新闻之不可缺少，正如早饭一样重要。"请告诉我发生在这个星球之上的任何地方的任何人的新闻，"——于是他一边喝咖啡，吃面包卷，一边读报纸，知道了这天早晨的瓦奇多河上，有一个人的眼睛被挖掉了；一点不在乎他自己就生活在这个世界的深不可测的大黑洞里，自己的眼睛里早就是没有瞳仁的了。

拿我来说，我觉得有没有邮局都无所谓。我想，只有很少的重要消息是需要邮递的。我一生之中，确切地说，至多只收到过一两封信是值得花费那邮资的——这还是我几年之前写过的一句话。通常，一便士邮资的制度，其目的是给一个人花一便士，你就可以得到他的思想了，但结果你得到的常常只是一个玩笑。我也敢说，我从来没有从报纸上读到什么值得纪念的新闻。如果我们读到某某人被抢了，或被谋杀或者死于非命了，或一幢房子烧了，或一只船沉了，或一只轮船炸了，或一条母牛在西部铁路上给撞死了，或一只疯狗死了，或冬天有了一大群蚱蜢，——我们不用再读别的了。有这么一条新闻就够了。如果你掌握了原则，何必去关心那亿万的例证及其应用呢？对于一个哲学家，这些被称为新闻的，不过是瞎扯，编辑和读者就只不过是在喝茶的长舌妇。然而不少人都贪婪地听着这种瞎扯。我听说那一天，大家这样抢啊夺啊，要到报馆去听一个最近的国际新闻，那报馆里的好几面大玻璃窗都在这样一个压力之下破碎了，——那条新闻，我严肃地想过，其实是一个有点头脑的人在十二个月之前，甚至在十二年之前，就已经可以相当准确地写好的。比如，说西班牙吧，如果你知道如何把唐卡洛斯和公主，唐彼得罗，塞维利亚和格拉纳达这些字眼时时地放进一些，放得比例适合——这些字眼，自从我读报至今，或许有了一点变化了吧，——然后，在没有什么有趣的消息时，就说说斗牛好啦，这就是真实的新闻，把西班牙的现状以及变迁都给我们详详细细地报道了，完全跟现在报纸上这个标题下的那些最简明的新闻一个样；再说英国吧，来自那个地区的最后的一条重要新闻几乎总是一六四九年的革命；如果你已经知道她的谷物每年的平均产量的历史，你也不必再去注意那些事了，除非你是要拿它来做投机生意，要赚几个钱的话。如果你能判断，谁是难得看报纸的，那么在国外实在没有发生什么新的事件,即使一场法国大革命,也不例外。

什么新闻!要知道永不衰老的事件,那才是更重要得多!蘧伯玉(卫大夫)派人到孔子那里去。孔子与之坐而问焉。曰:夫子何为?对曰:夫子欲寡其过而未能也①。使者出。子曰:使乎,使乎。② 在一个星期过去了之后,疲倦得直瞌睡的农夫们休息的日子里,——这个星期日,真是过得糟透的一星期的适当的结尾,但决不是又一个星期的新鲜而勇敢的开始啊,——偏偏那位牧师不用这种或那种拖泥带水的冗长的宣讲来麻烦农民的耳朵,却雷霆一般地叫喊着:"停!停下!为什么看起来很快,但事实上你们却慢得要命呢?"

谎骗和谬见已被高估为最健全的真理,现实倒是荒诞不经的。如果世人只是稳健地观察现实,不允许他们自己受欺被骗,那么,用我们所知道的来譬喻,生活将好像是一篇童话,仿佛是一部《天方夜谭》了。如果我们只尊敬一切不可避免的,并有存在权利的事物,音乐和诗歌便将响彻街头。如果我们不慌不忙而且聪明,我们会认识唯有伟大而优美的事物才有永久的绝对的存在,——琐琐的恐惧与碎碎的欢喜不过是现实的阴影。现实常常是活泼而崇高的。由于闭上了眼睛,神魂颠倒,任凭自己受影子的欺骗,人类才建立了他们日常生活的轨道和习惯,到处遵守它们,其实它们是建筑在纯粹幻想的基础之上的。嬉戏地生活着的儿童,反而更能发现生活的规律和真正的关系,胜过了大人,大人不能有价值地生活,还

---

① 主人要减少他的错误而办不到。
② 何等有价值的一位使者,何等有价值的一位使者啊!

以为他们是更聪明的,因为他们有经验,这就是说,他们时常失败。我在一部印度的书中读到,"有一个王子,从小给逐出故土之城,由一个樵夫抚养成长,一直以为自己属于他生活其中的贱民阶级。他父亲手下的官员后来发现了他,把他的出身告诉了他,对他的性格的错误观念于是被消除了,他知道自己是一个王子。所以,"那印度哲学家接下来说,"由于所处环境的缘故,灵魂误解了他自己的性格,非得由神圣的教师把真相显示了给他。然后,他才知道他是婆罗门。"我看到,我们新英格兰的居民之所以过着这样低贱的生活,是因为我们的视力透不过事物表面。我们把似乎是当作了是。如果一个人能够走过这一个城镇,只看见现实,你想,"贮水池"就该是如何的下场?如果他给我们一个他所目击的现实的描写,我们都不会知道他是在描写什么地方。看看会议厅,或法庭,或监狱,或店铺,或住宅,你说,在真正凝视它们的时候,这些东西到底是什么啊,在你的描绘中,它们都纷纷倒下来了。人们尊崇迢遥疏远的真理,那在制度之外的,那在最远一颗星后面的,那在亚当以前的,那在末代以后的。自然,在永恒中是有着真理和崇高的。可是,所有这些时代,这些地方和这些场合,都是此时此地的啊!上帝之伟大就在于现在伟大,时光尽管过去,他绝不会更加神圣一点的。只有永远渗透现实,发掘围绕我们的现实,我们才能明白什么是崇高。宇宙经常顺从地适应我们的观念;不论我们走得快或慢,路轨已给我们铺好。让我们穷毕生之精力来意识它们。诗人和艺术家从未得到这样美丽而崇高的设计,然而至少他的一些后代是能完成它的。

　　我们如大自然一般自然地过一天吧,不要因硬壳果或掉在轨道上的蚊虫的一只翅膀而出了轨。让我们黎明即起，不用或用早餐，平静而又无不安之感；任人去人来，让钟去敲，孩子去哭，——下个决心，好好地过一天。为什么我们要投降，甚至于随波逐流呢？让我们不要卷入在子午线浅滩上的所谓午宴之类的可怕急流与旋涡，而惊惶失措。熬过了这种危险，你就平安了，以后是下山的路了。神经不要松弛，利用那黎明似的魄力，向另一个方向航行，像尤利西斯①那样拴在桅杆上过活。如果汽笛啸叫了，让它叫得沙哑吧。如果钟打响了，为什么我们要奔跑呢？我们还要研究它算什么音乐？让我们定下心来工作，并用我们的脚跋涉在那些污泥似的意见、偏见、传统、谬见与表面中间，这蒙蔽全地球的淤土啊，让我们越过巴黎、伦敦、纽约、波士顿、康科德，教会与国家，诗歌，哲学与宗教，直到我们达到一个坚硬的底层，在那里的岩盘上，我们称之为现实，然后说，这就是了，不错的了，然后你可以在这个 point d'appui② 之上，在洪水、冰霜和火焰下面，开始在这地方建立一道城墙或一个国土，也许能安全地立起一个灯柱，或一个测量仪器，不是尼罗河水测量器了，而是测量现实的仪器，让未来的时代能知道，谎骗与虚有其表曾洪水似的积了又积，积得多么深哪。如果你直立而面对着事实，你就会看到太阳闪耀在它的两面，它好像一柄东方的短弯刀，你能感到它的甘美的锋镝正剖开你的心和骨髓，你也欢乐地愿意结束你的人间事业了。生也好，死也好，我们仅仅追求现实。如果我们真要死了，让我们听到我们喉咙中的咯咯声，感到四肢上的寒

① 罗马神话中的英雄，即希腊神话中的奥德修斯。他勇敢机智，在特洛伊战争后回国途中历尽艰险。
② 法语：支点。

冷好了;如果我们活着,让我们干我们的事务。

　　时间只是我垂钓的溪。我喝溪水;喝水时候我看到它那沙底,它多么浅啊。它的汩汩的流水逝去了,可是永恒留了下来。我愿饮得更深;在天空中打鱼,天空的底层里有着石子似的星星。我不能数出"一"来。我不知道字母表上的第一个字母。我常常后悔,我不像初生时聪明了。智力是一把刀子;它看准了,就一路切开事物的秘密。我不希望我的手比所必需的忙得更多些。我的头脑是手和足。我觉得我最好的官能都集中在那里。我的本能告诉我,我的头可以挖洞,像一些动物,有的用鼻子,有的用前爪,我要用它挖掘我的洞,在这些山峰中挖掘出我的道路来。我想那最富有的矿脉就在这里的什么地方;用探寻藏金的魔杖,根据那升腾的薄雾,我要判断;在这里我要开始开矿。

# 阅　读

　　如果更审慎地选择自己追逐的职业,所有的人也许都愿意主要做学生兼观察家,因为两者的性质和命运对所有的人都一样地饶有兴味。为我们自己和后代积累财富,成家或建国,甚或沽名钓誉,在这些方面我们都是凡人;可是在研究真理之时,我们便不朽了,也不必害怕变化或遭到意外了。最古的埃及哲学家和印度哲学家从神像上曳起了轻纱一角;这微颤着的袍子,现在仍是撩起的,我望见它跟当初一样的鲜艳荣耀,因为当初如此勇敢的,是他的体内的“我”,而现在重新瞻仰着那个形象的是我体内的“他”。袍子上没有一点微尘;自从这神圣被显示以来,时间并没有逝去。我们真正地改良了的,或者是可以改良的时间,既不是过去,又不是现在,也不是未来呵。

　　我的木屋,比起一个大学来,不仅更宜于思想,还更宜于严肃地阅读;虽然我借阅的书在一般图书馆的流通范围之外,我却比以往更多地接受到那些流通全世界的书本的影响,那些书先前是写在树皮上的,如今只是时而抄在布纹纸上。诗人密尔·喀玛·乌亭·玛斯脱说,“要坐着,而能驰骋在精神世界的领域内;这种益处我得自书本。一杯酒就陶醉;当我喝下了秘传教义的芳洌琼浆时,我也经历过这样的愉快”。整个夏天,我把荷马的《伊利亚特》放在桌上,虽然我只能间歇地翻阅他的诗页。起初,有无穷的工作在手上,我有房子要造,同时有豆子要锄,使我不可能读更多的书。但预知我未来可以读得多些,这个念头支持了我。在我的工作之余,我还读过一两本浅近的关于旅行的书,后来我自己都脸红了,我问了自己到底我是住在什么地方。

可以读荷马或埃斯库罗斯①的希腊文原著的学生,决无放荡不羁或奢侈豪华的危险,因为他读了原著就会在相当程度之内仿效他们的英雄,会将他们的黎明奉献给他们的诗页。如果这些英雄的诗篇是用我们自己那种语言印刷成书的,这种语言在我们这种品德败坏的时代也已变成死文字了;所以我们必须辛辛苦苦地找出每一行诗每一个字的原意来,尽我们所有的智力、勇武与气量,来寻思它们的原意,要比通常应用时寻求更深更广的原来意义。近代那些廉价而多产的印刷所,出版了那么多的翻译本,却并没有使得我们更接近那些古代的英雄作家。他们还很寂寞,他们的文字依然被印得稀罕而怪异。那是很值得的,花费那些少年的岁月,那些值得珍惜的光阴,来学会一种古代文字,即使只学会了几个字,它们却是从街头巷尾的琐碎平凡之中被提炼出来的语言,是永久的暗示,具有永恒的激发力量。有的老农听到一些拉丁语警句,记在心上,时常说起它们,不是没有用处的。有些人说过,古典作品的研究最后好像会让位给一些更现代化、更实用的研究;但是,有进取心的学生还是会时常去研究古典作品的,不管它们是用什么文字写的,也不管它们如何地古老。因为古

---

① 埃斯库罗斯(Æschylus,约前525—前456),古希腊三大悲剧作家之一。

典作品如果不是最崇高的人类思想的记录,那又是什么呢?它们是唯一的,不朽的神示卜辞。便是求神问卜于台尔菲①和多多那②,也都得不到的,近代的一些求问的回答,在古典作品中却能找到。我们甚至还不消研究大自然,因为她已经老了。读得好书,就是说,在真实的精神中读真实的书,是一种崇高的训练,这花费一个人的力气,超过举世公认的种种训练。这需要一种训练,像竞技家必须经受的一样,要不变初衷,终身努力。书本是谨慎地,含蓄地写作的,也应该谨慎地,含蓄地阅读。本书所著写的那一国的文字,就算你能说它,也还是不够的,因为口语与文字有着值得注意的不同,一种是听的文字,另一种是阅读的文字。一种通常是变化多端的,声音或舌音,只是一种土话,几乎可以说是很野蛮的,我们可以像野蛮人一样从母亲那里不知不觉地学会的。另一种却是前一种的成熟形态与经验的凝集;如果前一种是母亲的舌音③,这一种便是我们的父亲的舌音,是一些经过洗练的表达方式,它的意义不是耳朵所能听到的,我们必须重新诞生一次,才能学会说它。中世纪的时候,有多少人,能够说希腊语与拉丁语,可是由于出生之地的关系而并没有资格读天才作家用这两种文字来著写的作品,因为这些作品不是用他们知道的那种希腊语和拉丁语来写的,而是用精练的文学语言写的,他们还没有学会希腊和罗马的那种更高级的方言,那种高级方言所写的书,在他们看来就只是一堆废纸,他们重视的倒是一种廉价的当代文学。可是,当欧洲的好几个国家,得到了他们自己的

---

① 古希腊城市名,因有阿波罗神殿而出名。
② 希腊古都,以主神宙斯的神谕著名。
③ 原文 mother tongue 可作"本国语言""本民族语言"解。

语文,虽然粗浅,却很明澈,就足够他们兴起他们的文艺了,于是,最初那些学问复兴了,学者们能够从那遥远的地方辨识古代的珍藏了。罗马和希腊的群众不能倾听的作品,经过了几个世纪之后,却有少数学者在阅读它们了,而且现今也只有少数的学者还在阅读它们呢。

不管我们如何赞赏演说家有时能爆发出来的好口才,最崇高的文字还通常地是隐藏在瞬息万变的口语背后,或超越在它之上的,仿佛繁星点点的苍穹藏在浮云后面一般。那里有众星,凡能观察者都可以阅读它们。天文学家永远在解释它们,观察它们。它们可不像我们的日常谈吐和嘘气如云的呼吸。在讲台上的所谓口才,普通就是学术界的所谓修辞。演讲者在一个闪过的灵感中放纵了他的口才,向着他面前的群众,向着那些跑来倾听他的人说话;可是作家,更均衡的生活是他们的本分,那些给演讲家以灵感的社会活动以及成群的听众只会分散他们的心智,他们是向着人类的智力和心曲致辞的,向着任何年代中能够懂得他们的一切人说话的。

难怪亚历山大①行军时,还要在一只宝匣中带一部《伊利亚特》了。文字是圣物中之最珍贵者。它比之别的艺术作品既跟我们更亲密,又更具有世界性。这是最接近于生活的艺术。它可以翻译成每一种文字,不但给人读,而且还吐纳在人类的唇上;不仅是表现在油画布上,或大理石上,还可以雕刻在生活自身的呼吸之中的。一个古代人思想的象征可以成为近代人的口头禅。两千个夏天已经在纪念碑似的希腊文学

---

① 亚历山大(Alexander,前356—前323),马其顿国王。

上，正如在希腊的大理石上面，留下了更成熟的金色的和秋收的色彩，因为他们带来了他们自己的壮丽的天体似的气氛，传到了世界各地，保护他们免受时间剥蚀。书本是世界的珍宝，多少世代与多少国土的最优良的遗产。书，最古老最好的书，很自然也很适合于放在每一个房屋的书架上。它们没有什么私事要诉说，可是，当它们启发并支持了读者，他的常识使他不能拒绝它们。它们的作者，都自然而然地，不可抗拒地成为任何一个社会中的贵族，而他们对于人类的作用还大于国王和皇帝的影响。当那目不识丁的，也许还是傲慢的商人，由于苦心经营和勤劳刻苦，挣来了闲暇以及独立，并厕身于财富与时髦的世界的时候，最后他不可避免地转向那些更高级，然而又高不可攀的智力与天才的领域，而且只会发觉自己不学无术，发觉自己的一切财富都是虚荣，不可以自满，于是便进一步地证明了他头脑清楚，他煞费心机，要给他的孩子以知识文化，这正是他敏锐地感到自己所缺少的；他就是这样成了一个家族的始祖。

没有学会阅读古典作品原文的人们对于人类史只能有一点很不完备的知识，惊人的是它们并没有一份现代语文的译本，除非说我们的文化本身便可以作为这样的一份文本的话。荷马还从没有用英文印行过，埃斯库罗斯和维吉尔①也从没有，——那些作品是这样优美，这样坚实，美丽得如同黎明一样；后来的作者，不管我们如何赞美他们的才能，就有也是极少能够比得上这些古代作家的精美、完整与永生的、英雄的文艺劳动。从不认识它们的人，只叫人去忘掉它们。但当我们

---

① 维吉尔（Virgil，前70—前19），古罗马诗人。

有了学问，有了禀赋，开始能研读它们，欣赏它们时，那些人的话，我们立刻忘掉了。当我们称为古典作品的圣物，以及比古典作品更古老，因而更少人知道的各国的经典也累积得更多时，当梵蒂冈教廷里放满了吠陀经典，波斯古经①和《圣经》，放满了荷马、但丁和莎士比亚的作品，继起的世纪中能继续地把它们的战利品放在人类的公共场所时，那个世代定将更加丰富。有了这样一大堆作品，我们才能有终于攀登天堂的希望。

伟大诗人的作品人类还从未读通过呢，因为只有伟大的诗人才能读通它们。它们之被群众阅读，有如群众之阅览繁星，至多是从星象学而不是从天文学的角度阅览的。许多人学会了阅读，为的是他们的可怜的便利，好像他们学算术是为了记账，做起生意来不至于受骗；可是，阅读作为一种崇高的智力的锻炼，他们仅仅是浅涉略知，或一无所知；然而就其高级的意义来说，只有这样才叫阅读，决不是吸引我们有如奢侈品，读起来能给我们催眠，使我们的崇高的官能昏昏睡去的那种读法，我们必须踮起足尖，把我们最灵敏、最清醒的时刻，献予阅读才对。

我想，我们识字之后，我们就应该读文学作品中最好的东西，不要永远在重复 a—b—ab 和单音字，不要四年级五年级年年留级，不要终身坐在小学最低年级教室前排。许多人能读就满足了，或听到人家阅读就满足了，也许只领略到一本好书《圣经》的智慧，于是他们只读一些轻松的东西，让他们的

---

① 琐罗亚斯德教的圣书，包括宗教神话、戒律、赞歌、祷辞等。约公元前九世纪到公元三世纪陆续编成。

官能放荡或单调地度过余生。在我们的流通图书馆里，有一部好几卷的作品叫作"小读物"，我想大约也是我没有到过的一个市镇的名字吧。有种人，像贪食的水鸭和鸵鸟，能够消化一切，甚至在大吃了肉类和蔬菜都很丰盛的一顿之后也能消化，因为他们不愿意浪费。如果说别人是供给此种食物的机器，他们就是过屠门而大嚼的阅读机器。他们读了九千个关于西布伦和赛福隆尼亚的故事，他们如何相爱，从没有人这样地相爱过，而且他们的恋爱经过也不平坦，——总之是，他们如何爱，如何栽跟斗，如何再爬起来，如何再相爱！某个可怜的不幸的人如何爬上了教堂的尖顶，他最好不爬上钟楼；他既然已经毫无必要地到了尖顶上面了，那欢乐的小说家于是打起钟来，让全世界都跑拢来，听他说，啊哟，天啊！他如何又下来了！照我的看法，他们还不如把这些普遍的小说世界里往上爬的英雄人物一概变形为风信鸡人，好像他们时常把英雄放在星座之中一样，让那些风信鸡旋转不已，直到它们锈掉为止，却千万别让它们下地来胡闹，麻烦了好人们。下一回，小说家再敲钟，哪怕那公共会场烧成了平地，也休想我动弹一下。"《的一笃一咯的腾达》一部中世纪传奇，写《铁特尔—托尔—但恩》的那位著名作家所著；按月连载；连日拥挤不堪，欲购从速。"他们用盘子大的眼睛，坚定不移的原始的好奇，极好的胃纳，来读这些东西，胃的褶皱甚至也无需磨炼，正好像那些四岁大的孩子们，成天坐在椅子上，看着售价两分钱的烫金封面的《灰姑娘》——据我所见，他们读后，连发音，重音，加强语气这些方面都没有进步，不必提他们对题旨的了解与应用题旨的技术了。其结果是目力衰退，一切生机凝滞，普遍颓唐，智力的官能完全像蜕皮一样蜕掉。这一类的姜汁面包，是几乎每一天从每一个烤面包的炉子里烤出来，比纯粹的面粉做的或黑麦粉和印第安玉米粉做的面包更吸引人，在市场上销路更广。

即使所谓"好读者"，也不读那些最好的书。我们康科德的文化又算得了什么呢？这个城市里，除了极少数例外的人，对于最好的书，甚至英国文学中一些很好的书，大家都觉得没有味道，虽然大家都能读英文，都拼得出英文字。甚至于这里那里的大学出身，或所谓受有自由教育的人，对英国的古典作品也知道得极少，甚至全不知道；记录人类思想的那些古代作品和《圣经》呢，谁要愿意阅读它们的话，是很容易得到这些书的，然而只有极少数人肯花工夫去接触它们。我认识一个中年樵夫，订了一份法文报，他说不是为了读新闻，他是超乎这一套之上的，他是为了"保持他的学习"，因为他生来是一个加拿大人；我就问他，他认为世上他能做的最好的是什么事，他回答说，除了这件事之外，还要继续下功夫，把他的英语弄好和提高。一般的大学毕业生所做的或想要做的就不过如此，他们订一份英文报纸就为这样的目标。假定一个人刚刚读完了一部也许是最好的英文书，你想他可以跟多少人谈论这部书呢？再假定一个人刚刚读了希腊文或拉丁文的古典作品，就是文盲也知道颂扬它的；可是他根本找不到一个可谈的人。他只能沉默。我们大学里几乎没有哪个教授，要是已经掌握了一种艰难的文字，还能以同样的比例掌握一个希腊诗人的深奥的才智与诗情，并能用同情之心来传授给那些灵敏的、有英雄气质的读者的；至于神圣的经典，人类的圣经，这里有什么人能把它们的名字告诉我呢？大多数人还不知道唯有希伯来这个民族有了一部经典。任何一个人都为了拣一块银币而费尽了心机,可是这里有黄金般的文字,古代最聪明的智者说出来的话,它们的价值是历代的聪明人向我们保证过的;——然而我们读的只不过是识字课本,初级读本和教科书,离开学校之后,只是"小读物"与孩子们和初学者看的故事书;于是,我们的读物,我们的谈话和我们的思想,水平都极低,只配得上小人国和侏儒。

我希望认识一些比康科德这片土地上出生的更要聪明的人,他们的名字在这里几乎听都没有听到过。难道我会听到柏拉图①的名字而不读他的书吗? 好像柏拉图是我的同乡,而我却从没有见过他,——好像是我的近邻而我却从没有听到过他说话,或听到过他的智慧的语言。可是,事实不正是这样吗? 他的《对话录》包含着他不朽的见解,却躺在旁边的书架上,我还没有读过它。我们是愚昧无知、不学无术的文盲;在这方面,我要说,两种文盲之间并没有什么区别,一种是完全目不识丁的市民,另一种是已经读书识字了,可是只读儿童读物和智力极低的读物。我们应该像古代的圣贤一样的美好,但首先要让我们知道他们的好处。我们真是一些小人物,在我们的智力的飞跃中,可怜我们只飞到比报章新闻稍高一些的地方。

并不是所有的书都像它们的读者一般愚笨的。可能,有好些话正是针对我们的境遇而说的,如果我们真正倾听了,懂得了这些话,它们之有利于我们的生活,将胜似黎明或阳春,很可能给我们一副新的面目。多少人在读了一本书之后,开始了他生活的新纪元! 一本书,能解释我们的奇迹,又能启发

① 柏拉图(Plato,约前427—前347),古希腊哲学家。

新的奇迹，这本书就为我们而存在了。在目前，我们的说不出来的话，也许在别处已经说出来了。那些扰乱了我们，使我们疑难、困惑的问题也曾经发生在所有聪明人心上；一个问题都没有漏掉，而且每一个聪明人都回答过它们，按照各自的能力，用各自的话和各自的生活。再说，有了智慧，我们将领会慷慨的性质。在康科德郊外，有个田庄上的寂寞的雇工，他得到过第二次的诞生，获有了特殊的宗教经验，他相信自己由于他的信念的关系已经进入了沉默的庄重和排斥外物的境界，他也许会觉得我们的话是不对的；但是数千年前，琐罗亚斯德①走过了同样的历程，获有同样的经验；因为他是智慧的，知道这是普遍性的，就用相应的办法对待他的邻人，甚至据说还发明并创设了一个使人敬神的制度。那么，让他谦逊地和琐罗亚斯德精神沟通，并且在一切圣贤的自由影响下，跟耶稣基督精神沟通，然后，"让我们的教会"滚开吧。

我们夸耀说，我们属于十九世纪，同任何国家相比，我们迈着最大最快的步子。可是想想这市镇，它对自己的文化贡献何其微小。我不想诔赞我的市民同胞们，也不要他们诔赞我，因为这样一来，大家便没有进步了。应当像老牛般需要刺激——驱赶，然后才能快跑。我们有个相当像样的普通学校的制度，但只是为一般婴儿的；除了冬天有个半饥饿状态的文法学堂，最近还有了一个根据政府法令简陋地草创的图书馆，但却没有我们自己的学院。我们在肉体的疾病方面花了不少钱，精神的病害方面却没有花什么。现在已经到了时候，我们

---

① 琐罗亚斯德（Zoroaster，约公元前十至七世纪之间），又译查拉图斯特拉古波斯人，琐罗亚斯德教的创立者。

应该有不平凡的学校。我们不该让男女儿童成年后就不再受教育了。到了时候，一个个村子应该是一座座大学，老年的居民都是研究生，——如果他们日子过得还宽裕的话，——他们应该有裕闲时间，把他们的余年放在从事自由学习上。难道世界永远只局限于一个巴黎或一个牛津？难道学生们不能寄宿在这里，在康科德的天空下受文科教育？难道我们不能请一位阿伯拉尔①来给我们讲学？可叹啊！因为我们忙于养牛，开店，我们好久没有上学堂，我们的教育是可悲地荒芜了。在这个国土上，我们的城镇在某些方面应当替代欧洲贵族的地位。它应当是美术的保护者。它是很富的。它只缺少气量和优美。在农民和商人看重的事业上它肯出钱，可是要它举办一些知识界都知道是更有价值得多的事业时，它却认为那是乌托邦的梦想。感谢财富和政治，本市花了一万七千元造了市政府，但也许一百年内它不会为了生命的智慧贝壳内的真正的肉，花这么多钱。为冬天办文法学校，每年募到一百二十五元，这笔钱比市内任何同样数目的捐款都花得更实惠。我们生活在十九世纪，为什么我们不能享受十九世纪的好处？为什么生活必须过得这样褊狭？如果我们要读报纸，为什么不越过波士顿的闲谈，立刻来订一份全世界最好的报纸呢？不要从"中立"的报纸去吮吸柔软的食物，也不要在新英格兰吃娇嫩的"橄榄枝"了。让一切有学问的社团到我们这里来报告，我们要看看他们懂不懂得些什么。为什么要让哈泼斯兄弟图书公司和里亭出版公司代替我们挑选读物？正像趣味高雅的贵族，在他的周围要结聚一些有助于他的修养的——

---

① 阿伯拉尔（Pierre Abélard，1079—1142），中世纪法兰西经院哲学家。

天才——学识——机智——书籍——绘画——雕塑——音乐——哲学的工具等;让城镇村子也这样做吧,——不要只请一个教师,一个牧师,一个司事,以为办教区图书馆,选举三个市政委员就可以到此为止了,因为我们拓荒的祖先仅有这么一点事业,却也在荒凉的岩石上挨过了严冬。集体的行为是符合我们制度的精神的:我确实相信我们的环境将更发达,我们的能力大于那些贵族们。新英格兰请得起全世界的智者,来教育她自己,让他们在这里食宿,让我们不再过乡曲的生活。这是我们所需要的不平凡的学校。我们并不要贵族,但让我们有高贵的村子。如果这是必需的,我们宁可少造一座桥,多走几步路,但在围绕着我们的黑暗的"无知深渊"上,架起至少一个圆拱来吧。

# 声

　　但当我们局限在书本里，虽然那是最精选的，古典的作品，而且只限于读一种特殊的语文，它们本身只是口语和方言，那时我们就有危险，要忘掉另一种语文了，那是一切事物不用譬喻地直说出来的文字，唯有它最丰富，也最标准。出版物很多，把这印出来的很少。从百叶窗缝隙中流进来的光线，在百叶窗完全打开以后，便不再被记得了。没有一种方法，也没有一种训练可以代替永远保持警觉的必要性。能够看见的，要常常去看；这样一个规律，怎能是一门历史或哲学，或不管选得多么精的诗歌所比得上的？又怎能是最好的社会，或最可羡慕的生活规律所比得上的呢？你愿意仅仅做一个读者，一个学生呢，还是愿意做一个预见者？读一读你自己的命运，看一看就在你的面前的是什么，再向未来走过去吧。

　　第一年夏天，我没有读书；我种豆。不，我比干这个还好。有时候，我不能把眼前的美好的时间牺牲在任何工作中，无论是脑的或手的工作。我爱给我的生命留有更多余地。有时候，在一个夏天的早晨里，照常洗过澡之后，我坐在阳光下的门前，从日出坐到正午，坐在松树，山核桃树和黄栌树中间，在没有打扰的寂寞与宁静之中，凝神沉思，那时鸟雀在四周唱歌，或默不作声地疾飞而过我的屋子，直到太阳照上我的西窗,或者远处公路上传来一些旅行者的车辆的辚辚声,提醒我时间的流逝。我在这样的季节中生长,好像玉米生长在夜间一样,这比任何手上的劳动好得不知多少了。这样做不是从我的生命中减去了时间,而是在我通常的时间里增添了许多,还超产了许多。我明白了东方人的所谓沉思以及抛开工作的意思了。大体上,虚度岁月,我不在乎。白昼在前进,仿佛只是为了照亮我的某种工作;可是刚才还是黎明,你瞧,现在已经是晚上,我并没有完成什么值得纪念的工作。我也没有像鸣禽一般地歌唱,我只静静地微笑,笑我自己幸福无涯。正像那麻雀,蹲在我门前的山核桃树上,唧啾地叫着,我也窃窃笑着,或抑制了我的唧啾之声,怕它也许从我的巢中听到了。我的一天并不是一个个星期中的一天,它没有用任何异教的神祇来命名,也没有被切碎为小时的细末子,也没有因嘀嗒的钟声而不安;因为我喜欢像印度的普里①人,据说对于他们,"代表昨天,今天和明天的是同一个字,而在表示不同的意义时,他们一面说这个字一面做手势,手指后面的算昨天,手指前面的算明天,手指头顶的便是今天"。在我的市民同胞们眼中,这纯粹是懒惰;可是,如果用飞鸟和繁花的标准来审判我的话,我想我是毫无缺点的。人必须从其自身中间找缘由,这话极对。自然的日子很宁静,它也不责备他懒惰。

　　我的生活方式至少有这个好处,胜过那些不得不跑到外面去找娱乐、进社交界或上戏院的人,因为我的生活本身便是娱乐,而且它永远新奇。这是一个多幕剧,而且没有最后的一

①　普里(Puri),孟加拉湾奥里萨的一个港口,是印度的圣地之一,有毗湿奴的化身札格纳特的建于十二世纪的庙宇。

幕。如果我们常常能够参照我们学习到的最新最好的方式来过我们的生活和管理我们的生活，我们就绝对不会为无聊所困。只要紧紧跟住你的创造力，它就可以每一小时指示你一个新的前景。家务事是愉快的消遣。当我的地板脏了，我就很早起身，把我的一切家具搬到门外的草地上，床和床架堆成一堆，就在地板上洒上水，再洒上湖里的白沙，然后用一柄扫帚，把地板刮擦得干净雪白；等到老乡们用完他们的早点，太阳已经把我的屋子晒得够干燥，我又可以搬回去；而这中间我的沉思几乎没有中断过。这是很愉快的，看到我家里全部的家具都放在草地上，堆成一个小堆，像一个吉普赛人的行李，我的三脚桌子也摆在松树和山核桃树下，上面的书本笔墨我都没有拿开。它们好像很愿意上外边来，也好像很不愿意给搬回屋里去。有时我就跃跃欲试地要在它们上面张一个帐篷，我就在那里就位。太阳晒着它们是值得一看的景致，风吹着它们是值得一听的声音，熟稔的东西在户外看到比在室内有趣得多。小鸟坐在相隔一枝的丫枝上，长生草在桌子下面生长，黑莓的藤攀住了桌子脚；松实，栗子和草莓叶子到处落满。它们的形态似乎是这样转变成为家具，成为桌子，椅子，床架的，——因为这些家具原先曾经站在它们之间。

我的房子是在一个小山的山腰，恰恰在一个较大的森林的边缘，在一个苍松和山核桃的小林子的中央，离开湖边六杆之远，有一条狭窄的小路从山腰通到湖边去。在我前面的院子里，生长着草莓，黑莓，还有长生草，狗尾草，黄花紫菀，矮橡树和野樱桃树，越橘和落花生。五月尾，野樱桃（学名 Cerasus pumila）在小路两侧装点了精细的花朵，短短的花梗周围是形成伞状的花丛，到秋天里就挂起了大大的漂亮的野樱桃，一球球地垂下,像朝四面射去的光芒。它们并不好吃,但为了感谢大自然的缘故,我尝了尝它们。黄栌树(学名 Rhus glabra)在屋子四周异常茂盛地生长,把我建筑的一道矮墙掀了起来,第一季就看它长了五六英尺。它的阔大的、羽状的、热带的叶子,看起来很奇怪,却很愉快。在晚春中,巨大的蓓蕾突然从仿佛已经死去的枯枝上跳了出来,魔术似的变得花枝招展了,成了温柔的青色而柔软的枝条,直径也有一英寸;有时,正当我坐在窗口,它们如此任性地生长,压弯了它们自己的脆弱的关节,我听到一枝新鲜的柔枝忽然折断了,虽然没有一丝儿风,它却给自己的重量压倒,而像一把羽扇似的落下来。在八月中,大量的浆果,曾经在开花的时候诱惑过许多野蜜蜂,也渐渐地穿上了它们的光耀的红天鹅绒的彩色,也是给自己的重量压倒,终于折断了它们的柔弱的肢体。

在这一个夏天的下午,当我坐在窗口,鹰在我的林中空地盘旋,野鸽子在疾飞,三三两两地飞入我的眼帘,或者不安地栖息在我屋后的白皮松枝头,向着天空发出一个呼声;一只鱼鹰在水面上啄出一个酒窝,便叼走了一尾鱼;一只水貂偷偷地爬出了我门前的沼泽,在岸边捉到了一只青蛙;芦苇鸟在这里那里掠过,隰地莎草在它们的重压下弯倒;一连半小时,我听到铁路车辆的轧轧之声,一忽儿轻下去了,一忽儿又响起来了,像鹧鸪在扑翅膀,把旅客从波士顿装运到这乡间来。我也并没有生活在世界之外,不像那个孩子,我听说他被送到了本市东部的一个农民那里去,但待了不多久,他就逃走了,回到家里,鞋跟都磨破了,他实在想家。他从来没有见过那么沉闷和偏僻的地方;那里的人全走光了;你甚至于听不见他们的口

笛声！我很怀疑,现在在马萨诸塞州不知还有没有这样的所在:

> 真的啊,我们的村庄变成了一个靶子,
>
> 给一支飞箭似的铁路射中,
>
> 在和平的原野上,它是康科德——协和之音。

菲茨堡铁路在我的住处之南约一百杆的地方接触到这个湖。我时常沿着它的堤路走到村里去,好像我是由这个链索和社会相联络的。货车上的人,是在全线上来回跑的,跟我打招呼,把我当作老朋友,过往次数多了,他们以为我是个雇工;我的确是个雇工。我极愿意做那地球轨道上的某一段路轨的养路工。

　夏天和冬天,火车头的汽笛穿透了我的林子,好像农家的院子上面飞过的一只老鹰的尖叫声,通知我有许多焦躁不安的城市商人已经到了这个市镇的圈子里,或者是从另一个方向来到一些村中行商。它们是在同一个地平线上的,它们彼此发出警告,要别个在轨道上让开,呼唤之声有时候两个村镇都能听到。乡村啊,这里送来了你的杂货了;乡下人啊,你们的食粮! 没有任何人能够独立地生活,敢于对它们道半个"不"字。于是乡下人的汽笛长啸了,这里是你们给它们的代价! 像长长的攻城槌①般的木料以一小时二十英里的速度,冲向我们的城墙,还有许多的椅子,城圈以内所有负担沉重的人现在有得坐了。乡村用这样巨大的木材的礼貌给城市送去了座椅。所有印第安山间的越橘全部给采下来,所有的雪球

---

① 古代一种攻城用的兵器。

浆果也都装进城来了。棉花上来了,纺织品下去了;丝上来了,羊毛下去了,书本上来了,可是著作书本的智力降低了。

当我遇见那火车头,带了它的一列车厢,像行星运转似的移动前进,——或者说,像一颗扫帚星,因为既然那轨道不像一个会转回来的曲线,看到它的人也就不知道在这样的速度下,向这个方向驰去的火车,会不会再回到这轨道上来,——水蒸气像一面旗帜,形成金银色的烟圈飘浮在后面,好像我看到过的高高在天空中的一团团绒毛般的白云,一大块一大块地展开,并放下豪光来,——好像这位旅行着的怪神,吐出了云霞,快要把夕阳映照着的天空作它的列车的号衣;那时我听到铁马吼声如雷,使山谷都响起回声,它的脚步踩得土地震动,它的鼻孔喷着火和黑烟(我不知道在新的神话中,人们会收进怎样的飞马或火龙),看来好像大地终于有了一个配得上住在地球上的新的种族了。如果这一切确实像表面上看来的那样,人类控制了元素,使之服务于高贵的目标,那该多好!如果火车头上的云真是在创英雄业绩时所冒的汗,蒸汽就跟飘浮在农田上空的云一样有益,那么,元素和大自然自己都会乐意为人类服务,当人类的护卫者了。

我眺望那早车时的心情,跟我眺望日出时的一样,日出也不见得比早车更准时。火车奔向波士顿,成串的云在它后面拉长,越升越高,升上了天,片刻间把太阳遮住,把我远处的田野荫蔽了。这一串云是天上的列车,旁边那拥抱土地的小车辆,相形之下,只是一支标枪的倒钩了。在这冬天的早晨,铁马的驭者起身极早,在群山间的星光底下喂草驾挽。它这么早生了火,给它内热,以便它起程赶路。要是这事既能这样早开始,又能这样无害,那才好啦!积雪深深时,它给穿上了雪鞋,用了一个巨大的铁犁,从群山中开出条路来,直到海边,而车辆像一个沟中播种器,把所有焦灼的人们和浮华的商品,当作种子飞撒在田野中。一整天,这火驹飞过田园,停下时,只为了它主人要休息。就是半夜里,我也常常给它的步伐和凶恶的哼哈声吵醒;在远处山谷的僻隐森林中,它碰到了冰雪的封锁;要在晓星底下它才能进马厩,可是既不休息,也不打盹,它立刻又上路旅行去了。有时,在黄昏中,我听到它在马厩里,放出了这一天的剩余力气,使它的神经平静下来,脏腑和脑袋也冷静了,可以打几个小时的钢铁的瞌睡。如果这事业,这样旷日持久和不知疲乏,又能这样英勇不屈而威风凛凛,那才好呵!

市镇的僻处,人迹罕到的森林,从前只在白天里猎人进入过,现在却在黑夜中,有光辉灿烂的客厅飞突而去。居住在里面的人却一无所知;此一刻它还靠在一个村镇或大城市照耀得如同白昼的车站月台上,一些社交界人士正聚集在那里,而下一刻已经在郁沉的沼泽地带,把猫头鹰和狐狸都吓跑了。列车的出站到站现在成了林中每一天的大事了。它们这样遵守时间地来来去去,而它们的汽笛声老远都听到,农夫们可以根据它来校正钟表,于是一个管理严密的机构调整了整个国家的时间。自从发明了火车,人类不是更能遵守时间了吗?在火车站上,比起以前在驿车站来,他们不是说话更快,思想不也是更敏捷了吗?火车站的气氛,好像是通上了电流似的。对于它创造的奇迹,我感到惊异;我有一些邻居,我本来会斩钉截铁地说他们不会乘这么快的交通工具到波士顿去的,现在只要钟声一响,他们就已经在月台上了。"火车式"作风,现在成为流行的口头禅;由任何有影响的机构经常提出,离开火车轨道的真心诚意的警告，那是一定要听的。这件事既不能停下车来宣读法律作为警告，也不能向群众朝天开枪。我们已经创造了一个命运，一个 Atropos①，这永远也不会改变。（让这做你的火车头的名称。）人们看一看广告就知道几点几十分，有几支箭要向罗盘上的哪几个方向射出；它从不干涉别人的事，在另一条轨道上，孩子们还乘坐了它去上学呢。我们因此生活得更稳定了。我们都受了教育，可以做退尔②的儿子，然而空中充满了不可见的箭矢。除了你自己的道路之外，条条路都是宿命的道路。那么，走你自己的路吧。

　　使我钦佩于商业的，乃是它的进取心和勇敢。它并不拱手向朱庇特大神祈祷。我看到商人们每天做他们的生意，多少都是勇敢而且满足的，比他们自己所想的局面更大，也许还比他们自己计划了的更有成就。在布埃纳维斯塔③的火线上，能站立半小时的英雄，我倒不觉得怎样，我还是比较佩服那些在铲雪机里过冬，坚定而又愉快的人们；他们不但具有连拿破仑也认为最难得的早上三点钟的作战勇气，他们不但到这样的时刻了都还不休息，而且还要在暴风雪睡着了之后他们才去睡，要在他们的铁马的筋骨都冻僵了之后他们才躺下。在特大风雪的黎明，风雪还在吹刮，冻结着人类的血液呢，我听到他们的火车头的被蒙住了的钟声，从那道雾蒙蒙的冻结了的呼吸中传来，宣告列车来了，并未误点，毫不理睬新英格兰的东北风雪的否决权，我看到那铲雪者，全身雪花和冰霜，

①　希腊神话中命运三女神之最后一个，剪断生命之线的女神之名。
②　威廉·退尔是十四世纪传说中解放瑞士的英雄，自由射手，射他儿子头顶的苹果，一发而命中。
③　在墨西哥，一八四七年曾是战场。

眼睛直瞅着它的弯形铁片,而给铁片翻起来的并不仅仅是雏菊和田鼠洞,还有像内华达山上的岩石,那些在宇宙外表占了一个位置的一切东西。

商业是出乎意料地自信的,庄重的,灵敏的,进取的,而且不知疲劳的。它的一些方式都很自然,许多幻想的事业和感伤的试验都不能跟它相提并论,因此它有独到的成功。一列货车在我旁边经过之后,我感到清新,气概非凡了,我闻到了一些商品的味道,从长码头到却姆泼兰湖的一路上,商品都散发出味道来,使我联想到了外国、珊瑚礁、印度洋、热带气候和地球之大。我看到一些棕榈叶,到明年夏天,有多少新英格兰的亚麻色的头发上都要戴上它的,我又看到马尼拉的麻、椰子壳、旧绳索、黄麻袋、废铁和锈钉,这时候我更觉得自己是一个世界公民了。一车子的破帆,造成了纸,印成了书,读起来一定是更易懂、更有趣。谁能够像这些破帆这样把它们经历惊风骇浪的历史,生动地描绘下来呢?它们本身就是不需要校阅的校样。经过这里的是缅因森林中的木料,上次水涨时没有扎排到海里去,因为运出去或者锯开的那些木料的关系,每一千根涨了四元,洋松啊,针枞啊,杉木啊,——头等,二等,三等,四等,不久前还是同一个质量的林木,摇曳在熊、麋鹿和驯鹿之上。其次隆隆地经过了汤麦斯东石灰,头等货色,要运到很远的山区去,才卸下来的。至于这一袋袋的破布,各种颜色,各种质料,真是棉织品和细麻布的最悲惨的下场,衣服的最后结局,——再没有人去称赞它们的图案了,除非是在密尔沃基市,这些光耀的衣服质料,英国、法国、美国的印花布,方格布,薄纱等,——却是从富有的,贫贱的,各方面去搜集拢来的破布头,将要变成一色的,或仅有不同深浅的纸张,说不定在纸张上会写出一些真实生活的故事，上流社会下等社会的都有，都是根据事实写的！这一辆紧闭的篷车散发出咸鱼味，强烈的新英格兰的商业味道，使我联想到大河岸和渔业了。谁没有见过一条咸鱼呢？全部都是为我们这个世界而腌了的，再没有什么东西能使它变坏了，它教一些坚韧不拔的圣人都自惭不如哩。有了咸鱼，你可以扫街，你可以铺街道，你可以劈开引火柴，躲在咸鱼后面，驴马队的夫子和他的货物也可以避太阳，避风雨了，——正如一个康科德的商人实行过的，商人可以在新店开张时把咸鱼挂在门上当招牌，一直到最后老主顾都没法说出它究竟是动物呢，还是植物或矿物时，它还是白得像雪花，如果你把它放在锅里烧开，依然还是一条美味的咸鱼，可供星期六晚上的宴会。其次是西班牙的皮革，尾巴还那样扭转，还保留着当它们在西班牙本土的草原上疾驰时的仰角，——足见是很顽固的典型，证明性格上的一切缺点是如何地没有希望而不可救药啊。实在的，在我知道了人的本性之后，我承认在目前的生存情况之下，我决不希望它能改好，或者变坏。东方人说，"一条狗尾巴可以烧，压，用带子绑，穷十二年之精力，它还是不改老样子"。对于像这些尾巴一样根深蒂固的本性，仅有一个办法，就是把它们制成胶质，我想通常就是拿它们来派这种用场的，它们才可以胶着一切。这里是一大桶糖蜜，也许是白兰地，送到佛蒙特的克丁司维尔，给约翰·史密斯先生，青山地区的商人，他是为了他住处附近的农民采办进口货的，或许现在他靠在他的船的舱壁上，想着最近装到海岸上来的一批货色将会怎样影响价格，同时告诉他的顾客，他希望下一次火车带到头等货色，这话在这个早晨以前就说过二十遍了。这已经在《克丁司维尔时报》上登过广告。

这些货物上来,另一些货物下去。我听见了那疾驰飞奔的声音,从我的书上抬起头来,看到了一些高大的洋松,那是从极北部的山上砍伐下来的,它插上翅膀飞过了青山和康涅狄格州,它箭一样地十分钟就穿过了城市,人家还没有看到它,已经

　　　　"成为一只旗舰上面的一枝桅杆。"①

听啊!这里来了牛车,带来了千山万壑的牛羊,空中的羊棚、马棚和牛棚啊,还有那些带了牧杖的牧者,羊群之中的牧童,什么都来了,只除了山中的草原,它们被从山上吹下来,像九月的风吹下萧萧落叶。空中充满了牛羊的咩叫之声,公牛们挤来挤去,仿佛经过的是一个放牧的山谷。当带头羊铃子震响的时候,大山真的跳跃如公羊,而小山跳跃如小羊。在中央有一列车的牧者,现在他们和被牧者一样,受到同等待遇,他们的职业已经没有了,却还死抱住牧杖,那像是他们的证章。可是他们的狗,到哪里去了呢?这对它们来说是溃散;它们完全被摈弃了;它们失去了嗅迹。我仿佛听到它们在彼得博罗山中吠叫,或者在青山的西边山坡上咻咻地走着。它们不出来参加死刑的观礼。它们也失了业。它们的忠心和智慧现在都不行了。它们丢脸地偷偷溜进它们的狗棚,也许变得狂野起来,和狼或狐狸赛了个三英里的跑。你的牧人生活就这样旋风似的过去了,消失了。可是钟响了,我必须离开轨道,让车子过去;——

　　①　引自英国诗人密尔顿(John Milton,1608—1674)的《失乐园》。

铁路于我何有哉?
我绝不会去观看
它到达哪里为止。
它把些崖洞填满,
给燕子造了堤岸,
使黄沙遍地飞扬,
叫黑莓到处生长。

可是我跨过铁路,好比我走过林中小径。我不愿意我的眼睛鼻子给它的烟和水汽和嗞嗞声污染了。

现在车辆已经驰去,一切不安的世界也跟它远扬了,湖中的鱼不再觉得震动,我格外地孤寂起来了。悠长的下午的其余时间内,我的沉思就难得打断了,顶多远远公路上有一辆马车的微弱之音,或驴马之声。

有时,在星期日,我听到钟声:林肯,阿克顿,贝德福或康科德的钟声,在风向适合的时候,很柔微甜美,仿佛是自然的旋律,真值得飘荡入旷野。在适当距离以外的森林上空,它得到了某种震荡的轻微声浪,好像地平线上的松针是大竖琴上的弦给拨弄了一样。一切声响,在最大可能的距程之外听到时,会产生同样的效果,成为宇宙七弦琴弦的微颤,这就好像极目远望时,最远的山脊,由于横亘在中的大气的缘故,会染上同样的微蓝色彩。这一次传到我这里来的钟声带来了一条给空气拉长了的旋律,在它和每一张叶子和每一枝松针寒暄过之后,它们接过了这旋律,给它转了一个调,又从一个山谷,传给了另一个山谷。回声,在某种限度内还是原来的声音,它的魔力与可爱就在此。它不仅把值得重复一遍的钟声重复,还重复了林木中的一部分声音;正是一个林中女妖所唱出的一些昵语和乐音。

黄昏中,远方的地平线上,有一些牛叫传入森林,很甜美,旋律也优雅,起先我以为是某些游唱诗人的歌喉,有些个晚上,我听到过他们唱小夜曲,他们也许正漂泊行经山谷;可是听下去,我就欣然地失望了,一拉长,原来是牛的声音,不花钱的音乐。我说,在我听来,青年人的歌声近似牛叫,我并不是讽刺,我对于他们的歌喉是很欣赏的,这两种声音,说到最后,都是天籁。

很准时,在夏天的某一部分日子里,七点半,夜车经过以后,夜鹰要唱半个小时晚祷曲,就站在我门前的树桩上,或站在屋脊梁木上。准确得跟时钟一样,每天晚上,日落以后,一个特定时间的五分钟之内,它们一定开始歌唱。真是机会难得,我摸清了它们的习惯了。有时,我听到四五只,在林中的不同地点唱起来,音调的先后偶然地相差一小节,它们跟我实在靠近,我还听得到每个音后面的咂舌之声,时常听到一种独特的嗡嗡的声音,像一只苍蝇投入了蜘蛛网,只是那声音较响。有时,一只夜鹰在林中,距离我的周遭只有几英尺,盘旋不已,飞,飞,好像有绳子牵住了它们一样,也许因为我在它们的鸟卵近旁。整夜它们不时地唱,而在黎明前,以及黎明将近时唱得尤其富于乐感。

别的鸟雀静下来时,叫枭接了上去,像哀悼的妇人,叫出自古以来的"呜——噜——噜"这种悲哀的叫声,颇有班·琼生①的诗风。夜半的智慧的女巫!这并不像一些诗人所唱的"啾——微","啾——胡"那么真实、呆板;不是开玩笑,它却

---

① 班·琼生( Ben Jonson,1572—1637),英国剧作家和诗人。

是墓地里的哀歌，像一对自杀的情人在地狱的山林中，想起了生时恋爱的苦痛与喜悦，便互相安慰着一样。然而，我爱听它们的悲悼、阴惨的呼应，沿着树林旁边的颤声歌唱；使我时而想到音乐和鸣禽；仿佛甘心地唱尽音乐的呜咽含泪，哀伤叹息。它们是一个堕落灵魂的化身，阴郁的精神，忧愁的预兆，它们曾经有人类的形态，夜夜在大地上走动，干着黑暗的勾当，而现在在罪恶的场景中，它们悲歌着祈求赎罪。它们使我新鲜地感觉到，我们的共同住处，大自然真是变化莫测，而又能量很大。噢——呵——呵——呵——呵——我要从没——没——没——生——嗯！湖的这一边，一只夜鹰这样叹息，在焦灼的失望中盘旋着，最后停落在另一棵灰黑色的橡树上，于是——我要从没——没——没——生——嗯！较远的那一边另一只夜鹰颤抖地，忠诚地回答，而且，远远地从林肯的树林中，传来了一个微弱的应声——从没——没——没——生——嗯！

还有一只叫个不停的猫头鹰也向我唱起小夜曲来。在近处听，你可能觉得，这是大自然中最最悲惨的声音，好像它要用这种声音来凝聚人类临终的呻吟，永远将它保留在它的歌曲之中一样，——那呻吟是人类的可怜的脆弱的残息，他把希望留在后面，在进入冥府的入口处时，像动物一样嗥叫，却还含着人的啜泣声，由于某种很美的"格尔格尔"的声音，它听来尤其可怕——我发现我要模拟那声音时，我自己已经开始念出"格尔"这两个字了，——它充分表现出一个冷凝中的腐蚀的心灵状态，一切健康和勇敢的思想全都给破坏了。这使我想起了掘墓的恶鬼，白痴和狂人的嗥叫。可是现在有了一个应声，从远处的树木中传来，因为远，倒真正优美，霍——

霍——霍,霍瑞霍;这中间大部分所暗示的真是只有愉快的联想,不管你听到时是在白天或黑夜,在夏季或冬季。

我觉得有猫头鹰是可喜的。让它们为人类作白痴似的狂人嚎叫。这种声音最适宜于白昼都照耀不到的沼泽与阴沉沉的森林,使人想起人类还没有发现的一个广大而未开化的天性。它可以代表绝对愚妄的晦暗与人人都有的不得满足的思想。整天,太阳曾照在一些荒野的沼泽表面,孤零零的针枞上长着地衣,小小的鹰在上空盘旋,而黑头山雀在常春藤中喂喋而言,松鸡、兔子则在下面躲藏着;可是现在一个更阴郁、更合适的白昼来临了,就有另外一批生物风云际会地醒来,表示了那里的大自然的意义。

夜深后,我听到了远处车辆过桥,——这声音在夜里听起来最远不过——还有犬吠声,有时又听到远远的牛棚中有一条不安静的牛在叫。同时,湖滨震荡着青蛙叫声,古代的醉鬼和宴饮者的顽固的精灵,依然不知悔过,要在他们那像冥河似的湖上唱轮唱歌,请瓦尔登湖的水妖原谅我作这样的譬喻,因为湖上虽没有芦苇,青蛙却是很多的,——它们还乐于遵循它们那古老宴席上那种器闹的规律,虽然它们的喉咙已经沙哑了,而且庄重起来了,它们在嘲笑欢乐,酒也失去了香味,只变成了用来灌饱它们肚子的料酒,而醺醺然的醉意再也不来淹没它们过去的回忆,它们只觉得喝饱了,肚子里水很沉重,只觉得发胀。当最高头儿的青蛙,下巴放在一张心形的叶子上,好像在垂涎的嘴巴下面挂了食巾,在北岸下喝了一口以前轻视的水酒,把酒杯传递过去,同时发出了托尔——尔——尔——龙克,托尔——尔——尔——龙克,托尔——尔——尔——龙克! 的声音,立刻,从远处的水上,这口令被重复了,这是另一只青蛙，官阶稍低，凸起肚子，喝下了它那一口酒后发出来的，而当酒令沿湖巡行了一周，司酒令的青蛙满意地喊了一声托尔——尔——尔——龙克，每一只都依次传递给最没喝饱的、漏水最多的和肚子最瘪的青蛙，一切都没有错；于是酒杯又一遍遍地传递，直到太阳把朝雾驱散，这时就只有可敬的老青蛙还没有跳到湖底下去，它还不时地徒然喊出托尔龙克来，停歇着等回音。

　　我不清楚在林中空地上，我听过金鸡报晓没有，我觉得养一只小公鸡很有道理，只是把它当作鸣禽看待，为了听它的音乐，公鸡从前是印第安野鸡，它的音乐确是所有禽鸟之中最了不起的，如果能不把它们变为家禽而加以驯化的话，它的音乐可以立刻成为我们的森林中最著名的音乐，胜过鹅的叫声，猫头鹰的嚎哭；然后，你再想想老母鸡，在它们的夫君停下了号角声之后，它们的聒噪填满了停顿的时刻！难怪人类要把这一种鸟编入家禽中间去——更不用说鸡蛋和鸡腿来了。在冬天的黎明，散步在这一种禽鸟很多的林中，在它们的老林里，听野公鸡在树上啼叫出嘹亮而尖锐的声音，数里之外都能听到，大地为之震荡，一切鸟雀的微弱的声音都给压倒——你想想看！这可以使全国警戒起来。谁不会起得更早，一天天地更早，直到他健康、富足、聪明到了无法形容的程度呢？全世界诗人在赞美一些本国鸣禽的歌声的同时，都赞美过这种外国鸟的乐音。任何气候都适宜于勇武金鸡的生长，它比本土的禽鸟更土。它永远健康，肺脏永远苗壮，它的精神从未衰退过，甚至大西洋、太平洋上的水手都是一听到它的声音就起身；可是它的啼叫从没有把我从沉睡中唤醒过。狗、猫、牛、猪、母鸡这些我都没有喂养，也许你要说我缺少家畜的声音；

可是我这里也没有搅拌奶油的声音,纺车的声音,沸水的歌声,咖啡壶的嗞嗞声,孩子的哭声等来安慰我。老式人会因此发疯或烦闷致死的。连墙里的耗子也没有,它们都饿死了,也许根本没有引来过,——只有松鼠在屋顶上,地板下,以及梁上的夜鹰,窗下一只蓝色的樫鸟,尖叫着,屋下一只兔子或者一只土拨鼠,屋后一只叫枭或者猫头鹰,湖上一群野鹅,或一只哗笑的潜水鸟,还有入夜吠叫的狐狸,甚至云雀或黄鹂都没有,这些柔和的候鸟从未访问过我的林居。天井里没有雄鸡啼叫也没有母鸡聒噪。根本没有天井!大自然一直延伸到你的窗口。就在你的窗下,生长了小树林,一直长到你的窗楣上。野黄栌树和黑莓的藤爬进了你的地窖;挺拔的苍松靠着又挤着木屋,因为地位不够,它们的根纠缠在屋子底下。不是疾风刮去窗帘,而是你为了要燃料,折下屋后的松枝,或拔出树根!大雪中既没有路通到前庭的门,——没有门,——没有前庭,——更没有路通往文明世界!

# 寂　寞

　　这是一个愉快的傍晚，全身只有一个感觉，每一个毛孔中都浸润着喜悦。我在大自然里以奇异的自由姿态来去，成了她自己的一部分。我只穿衬衫，沿着硬石的湖岸走，天气虽然寒冷，多云又多风，也没有特别分心的事，那时天气对我异常地合适。牛蛙鸣叫，邀来黑夜，夜鹰的乐音乘着吹起涟漪的风从湖上传来。摇曳的赤杨和白杨，激起我的情感使我几乎不能呼吸了；然而像湖水一样，我的宁静只有涟漪而没有激荡。和如镜的湖面一样，晚风吹起来的微波是谈不上什么风暴的。虽然天色黑了，风还在森林中吹着，咆哮着，波浪还在拍岸，某一些动物还在用它们的乐音催眠着另外的那些，宁静不可能是绝对的。最凶狠的野兽并没有宁静，现在正找寻它们的牺牲品；狐狸，臭鼬，兔子，也正漫游在原野上，在森林中，它们却没有恐惧，它们是大自然的看守者，——是连接一个个生气勃勃的白昼的链环。

　　等我回到家里，发现已有访客来过，他们还留下了名片呢，不是一束花，便是一个常春树的花环，或用铅笔写在黄色的胡桃叶或者木片上的一个名字。不常进入森林的人常把森林中的小玩意儿一路上拿在手里玩，有时故意，有时偶然，把它们留下了。有一位剥下了柳树皮，做成一个戒指，丢在我桌上。在我出门时有没有客人来过，我总能知道，不是树枝或青草弯倒，便是有了鞋印，一般说，从他们留下的微小痕迹里我还可以猜出他们的年龄、性别和性格；有的掉下了花朵，有的抓来一把草，又扔掉，甚至还有一直带到半英里外的铁路边才扔下的呢；有时，雪茄烟或烟斗味道还残留不散。常常我还能从烟斗的香味注意到六十杆之外公路上行经的一个旅行者。

我们周围的空间该说是很大的了。我们不能一探手就触及地平线。蓊郁的森林或湖沼并不就在我的门口，中间总还有着一块我们熟悉而且由我们使用的空地，多少整理过了，还围了点篱笆，它仿佛是从大自然的手里被夺取得来的。为了什么理由，我要有这么大的范围和规模，好多平方英里的没有人迹的森林，遭人类遗弃而为我所私有了呢？最接近我的邻居在一英里外，看不到什么房子，除非登上那半里之外的小山山顶去望，才能望见一点儿房屋。我的地平线全给森林包围起来，专供我自个享受，极目远望只能望见那在湖的一端经过的铁路和在湖的另一端沿着山林的公路边上的篱笆。大体说来，我居住的地方，寂寞得跟生活在大草原上一样。在这里离新英格兰也像离亚洲和非洲一样遥远。可以说，我有我自己的太阳、月亮和星星，我有一个完全属于我自己的小世界。从没有一个人在晚上经过我的屋子，或叩我的门，我仿佛是人类中的第一个人或最后一个人；除非在春天里，隔了很长久的时候，有人从村里来钓鳖鱼，——在瓦尔登湖中，很显然他们能钓到的只是他们自己的多种多样的性格，而钩子只能钩到黑夜而已——他们立刻都撤走了，常常是鱼篓很轻地撤退的，又把"世界留给黑夜和我"，而黑夜的核心是从没有被任何人类的邻舍污染过的。我相信，人们通常还都有点儿害怕黑暗，虽然妖巫都给吊死了,基督教和蜡烛火也都已经介绍过来。

　　然而我有时经历到,在任何大自然的事物中,都能找出最甜蜜温柔,最天真和鼓舞人的伴侣,即使是对于愤世嫉俗的可怜人和最最忧悒的人也一样。只要生活在大自然之间而还有五官的话,便不可能有很阴郁的忧虑。对于健全而无邪的耳朵,暴风雨还真是伊奥勒斯①的音乐呢。什么也不能正当地迫使单纯而勇敢的人产生庸俗的伤感。当我享受着四季的友爱时,我相信,任什么也不能使生活成为我沉重的负担。今天佳雨洒在我的豆子上,使我在屋里待了整天,这雨既不使我沮丧,也不使我抑郁,对于我可是好得很呢。虽然它使我不能够锄地,但比我锄地更有价值。如果雨下得太久,使地里的种子,低地的土豆烂掉,它对高地的草还是有好处的,既然它对高地的草很好,它对我也是很好的了。有时,我把自己和别人做比较,好像我比别人更得诸神的宠爱,比我应得的似乎还多呢;好像我有一张证书和保单在他们手上,别人却没有,因此我受到了特别的引导和保护。我并没有自称自赞,可是如果可能的话,倒是他们称赞了我。我从不觉得寂寞,也一点不受寂寞之感的压迫,只有一次,在我进了森林数星期后,我怀疑了一个小时,不知宁静而健康的生活是否应当有些近邻,独处似乎不很愉快。同时,我却觉得我的情绪有些失常了,但我似乎也预知我会恢复到正常的。当这些思想占据我的时候,温和的雨丝飘洒下来,我突然感觉到能跟大自然做伴是如此甜蜜如此受惠,就在这滴答滴答的雨声中,我屋子周围的每一个声音和景象都有着无穷尽无边际的友爱,一下子这个支持我

① 希腊神话中的风神。

的气氛把我想象中的有邻居方便一点的思潮压下去了，从此之后，我就没有再想到过邻居这回事。每一支小小松针都富于同情心地胀大起来，成了我的朋友。我明显地感到这里存在着我的同类，虽然我是在一般所谓凄惨荒凉的处境中，然则那最接近于我的血统，并最富于人性的却并不是一个人或一个村民，从今后再也不会有什么地方会使我觉得陌生的了。

> "不合宜的哀恸销蚀悲哀；
> 在生者的大地上，他们的日子很短，
> 托斯卡尔的美丽的女儿啊。"①

我的最愉快的若干时光在于春秋两季的长时间暴风雨当中，这弄得我上午下午都被禁闭在室内，只有不停止的大雨和咆哮安慰着我；我从微明的早起就进入了漫长的黄昏，其间有许多思想扎下了根，并发展了它们自己。在那种来自东北的倾盆大雨中，村中那些房屋都受到了考验，女用人都已经拎了水桶和拖把，在大门口阻止洪水侵入，我坐在我小屋子的门后，只有这一道门，却很欣赏它给予我的保护。在一次雷阵雨中，曾有一道闪电击中湖对岸的一株苍松，从上到下，划出一个一英寸，或者不止一英寸深，四五英寸宽，很明显的螺旋形的深槽，就好像你在一根手杖上刻的槽一样。那天我又经过了它，一抬头看到这个痕迹，真是惊叹不已，那是八年以前，一个可怕的、不可抗拒的雷霆留下的痕迹，现在却比以前更为清晰。人们常常对我说，"我想你在那儿住着，一定很寂寞，总是想要跟人们接近一下的吧，特别在下雨下雪的日子和夜晚。"我

---

① 引自英国诗人汤麦斯·格雷（Thomas Cray，1716—1771）的《写于乡村教堂的哀歌》。

喉咙痒痒的直想这样回答，——我们居住的整个地球，在宇宙之中不过是一个小点。那边一颗星星，我们的天文仪器还无法测量出它有多么大呢，你想想它上面的两个相距最远的居民又能有多远的距离呢？我怎会觉得寂寞？我们的地球难道不在银河之中？在我看来，你提出的似乎是最不重要的问题。怎样一种空间才能把人和人群隔开而使人感到寂寞呢？我已经发现了，无论两条腿怎样努力也不能使两颗心灵更形接近。我们最愿意和谁紧邻而居呢？人并不是都喜欢车站哪，邮局哪，酒吧间哪，会场哪，学校哪，杂货店哪，烽火山哪，五点区①哪，虽然在那里人们常常相聚，人们倒是更愿意接近那生命的不竭之源泉的大自然，在我们的经验中，我们时常感到有这么个需要，好像水边的杨柳，一定向了有水的方向伸展它的根。人的性格不同，所以需要也很不相同，可是一个聪明人必须在不竭之源泉的大自然那里挖掘他的地窖……有一个晚上在走向瓦尔登湖的路上，我赶上了一个市民同胞，他已经积蓄了所谓的"一笔很可观的产业"，虽然我从没有好好地看到过它，那晚上他赶着两头牛上市场去，他问我，我是怎么想出来的，宁肯抛弃这么多人生的乐趣？我回答说，我确信我很喜欢我这样的生活；我不是开玩笑。便这样，我回家，上床睡了，让他在黑夜泥泞之中走路走到布赖顿去——或者说，走到光亮城②里去——大概要到天亮的时候才能走到那里。

　　对一个死者说来，任何觉醒的，或者复活的景象，都使一切时间与地点变得无足轻重。可能发生这种情形的地方都是

---

① 烽火山是波士顿的高级区域，五点区是以前纽约曼哈顿一个低级的危险区。

② 布赖顿原文为 Brighton，bright 意思是"光亮"，所以这里说"光亮城"。

一样的,对我们的感官是有不可言喻的欢乐的。可是我们大部分人只让外表上的、很短暂的事情成为我们所从事的工作。事实上,这些是使我们分心的原因。最接近万物的乃是创造一切的一股力量。其次靠近我们的宇宙法则在不停地发生作用。再其次靠近我们的,不是我们雇用的匠人,虽然我们喜欢和他们谈谈说说,而是那个大匠,我们自己就是他创造的作品。

"神鬼之为德,其盛矣乎。"

"视之而弗见,听之而弗闻,体物而不可遗。"

"使天下之人,斋明盛服,以承祭祀,洋洋乎,如在其上,如在其左右。"

我们是一个实验的材料,但我对这个实验很感兴趣。在这样的情况下,难道我们不能够有一会儿离开我们的充满了是非的社会,——只让我们自己的思想来鼓舞我们?孔子说得好,"德不孤,必有邻"。

有了思想,我们可以在清醒的状态下,欢喜若狂。只要我们的心灵有意识地努力,我们就可以高高地超乎任何行为及其后果之上;一切好事坏事,就像奔流一样,从我们身边经过。我们并不是完全都给纠缠在大自然之内的。我可以是急流中一片浮木,也可以是从空中望着尘寰的因陀罗①。看戏很可能感动了我;而另一方面,和我生命更加攸关的事件却可能不感动我。我只知道我自己是作为一个人而存在的;可以说我是反映我思想感情的一个舞台面,我多少有着双重人格,因此我能够远远地看自己犹如看别人一样。不论我有如何强烈的

① 吠陀神话中的大神,用雷电和雨战胜敌人。

经验，我总能意识到我的一部分在从旁批评我，好像它不是我的一部分，只是一个旁观者，并不分担我的经验，而是注意到它：正如他并不是你，他也不能是我。等到人生的戏演完，很可能是出悲剧，观众就自己走了。关于这第二重人格，这自然是虚构的，只是想象力的创造。但有时这双重人格很容易使别人难于和我们做邻居，交朋友了。

大部分时间内，我觉得寂寞是有益于健康的。有了伴儿，即使是最好的伴儿，不久也要厌倦，弄得很糟糕。我爱孤独。我没有碰到比寂寞更好的同伴了。到国外去厕身于人群之中，大概比独处室内，更为寂寞。一个在思想着在工作着的人总是单独的，让他爱在哪儿就在哪儿吧，寂寞不能以一个人离开他的同伴的里数来计算。真正勤学的学生，在剑桥学院最拥挤的蜂房内，寂寞得像沙漠上的一个托钵僧一样。农夫可以一整天，独个儿地在田地上，在森林中工作，耕地或砍伐，却不觉得寂寞，因为他有工作；可是到晚上，他回到家里，却不能独自在室内沉思，而必须到"看得见他那里的人"的地方去消遣一下，照他的想法，是用以补偿他一天的寂寞；因此他很奇怪，为什么学生们能整日整夜坐在室内不觉得无聊与"忧郁"；可是他不明白虽然学生在室内，却在他的田地上工作，在他的森林中采伐，像农夫在田地或森林中一样，过后学生也要找消遣，也要社交，尽管那形式可能更加凝练些。

社交往往廉价。相聚的时间之短促，来不及使彼此获得任何新的有价值的东西。我们在每日三餐的时间里相见，大家重新尝尝我们这种陈腐乳酪的味道。我们都必须同意若干条规则，那就是所谓的礼节和礼貌，使得这种经常的聚首能相安无事，避免公开争吵，以至面红耳赤。我们相会于邮局，于社交场所,每晚在炉火边;我们生活得太拥挤,互相干扰,彼此牵绊,因此我想,彼此已缺乏敬意了。当然,所有重要而热忱的聚会,次数少一点也够了。试想工厂中的女工,——永远不能独自生活,甚至做梦也难于孤独。如果一英里只住一个人,像我这儿,那要好得多。人的价值并不在他的皮肤上,所以我们不必要去碰皮肤。

我曾听说过,有人迷路在森林里,倒在一棵树下,饿得慌,又累得要命,由于体力不济,病态的想象力让他看到了周围有许多奇怪的幻象,他以为它们都是真的。同样,在身体和灵魂都很健康有力的时候,我们可以不断地从类似的,但更正常、更自然的社会得到鼓舞,从而发现我们是不寂寞的。

我在我的房屋中有许多伴侣;特别在早上还没有人来访问我的时候。让我来举几个比喻,或能传达出我的某些状况。我并不比湖中高声大笑的潜水鸟更孤独,我并不比瓦尔登湖更寂寞。我倒要问问这孤独的湖有谁做伴?然而在它的蔚蓝的水波上,却有着不是蓝色的魔鬼,而是蓝色的天使呢。太阳是寂寞的,除非乌云满天,有时候就好像有两个太阳,但那一个是假的。上帝是孤独的,——可是魔鬼就绝不孤独;他看到许多伙伴;他是要结成帮的。我并不比一朵毛蕊花或牧场上的一朵蒲公英寂寞,我不比一张豆叶,一枝酢浆草,或一只马蝇,或一只大黄蜂更孤独。我不比密尔溪,或一只风信鸡,或北极星,或南风更寂寞,我不比四月的雨或正月的融雪,或新屋中的第一只蜘蛛更孤独。

在冬天的长夜里,雪狂飘,风在森林中号叫的时候,一个老年的移民,原先的主人,不时来拜访我,据说瓦尔登湖还是他挖了出来,铺了石子,沿湖种了松树的;他告诉我旧时的和新近的永恒的故事;我们俩这样过了一个愉快的夜晚,充满了交际的喜悦,交换了对事物的惬意的意见,虽然没有苹果或苹果酒,——这个最聪明而幽默的朋友啊,我真喜欢他,他比谷菲或华莱①知道更多的秘密;虽然人家说他已经死了,却没有人指出过他的坟墓在哪里。还有一个老太太,也住在我的附近,大部分人根本看不见她,我却有时候很高兴到她的芳香的百草园中去散步,采集药草,又倾听她的寓言;因为她有无比丰富的创造力,她的记忆一直追溯到神话以前的时代,她可以把每一个寓言的起源告诉我,哪一个寓言是根据了哪一个事实而来的,因为这些事都发生在她年轻的时候。一个红润的、精壮的老太太,不论什么天气什么季节她都兴致勃勃,看样子要比她的孩子活得还长久。

太阳,风雨,夏天,冬天,——大自然的不可描写的纯洁和恩惠,它们永远提供这么多的康健,这么多的欢乐!对我们人类这样地同情,如果有人为了正当的原因悲痛,那大自然也会受到感动,太阳黯淡了,风像活人一样悲叹,云端里落下泪雨,树木到仲夏脱下叶子,披上丧服。难道我不该与土地息息相通吗?我自己不也是一部分绿叶与青菜的泥土吗?

是什么药使我们健全、宁静、满足的呢?不是你我的曾祖父的,而是我们的大自然曾祖母的,全宇宙的蔬菜和植物的补品,她自己也靠它而永远年轻,活得比汤麦斯·派尔②还更长久,用他们的衰败的脂肪更增添了她的康健。不是那种江湖医生配方的用冥河水和死海海水混合的药水,装在有时我们

---

① 威廉·谷菲和爱德华·华莱在十七世纪的英国大革命中谋害了英国查理一世后逃亡到了美国。

② 英国人汤麦斯·派尔,据说活到了一百五十二岁。

看到过装瓶子用的那种浅长形黑色船状车子上的药瓶子里，那不是我的万灵妙药：还是让我来喝一口纯净的黎明空气。黎明的空气啊！如果人们不愿意在每日之源喝这泉水，那么，啊，我们必须把它们装在瓶子内；放在店里，卖给世上那些失去黎明预订券的人们。可是记着，它能冷藏在地窖下，一直保持到正午，但要在那以前很久就打开瓶塞，跟随曙光的脚步西行。我并不崇拜那司健康之女神，她是爱斯库拉彼斯①这古老的草药医师的女儿，在纪念碑上，她一手拿了一条蛇，另一只手拿了一个杯子，而蛇时常喝杯中的水；我宁可崇拜朱庇特的执杯者希勃，这青春的女神，为诸神司酒行觞，她是朱诺②和野生莴苣的女儿，能使神仙和人返老还童。她也许是地球上出现过的最健康、最强壮、身体最好的少女，无论她到哪里，那里便成了春天。

---

① 罗马神话中的医神。
② 罗马神话中的天后，主神朱庇特的妻子。

# 访　客

　　我想，我也跟大多数人一样喜爱交际，任何血气旺盛的人来时，我一定像吸血的水蛭似的，紧紧吸住他不放。我本性就非隐士，要有什么事情让我进一个酒吧间去，在那里坐得最长久的人也未必坐得过我。

　　我的屋子里有三张椅子，寂寞时用一张，交朋友用两张，社交用三张。访客要是来了一大堆，多得出乎意料，也还是只有三张椅子给他们支配，他们一般都很节省地方，只是站着。奇怪的是一个小房间里竟可容纳这么多的男人和女人。有一天，在我的屋脊底下，来了二十五至三十个灵魂，外加上他们这许多个身体；然而，我们分手的时候似乎不觉得我们曾经彼此十分接近过。我们有很多幢房屋，无论公共的，私人的，简直有数不清的房间，有巨大的厅堂，还有贮藏酒液和其他和平时代的军需品的地窖，我总觉得对住在里面的人说来，它们大而无当。它们太大，又太华丽，住在里面的人仿佛是败坏它们的一些寄生虫。有时我大吃一惊，当那些大旅馆如托莱蒙，阿斯托尔或米德尔塞克斯的司阍，通报客来，却看到一只可笑的小老鼠，爬过游廊，立刻又在铺道上的一个小窟窿里不见了。

　　我也曾感到我的这样小的房间不大方便，当客人和我用深奥字眼谈着大问题的时候，我就难于和客人保持一个适当的距离了。你的思想也得有足够的空间，好让它准备好可以开航，打两个转身，到达港岸。你的思想的子弹必须抑制了它的横跳和跳飞的动作之后，笔直前进，才能到达听者的耳内；要不然它一滑就从他的脑袋的一边穿过去了。还有，在这中间我们的语句也要有足够的地盘来展开它自己，排成队形。个人，正像国土一样，必须有适度的、宽阔而自然的疆界，甚至在疆界之间，要有一个相当的中立地带。我发现我跟一个住在湖那边的朋友隔湖谈天，简直是一种了不得的奢侈。在我的屋子里，我们太接近，以致一开始听不清话——我们没法说得更轻，好使大家都听清；好比你扔两块石子到静水中去，太近了的话，它们要破坏彼此的涟漪的。如果我们仅仅是喋喋不休、大声说话的人，那么，我们站得很近，紧紧挨着，彼此能相嘘以气的，这不要紧；可是如果我们说话很有含蓄，富于思想，我们就得隔开一点，以便我们的动物性的热度和湿度有机会散发掉。如果我们中间，每一个都有一些不可以言传，只可以意会的话语，若要最亲昵地享受我们的交流，我们光是沉默一下还不够，还得两个身体距离得远一点，要在任何情况下都几乎听不见彼此的声音才行。根据这个标准，大声说话只是为了聋子的方便，可是有很多美妙的事物，我们要是非大喊大叫不可，那就无法言传了。谈话之中当调子更崇高，更庄重时，我们就得渐渐地把椅子往后拖，越拖越后，直到我们碰到了两个角落上的墙壁，通常就要觉得房间不够大了。

我的"最好的"房间，当然是我退隐的那间，它是随时准备招待客人的，但太阳却很难得照到地毯上，它便是我屋后的松林。在夏天里，来了尊贵的宾客时，我就带他们上那儿去，有一个可贵的管家已打扫好地板，抹拭好家具，一切都井然有序了。

如果只来了一个客人，有时要分享我的菲薄的饭食；一边说话，一边煮一个玉米糊，或者注意火上在胀大、烤熟的面包，是不会打断谈话的。可是一来来了二十个人的话，坐在屋里，关于吃饭问题就不好提了，虽然我所有的面包还够两个人吃，可是吃饭好像成了一个大家都已戒掉了的习惯；大家都节欲了；然而这不算失礼，反倒被认为是最合适的，是考虑周到的办法。肉体生命的败坏，向来是急求补救的，现在却被拖宕了，而生命的活力居然还能持续下去。像这样，要招待的人如果不止二十个，而是一千个人的话，我也可以办到；如果来访者看到我在家，却饿了肚子失望地回去，他们可以肯定，我至少总是同情他们的。许多管家尽管对此怀疑，但是建立起新规矩和好习惯来代替旧的是容易的。你的名誉并不靠你请客。至于我自己，哪怕看管地狱之门的三个头的怪犬也吓不住我，可是有人要请我做客，大摆筵席，那稳可以吓得我退避三舍，我认为这大约是客气地兜圈子暗示我以后不必再去麻烦他了。我想我从此不会再去这些地方了。我引以为骄傲的是，有一个访客在一张代替名片的黄色胡桃叶上写下了这几行斯宾塞①的诗，大可拿来做我的陋室铭——

> 到了这里，他们填充着的小房屋，
> 不寻求那些本来就没有的娱乐；
> 休息好比宴席，一切听其自然，
> 最高贵的心灵，最能知足自满。

---

① 斯宾塞（Edmund Spenser，1552—1599），英国文艺复兴时期诗人。

当后来担任普利茅斯垦殖区总督的温斯罗跟一个伴侣去正式访问玛萨索特①时，他步行经过了森林，又疲倦又饥饿地到了他的棚屋，这位酋长很恭敬地招待了他们。可是这一天没有提到饮食。夜来了以后，用他们自己的话吧，——"他把我们招待到他自己和他夫人的床上，他们在一头，我们在另一头，这床是离地一英尺的木板架成的，上面只铺了一条薄薄的席子。他手下的两个头目，因为房屋不够，就挤在我们身旁，因此我们不乐意于住所，尤甚我们不乐意于旅途。"第二天一点钟，玛萨索特"拿出了两条他打来的鱼"，三倍于鲤鱼的大小；"鱼烧好之后，至少有四十个人分而食之。总算大多数人都吃到了。两夜一天，我们只吃了这点；要不是我俩中间的一人买到了一只鹧鸪，我们这旅行可谓是绝食旅行了。"温斯罗他们既缺少食物，又缺少睡眠，这是因为"那种野蛮的歌声（他们总是唱着歌儿直唱到他们自己睡着为止）"，他们害怕这样可能会使他们晕倒，为了要在他们还有力气的时候，回到家里，他们就告辞了。真的，他们在住宿方面没有受到好的招待，虽然使他们深感不便的，倒是那种上宾之礼；至于食物呢，我看印第安人真是再聪明也没有了。他们自己本来没有东西吃，他们很聪明，懂得道歉代替不了粮食；所以他们束紧了裤带，只字不提。温斯罗后来还去过一次，那次正好是他们的食粮很丰富的季节，所以在这方面没有匮乏。

至于人，哪里都少不了人的。林中的访客比我这一生中的任何时期都多；这是说，我有了一些客人。我在那里会见几个客人，比在别的场合中会见他们更好得多。可很少是为小

--------

① 印第安人的酋长。

事情而来找我的人。在这方面,由于我住在离城较远的乡下,仅仅我那一段距离便把他们甄别过了。我退入寂寞的大海有这样深;社会的河流虽然也汇流到这海洋中,就我的需要来说,聚集在我周围的大多是最优秀的沉积物。而且还有另一面的许多未发现、未开化的大陆,它们的证物也随波逐浪而来。

今天早晨来我家的,岂非一位真正荷马式的或帕菲拉戈尼亚①的人物吗,——他有个这样适合于他身份的诗意的名字,抱歉的是我不能在这里写下来,——他是一个加拿大人,一个伐木做柱子的人,一天可以在五十根柱子上凿洞,他刚好吃了一顿他的狗子捉到的一只土拨鼠。他也听到过荷马其人,说"要不是我有书本",他就"不知道如何打发下雨天",虽然好几个雨季以来,他也许没有读完过一本书。在他自己那个遥远的教区内,有一个能念希腊文的牧师,曾经教他读《圣经》里的诗;现在我必须给他翻译了,他手拿着那本书,翻到普特洛克勒斯②满面愁容,因而阿基里斯责怪他的一段,"普特洛克勒斯,干吗哭得像个小女孩?"——

"是不是你从毕蒂亚那里
得到什么秘密消息?
阿克脱的儿子,伊苦斯的儿子,
还是好好儿地活在玛密同;
除非他俩死了,才应该悲伤。"

---

① 黑海边的古国。
② 据希腊神话,普特洛克勒斯在特洛伊战争中被赫克托耳所杀,后友人阿基里斯为他复仇。后面所引的诗是荷马的《伊利亚特》中的一段。

他对我说，"这诗好"。他手臂下挟了一大捆白橡树皮，是这星期日的早晨，他收集来给一个生病人的。"我想今天做这样的事应该没有关系吧。"他说。他认为荷马是一个大作家，虽然他写的是些什么，他并不知道。再要找一个比他更单纯更自然的人恐怕不容易了。罪恶与疾病，使这个世界忧郁阴暗，在他却几乎不存在似的。他大约二十八岁，十二年前他离开加拿大和他父亲的家，来到合众国找工作，要挣点钱将来买点田产，大约在他的故乡买吧。他是从最粗糙的模型里做出来的，一个大而呆板的身体，态度却非常文雅，一个晒焦了的大脖子，一头浓密的黑头发，一双无神欲睡的蓝眼睛，有时却闪烁出表情，变得明亮。他身穿一件肮脏的羊毛色大衣，头戴一顶扁平的灰色帽子，足蹬一双牛皮靴。他常常用一个铅皮桶来装他的饭餐，走到离我的屋子几英里之外去工作，——他整个夏天都在伐木，——他吃肉的胃口很大；冷肉，常常是土拨鼠的冷肉；咖啡装在一只石瓶子中间，用一根绳子吊在他的皮带上，有时他还请我喝一口。他很早就来到，穿过我的豆田，但是并不急急乎去工作，像所有的那些北方佬一样。他不想伤自己的身体。如果收入只够吃住，他也不在乎。他时常把饭餐放在灌木丛中，因为半路上他的狗咬住土拨鼠了，他就回头又走一英里半路把它煮熟，放在他借宿的那所房子的地窖中，但是在这之前，他曾经考虑过半个小时，他能否把土拨鼠浸在湖水中，安全地浸到晚上，——这一类的事情他要考虑很久。早上，他经过的时候，总说，"鸽子飞得多么地密啊！如果我的职业无需我每天工作，我光打猎就可以得到我所需要的全部肉食，——鸽子，土拨鼠，兔子，鹧鸪，——天哪！一天就够我一星期的需要了"。

他是一个熟练的樵夫，他陶醉在这项艺术的技巧之中，他齐着地面把树木伐下来，从根上再萌发的芽将来就格外强壮，而运木料的雪橇在平根上也可以滑得过去；而且，他不是用绳子来把砍过根部一半的大树拉倒的，他把树木砍削成细细的一根或者薄薄的一片，最后，你只消轻轻用手一推，就推倒了。

　　他使我发生兴趣是因为他这样安静，这样寂寞，而内心又这样愉快；他的眼睛里溢出他高兴而满足的神情。他的欢乐并没有掺杂其他的成分。有时候，我看到他在树林中劳动、砍伐树木，他带着一阵无法描写的满意的笑声迎接我，用加拿大腔的法文向我致意，其实他的英文也说得好。等我走近他，他就停止工作，一半克制着自己的喜悦，躺倒在他砍下的一棵松树旁边，把树枝里层的皮剥了下来，再把它卷成一个圆球，一边笑着说话，一边还咀嚼它。他有如此充溢的元气，有时遇到使他运用思想的任何事情，碰着了他的痒处，他就大笑得倒在地上，打起滚来了。看看他四周的树木，他会叫喊，——"真的呵！在这里伐木真够劲；我不要更好的娱乐了。"有时候，他闲了下来，他带着把小手枪在林中整天自得其乐，一边走，一边按时地向自己放枪致敬。冬天他生了火，到正午在一个壶里煮咖啡；当他坐在一根圆木上用膳的时候，小鸟偶尔会飞过来，停在他的胳膊上，啄他手里的土豆；他就说他"喜欢旁边有些小把戏"。

　　在他身上，主要的是生气勃发。论体力上的坚韧和满足，他跟松树和岩石称得上是表兄弟。有一次问他整天做工，晚上累不累；他回答时，目光真诚而严肃，"天晓得，我一生中从没有累过"。可是在他身上，智力，即一般所谓的灵性却还是沉睡着的，跟婴孩的灵性一样。他所受的教育，只是以那天真的,无用的方式进行的,天主教神父就是用这种方式来教育土人,而用这种方式,学生总不能达到意识的境界,只达到了信任和崇敬的程度,像一个孩子并没有被教育成人,他依然还是个孩子。当大自然创造他这人的时候,她给了他一副强壮的身体,并且让他对自己的命运感到满足,在他的四周用敬意和信任支撑着他,这样他就可以从像一个孩子似的,一直活到七十岁。他是这样单纯,毫不虚伪,无须用介绍的方式来介绍他,正如你无须给你的邻居介绍土拨鼠一样。他这人,还得自己慢慢来认识自己,就跟你得慢慢地才能认识他一样。他什么事都不做作。人们为了他的工作,给他钱;这就帮他得到了衣食;可是他从来不跟人们交换意见。他这样地单纯,天然地卑微,——如果那种不抱奢望的人可以称作卑微的话,——这种卑微在他身上并不明显,他自己也不觉得。对于他,聪明一点的人,简直成了神仙,如果你告诉他,这样一个人正要来到,他似乎觉得这般隆重的事情肯定是与他无关的,事情会自然而然地自己办好的,还是让他被人们忘掉吧。他从来没有听到过赞美他的话。他特别敬重作家和传教士。他认为他们的工作真是神乎其神。当我告诉他,说我也写作甚多,他想了一会儿,以为我说的是写字,他也写得一手好字呢。我有时候看到,在公路旁的积雪上很秀丽地写着他那故乡的教区的名字,并标明了那法文的重音记号,就知道他曾在这里经过。我问过他有没有想过要写下他自己的思想来。他说他给不识字的人读过和写过一些信件,但从没有试过写下他的思想,——不,他不能,他就不知道应该先写什么,这会难死他的,何况写的时候还要留意拼音!

　　我听到过一个著名的聪明人兼改革家问他,他愿不愿这世界改变；他惊诧地失笑了，这问题从来没有想过，用他的加拿大口音回答，"不必，我很喜欢它呢"，一个哲学家跟他谈话，可以得到很多东西。在陌生人看来，他对一般问题是一点都不懂的；但是我有时候在他身上看到了一个我从未见过的人，我不知道他究竟是聪明得像莎士比亚呢，还是天真未凿，像一个小孩；不知道他富于诗意呢，还是笨伯一名。一个市民告诉过我，他遇到他，戴了那紧扣的小帽，悠悠闲闲地穿过村子，自顾自吹着口哨，他使他想起了微服出行的王子。

他只有一本历书和一本算术书，他很精于算术。前者在他则好比一本百科全书，他认为那是人类思想的精华所在，事实上在很大限度内也确实是如此。我喜欢探问他一些现代革新的问题，他没有一次不是很简单，很实际地作出回答的。他从没有听到过这种问题。没有工厂他行不行呢？我问。他说他穿的是家庭手工织的佛蒙特灰布，说这很好嘛。他可以不喝茶或咖啡吗？在这个国土上，除水之外，还供应什么饮料呢？他说他曾经把铁杉叶浸在水里，热天喝来比水好。我问他没有钱行不行呢？他就证明，有了钱是这样的方便，说得仿佛是有关货币起源的哲学探讨一样，正好表明了 pecunia① 这个字的字源。如果一条牛是他的财产，他现在要到铺子里去买一点针线了，要他一部分一部分地把他的牛抵押掉真是不方便啊。他可以替不少制度作辩护，胜过哲学家多多，因为他说的理由都是和他直接关联着的，他说出了它们流行的真正理由，他并不胡想出任何其他理由。有一次，听到柏拉图所下的人的定义，——没有羽毛的两足动物，——有人拿起一只拔

---

① "银"的拉丁语根，本是"牛"的意思。

掉了羽毛的雄鸡来,称之为柏拉图的人,他却说明,膝盖的弯向不同,这是很重要的一个区别。有时候,他也叫嚷,"我多么喜欢闲谈啊! 真的,我能够说一整天!"有一次,几个月不见他,我问他夏天里可有了什么新见地。"老天爷,"他说,"一个像我这样有工作做的人,如果他有了意见不忘记,那就好了。也许跟你一起耘地的人打算跟你比赛;好啊,心思就得花在这上头了:你想到的只是杂草。"在这种场合,有时他先问我有没有改进。有一个冬日,我问他是否常常自满,希望在他的内心找一样东西代替外在的牧师,有更高的生活目的。"自满!"他说,"有的人满足这一些,另外的人满足另一些。也许有人,如果什么都有了,便整天背烤着火,肚子向着饭桌,真的!"然则,我费尽了心机,还不能找出他对于事物的精神方面的观点来;他想出的最高原则在乎"绝对的方便",像动物所喜欢的那样;这一点,实际上,大多数人都如此。如果我向他建议,在生活方式上有所改进,他仅仅回答说,来不及了,可并没有一点遗憾。然而他彻底地奉行着忠实与其他这一类美德。

从他这人身上可以察觉到,他有相当的,不管如何地少,积极的独创性;有时我还发现他在自己寻思如何表达他自己的意见,这是稀有的现象,我愿在随便哪一天跑十英里路,去观察这种景象,这等于温习一次社会制度的起源。虽然他迟疑,也许还不能明白地表现他自己,他却常常藏有一些非常正确的好意见。然而他的思想是这样原始,和他的肉体的生命契合无间,比起仅仅有学问的人的思想来,虽然已经高明,却还没有成熟到值得报道的程度。他说过,在最低贱的人中,纵然终身在最下层,且又目不识丁,却可能出一些天才,一向都有自己的见解，从不假装他什么都知道；他们深如瓦尔登湖一般，有人说它是无底的，虽然它也许是黑暗而泥泞的。

许多旅行家离开了他们的路线，来看我和我屋子的内部，他们的托词往往是要一杯水喝。我告诉他们，我是从湖里喝水的，手指着湖，愿意借一个水勺给他们。住得虽然远僻，每年，我想，四月一日左右，人人都来踏青，我也免不了受到访问；我就鸿运高照了，虽然其中有一些古怪人物的标本。从济贫院或别处出来的傻瓜也来看我；我就尽量让他们施展出他们的全部机智，让他们对我畅谈一番；在这种场合，机智常常成了我们谈话的话题；这样我大有收获了。真的，我觉得他们比贫民的管理者，甚至比市里行政管理委员会的委员要聪明得多，认为大翻身的时期已差不多了。关于智慧，我觉得愚昧和大智之间没有多少分别。特别有一天，有一个并不讨厌的头脑单纯的贫民来看我，还表示愿意跟我一样地生活。以前我常常看到他和别人一起好像篱笆一样，在田野中站着，或坐在一个箩斗上看守着牛和他自己，以免走散。他怀着极大的纯朴和真诚，超出或毋宁说低于一般的所谓的自卑，告诉我说他"在智力上非常之低"。这是他的原话。上帝把他造成这个样子，可是，他认为，上帝关心他，正如关心旁人一样。"从我的童年时代起，"他说，"我就一向如此；我脑筋就不大灵；我跟别的小孩子不同；我在智力方面很薄弱。我想，这是神的意志吧。"而他就在那里，证实了他自己的话。他对我是一个形而上学的谜语。我难得碰到一个人是这样有希望的——他说的话全都这样单纯诚恳，这样真实。他越是自卑之至，他却真的越是高贵。起先我还不知道，可是这是一个聪明办法取得的效果。在这个智力不足的贫民所建立的真实而坦率的基础上,我们的谈话反倒可以达到比和智者谈话更深的程度。

还有一些客人,一般不算城市贫民,实际上他们应该算是城市贫民;无论如何可以说是世界贫民;这些客人无求于你的好客,而有求于你的大大的殷勤。他们急于得到你的帮助,却开口就说,他们下决心了,就是说,他们不想帮助自己了。我要求访客不能饿着肚子来看我,虽然也许他们有世上最好的胃口,不管他们是怎么养成这样好的胃口的。慈善事业的对象,不得称为客人。有些客人,不知道他们的访问早该结束了,我已经在料理我自己的事务,回答他们的话就愈来愈怠慢了。几乎各种智能的人在候鸟迁移的时节都来访问过我。有些人的智能是超过了他们能运用的范围的;一些逃亡的奴隶,带着种植园里的神情,不时尖起耳朵来听,好像寓言中的狐狸时时听到猎犬在追踪它们,用恳求的目光看着我,好像在说,——

"啊,基督教徒,你会把我送回去吗?"

其中有一个真正的逃亡者,我帮他朝北极星的那个方向逃去。有人只有一个心眼儿,像只有一只小鸡的母鸡,有人却像只有一只小鸭的母鸭;有些人千头万绪,脑子里杂乱无章,像那些要照料一百只小鸡的老母鸡,都在追逐一只小虫,每天在黎明的露水中总要丢失一二十只小鸡,——而争得它们羽毛蓬乱、污秽不堪了;此外还有一些不是用腿而是用智力走路的人,像一条智力的蜈蚣,使得你周身都发抖。有人建议我用一本签名簿来保留访客的名字,像白山那里的情形;可惜,啊! 我的记忆力太好了,不需要这种东西。

我不能不发现我的访客的若干特点。女孩子,男孩子,少

妇,一到森林中就很快活。他们看着湖水,看着花,觉得时间
过得很愉快。一些生意人,却只感到寂寞,只想着生意经,只
觉得我住得不是离这儿太远就是离那儿太远,甚至有些农民
也如此,虽然他们说,他们偶尔也爱作林中闲游,其实很明显,
他们并不爱好。这些焦灼不安的人啊,他们的时间都花在谋
生或者维持生活上了;一些牧师,开口闭口说上帝,好像这题
目是他们的专利品,他们也听不见各种不同的意见;医生,律
师,忙碌的管家妇则趁我不在家的时候审察我的碗橱和床
铺,——不然某夫人怎样知道我的床单没有她的干净?——
有些已经不再年轻的年轻人,以为跟着职业界的老路走,是最
安全的办法了,——这些人一般都说我这种生活没有好处。
啊,问题就在这里!那些衰老的,有病的,胆怯的人,不管他们
的年龄性别,想得最多的是疾病、意外和死亡;在他们看来,生
命是充满了危险的,——可如果你不去想它,那又有什么危险
呢?——他们觉得,谨慎的人应当小心地挑选个最安全的地
区,在那里 B 医生可以随唤随到。在他们看来,村子真是一
个 com-munity①,一个共同防护的联盟,你可以想象的,他们
连采集越橘时也要带药箱去呢。这就是说,一个人如果是活
着的,他就随时随地有死亡的危险,其实这样的死亡危险,由
于他已经是一个活着的死人而相对地减少了。一个人闭门家
中坐,跟他出外奔跑是一样危险的。最后,还有一种人,自名
为改革家的,所有访客中要算他们最讨厌了,他们以为我是一
直在歌唱着,——

<hr style="border-style:dotted" />

① 英语中 community 的意思是"村社","同一地区的全体居民"。拉丁语
中,语根 com 意思是"共同",munire 意思是"防守"。

这是我所造的屋子；

这是在我所造的屋子中生活的人；

可是他们不知道接下来的两行正是，——

而正是这些人，烦死了

住在我所造之屋中的人。

我并不怕捉小鸡的老鹰，因为我没有养小鸡，可是我最怕捉人的鸷鸟。

除开最后一种人，我还有一些更令人愉快的访客。小孩子来采浆果，铁路上的工人们穿着干净的衬衣来散步，渔人、猎户、诗人和哲学家；总之，一切老老实实的朝圣者，为了自由的缘故而到森林中来，他们真的把村子抛在后面了，我很喜欢向他们说，"欢迎啊，英国人！欢迎啊，英国人！"因为我曾经和这一个民族往来过。

# 种　豆

　　这时我的豆子,已经种好了的一行一行地加起来,长度总有七英里了吧,急待锄草松土,因为最后一批还没播种下去,最先一批已经长得很不错了;真是不容再拖延的了。这一桩赫拉克勒斯的小小劳役,干得这样卖力,这样自尊,到底有什么意思呢,我还不知道。我爱上了我的一行行的豆子,虽然它们已经超出我的需要很多了。它们使我爱上了我的土地,因此我得到了力量,像安泰①一样。可是我为什么要种豆呢?只有天晓得。整个夏天,我都这样奇妙地劳动着——在大地表皮的这一块上,以前只长洋莓,狗尾草,黑莓之类,以及甜蜜的野果子和好看的花朵,而现在却让它来生长豆子了。我从豆子能学到什么,豆子从我身上又能学到什么呢?我珍爱它们,我为它们松土锄草,从早到晚照管它们;这算是我一天的工作。阔大的叶子真好看。我的助手是滋润这干燥泥土的露水和雨点。而泥土本身又含有何等的肥料,虽说其中有大部分土地是贫瘠和枯竭的。虫子,寒冷的日子,尤其土拨鼠则是我的敌人。土拨鼠吃光了我一英亩地的四分之一。可是我又

---

　　① 希腊神话中的巨人,海神波塞冬和地神盖娅之子,战斗时,只要身体不离土地,就能从大地母亲身上不断吸取力量,百战百胜。后被赫拉克勒斯识破,将他举在半空中击毙。

有什么权利拔除狗尾草之类的植物,毁坏它们自古以来的百草园呢?好在剩下的豆子立刻就会长得十分茁壮,可以去对付一些新的敌人了。

我记得很清楚,我四岁的时候,从波士顿迁移到我这个家乡来,曾经经过这座森林和这片土地,还到过湖边。这是铭刻在我记忆中的往日最早的景象之一。今夜,我的笛声又唤醒了这同一湖水的回声。松树还站在那里,年龄比我大;或者,有的已被砍伐了,我用它们的根来煮饭,新的松树已在四周生长,给新一代人的眼睛以别一番的展望。就从这牧场上的同一根多年老根上又长出了几乎是同样的狗尾草,甚至我后来都还给我儿时梦境中神话般的风景添上一袭新装,要知道我重返这里之后所发生的影响,请瞧这些豆子的叶子,玉米的尖叶以及土豆藤。

我大约种了两英亩半的岗地;这片地大约十五年前还被砍伐过一次,我挖出了两三"考德"的树根来,我没有施肥;在这个夏天的那些日子里,我锄地时还翻起了一些箭头来,看来从前,在白人来砍伐之前,就有一个已经消失了的古代民族曾在这里住过,还种过玉米和豆子吧,所以,在一定程度上,他们已经耗尽了地力,有过收获了。

还在任何土拨鼠或松鼠蹿过大路,或在太阳升上橡树矮林之前,当时一切都披着露珠,我就开始在豆田里拔去那高傲的败草,并且把泥土堆到它们上面,虽然有些农民不让我这样做,——可我还是劝你们尽可能趁有露水时把一切工作都做完。一清早,我赤脚工作,像一个造型的艺术家,在承露的粉碎的沙土中弄泥巴,日上三竿以后,太阳就要晒得我的脚上起泡了。太阳照射着我锄耨,我慢慢地在那黄沙的冈地上,在那长十五杆的一行行的绿叶丛中来回走动,它一端延伸到一座矮橡林为止,我常常休息在它的浓荫下;另一端延伸到一块浆果田边,我每走一个来回,总能看到那里的青色的浆果颜色又微微加深了一些。我除草根又在豆茎周围培新土,帮助我所种植的作物滋长,使这片黄土不是以苦艾、芦管、黍粟,而是以豆叶与豆花来表达它夏日幽思的。——这就是我每天的工作。因为我没有牛马,雇工或小孩的帮助,也没有改良的农具,我就特别地慢,也因此我跟豆子特别亲昵了。用手工作,到了做苦工的程度,总不能算懒惰的一种最差的形式了吧。这中间便有一个常青的、不可磨灭的真理,对学者而言,是带有古典哲学的意味的。和那些向西穿过林肯和魏兰德到谁也不知道的地方去的旅行家相比,我就成了一个 agricola labori-osus① 了;他们悠闲地坐在马车上,手肘放在膝盖上,缰绳松弛地垂成花饰;我却是泥土上工作的、家居的劳工。可是,我的家宅田地很快就落在他们的视线和思想之外了。因为大路两侧很长一段路上,只有我这块土地是耕植了的,自然特别引起他们注意;有时候在这块地里工作的人,听到他们的批评。那是不打算让他听见的,"豆子种得这样晚! 豌豆也种晚了!"——因为别人已经开始锄地了,我却还在播种——我这业余性质的农民想也没想到过这些。"这些作物,我的孩子,只能给家畜吃的;给家畜吃的作物!""他住在这里吗?"那穿灰色上衣戴黑色帽子的人说了;于是那口音严厉的农夫勒住他那匹感激的老马询问我,你在这里干什么,犁沟中怎么没有施肥,他提出来,应该撒些细末子的垃圾,任何废物都可以,或

---

① 拉丁文:劳苦的农夫。

者灰烬,或者灰泥。可是,这里只有两英亩半犁沟,只有一把锄代替马,用两只手拖的,——我又不喜欢马车和马,——而细末子的垃圾又很远。驾车辚辚经过的一些旅行者把这块地同他们一路上所看见的,大声大气地做比较,这就使我知道我在农业世界中的地位了。这一块田地是不在柯尔门先生的报告中的。可是,顺便说一说,大自然在更荒凉的、未经人们改进的地面上所生产的谷物,谁又会去计算出它们的价值来呢?英格兰干草给小心地称过,还计算了其中的湿度和硅酸盐、碳酸钾;可是在一切的山谷、洼地、林木、牧场和沼泽地带都生长着丰富而多样的谷物,人们只是没有去收割罢了。我的呢,正好像是介乎野生的和开垦的两者之间;正如有些是开化国,有些半开化国,另一些却是野蛮国,我的田地可以称为半开化的田地,虽然这并不是从坏的意义上来说。那些豆子很快乐地回到了我培育它们的野生的原始状态去,而我的锄头就给它们高唱了牧歌。

在附近的一棵白桦树顶有棕色的歌雀——有人管它叫作红眉鸟——歌唱了一整个早晨,很愿意跟你做伴。如果你的农田不在这里,它就会飞到另一个农夫的田里去。你播种的时候,它叫起来,"丢,丢,丢了它,——遮,遮,遮起来,——拉,拉,拉上去。"可这里种的不是玉米,不会有像它那样的敌人来吃庄稼。你也许会觉得奇怪,它那无稽之歌,像用一根琴弦或二十根琴弦作的业余帕格尼尼①式的演奏,跟你的播种有什么关系。可是你宁可听歌而不去准备灰烬或灰泥了。这

---

① 帕格尼尼(Niccolo Paganini,1782—1840),意大利著名小提琴家,作曲家。

些是我最信赖的，最便宜的一种上等肥料。

当我用锄头在犁沟边翻出新土时，我把古代曾在这个天空下居住过的一个史籍没有记载的民族所留下的灰烬翻起来了，他们作战狩猎用的小武器也就暴露在近代的阳光下。它们和另外一些天然石块混在一起，有些石块还留着给印第安人用火烧过的痕迹，有些给太阳晒过，还有一些陶器和玻璃，则大约是近代的耕种者的残迹了。当我的锄头叮当地打在石头上，音乐之声传到了树林和天空中，我的劳役有了这样的伴奏，立刻生产了无法计量的收获。我所种的不是豆子，也不是我在种豆；当时我又怜悯又骄傲地记起来了，如果我确实记起来的话，我记起了我一些相识的人特地到城里听清唱剧去了。而在这艳阳天的下午，夜鹰在我头顶的上空盘旋，——我有时整天地工作，——它好像是我眼睛里的一粒沙，或者说落在天空的眼睛里的一粒沙，它时而侧翼下降，大叫一声，天空便好像给划破了，最后似裂成破布一样，但苍穹依然是一条细缝也没有；空中飞着不少小小的精灵，在地上、黄沙或岩石上、山顶上下了许多蛋，很少有人看到过的；它们美丽而细长，像湖水卷起的涟漪，又像给风吹到空中的升腾的树叶；在大自然里有的是这样声气相投的因缘。鹰是波浪的空中兄弟，它在波浪之上飞行视察，在空中扑击的完美的鹰翅，如在酬答海洋那元素的没有羽毛的翅膀。有时我看着一对鹞鹰在高空中盘旋，一上一下，一近一远，好像它们是我自己的思想的化身。或者我给一群野鸽子吸引住了，看它们从这一个树林飞到那一个树林，带着一些儿嗡嗡的微颤的声音，急遽地飞过；有时我的锄头从烂树桩下挖出了一条蝾螈来，一副迂缓的、奇怪的、丑陋的模样，还是埃及和尼罗河的残迹，却又和我们同时代了。

当我停下来,靠在我的锄头上,这些声音和景象是我站在犁沟中任何一个地方都能听到看到的,这是乡间生活中具有无穷兴会的一部分。

在节庆日,城里放了礼炮,传到森林中来很像气枪,有时飘来的一些军乐声也传得这样远。我远在城外的豆田之中,听大炮的声音好像尘菌在爆裂;如果军队出动了,而我又不知道是怎么回事,我就整天恍恍惚惚感到地平线似乎痒痒麻麻的,仿佛快要出疹子似的,也许是猩红热,也许是马蹄癌,直到后来又有一些好风吹过大地,吹上魏兰德大公路,把训练者的消息带给了我。远远有营营之声,好像谁家的蜜蜂出窝了,因此邻人们依照维吉尔的办法,拿出了声音最响的锅壶之属来轻轻敲击,呼唤它们回蜂房去。等到那声音没有了,营营之声也住了,最柔和的微风也不讲故事了,我知道人们已经把最后一只雄蜂也安然赶回米德尔塞克斯的蜂房了,现在他们在考虑涂满蜂房的蜂蜜了。

我感到骄傲,知道马萨诸塞州和我们的祖国的自由是这样安全;当我回身再耕种的时候,我就充满了不可言喻的自信,平静地怀抱着对未来的希望,继续我的劳动。

要是有几个乐队在演奏着啊,整个村子就好像是一只大风箱了,一切建筑物交替地在嚣音之中一会儿扩张,一会儿坍下。然而有时传到林中来的是真正崇高而兴奋的乐句,喇叭歌唱着荣誉,我觉得自己仿佛可以痛痛快快地用刀刺杀一个墨西哥人①,——我们为什么常要容忍一些琐碎事物?——

---

① 作者写这一段话时,很可能是在美国的侵略性的墨西哥战争(1846—1848)期间。他在瓦尔登湖的时间是一八四五至一八四七年。

我就四处寻找土拨鼠和鼬鼠，很想表演我的骑士精神。这种军乐的旋律遥远得像在巴勒斯坦一样，使我想起十字军在地平线上行进，犹如垂在村子上空的榆树之巅微微摇曳和颤动的动作。这是伟大的一天啊，虽然我从林中空地看天空，还和每天一样，是同样无穷尽的苍穹，我看不出有什么不同。

种豆以来，我就和豆子相处，天长日久了，得到不少专门经验，关于种植、锄地、收获、打场、拣拾、出卖，——最后这一种尤其困难，——我不妨再加上一个吃，我还吃了豆子，尝了味道的。我是决心要了解豆子的。在它们生长的时候，我常常从早晨五点钟锄到正午，通常是用这天剩余时间来对付别的事情。想想，人跟各种杂草都还可以结交得很亲热很奇异呢，——说起这些来是怪累赘的，劳动的时候这些杂草已经够累赘的了，——把一种草全部捣毁，蛮横地摧残了它们的纤细的组织，锄头还要仔细地区别它们，为了把另一种草来培养。这是罗马艾草，——这是猪猡草，——这是酢浆草，——这是芦莘草，——抓住它，拔起它，把它的根翻起来，暴露在太阳下，别让一根纤维留在阴影中间，要不然，它就侧着身子爬起来，两天以后，就又青得像韭菜一样。这是一场长期战争，不是对付鹤，而是对付败草，这一群有太阳和雨露帮忙的特洛伊人。豆子每天都看到我带了锄头来助战，把它们的敌人杀伤了，战壕里填满了败草的尸体。有好些盔饰飘摇、结实强壮的海克脱①，比这成群的同伴们高出一英尺的，也都在我的武器之下倒毙而滚入尘埃中去了。

在这炎夏的日子里，我同时代的人有的在波士顿或罗马，

---

① 希腊史诗中特洛伊城的主将。

献身于美术,有的在印度,思索着,还有的在伦敦或纽约,做生意,我这人却跟新英格兰的其他农夫们一样,献身于农事。这样做并不是为了要吃豆子,我这人天性上属于毕达哥拉斯①一派,至少在种豆子这件事上是如此。管它是为了吃,或为了选票,或为了换大米;也许只是为了给将来一个寓言家用吧,为了譬喻或影射,总得有人在地里劳动。总的说来,这是一种少有的欢乐,纵然继续得太久了,也要引起虚掷光阴的损失。虽然我没有给它们施肥,也没有给它们全部都锄一遍草、松一遍土,但我常常尽我的能力给它们锄草松土,结果是颇有好处的,"这是真的,"正像爱芙琳说过的,"任何混合肥料或粪肥都比不上不断地挥锄舞铲,把泥土来翻身。""土地,"他还在另一个地方写着,"特别是新鲜的土地,其中有相当的磁力,可以吸引盐、力,或美德(随便你怎样称呼吧)来加强它的生命,土地也是劳力的对象,我们在土地上的所有活动养活了我们;一切粪肥和其他的恶臭的东西只不过是此种改进的代用品而已。"况且,这块地只是那些"正在享受安息日的耗尽地力、不堪利用的土地",也许像凯南尔姆·狄格贝爵士想过的,已经从空气中吸取了"有生的力量"。我一共收获了十二蒲式耳的豆子。

为了更仔细起见,也因为柯尔门先生所报告的主要是有身份的农夫的豪华的试验,曾有人表示不满,现将我的收入支出列表如下:

一柄锄头·················0.54

---

① 毕达哥拉斯(Pythagoras,前582—约前507),古希腊哲学家。他是不吃豆子的。

耕耘挖沟·······················7.50——过昂了

豆种子·····················3.125

土豆种子···················1.33

豌豆种子···················0.40

萝卜种子···················0.06

篱笆白线···················0.02

耕马及三小时雇工·····1.00

收获时用马及车········0.75

共计·······················14.725

我的收入（Patremfamilias vendacem，non emacem esse oportet①），来自

卖出九蒲式耳十二

夸特之豆················16.94

五蒲式耳大土豆········2.50

九蒲式耳小土豆········2.25

草·························1.00

茎·························0.75

共计·····················23.44 元

盈余（正如我在别

处所说）·············7.715 元

这就是我种豆经验的结果：约在六月一日，播下那小小的白色的豆种，三英尺长十八英寸的间距，种成行列，挑选的是那新鲜的、圆的、没有掺杂的种子。要注意虫子，再在没有出苗的

〰〰〰〰〰〰〰〰〰〰

① 拉丁文：家主应善于销售，不该光顾进货。

位置上补种苗。然后提防土拨鼠，那片田地如果暴露在外，它们会把刚刚生长出来的嫩叶子一口气都啃光的；而且，在嫩卷须延展出来之后，它们还是会注意到的，它们会直坐着，像松鼠一样，把蓓蕾和初生的豆荚一起啃掉。尤其要紧的是，如果你要它避免霜冻，并且容易把豆子卖掉，那你就尽可能早点收获；这样便可以使你免掉许多损失。

我还获得了下面的更丰富的经验：我对我自己说，下一个夏天，我不要花那么大的劳力来种豆子和玉米了，我将种这样一些种子，像诚实、真理、纯朴、信心、天真等，如果这些种子并没有失落，看看它们能否在这片土地上生长，能否以较少劳力和肥料，来维持我的生活，因为，地力一定还没有消耗到不能种这些东西。唉！我对自己说过这些话；可是，现在又一个夏季过去了，而且又一个又一个地都过去了，我不得不告诉你们，读者啊，我所种下的种子，如果是这些美德的种子，那就都给虫子吃掉了，或者是已失去了生机，都没有长出苗来呢。人通常只能像他们的祖先一样勇敢或怯懦。这一代人每一年所种的玉米和豆子，必然和印第安人在几个世纪之前所种的一样，那是他们教给最初来到的移民的，仿佛命该如此，难以改变了。有一天，我还看见过一个老头子，使我惊讶不已，他用一把锄头挖洞至少挖了第七十次了，但他自己却不预备躺在里面。为什么新英格兰人不应该尝试尝试新的事业，不要过分地看重他的玉米，他的土豆、草料和他的果园，——而种植一些别的东西呢？为什么偏要这样关心豆子的种子而一点也不关心新一代的人类呢？我前面说起的那些品德，我们认为它们高于其他产物，如果我们遇到一个人，看到他具有我说到过的那些品德，那些飘荡四散于空中的品德已经在他那里扎根而且生长了,那时我们真应该感到满意和高兴。这里来了这样一种难以捉摸而且不可言喻的品德,例如真理或公正,虽然量极少,虽然还是一个新的品种,然而它是沿着大路而来了。我们的大使应该接到一些训令,去选择好品种,寄回国内来,然后我们的国会把它们分发到全国各地去种植。我们不应该虚伪地对待真诚。如果高贵与友情的精华已为我们所有,我们绝对不应该再让我们的卑鄙来互相欺骗、互相侮辱、排斥彼此。我们也不应该匆忙相见。大多数人我根本没有见过,似乎他们没有时间;他们忙着他们的豆子呢。我们不要跟这样的忙人往来,他在工作间歇时倚身在锄头上或铲子上,仿佛倚身在手杖上,不像一只香菌,却只有一部分是从土地中升起来的,不完全是笔直的,像燕子停落下来,在大地上行走着,——

> "说话时,他的翅膀不时张开,
> 像要飞动,却又垂下了,——"①

害得我们以为我们许是在跟一个天使谈话。面包可能并不总是滋养我们;却总于我们有益,能把我们关节中的僵硬消除,使我们柔软而活泼,甚至在我们不知道患了什么病症的时候,使我们从大自然及人间都找到仁慈,享受到任何精纯而强烈的欢乐。

古代的诗歌和神话至少提示过,农事曾经是一种神圣的艺术,但我们匆促而杂乱,我们的目标只是大田园和大丰收。我们没有节庆的日子,没有仪式,没有行列了,连耕牛大会及

---

① 引自英国诗人法兰锡斯·夸莱斯(Francis Quarles, 1592—1644)《牧羊人的神示》第五首颂歌。

感恩节也不例外,农民本来是用这种形式来表示他这职业的神圣意味的,或者是用来追溯农事的神圣起源的。现在是报酬和一顿大嚼在吸引他们了。现在他献牺牲不献给色列斯①,不献给约夫②了,他献给普鲁都斯③这恶神了。由于我们没有一个人能摆脱掉的贪婪、自私和一个卑辱的习惯,把土地看作财产,或者是获得财产的主要手段,风景给破坏了,农事跟我们一样变得低下,农民过着最屈辱的生活。他了解的大自然,如同一个强盗所了解的那样。卡托说过农业的利益是特别虔敬而且正直的(maximeque pius quaestus),照伐洛④说,古罗马的人"把地母和色列斯唤为同名,他们认为从事耕作的人过的是一个虔敬而有用的生活,只有他们才是农神⑤的遗民"。

我们常常忘掉,太阳照在我们耕作过的田地和照在草原和森林上一样,是不分轩轾的。它们都反射并吸收了它的光线,前者只是它每天眺望的图画中的一小部分。在它看来,大地都给耕作得像花园一样。因此,我们接受它的光与热,同时也接受了它的信任与大度。我看重豆子的种子,到秋田里有了收获,又怎么样呢?我望了这么久广阔田地,广阔田地却不当我是主要的耕种者,它撇开我,去看那些给它洒水,使它发绿的更友好的影响。豆子的成果并不由我来收获。它们不是有一部分为土拨鼠生长的吗?麦穗(拉丁文 spica,古文作

---

① 罗马神话中的谷物女神。
② 即罗马神话中的主神朱庇特。
③ 希腊神话中的财神。
④ 伐洛(Marcus Terentius Varro,前116—约前27),罗马学者和作家。
⑤ 罗马神话中天神与地神之子,最理想的统治者。

speca，语源 spe 是希望的意思），不仅是农夫的希望；它的核仁，或者说，谷物（granum，语源 gerendo 是生产的意思）也不是它的生产之全部。那么，我们怎会歉收呢？难道我们不应该为败草的丰收而欢喜，因为它们的种子是鸟雀的粮食？大地的生产是否堆满了农夫的仓库，相对来说，这是小事。真正的农夫不必焦形于色，就像那些松鼠，根本是不关心今年的树林会不会生产栗子的，真正的农夫整天劳动，并不要求土地的生产品属于他所占有，在他的心里，他不仅应该贡献第一个果实，还应该献出他的最后一个果实。

# 村　子

锄地之后,上午也许读读书,写写字,我通常还要在湖水中再洗个澡,游泳经过一个小湾,这却是最大限度了,从我身体上洗去了劳动的尘垢,或者除去了阅读致成的最后一条皱纹,我在下午是很自由的。每天或隔天,我散步到村子里去,听听那些永无止境的闲话,或者是口口相传的,或者是报纸上互相转载的,如用顺势疗法小剂量地接受它们,的确也很新鲜,犹如树叶的瑟瑟有声和青蛙的咯咯而鸣。正像我散步在森林中时,爱看鸟雀和松鼠一样,我散步在村中,爱看一些男人和孩童;听不到松涛和风声了,我却听到了辚辚的车马声。从我的屋子向着一个方向望过去,河畔的草地上,有着一个麝鼠的聚居地;而在另一个地平线上,榆树和悬铃木底下,却有一个满是忙人的村子,使我发生了好奇之心,仿佛他们是大草原上的狗,不是坐在他们的兽穴的入口,便是奔到邻家闲谈去了。我时常到村子里去观察他们的习惯。在我看来,村子像一个极大的新闻编辑室,在它的一边支持它的,仿佛国务街①上的里亭出版公司的情形,是他们出售干果,葡萄干,盐,玉米粉,以及其他的食品杂货。有些人,对于前一种的商品,即新

① 波士顿的金融中心。

闻，是胃口大，消化能力也一样大的，他们能永远一动不动地坐在街道上，听那些新闻像地中海季风般沸腾着，私语着吹过他们，或者可以说，他们像吸入了一些只是产生局部麻醉作用的乙醚，因此意识还是清醒的，苦痛却被麻痹了，——要不然有一些新闻，听到了是要使人苦痛的。每当我徜徉经过那村子的时候，没有一次不看到这些宝贝一排排坐在石阶上晒太阳，身子微偏向前，他们的眼睛时不时地带着淫欲的表情向这边或那边瞟一眼，要不然便是身子倚在一个谷仓上，两手插在裤袋里，像女像柱在支撑着它似的。他们因为一般都在露天，风中吹过的什么都听见了。这些是最粗的磨坊，凡有流长飞短的闲话都经他们第一道碾过，然后进入户内，倾倒入更精细的漏斗中去。我观察到村中最有生气的是食品杂货店，酒吧间，邮政局和银行；此外像机器中少不了的零件，还有一只大钟，一尊大炮，一辆救火车，都放在适当的地方；为了尽量利用人类的特点，房屋都面对面地排成巷子，任何旅行者都不得不受到夹道鞭打，男女老少都可以揍他一顿。自然，有一些安置在最靠近巷子口上的人最先看到的，也最先被看到，是第一个动手揍他的，所以要付最高的房租了；而少数零零落落散居在村外的居民，在他们那儿开始有很长的间隙，旅行者可以越墙而过，或抄小路逃走掉的，他们自然只付很少一笔地租或窗税。四面挂起了招牌，引诱着他，有的在胃口上把他抓住了，那便是酒店和食品店；有的抓住他的幻觉，如干货店和珠宝店；有的抓住他的头发，或他的脚或他的下摆，那些是理发店，鞋子店和成衣店。此外，还有一个更可怕的危险，老是要你挨户逐屋地访问，而且在这种场合里总有不少人。大体说来，这一切危险，我都能够很巧妙地逃避过去，或者我立刻勇往直前,走向我的目的地,毫不犹豫,那些遭到夹道鞭打的人实在应该采取我的办法;或者我一心一意地想着崇高的事物,像俄耳甫斯①,"弹奏着七弦琴,高歌诸神之赞美诗,把妖女的歌声压过,因此没有遭难"。有时候,我闪电似的溜走了,没有人知道我在哪里,因为我不大在乎礼貌,篱笆上有了洞,我不觉得有犹豫的必要。我甚至还习惯于闯进一些人的家里去,那里招待得我很好,就在听取了最后一些精选的新闻之后,知道了刚平息下来的事情,战争与和平的前景,世界还能够合作多久,我就从后面几条路溜掉,又逸入我的森林中间了。

当我在城里待到了很晚的时候,才出发回入黑夜之中,这是很愉快的,特别在那些墨黑的、有风暴的夜晚,我从一个光亮的村屋或演讲厅里开航,在肩上带了一袋黑麦或印第安玉米粉,驶进林中我那安乐的港埠,外面的一切都牢靠了,带着快乐的思想退到甲板下面,只留我的外表的人把着舵,但要是航道平静,我索性用绳子把舵拴死了。当我航行的时候,烤着舱中的火炉,我得到了许多欢欣的思想。任何气候,我都不会忧悒,都不感悲怆,虽然我遇到过几个凶恶的风景。就是在平常的晚上,森林里也比你们想象的来得更黑。在最黑的夜晚,我常常只好看那树叶空隙间的天空,一面走,一面这样认路,走到一些没有车道的地方,还只能用我的脚来探索我自己走出来的道路,有时我用手来摸出几枝熟悉的树,这样才能辨向航行,譬如,从两枝松树中间穿过,它们中间的距离不过十八英寸,总是在森林中央。有时,在一个墨黑而潮湿的夜晚,很晚地回来,我的脚摸索着眼睛看不到的道路,我的心却一路都

① 希腊神话中的诗人和歌手,善弹竖琴,弹奏时猛兽俯首,顽石点头。

心不在焉，像在做梦似的，突然我不得不伸手开门了，这才清醒过来，我简直不记得我是怎么走过来的，我想也许我的身体，就在灵魂遗弃了它之后，也还是能够找到它的归途的，就好像手总可以摸到嘴，不需任何帮忙一样。好几次，当一个访客一直待到夜深，而这一夜凑巧又是墨黑的时候，我可不能不从屋后送他到车道上去了。同时就把他要去的方向指点了给他，劝他不是靠他的眼睛，而是靠他的两条腿摸索前进。有一个非常暗黑的晚上，我这样给两个到湖边来钓鱼的年轻人指点了他们的路。他们住在大约离森林一英里外的地方，还是熟门熟路的呢。一两天后，他们中的一个告诉我，他们在自己的住所附近兜来兜去兜了大半夜，直到黎明才回到了家，其间逢到了几场大雨，树叶都湿淋淋的，他们给淋得皮肤都湿了。我听说村中有许多人在街上走走，都走得迷了路，那是在黑暗最浓厚的时候，正如老古话所说，黑得你可以用刀子一块一块把它割下来。有些人是住在郊外的，驾车到村里来办货，却不得不留在村里过夜了；还有一些绅士淑女们，出门访客，离开他们的路线不过半英里路，可怜只能用脚来摸索人行道，在什么时候拐弯都不晓得了。任何时候在森林里迷路，真是惊险而值得回忆的，是宝贵的经历。在暴风雪中，哪怕是白天，走到一条走惯的路上了，也可以迷失方向，不知道哪里通往村子。虽然他知道他在这条路上走过一千次了，但是什么也不认得了，它就跟西伯利亚的一条路同样地陌生了。如果在晚上，自然还要困难得多。在我们的日常散步中，我们经常地，虽然是不知不觉地，像领港的人一样，依据着某某灯塔，或依据某某海角，向前行进，如果我们不在走惯的航线上，我们依然在脑中有着邻近的一些海角的印象；除非我们完全迷了路，或者转了一次身,在森林中你只要闭上眼睛,转一次身,你就迷路了,——到那时候,我们才发现了大自然的浩瀚与奇异。不管是睡觉或其他心不在焉,每一个人都应该在清醒过来之后,经常看看罗盘上的方向。非到我们迷了路,换句话说,非到我们失去了这个世界之后,我们才开始发现我们自己,认识我们的处境,并且认识了我们的联系之无穷的界限。

有一天下午,在我的第一个夏天将要结束的时候,我进村子里去,找鞋匠拿一只鞋子,我被捕了,给关进了监狱里去,因为正如我在另外一篇文章①里面说明了的,我拒绝付税给国家,甚至不承认这个国家的权力,这个国家在议会门口把男人、女人和孩子当牛马一样地买卖。我本来是为了别的事到森林中去的。但是,不管一个人走到哪里,人间的肮脏的机关总要跟他到哪里,伸出手来攫取他,如果他们能够办到,总要强迫他回到属于他那共济会式的社会中。真的,我本可以强悍地抵抗一下,多少可以有点结果的,我本可以疯狂地反对社会,但是我宁可让社会疯狂地来反对我,因为它才是那绝望的一方。然而第二天我被释放出来了,还是拿到了那只修补过的鞋子,回到林中正好赶上在美港山上大嚼一顿越橘。除了那些代表这国的人物之外,我没有受到过任何人的骚扰。除了放我的稿件的桌子之外,我没有用锁,没有闩门,在我的窗子上,梢子上,也没有一只钉子。我日夜都不锁门,尽管我要出门好几天;在接下来的那个秋天,我到缅因的林中去住了半个月,我也没有锁门。然而我的房屋比周围驻扎着大兵还要受到尊敬。疲劳的闲游者可以在我的火炉边休息,并且取暖,

---

① 这篇文章叫《消极反抗》(*Civil Disobedience*),曾经产生过很大影响。

我桌上的几本书可以供文学爱好者来翻阅，或者那些好奇的人，打开了我的橱门，也可以看我还剩下什么饭菜，更可以知道我晚餐将吃些什么。虽然各个阶级都有不少人跑到湖边来，我却没有因此而有多大的不便，我什么也没有丢，只少了一部小书，那是一卷荷马，大概因为封面镀金镀坏了，我想这是兵营中的一个士兵拿走的。我确实相信，如果所有的人都生活得跟我一样简单，偷窃和抢劫便不会发生了。发生这样的事，原因是社会上有的人得到的多于足够，而另一些人得到的却又少于足够。蒲伯①译的荷马应该立刻适当地传播……

> "Nec bella fuerunt,
> Faginus astabat dum scyphus ante dapes. "

> "世人不会战争，
> 在所需只是山毛榉的碗碟时。"

"子为政。焉用杀。子欲善。而民善矣。君子之德风。小人之德草。草上之风。必偃。"

---

① 蒲伯（Alexander Pope，1688—1744），英国启蒙运动时期古典主义诗人。曾译过荷马的史诗。

# 湖

　　有时,对人类社会及其言谈扯淡,对所有村中的友人们又都厌倦了,我更向西而漫游,越过了惯常起居的那些地方,跑到这乡镇的更无人迹的区域,来到"新的森林和新的牧场"上;或当夕阳西沉时,到美港山上,大嚼其越橘和浆果,再把它们拣拾起来,以备几天内的食用。水果可是不肯把它的色、香、味给购买它的人去享受的,也不肯给予为了出卖它而栽培它的商人去享受的。要享受那种色、香、味只有一个办法,然而很少人采用这个办法。如果你要知道越橘的色、香、味,你得请问牧童和鹧鸪。从来不采越橘的人,以为已经尝全了它的色、香、味,这是一个庸俗的谬见。从来没有一只越橘到过波士顿,它们虽然在波士顿的三座山上长满了,却没有进过城。水果的美味和它那本质的部分,在装上了车子运往市场去的时候,跟它的鲜丽一起给磨损了,它变成了仅仅是食品。只要永恒的正义还在统治宇宙,没有一只纯真的越橘能够从城外的山上运到城里来的。

　　在我干完了一天的锄地工作之后,偶尔我来到一个不耐烦的侣伴跟前,他从早晨起就在湖上钓鱼了,静静的,一动不动的,像一只鸭子,或一张漂浮的落叶,沉思着他的各种各样的哲学,而在我来到的时候,大致他已自认为是属于修道院僧中的古老派别了。有一个老年人,是个好渔夫,尤精于各种木工,他很高兴把我的屋子看作是为便利渔民而建筑的屋子,他坐在我的屋门口整理钓丝,我也同样高兴。我们偶尔一起泛舟湖上,他在船的这一头,我在船的另一头;我们并没有交换了多少话,因为他近年来耳朵聋了,偶尔他哼起一首圣诗来,这和我的哲学异常地和谐。我们的神交实在全部都是和谐的,回想起来真是美妙,比我们的谈话要有意思得多。我常是这样的,当找不到人谈话了,就用桨敲打我的船舷,寻求回声,使周围的森林被激起了一圈圈扩展着的声浪,像动物园中那管理群兽的人激动了兽群那样,每一个山林和青翠的峡谷最后都发出了咆哮之声。

在温和的黄昏中,我常坐在船里弄笛,看到鲈鱼游泳在我的四周,好似我的笛音迷住了它们一样,而月光旅行在肋骨似的水波上,那上面还零乱地散布着破碎的森林。很早以前,我一次次探险似的来到这个湖上,在一些夏天的黑夜里,跟一个同伴一起来;在水边生了一堆火,吸引鱼群,我们又在钓丝钩上放了虫子做鱼饵钓起了一条条鳘鱼;这样我们一直搞到夜深以后,才把火棒高高地抛掷到空中,它们像流星烟火一样,从空中落进湖里,发出一些响亮的咝声,便熄灭了,于是我们就突然在完全的黑暗之中摸索。我用口哨吹着歌,穿过黑暗,又上路回到人类的集合处。可是现在我已经在湖岸上有了自己的家。

有时,在村中一个客厅里待到他们一家子都要休息时,我就回到了森林里;那时,多少是为了明天的伙食,我把子夜的时辰消耗在月光之下的垂钓之上,坐在一条船里,听枭鸟和狐狸唱它们的小夜曲,时时我还听到附近的不知名的鸟雀发出尖厉的啸声。这一些经验对我是很值得回忆和很宝贵的,在水深四十英尺的地方抛了锚,离岸约二三杆之远,有时大约有几千条小鲈鱼和银鱼围绕着我,它们的尾巴给月光下的水面点出了无数的水涡;用了一根细长的麻绳,我和生活在四十英尺深的水底的一些神秘的夜间的鱼打交道了,有时我拖着长六十英尺的钓丝,听凭柔和的夜风把我的船儿在湖上漂荡,我时不时地感到了微弱的震动,说明有一个生命在钓丝的那一端徘徊,却又愚蠢地不能确定它对这盲目撞上的东西怎样办,还没有完全下决心呢。到后来,你一手又一手,慢慢地拉起钓丝,而一些长角的鳖鱼一边发出咯吱咯吱的声音,一边扭动着身子,给拉到了空中。特别在黑暗的夜间,当你的思想驰骋在广大宇宙的主题上的时候,而你却感到这微弱的震动,打断了你的梦想,又把你和大自然联结了起来,这是很奇怪的。我仿佛会接着把钓丝往上甩,甩到天空里去,正如我同时把钓丝垂入这密度未必更大的水的元素中去的情况一样。这样我像是用一只钓钩而捉住了两条鱼。

瓦尔登的风景是卑微的,虽然很美,却并不是宏伟的,不常去游玩的人,不住在它岸边的人未必能被它吸引住;但是这一个湖以深邃和清澈著称,值得给予突出的描写。这是一个明亮的深绿色的湖,半英里长,圆周约一英里又四分之三,面积约六十一英亩半;它是松树和橡树林中央的岁月悠久的老湖,除了雨和蒸发之外,还没有别的来龙去脉可寻。四周的山峰突然地从水上升起,到四十至八十英尺的高度,但在东南面高到一百英尺,而东边更高到一百五十英尺,其距离湖岸,不过四分之一英里及三分之一英里。山上全部都是森林。所有我们康科德地方的水波,至少有两种颜色,一种是站在远处望见的,另一种,更接近本来的颜色,是站在近处看见的。第一种更多地靠的是光,根据天色变化。在天气好的夏季里,从稍远的地方望去,它呈现了蔚蓝颜色,特别在水波荡漾的时候,但从很远的地方望去,却是一片深蓝。在风暴的天气下,有时它呈现出深石板色。海水的颜色则不然,据说它这天是蓝色的,另一天却又是绿色了,尽管天气连些微的可感知的变化也没有。我们这里的水系中,我看到当白雪覆盖这一片风景时,水和冰几乎都是草绿色的。有人认为,蓝色"乃是纯洁的水的颜色,无论那是流动的水,或凝结的水"。可是,直接从一条船上俯瞰近处湖水,它又有着非常之不同的色彩。甚至从同一个观察点,看瓦尔登是这会儿蓝,那会儿绿。置身于天地之间,它分担了这两者的色素。从山顶上看,它反映天空的颜色,可是走近了看,在你能看到近岸的细沙的地方,水色先是黄澄澄的,然后是淡绿色的了,然后逐渐地加深起来,直到水波一律地呈现了全湖一致的深绿色。却在有些时候的光线下,便是从一个山顶望去,靠近湖岸的水色也是碧绿得异常生动的。有人说,这是绿原的反映;可是在铁路轨道这儿的黄沙地带的衬托下,也同样是碧绿的,而且,在春天,树叶还没有长大,这也许是太空中的蔚蓝,调和了黄沙以后形成的一个单纯的效果。这是它的虹色彩圈的色素。也是在这一个地方,春天一来,冰块给水底反射上来的太阳的热量,也给土地中传播的太阳的热量溶解了,这里首先溶解成一条狭窄的运河的样子,而中间还是冻冰。在晴朗的气候中,像我们其余的水波,湍急地流动时,波平面是在九十度的直角度里反映了天空的,或者因为太光亮了,从较远处望去,它比天空更蓝些;而在这种时候，泛舟湖上，四处眺望倒影，我发现了一种无可比拟、不能描述的淡蓝色，像浸水的或变色的丝绸，还像青锋宝剑，比之天空还更接近天蓝色，它和那波光的另一面原来的深绿色轮番地闪现，那深绿色与之相比便似乎很混浊了。这是一个玻璃似的带绿色的蓝色，照我所能记忆的，它仿佛是冬天里，日落以前，西方乌云中露出的一角晴天。可是你举起一玻璃杯水，放在空中看，它却毫无颜色，如同装了同样数量的一杯空气一样。众所周知，一大块厚玻璃板便呈现了微绿的颜色，据制造玻璃的人说，那是"体积"的关系，同样的玻璃，少了就不会有颜色了。瓦尔登湖应该有多少的水量才能泛出这样的绿色呢，我从来都无法证明。一个直接朝下望着我们的水色的人所见到的是黑的，或深棕色的，一个到河水中游泳的人，河水像所有的湖一样，会给他染上一种黄颜色；但是这个湖水却是这样的纯洁，游泳者会白得像大理石一样，而更奇怪的是，在这水中四肢给放大了，并且给扭曲了，形态非常夸张，值得让米开朗琪罗①来作一番研究。

水是这样的透明，二十五至三十英尺下面的水底都可以很清楚地看到。赤脚踏水时，你看到在水面下许多英尺的地方有成群的鲈鱼和银鱼，大约只一英寸长，连前者的横行的花纹也能看得清清楚楚，你会觉得这种鱼也是不愿意沾染红尘，才到这里来生存的。有一次，在冬天里，好几年前了，为了钓梭鱼，我在冰上挖了几个洞，上岸之后，我把一柄斧头扔在冰上，可是好像有什么恶鬼故意要开玩笑似的，斧头在冰上滑过

---

① 米开朗琪罗（Michael Angelo, 1475—1564），意大利文艺复兴时期的雕塑家、画家。

了四五杆远，刚好从一个窟窿中滑了下去，那里的水深二十五英尺，为了好奇，我躺在冰上，从那窟窿里望，我看到了那柄斧头，它偏在一边头向下直立着，那斧柄笔直向上，顺着湖水的脉动摇摇摆摆，要不是我后来又把它吊了起来，它可能就会这样直立下去，直到木柄烂掉为止。就在它的上面，用我带来的凿冰的凿子，我又凿了一个洞，又用我的刀，割下了我看到的附近最长的一条赤杨树枝，我做了一个活结的绳圈，放在树枝的一头，小心地放下去，用它套住了斧柄凸出的地方，然后用赤杨枝旁边的绳子一拉，这样就把那柄斧头吊了起来。

湖岸是由一长溜像铺路石那样的光滑的圆圆的白石组成的；除一两处小小的沙滩之外，它陡立着，纵身一跃便可以跳到一人深的水中；要不是水波明净得出奇，你决不可能看到这个湖的底部，除非是它又在对岸升起。有人认为它深得没有底。它没有一处是泥泞的，偶尔观察的过客或许还会说，它里面连水草也没有一根；至于可以见到的水草，除了最近给上涨了的水淹没的、并不属于这个湖的草地以外，便是细心地查看也确实是看不到菖蒲和芦苇的，甚至没有水莲花，无论是黄色的或是白色的，最多只有一些心形叶子和河蓼草，也许还有一两张眼子菜；然而，游泳者也看不到它们；便是这些水草，也像它们生长在里面的水一样的明亮而无垢。岸石伸展入水，只一二杆远，水底已是纯粹的细沙，除了最深的部分，那里总不免有一点沉积物，也许是腐朽了的叶子，多少个秋天来，落叶被刮到湖上，另外还有一些光亮的绿色水苔，甚至在深冬时令拔起铁锚来的时候，它们也会跟着被拔上来的。

我们还有另一个这样的湖，在九亩角那里的白湖，在偏西两英里半之处；可是以这里为中心的十二英里半径的圆周之内,虽然还有许多的湖沼是我熟悉的,我却找不出第三个湖有这样的纯洁得如同井水的特性。大约历来的民族都饮用过这湖水,艳羡过它并测量过它的深度,而后他们一个个消逝了,湖水却依然澄清,发出绿色。一个春天也没有变化过!也许远在亚当和夏娃被逐出伊甸乐园时,那个春晨之前,瓦尔登湖已经存在了,甚至在那个时候,随着轻雾和一阵阵的南风,飘下了一阵柔和的春雨,湖面不再平静了,成群的野鸭和天鹅在湖上游着,它们一点都不知道逐出乐园这一回事,能有这样纯粹的湖水真够满足啦。就是在那时候,它已经又涨,又落,澄清了它的水,还染上了现在它所有的色泽,还专有了这一片天空,成了世界上唯一的一个瓦尔登湖,它是天上露珠的蒸馏器。谁知道,在多少篇再没人记得的民族诗篇中,这个湖曾被誉为喀斯泰里亚之泉①?在黄金时代里,有多少山林水泽的精灵曾在这里居住?这是在康科德的冠冕上的第一滴水明珠。

第一批到这个湖边来的人们可能留下过他们的足迹。我曾经很惊异地发现,就在沿湖被砍伐了的一个浓密的森林那儿,峻峭的山崖中,有一条绕湖一匝的狭窄的高架的小径,一会儿上,一会儿下,一会儿接近湖,一会儿又离远了一些,它或许和人类同年,土著的猎者,用脚步走出了这条路来,以后世世代代都有这片土地上的居住者不知不觉地用脚走过去。冬天,站在湖中央,看起来这就更加清楚,特别在下了一阵小雪之后,它就成了连绵起伏的一条白线,败草和枯枝都不能够掩蔽它,许多地点,在四分之一英里以外看起来还格外清楚,但

① 传说中文艺女神居住的帕那萨斯山的神泉。

是夏天里，便是走近去看，也还是看不出来。可以说，雪花用清楚的白色的浮雕又把它印刷出来了。但愿到了将来，人们在这里建造一些别墅的装饰庭园时，还能保留这一残迹。

湖水时涨时落，但是有没有规律，如有规律，又是怎样的周期，谁也不知道，虽然有不少人，照常要装作是知道的。冬天的水位通常要高一些，夏天的总低一些，但水位与天气的干燥潮湿却没有关系。我还记得，何时水退到比我住在那儿的时候低了一两英尺，何时又涨高了至少有五英尺。有一个狭长的沙洲伸展到湖中，它的一面是深水，离主岸约六杆，那大约是一八二四年，我曾在上面煮开过一壶杂烩，可是一连二十五年水淹没了它，我无法再去煮什么了；另一方面，当我告诉我的朋友们说，数年之后，我会经常垂钓在森林中的那个僻隐的山坳里，驾一叶扁舟，在离开他们现在看得见的湖岸约十五杆的地方，那里早已成为一片草地了，他们常常听得将信将疑。可是，两年来，湖一直在涨高，现在，一八五二年的夏天，比我居住那儿的时候已经高出五英尺，相当于三十年之前的高度，在那片草地上又可以垂钓了。从外表看，水位已涨了六七英尺，但是从周围的山上流下来的水量实际上不多，涨水一定是由于影响它深处泉源的一些原因。同一个夏天里水又退了。惊人的是这种涨落，不管它有否周期，却需要好几年才能够完成。我观察到一次涨，又部分地观察了两次退，我想在十二或十五年后，水位又要降落到我以前知道的地方。偏东一英里，茀灵特湖有泉水流入，又流水出去，是激荡涨落的，而一些介乎中间的较小的湖沼却和瓦尔登湖同进退，最近也涨到了它们的最高的水位，时间与后者相同。根据我的观察所及，白湖的情形也如此。

间隔很久的瓦尔登湖的涨落至少有这样一个作用:在最高的水位维持了一年左右,沿湖步行固然困难了,但自从上一次水涨以来,沿湖生长的灌木和苍松,白桦,桤木,白杨等树木都给冲刷掉了,等它水位退下,就留下一片干净的湖岸;它不像别的湖沼和每天水位涨落的河流,它在水位最低时,湖岸上反而最清洁。在我屋边的那湖岸上,一排十五英尺高的苍松给冲刷了,仿佛给杠杆掀倒了似的,这样制止了它们的侵占;那树木的大小恰好说明了上次水位上涨到这个高度迄今有了多少年。用这样的涨落方式,湖保持了它的拥有湖岸的权利,湖岸这样被刮去了胡须,树木不能凭着所有权来占领它。湖的舌头舐着,使胡子生长不出来。它时时要舐舐它的面颊。当湖水涨得最高时,桤木,柳树和枫树从它们的淹在水里的根上伸出来大量纤维质的红根须,长达数英尺,离地有三四英尺高,想这样来保护它们自己;我还发现了,那些在岸边高处的浆果,通常是不结果实的,但在这种情况下,却就有了丰收。

　　湖岸怎么会铺砌得这样整齐,有人百思不得其解,乡镇上的人都听到过传说,最年老的人告诉我说,他们是在青年时代听来的——在古时候,正当印第安人在一个小山上举行狂欢庆典,小山忽然高高升到天上,就像湖现在这样深深降入地下,据说他们做了许多不敬神的行为,其实印第安人从没有犯过这种罪,正当他们这样亵渎神明的时候,山岳震撼,大地突然间沉下去,只留下了一个印第安女子,名叫瓦尔登,她逃掉了性命,从此这湖沿用了她的名字。据揣想是在山岳震撼时,这些圆石滚了下来,铺成了现在的湖岸。无论如何,这一点可以确定,以前这里没有湖,现在却有了一个;这个印第安神话跟我前面说起过的那位古代的居民是毫无抵触的,他清清楚楚地记得他初来时，带来一根魔杖①，他看到草地上升起了一种稀薄的雾气，那根榛木杖就一直指向下面，直到后来他决定挖一口井。至于那些石子呢，很多人认为它们不可能起因于山的波动；据我观察，四周的山上有很多这样的石子，因此人们不能不在铁路经过的最靠近那湖的地方在两边筑起墙垣；而且湖岸愈是陡峭的地方，石子愈是多；所以，不幸的是，这对于我不再有什么神秘了。我猜出了铺砌的人来了。如果这个湖名不是由当地一个叫萨福隆·瓦尔登的英国人的名字化出来的话，——那么，我想瓦尔登湖原来的名字可能是围而得湖。

湖对于我，是一口挖好的现成的井。一年有四个月水是冰冷的，正如它一年四季的水是纯净的；我想，这时候它就算不是乡镇上最好的水，至少比得上任何地方的水。在冬天里，暴露在空气中的水，总比那些保暖的泉水和井水来得更冷。从下午五点直到第二天，一八四六年三月六日正午，在我静坐的房间内，寒暑表温度时而是华氏六十五度，时而是七十度，一部分是因为太阳曾照在我的屋脊上，而从湖中汲取的水，放在这房子里，温度只四十二度，比起村中最冷的一口井里当场汲取的井水还低了一度。同一天内，沸泉温度是四十五度，那是经我测量的各种水中最最温暖的了，虽然到了夏天，它又是最最寒冷的水，那是指浮在上面的浅浅一层停滞的水并没有混杂在内。在夏天里，瓦尔登湖因为很深，所以也不同于一般暴露在阳光底下的水。它没有它们那么热。在最热的气候里，我时常汲一桶水，放在地窖里面。它夜间一冷却下来，就

---

① 指一种用迷信方法探寻水源等所用的叉式木杖。

整天都冷;有时我也到附近一个泉水里去汲水。过了一个星期,水还像汲出来的当天一样好,并且没有抽水机的味道。谁要在夏天,到湖边去露营,只要在营帐的阴处,把一桶水埋下几英尺深,他就可以不用奢侈地藏冰了。

在瓦尔登湖中,捉到过梭鱼,有一条重七磅,且不去说那另外的一条,用非常的速度把一卷钓丝拉走了,渔夫因为没有看到它,估计它稳稳当当有八磅的重量,此外,还捉到过鲈鱼,鳖鱼,有些重两磅,还有银鱼,鳊鱼(学名 Leuciscus Pulchellus),极少量的鲤鱼,两条鳗鱼,有一条有四磅重,——我对于鱼的重量写得这样详细,因为它们的价值一般是根据重量来决定的,至于鳗鱼,除了这两条我就没有听说过另外的;——此外,我还隐约记得一条五英寸长的小鱼,两侧是银色的,背脊却呈青色,性质上近于鲦鱼,我提起这条鱼,主要是为了把事实和寓言连接起来。总之是,这个湖里,鱼并不多。梭鱼也不很多,但它夸耀的是梭鱼。有一次我躺卧在冰上面,至少看到了三种不同的梭鱼;一种扁而长的,钢灰色,像一般从河里捉起来的一样;一种是金晃晃的,有绿色的闪光,在很深的深水中;最后一种,金色的,形态跟上一种相近,但身体两侧有棕黑色或黑色斑点,中间还夹着一些淡淡的血红色斑点,很像鲑鱼。但学名 reticulatus(网形)用不上,被称为 guttatus(斑斓)才对。这些都是很结实的鱼,重量比外貌上看来要重得多。银鱼、鳖鱼,还有鲈鱼,所有在这个湖中的水族,确实都比一般的河流和多数的别的湖沼中的鱼类,来得更清洁,更漂亮,更结实,因为这里的湖水更纯洁,你可以很容易地把它们区别出来。也许有许多鱼学家可以用它们来培育出一些新品种。此外还有清洁的青蛙和乌龟,少数的淡菜;麝香鼠和貂鼠也留下过它们的足迹；偶尔还有从烂泥中钻出来旅行经过的甲鱼。有一次，当我在黎明中把我的船推离湖岸时，有一只夜里躲在船底下的大甲鱼给我惊扰得不安了。春秋两季，鸭和天鹅常来，白肚皮的燕子(学名 Hirundo bicolor)在水波上掠过，还有些身有斑点的田凫(学名 Totanus macularius)整个夏天摇摇摆摆地走在石头湖岸上。我有时还惊起了湖水上面、坐在白松枝头的一只鱼鹰；我却不知道有没有海鸥飞到这里来过，像它们曾飞到过美港去那样。至多每年还有一次潜水鸟要来。常到这里来的飞禽，已全部包罗在内了。

在宁静的气候中，坐在船上，你可以看到，东边的沙滩附近，水深八英尺或十英尺的地方，在湖的另一些地方，也可以看到的，有圆形的一堆堆东西，约一英尺高，直径约六英尺，堆的是比鸡蛋略小的一些圆石，而在这一堆堆圆石周围，全是黄沙。起初，你会觉得惊奇，是否那些印第安人故意在冰上堆积这些圆石，等到冰融化了，它们就沉到了湖底；但是，就算这样吧，那形式还是太规则化了，而且有些圆石，显然又太新鲜。它们和河流中可以看见的很相似。但这里没有胭脂鱼或八目鳗，我不知道它是哪一些鱼建筑起来的。也许它是银鱼的巢。这样，水底更有了一种愉快的神秘感了。

湖岸极不规则，所以一点不单调。我闭目也能看见，西岸有深深的锯齿形的湾，北岸较开朗，而那美丽的，扇贝形的南岸，一个个岬角相互地交叠着，使人想起岬角之间一定还有人迹未到的小海湾。在群山之中，小湖中央，望着水边直立而起的那些山上的森林，这些森林不能再有更好的背景，也不能更美丽了，因为森林已经反映在湖水中，这不仅是形成了最美的前景，而且那弯弯曲曲的湖岸，恰又给它做了最自然又最愉悦的边界线。不像斧头砍伐出一个林中空地,或者露出了一片开垦了的田地的那种地方,这儿没有不美的或者不完整的感觉。树木都有充分的余地在水边扩展,每一棵树都向了这个方向伸出最强有力的丫枝。大自然编织了一幅很自然的织锦,眼睛可以从沿岸最低的矮树渐渐地望上去,望到最高的树。这里看不到多少人类的双手留下的痕迹。水洗湖岸,正如一千年前。

一个湖是风景中最美、最有表情的姿容。它是大地的眼睛;望着它的人可以测出他自己的天性的深浅。湖所产生的湖边的树木是睫毛一样的镶边,而四周森林蓊郁的群山和山崖是它的浓密突出的眉毛。

站在湖东端的平坦的沙滩上,在一个平静的九月下午,薄雾使对岸的岸线看不甚清楚,那时我了解了所谓"玻璃似的湖面"这句话是什么意思了。当你倒转了头看湖,它像一条最精细的薄纱张挂在山谷之上,衬着远处的松林而发光,把大气的一层和另外的一层隔开了。你会觉得你可以从它下面走过去,走到对面的山上,而身体还是干的,你觉得掠过水面的燕子很可以停在水面上。是的,有时它们汆水到水平线之下,好像这是偶然的错误,继而恍然大悟。当你向西,望到湖对面去的时候,你不能不用两手来保护你的眼睛,一方面挡开本来的太阳光,同时又挡开映在水中的太阳光;如果,这时你能够在这两种太阳光之间,批判地考察湖面,它正应了那句话,所谓"波平如镜"了,其时只有一些掠水虫,隔开了同等距离,分散在全部的湖面,而由于它们在阳光里发出了最精美的想象得到的闪光来,或许,还会有一只鸭子在整理它自己的羽毛,或许,正如我已经说过的,一只燕子飞掠在水面上,低得碰到了水。还有可能,在远处,有一条鱼在空中画出了一个三四英尺的圆弧来,它跃起时一道闪光,降落入水,又一道闪光,有时,全部的圆弧展露了,银色的圆弧;但这里或那里,有时会漂着一枝蓟草,鱼向它一跃,水上便又激起水涡。这像是玻璃的溶液,已经冷却,但是还没有凝结,而其中连少数尘垢也还是纯洁而美丽的,像玻璃中的细眼。你还常常可以看到一片更平滑、更黝黑的水,好像有一张看不见的蜘蛛网把它同其余的隔开似的,成了水妖的栅栏,躺在湖面。从山顶下瞰,你可以看到,几乎到处都有跃起的鱼;在这样凝滑的平面上,没有一条梭鱼或银鱼在捕捉一只虫子时,不会破坏全湖的均势的。真是神奇,这简简单单的一件事,却可以这么精巧地显现,——这水族界的谋杀案会暴露出来——我站在远远的高处,看到了那水的扩大的圆涡,它们的直径有五六杆长。甚至你还可以看到水蝎(学名 Gyrinus)不停地在平滑的水面滑了四分之一英里;它们微微地犁出了水上的皱纹来,分出两条界线,其间有着很明显的漪澜;而掠水虫在水面上滑来滑去却不留下显明的可见痕迹。在湖水激荡的时候,便看不到掠水虫和水蝎了,显然只在风平浪静的时候,它们才从它们的港埠出发,探险似的从湖岸的一面,用短距离的滑行,滑上前去,滑上前去,直到它们滑过全湖。这是何等愉快的事啊。秋天里,在这样一个晴朗的天气中,充分地享受了太阳的温暖,在这样的高处坐在一个树桩上,湖的全景尽收眼底,细看那圆圆的水涡,那些圆涡一刻不停地刻印在天空和树木的倒影中间的水面上,要不是有这些水涡,水面是看不到的。在这样广大的一片水面上,并没有一点儿扰动,就有一点儿,也立刻柔和地复归于平静而消失了,好像在水边装一瓶子水,那些战栗的水波流回到岸边之后，立刻又平滑了。一条鱼跳跃起来，一只虫子掉落到湖上，都这样用圆涡，用美丽的线条来表达，仿佛那是泉源中的经常的喷涌，它的生命的轻柔的搏动，它的胸膛的呼吸起伏。那是欢乐的震抖，还是痛苦的战栗，都无从分辨。湖的现象是何等的和平啊！人类的工作又像在春天里一样发光了。是啊，每一树叶、丫枝、石子和蜘蛛网在下午茶时又在发光，跟它们在春天的早晨承露以后一样。每一支划桨的或每一只虫子的动作都能发出一道闪光来，而一声桨响，又能引出何等的甜蜜的回音来啊！

在这样的一天里，九月或十月，瓦尔登是森林的一面十全十美的明镜，它四面用石子镶边，我看它们是珍贵而稀世的。再没有什么像这个躺卧在大地表面的湖沼这样美，这样纯洁，同时又这样大。秋水长天。它不需要一个篱笆。民族来了，去了，都不能玷污它。这一面明镜，石子敲不碎它，它的水银永远擦不掉，它的外表的装饰，大自然经常地在那里弥补；没有风暴，没有尘垢，能使它常新的表面黯淡无光；——这一面镜子，如果有任何不洁落在它面上，马上就沉淀，太阳的雾意的刷子常在拂拭它，——这是光的拭尘布，——呵气在上，也留不下形迹，成了云它就从水面飘浮到高高的空中，却又立刻把它反映在它的胸怀中了。

空中的精灵也都逃不过这一片大水。它经常地从上空接受新的生命和新的动作。湖是大地和天空之间的媒介物。在大地上，只有草木是摇摆如波浪的，可是水自身给风吹出了涟漪来。我可以从一线或一片闪光上，看到风从那里吹过去。我们能俯视水波，真是了不起。也许我们还应该像这样细细地俯视那天空的表面，看看是不是有一种更精细的精灵，在它上面扫过。

　　到了十月的后半个月，掠水虫和水蝎终于不再出现了，严霜已经来到；于是在十一月中，通常在一个好天气里，没有任何东西在水面上激起涟漪。十一月中的一个下午，已经一连降落了几天的雨终于停止了，天空还全部都是阴沉沉的，充满了雾，我发现湖水是出奇的平静，因此简直就看不出它的表面来了；虽然它不再反映出十月份的光辉色彩，它却反映出了四周小山的十一月的阴暗颜色。于是我尽可能地轻轻静静，泛舟湖上，而船尾激起的微弱水波还一直延伸到我的视野之外，湖上的倒影也就曲折不已了。可是，当我望望水面，我远远地看到这里那里有一种微光，仿佛一些躲过了严霜的掠水虫又在集合了，或许是湖的平面太平静了，因此水底有涌起的泉源不知不觉也能在水面觉察到。划桨到了那些地方，我才惊奇地发现我自己已给成亿万的小鲈鱼围住，都只五英寸长；绿水中有了华丽的铜色，它们在那里嬉戏着，经常地升到水面来，给水面一些小小水涡，有时还留一些小小水泡在上面。在这样透明的、似乎无底的、反映了云彩的水中，我好像坐了氢气球而飘浮在空中，鲈鱼的游泳又是多么像在盘旋、飞翔，仿佛它们成了一群飞鸟，就在我所处的高度下，或左或右地飞绕；它们的鳍，像帆一样，饱满地张挂着。在这个湖中有许多这样的水族，显然它们要改进一下，在冬天降下冰幕，遮去它们的天光之前的那个短暂的季节，有时候那被它们激荡的水波，好像有一阵微风吹过，或者像有一阵温和的小雨点落下。等到我漫不经心地接近它们；它们惊慌起来，突然尾巴横扫，激起水花，好像有人用一根毛刷般的树枝鞭挞了水波，立刻它们都躲到深水底下去了。后来，风吹得紧了，雾也浓重了，水波开始流动,鲈鱼跳跃得比以前更高,半条鱼身已跳出水面,一下子跳了起来,成百个黑点,都有三英寸长。有一年,一直到十二月五号,我还看到水面上有水涡,我以为马上就会下大雨了,空中弥漫着雾,我急忙地坐在划桨的座位上,划回家去;雨点已经越来越大了,但是我不觉得雨点打在我的面颊上,其时我以为我免不了要全身湿透。可是突然间水涡全部没有了,原来这都是鲈鱼搅出来的,我的桨声终于把它们吓退到深水中去;我看到它们成群结队地消隐;这天下午我全身一直是干燥的呢。

一个大约六十年前常来湖边的老头儿,每每在黑暗笼罩了周围森林的时候前来告诉我,在他那个时代,有时湖上很热闹,全是鸭子和别的水禽,上空还有许多老鹰在盘旋。他是到这里来钓鱼的,用的是他在岸上找到的一只古老的独木舟。这是两根白松,中间挖空,钉在一起造成的,两端都削成四方形。它很粗笨,可是用了很多年,才全部浸满了水,此后也许已沉到湖底去了。他不知道这是属于哪一个人的;或可以说是属于湖所有的。他常常把山核桃树皮一条条地捆起来,做成锚索。另外一个老年人,一个陶器工人,在革命以前住在湖边的,有一次告诉过他,在湖底下有一只大铁箱,还曾经看到过。有时候,它会给水漂到岸上来,可是等你走近去的时候,它就又回到深水去,就此消失了。听到那有关独木舟的一段话,我感到很有趣味,这条独木舟代替了另外一条印第安的独木舟,材料还是一样,可是造得雅致得多。原先那大约是岸上的一棵树,后来,好像倒在湖中,在那儿漂荡了一世代之久,对这个湖来说,真是再适当不过的船舶。我记得我第一次凝望这一片湖水的深处时,隐约看到有很多大树干躺卧在湖底,若非大风把它们吹折的,便是经砍伐之后,停放在冰上,因为那时候木料的价格太便宜了;可是现在,这些树干大部分都已经消失了。

我第一次划船在瓦尔登湖上的时候,它四周完全给浓密而高大的松树和橡树围起,有些山凹中,葡萄藤爬过了湖边的树,形成一些凉亭,船只可以在下面通过。形成湖岸的那些山太峻峭,山上的树木又太高,所以从西端望下来,这里像一个圆形剧场,水上可以演出些山林的舞台剧。我年纪轻一点的时候,就在那儿消磨了好些光阴,像和风一样地在湖上漂浮过,我先把船划到湖心,而后背靠在座位上,在一个夏天的上午,似梦非梦地醒着,直到船撞在沙滩上,惊动了我,我就欠起身来,看看命运已把我推送到哪一个岸边来了;那种日子里,懒惰是最诱惑人的事业,它的产量也是最丰富的。我这样偷闲地过了许多个上午。我宁愿把一日之计在于晨的最宝贵的光阴这样虚掷;因为我是富有的,虽然这话与金钱无关,我却富有阳光照耀的时辰以及夏令的日月,我挥霍着它们;我并没有把它们更多地浪费在工场中,或教师的讲台上,这我一点儿也不后悔。可是,自从我离开这湖岸之后,砍伐木材的人竟大砍大伐起来了。从此要有许多年不可能在林间的甬道上徜徉了,不可能从这样的森林中偶见湖水了。我的缪斯女神①如果沉默了,她是情有可原的。森林已被砍伐,怎能希望鸣禽歌唱?

现在,湖底的树干,古老的独木舟,黑魆魆的四周的林木,都没有了,村民本来是连这个湖在什么地方都不知道的,却不

———————

① 希腊神话中司文艺的女神。

但没有跑到这湖上来游泳或喝水,反而想到用一根管子来把这些湖水引到村中去给他们洗碗洗碟子了。这是和恒河之水一样的圣洁的水!而他们却想转动一个开关,拔起一个塞子就利用瓦尔登的湖水了!这恶魔似的铁马,那裂破人耳的鼓膜的声音已经全乡镇都听得到了,它已经用肮脏的脚步使沸泉的水混浊了,正是它,它把瓦尔登岸上的树木吞噬了;这特洛伊木马①,腹中躲了一千个人,全是那些经商的希腊人想出来的!哪里去找呵,找这个国家的武士,摩尔大厅的摩尔人②,到名叫"深割"的最深创伤的地方去掷出复仇的投枪,刺入这傲慢瘟神的肋骨之间?

然而,据我们知道的一些角色中,也许只有瓦尔登坚持得最久,最久地保持了它的纯洁。许多人都曾经被譬喻为瓦尔登湖,但只有少数几个人能受之无愧。虽然伐木的人已经把湖岸这一段和那一段的树木先后砍光了,爱尔兰人也已经在那儿建造了他们的陋室,铁路线已经侵入了它的边境,冰藏商人已经取过它一次冰,它本身却没有变化,还是我在青春时代所见的湖水;我反倒变了。它虽然有那么多的涟漪,却并没有一条永久性的皱纹。它永远年轻,我还可以站在那儿,看到一只飞燕坦然扑下,从水面衔走一条小虫,正和从前一样。今儿晚上,这感情又来袭击我了,仿佛二十多年来我并没有几乎每天都和它在一起厮混过一样,——啊,这是瓦尔登,还是我许

<hr>

① 希腊人攻特洛伊城,久攻不下,全军撤走,只留下一只木马。特洛伊人将木马曳入城中,不知其中藏有将士。攻城大军又至,里应外合,特洛伊城被攻破。

② 英国民谣中杀死一条龙的英雄,见汤麦斯·佩赛(Thomas Percy,1729—1811)的《英国古诗源》(1765年版)。

多年之前发现的那个林中湖泊;这儿,去年冬天被砍伐了一个森林,另一座林子已经跳跃了起来,在湖边依旧奢丽地生长;同样的思潮,跟那时候一样,又涌上来了;还是同样水露露的欢乐,内在的喜悦,创造者的喜悦,是的,这可能是我的喜悦。这湖当然是一个大勇者的作品,其中毫无一丝一毫的虚伪!他用他的手围起了这一泓湖水,在他的思想中,予以深化,予以澄清,并在他的遗嘱中,把它传给了康科德。我从它的水面上又看到了同样的倒影,我几乎要说了,瓦尔登,是你吗?

> 这不是我的梦,
> 用于装饰一行诗;
> 我不能更接近上帝和天堂
> 甚于我之生活在瓦尔登。
> 我是它的圆石岸,
> 飘拂而过的风;
> 在我掌中的一握,
> 是它的水,它的沙,
> 而它的最深邃僻隐处
> 高高躺在我的思想中。

火车从来不停下来欣赏湖光山色;然而我想那些司机,火夫,制动手和那些买了月票的旅客,常看到它,多少是会欣赏这些景色的。司机并没有在夜里忘掉它,或者说他的天性并没有忘掉它,白天他至少有一次瞥见这庄严、纯洁的景色。就算他看到的只有一瞥,这却已经可以洗净国务街和那引擎上的油腻了。有人建议过,这湖可以称为“神的一滴”。

　　我说过,瓦尔登湖是看不见它的来龙去脉的,但一面它与弗灵特湖远远地、间接地相连，弗灵特湖比较高，其中有一连串的小湖沼通过来，在另一面显然它又直接和康科德河相连，康科德河比较低，却也有一连串的小湖沼横在中间，在另一个地质学的年代中，它也许泛滥过，只要稍为挖掘一下，它还是可以流到这儿来的，但上帝禁止这种挖掘。如果说，湖这样含蓄而自尊，像隐士一样生活在森林之中已经这么久，因此得到了这样神奇的纯洁，假如弗灵特湖的比较不纯洁的湖水流到了它那里，假如它自己的甘洌的水波又流到了海洋里去，那谁会不抱怨呢？

弗灵特湖或称沙湖，在林肯区，是我们最大的湖或内海，它位于瓦尔登以东大约一英里的地方。它要大得多了，据说有一百九十七英亩，鱼类也更丰富，可是水比较浅，而且不十分纯洁。散步经过森林到那里去一次，常常是我的消遣。即使仅仅为了让风自由地扑到你的脸庞上来，即使仅仅为了一睹波浪，缅想着舟子的海洋生活，那也是值得的。秋天，刮风的日子，我去那里拣拾栗子，那时栗子掉在水里，又给波浪卷到我的脚边。有一次我爬行在芦苇丛生的岸边，新鲜的浪花飞溅到我脸上，我碰到了一只船的残骸，船舷都没有了，在灯心草丛中，几乎只剩一个平底的印象；但是它的模型却很显明地存在，似乎这是一块大的朽烂了的甲板垫木，连纹路都很清楚。这是海岸上人能想象到的给人最深刻印象的破船，其中也含有很好的教训。但这时，它只成了长满植物的模型和不显眼的湖岸了，菖蒲和灯心草都已生长在中间。我常常欣赏北岸湖底沙滩上的涟漪痕迹，湖底已经给水的压力压得很坚硬，或涉水者的脚能感觉到它的硬度了，而单行生长的灯心草，排成弯弯曲曲的行列，也和这痕迹符合，一行又一行，好像是波浪把它们种植的。在那里，我还发现了一些奇怪的球茎，数量相当多，显然是很精细的草或根，也许是谷精草根组成的，直径自半英寸到四英寸，是很完美的圆体。这些圆球在浅水的沙滩上随波滚动，有时就给冲到了岸上来。它们若不是紧密的草球，便是中心有着一包细沙的。起初，你会说这是波浪的运动所造成的，就像圆卵石；但是最小的半英寸的圆球，其质地也粗糙得跟大的那些一样，它们只在每年的一个季节内产生。我怀疑，对于一个已经形成的东西，这些波浪是破坏多于建设的。这些圆球，出水以后还可以把它们的形状保持一定的时期。

　　莆灵特的湖！我们的命名就这样子的贫困！在这个水天之中耕作，又强暴地糟蹋了湖岸的一个污秽愚昧的农夫，他有什么资格用他自己的姓名来称呼这一个湖呢？很可能是一个悭吝的人，他更爱一块大洋或一只光亮的角子的反光，从中他可以看到自己那无耻的厚脸；连野鸭飞来，他也认为它们是擅入者；他习惯于残忍贪婪地攫取东西，手指已经像弯曲的鹰爪，这个湖的命名不合我的意。我到那里去，决不是看这个莆灵特去，也决不是去听人家说起他；他从没有看见这个湖，从没有在里面游泳过，从没有爱过它，从没有保护过它，从没有说过它一个好字眼儿，也从没有因为上帝创造了它而感谢过上帝。这个湖还不如用在湖里游泳的那些鱼的名字，用常到这湖上来的飞禽或走兽的名字，用生长在湖岸上的野花的名字，或者用什么野人或野孩子的名字，他们的生命曾经和这个湖交织在一起的；而不要用他的名字，除了同他志趣相投的邻人和法律给他的契据以外，他对湖没有什么所有权，——他只想到金钱的价值；他的存在就诅咒了全部的湖岸，他竭尽了湖边的土地,大约还要竭泽而渔呢;他正在抱怨的只是这里不是生长英吉利干草或蔓越橘的牧场,——在他看来,这确实是无法补偿的,——他甚至为了湖底的污泥可以卖钱,宁愿淘干湖水。湖水又不能替他转动磨子,他不觉得欣赏风景是一种权利。我一点不敬重他的劳动,他的田园处处都标明了价格,他可以把风景,甚至可以把上帝都拿到市场上去拍卖,如果这些可以给予他一些利益;他到市场上去就是为了他那个上帝;在他的田园上,没有一样东西是自由地生长的,他的田里没有生长五谷,他的牧场上没有开花,他的果树上也没有结果,都只生长了金钱;他不爱他的水果的美,他认为非到他的水果变成了金钱时,那些水果才算成熟。让我来过那真正富有的贫困生活吧。越是贫困的农夫们,越能得到我的敬意与关切!居然是个模范农场!那里的田舍像粪坑上的菌子一样耸立着,人、马、牛、猪都有清洁的或不洁的房间,彼此相互地传染!人像畜生一样住在里面!一个大油渍,粪和奶酪的气味混在一起!在一个高度的文明底下,人的心和人的脑子变成了粪便似的肥料!仿佛你要在坟场上种土豆!这样便是所谓的模范农场!

不成,不成;如果最美的风景应以人名称呼,那就用最高贵、最有价值的人的名字吧。我们的湖至少应该用伊卡洛斯①海这样的真正的名字,在那里,"海上的涛声依然传颂着一次勇敢的尝试"呢。

---

① 希腊神话中,伊卡洛斯以蜡烛油脂制成翅膀,高飞入云,因距太阳太近,油脂溶化,坠海而死。

鹅湖较小,在我去弗灵特湖的中途;美港,是康科德河的一个尾闾,面积有七十英亩,在西南面一英里之处;白湖,大约四十英亩面积,在美港过去一英里半之处。这便是我的湖区。这些,再加上康科德河,是我的湖区;日以继夜,年复一年,他们碾压着我送去的米粮。

自从樵夫、铁路和我自己玷辱了瓦尔登以后,所有这些湖中最动人的,即使不是最美丽的,要算白湖了,它是林中之珠宝;由于它太平凡了,也很可怜,那命名大约是来源于水的纯洁,或许由于沙粒的颜色。这些方面同其他方面一样,和瓦尔登湖相比,很像孪生兄弟,但略逊一筹。它们俩是这样地相似,你会说它俩一定是在地下接连的。同样的圆石的湖岸,水色亦同。正如在瓦尔登,在酷热的大伏天穿过森林望一些不是顶深的湖湾的时候那样,湖底的反映给水波一种雾蒙蒙的青蓝色,或者说海蓝色的色彩。许多年前,我常到那里去,一车车地运回沙子来制成砂纸,后来我还一直前去游玩。常去游玩的人就想称它为新绿湖。由于下面的情况,也许还可以称它为黄松湖。大约在十五年之前,你去那儿还可以看到一株苍松的华盖,这一种松树虽不是显赫的植物,但在附近这一带有人是称之为黄松的。这株松树伸出在湖的深水之上,离岸有几杆。所以,甚至有人说这个湖下沉过,这一棵松树还是以前在这地方的原始森林的残遗,这话远在一七九二年就有人说起,在马萨诸塞州历史学会藏书库中,有一个该州的公民写过一部《康科德镇志》,在那里面,作者谈到了瓦尔登和白湖之后,接着说,"在白湖之中,水位降低之后,可以看到一棵树,好像它原来就是生长在这里的,虽然它的根是在水面之下五十英尺之深处,这棵树的树顶早已折断,没有了,这折断的地方直径计十四英寸"。一八四九年春天我跟一个住在萨德伯里,最靠近这湖沼的人谈过一次话,他告诉我十年或十五年之前把这棵树拿走的正是他自己。据他所能记得的是,这树离湖岸十二至十五杆,那里的水有三四十英尺深。这是冬天,上午他去取冰,决定下午由他的邻居来帮助,把这老黄松取去。他锯去了一长条冰,直锯到岸边,然后动用了牛来拖树,打算把它拔起,拖到冰上;可是还没有进行很久,他惊异地发现,拔起的是相反的一头,那些残枝都是向下的,而小的一头却紧紧地抓住了沙的湖底。大的一端直径有一英尺,原来他希望得到一些可以锯开的木料,可是树干已经腐烂得只能当柴火,这是说如果要拿它当柴火的话。那时候,他家里还留着一点,在底部还有斧痕和啄木鸟啄过的痕迹。他以为这是湖岸上的一棵死树,后来给风吹到湖里,树顶浸满了水,底部还是干燥的,因此比较轻,倒入水中之后就颠倒过来了。他的八十岁的父亲都不记得这棵黄松是什么时候不见的。湖底还可以见到一些很大的木料,却因为水面的波动,它们看上去像一些蜿蜒的巨大的水蛇。

这个湖很少给船只玷污,因为其中很少吸引渔夫的生物。也没有需要污泥的白百合花,也没有一般的菖蒲,在那纯洁的水中,稀少地生长着蓝菖蒲(学名 Iris versicolor),长在沿岸一圈的湖底的圆石上,而在六月中,蜂鸟飞来了,那蓝色的叶片和蓝色的花,特别是它们的反光,和那海蓝色的水波真是异常地和谐。

白湖和瓦尔登湖是大地表面上的两块巨大的水晶,它们是光耀的湖,如果它们是永远地冻结了的,而且又小巧玲珑,可以拿取的,也许它们已经给奴隶们拿了去,像宝石一样,点缀在国王的王冠上了;可是,它的液体也很广大,所以永远保留给我们和我们的子孙了,我们却抛弃了它们,去追求可希诺①大钻石了,它们真太纯洁,不能有市场价格,它们没被污染。它们比起我们的生命来,不知美了多少,比起我们的性格来,不知透明了多少! 我们从不知道它们有什么瑕疵。和农家门前,鸭子游泳的池塘一比较,它们又不知秀丽了多少! 清洁的野鸭到了这里来。在大自然界里,还没有一个人间居民能够欣赏她。鸟儿连同它们的羽毛和乐音,是和花朵谐和的,可是有哪个少年或少女,是同大自然的粗犷华丽的美协调的呢? 大自然极其寂寞地繁茂着,远离着他们居住的乡镇。说甚天堂! 你侮辱大地。

---

① 印度最大的钻石,是英国王冠上的珍饰。

# 倍克田庄

　　有时我徜徉到松树密林下，它们很像高峙的庙宇，又像海上装备齐全的舰队，树枝像波浪般摇曳起伏，还像涟漪般闪烁生光，看到这样柔和而碧绿的浓荫，便是德罗依德①也要放弃他的橡树林而跑到它们下面来顶礼膜拜了；有时我跑到了弗灵特湖边的杉木林下，那些参天大树上长满灰白色浆果，它们越来越高，便是移植到伐尔哈拉②去都毫无愧色，而杜松的盘绕的藤蔓，累累结着果实，铺在地上；有时，我还跑到沼泽地区去，那里的松萝地衣像花彩一样从云杉上垂悬下来，还有一些菌子，它们是沼泽诸神的圆桌，摆设在地面，更加美丽的香蕈像蝴蝶或贝壳点缀在树根；在那里淡红的石竹和山茱萸生长着，红红的桤果像妖精的眼睛似的闪亮，蜡蜂在攀缘时，最坚硬的树上也刻下了深槽而破坏了它们，野冬青的浆果美得更使人看了流连忘返；此外还有许许多多野生的不知名的禁果将使他目眩五色，它们太美了，不是人类应该尝味的。我并没有去访问哪个学者，我访问了一棵棵树，访问了在附近一带也是稀有的林木，它们或远远地耸立在牧场的中央，或长在森

---

①　古时克尔特人中的巫师。
②　北欧神话中沃丁神接待战死者英灵的殿堂。

林、沼泽的深处，或在小山的顶上；譬如黑桦木，我就看到一些好标本，直径有两英尺；还有它们的表亲黄桦木，宽弛地穿着金袍，像前述的那种一样地散发香味；又如山毛榉，有这样清洁的树干，美丽地绘着苔藓之色，处处美妙呵，除了一些散在各地的样本，在这乡镇一带，我只知道有一个这样的小小的林子，树身已相当大了，据说还是一些被附近山毛榉的果实吸引来的鸽子播下的种子；当你劈开树木的时候，银色的细粒闪闪发光，真值得鉴赏；还有，椴树，角树；还有学名为 Celtis occidentalis 的假榆树，那就只有一棵是长得好的；还有，可以作挺拔的桅杆用的高高的松树，以及作木瓦用的树；还有比一般松树更美妙的我们的铁杉，像一座宝塔一样矗立在森林中；还有我能提出的许多别的树。在夏天和冬天，我便访问这些神庙。

有一次巧极了，我就站在一条彩虹的桥墩上，这条虹罩在大气的下层，给周围的草叶都染上了颜色，使我眼花缭乱，好像我在透视一个彩色的晶体。这里成了一个虹光的湖沼，片刻之间，我生活得像一只海豚。要是它维持得更长久一些，那色彩也许就永远染在我的事业与生命上了。而当我在铁路堤道上行走的时候，我常常惊奇地看到我的影子周围，有一个光轮，不免自以为也是一个上帝的选民了。有一个访客告诉我，他前面的那些爱尔兰人的影子周围并没有这种光轮，只有土生的人才有这特殊的标识。班文钮托·切利尼[1]在他的回忆录中告诉过我们，当他被禁闭在圣安琪罗宫堡中的时候，在他有了一个可怕的梦或幻景之后，就见一个光亮的圆轮罩在他

---

[1]　班文钮托·切利尼（Benvenuto Cellini，1500—1571），意大利文艺复兴时期的雕刻家、作家，他的回忆录是一部名著。

自己的影子的头上了，不论是黎明或黄昏，不论他是在意大利或法兰西；尤其在草上有露珠的时候，那光轮更清楚。这大约跟我说起的是同样的现象，它在早晨显得特别清楚，但在其余的时间，甚至在月光底下，也可以看到。虽然经常都如此，却从没有被注意，对切利尼那样想象力丰富的人，这就足以构成迷信的基础了。他还说，他只肯指点给少数人看，可是，知道自己有着这种光轮的人，难道真的是卓越的吗？

有一个下午我穿过森林到美港去钓鱼，以弥补我的蔬菜的不足。我沿路经过了快乐草地，它是和倍克田庄紧相连的，有个诗人曾经歌唱过这僻隐的地方，这样开头：

> 入口是愉快的田野，
> 那里有些生苔的果树，
> 让出一泓红红的清溪，
> 水边有闪逃的麝香鼠，
> 还有水银似的鳟鱼啊，
> 游来游去。①

还在我没有住到瓦尔登之前，我曾想过去那里生活。我曾去"钩"过苹果，纵身跃过那道溪，吓唬过麝香鼠和鳟鱼。在那些个显得漫长、可以发生许多事情的下午中间的一个，当我想到该把大部分时间用于大自然的生活，因而出动之时，这个下午已过去了一半。还在途中呢，就下了阵雨，使我不得不在一棵松树下躲了半个小时，我在头顶上面，搭了一些树枝，再用手帕当我的遮盖；后来我索性下了水，水深及腰，我在梭鱼草

① 引自美国作家爱勒莱·强宁（Ellery Channing，1780—1842）的诗《倍克田庄》，下面还引了同诗的一节。

上垂下了钓丝，突然发现我自己已在一块乌云底下，雷霆已开始沉重地擂响，我除了听它的，没有别的办法了。我想，天上的诸神真神气，要用这些叉形的闪光来迫害我这个可怜的没有武装的渔人，我赶紧奔到最近一个茅屋中去躲，那里离开无论哪一条路，都是半英里，它倒是跟湖来得近些，很久以来就没有人在那里住了：

> 这里是诗人所建，
> 在他的风烛残年，
> 看这小小的木屋，
> 也有毁灭的危险。

缪斯女神如此寓言。可是我看到那儿现在住着一个爱尔兰人，叫约翰·斐尔德，还有他的妻子和好几个孩子，大孩子有个宽阔的脸庞，已经在帮他父亲做工了，这会儿他也从沼泽中奔回家来躲雨，小的婴孩满脸皱纹，像先知一样，有个圆锥形的脑袋，坐在他父亲的膝盖上像坐在贵族的宫廷中，从他那个又潮湿又饥饿的家里好奇地望着陌生人，这自然是一个婴孩的权利，他却不知道自己是贵族世家的最后一代，他是世界的希望，世界注目的中心，并不是什么约翰·斐尔德的可怜的、饥饿的小子。我们一起坐在最不漏水的那部分屋顶下，而外面却是大雨又加大雷。我从前就在这里坐过多少次了，那时载了他们这一家而漂洋过海到美国来的那条船还没有造好呢。这个约翰·斐尔德显然是一个老实、勤恳，可是没有办法的人；他的妻子呢，她也是有毅力的，一连不断地在高高的炉子那儿做饭；圆圆的、油腻的脸，露出了胸，还在梦想有一天要过好日子呢；手中从来不放下拖把，可是没有一处看得到它发生了作用。小鸡也躲雨躲进了屋,在屋子里像家人一样大模大样地走来走去,跟人类太相似了,我想它们是烤起来也不会好吃的。它们站着,望着我的眼睛,故意来啄我的鞋子。同时,我的主人把他的身世告诉了我,他如何给邻近一个农夫艰苦地在沼泽上工作,如何用铲子或沼泽地上用的锄头翻一片草地,报酬是每英亩十元,并且利用土地和肥料一年,而他那个个子矮小、有宽阔的脸庞的大孩子就在父亲身边愉快地工作,并不知道他父亲接洽的是何等恶劣的交易。我想用我的经验来帮助他,告诉他我们是近邻,我呢,是来这儿钓鱼的,看外表,好比是一个流浪人,但也跟他一样,是个自食其力的人;还告诉他我住在一座很小的、光亮的、干净的屋子里,那造价可并不比他租用这种破房子一年的租费大;如果他愿意的话,他也能够在一两个月之内,给他自己造起一座皇宫来;我是不喝茶,不喝咖啡,不吃牛油,不喝牛奶,也不吃鲜肉的,因此我不必为了要得到它们而工作;而因为我不拼命工作,我也就不必拼命吃,所以我的伙食费数目很小;可是因为他一开始就要茶、咖啡、牛油、牛奶和牛肉,他就不得不拼命工作来偿付这一笔支出,他越拼命地工作,就越要吃得多,以弥补他身体上的消耗,——结果开支越来越大,而那开支之大确实比那时日之长更加厉害了,因为他不能满足,一生就这样消耗在里面了;然而他还认为,到美国来是一件大好事,在这里你每天可以吃到茶,咖啡和肉。可是那唯一的真正的美国应该是这样的一个国家,你可以自由地过一种生活,没有这些食物也能过得好,在这个国土上,并不需要强迫你支持奴隶制度,不需要你来供养一场战争,也不需要你付一笔间接或直接的因为这一类事情而付的额外费用。我特意这样跟他说,把他当成一个哲学家，或者当他是希望做一个哲学家的人。我很愿意让这片草原荒芜下去，如果是因为人类开始要赎罪，而后才有这样的结局的。一个人不必去读了历史，才明白什么东西对他自己的文化最有益。可是，唉！一个爱尔兰人的文化竟是用一柄沼泽地带用的锄头似的观念来开发的事业。我告诉他，既然在沼泽上拼命做苦工，他必须有厚靴子和牢固衣服，它们很快就磨损破烂了，我却只穿薄底鞋和薄衣服，价值还不到他的一半，在他看来我倒是穿得衣冠楚楚，像一个绅士（事实上，却并不是那样），而我可以不花什么力气，像消遣那样用一两小时的时间，如果我高兴的话，捕捉够吃一两天的鱼，或者赚下够我一星期花费的钱。如果他和他的家庭可以简单地生活，他们可以在夏天，都去拣拾越橘，以此为乐。听到这话，约翰就长叹一声，他的妻子两手叉腰瞪着我，似乎他们都在考虑，他们有没有足够的资金来开始过这样的生活，或者学到的算术是不是够他们把这种生活坚持到底。在他们看来，那是依靠测程和推算，也不清楚这样怎么可以到达他们的港岸；于是我揣想到了，他们还是会勇敢地用他们自己的那个方式来生活，面对生活，竭力奋斗，却没法用任何精锐的楔子楔入生活的大柱子，裂开它，细细地雕刻；——他们想到刻苦地对付生活，像人们对付那多刺的蓟草一样。可是他们是在非常恶劣的形势下面战斗的，——唉，约翰·斐尔德啊！不用算术而生活，你已经一败涂地了。

"你钓过鱼吗？"我问。"啊，钓过，有时我休息的时候，在湖边钓过一点，我钓到过很好的鲈鱼。""你用什么钓饵？""我用鱼虫钓银鱼，又用银鱼为饵钓鲈鱼。""你现在可以去了，约翰，"他的妻子容光焕发、满怀希望地说；可是约翰踌躇着。

阵雨已经过去了，东面的林上一道长虹，保证有个美好的黄昏；我就起身告辞。出门以后，我又向他们要一杯水喝，希望看一看他们这口井的底奥，完成我这一番调查；可是，唉！井是浅的，尽是流沙，绳子是断的，桶子破得没法修了。这期间，他们把一只厨房用的杯子找了出来，水似乎蒸馏过，几经磋商，拖延再三，最后杯子递到口渴的人的手上，还没凉下来，而且又混浊不堪。我想，是这样的脏水在支持这几条生命；于是，我就很巧妙地把灰尘摇到一旁，闭上眼睛，为了那真诚的好客而干杯，畅饮一番。在牵涉到礼貌问题的时候，我在这类事情上，并不苛求。

　　雨后，当我离开了爱尔兰人的屋子，又跨步到湖边，涉水经过草原上的积水的泥坑和沼泽区的窟窿，经过荒凉的旷野，忽然有一阵子我觉得我急于去捕捉梭鱼的这种心情，对于我这个上过中学、进过大学的人，未免太猥琐了；可是我下了山，向着满天红霞的西方跑，一条长虹挑在我的肩上，微弱的铃声经过了明澈的空气传入我的耳中，我又似乎不知道从哪儿听到了我的守护神在对我说话了，——要天天都远远地出去渔猎，——越远越好，地域越宽广越好，——你就在许多的溪边，许许多多人家的炉边休息，根本不用担心。记住你年轻时候的创造力。黎明之前你就无忧无虑地起来，出发探险去。让正午看到你在另一个湖边。夜来时，到处为家。没有比这里更广大的土地了，也没有比这样做更有价值的游戏了。按照你的天性而狂放地生活，好比那芦苇和羊齿，它们是永远不会变成英吉利干草的啊。让雷霆咆哮；对稼穑有害，这又有什么关系呢？这并不是给你的信息。他们要躲在车下，木屋下，你可以躲在云下。你不要再以手艺为生，应该以游戏为生。只管欣赏大地，可不要想去占有。由于缺少进取心和信心，人们在买进卖出，奴隶一样过着生活哪。

呵，倍克田庄！

> 以小小烂漫的阳光
> 为最富丽的大地风光。……
> 牧场上围起了栏杆，
> 没有人会跑去狂欢。……
>
> 你不曾跟人辩论，
> 也从未为你的疑问所困，
> 初见时就这样驯良，
> 你穿着普通的褐色斜纹。……
>
> 爱者来，
> 憎者亦来，
> 圣鸽之子，
> 和州里的戈艾·福克斯①，
> 把阴谋吊在牢固的树枝上！

人们总是夜来驯服地从隔壁的田地或街上，回到家里，他们的家里响着平凡的回音，他们的生命，销蚀于忧愁，因为他们一再呼吸着自己吐出的呼吸；早晨和傍晚，他们的影子比他们每天的脚步到了更远的地方。我们应该从远方，从奇遇、危险和每天的新发现中，带着新经验，新性格而回家来。

---

① 戈艾·福克斯是十七世纪初试图炸毁英国议会大厦的阴谋家。

我还没有到湖边,约翰·斐尔德已在新的冲动下,跑到了湖边,他的思路变了,今天日落以前不再去沼泽工作了。可是他,可怜的人,只钓到一两条鱼,我却钓了一长串,他说这是他的命运;可是,后来我们换了座位,命运也跟着换了位。可怜的约翰·斐尔德! 我想他是不会读这一段话的,除非他读了会有进步,——他想在这原始性的新土地上用传统的老方法来生活,——用银鱼来钓鲈鱼。有时,我承认,这是好钓饵。他的地平线完全属于他所有,他却是一个穷人,生来就穷,继承了他那爱尔兰的贫困或者贫困生活,还继承了亚当的老祖母的泥泞的生活方式,他或是他的后裔在这世界上都不能上升,除非他们的长了蹼的陷在泥沼中的脚,穿上了有翼的靴。

# 更高的规律

　　当我提着一串鱼,拖着钓竿穿过树林回家的时候,天色已经完全黑了下来,我瞥见一只土拨鼠偷偷地横穿过我的小径,就感到了一阵奇怪的野性喜悦的颤抖,我被强烈地引诱了,只想把它抓住,活活吞下肚去;倒不是因为我那时肚子饿了,而只是因为它所代表的是野性。我在湖上生活的时候,有过一两次发现自己在林中奔跑,像一条半饥饿的猎犬,以奇怪的恣肆的心情,想要觅取一些可以吞食的兽肉,任何兽肉我都能吞下去。最狂野的一些景象都莫名其妙地变得熟悉了。我在我内心发现,而且还继续发现,我有一种追求更高的生活,或者说探索精神生活的本能,对此许多人也都有过同感,但我另外还有一种追求原始的行列和野性生活的本能,这两者我都很尊敬。我之爱野性,不下于我之爱善良。钓鱼有一种野性和冒险性,这使我喜欢钓鱼。有时候我愿意粗野地生活,更像野兽似的度过我的岁月。也许正因为我在年纪非常轻的时候就钓过鱼打过猎,所以我和大自然有亲密的往还。渔猎很早就把我们介绍给野外风景,将我们安置在那里,不然的话,在那样的年龄,是无法熟悉野外风景的。渔夫,猎户,樵夫等人,终身在原野山林中度过,就一个特殊意义来说,他们已是大自然的一部分,他们在工作的间歇里比诗人和哲学家都更适宜于观察大自然,因为后者总是带着一定的目的前去观察的。大自然不怕向他们展览她自己。旅行家在草原上自然而然地成了猎手,在密苏里和哥伦比亚上游却成了捕兽者,而在圣玛丽大瀑布那儿,就成了渔夫。但仅仅是一个旅行家的那种人得到的只是第二手的不完备的知识,是一个可怜的权威。我们最发生兴趣的是,当科学论文给我们报告,已经通过实践或者出于本能而发现了一些什么,只有这样的报告才真正属于人类,或者说记录了人类的经验。

有些人说北方佬很少娱乐,因为他们公定假日既少,男人和小孩玩的游戏又没有像英国的那样多。这话错了,因为在我们这里,更原始、更寂寞的渔猎之类的消遣还没有让位给那些游戏呢。几乎每一个跟我同时代的新英格兰儿童,在十岁到十四岁中间都捐过猎枪;而他的渔猎之地也不像英国贵族那样地划定了界限,甚至还比野蛮人的都广大得多。所以,他不常到公共场所游戏是不足为奇的。现在的情形却已经在起着变化,并不是因为人口增加,而是因为猎物渐渐减少,也许猎者反而成了被猎的禽兽的好朋友,保护动物协会也不例外。

况且,我在湖边时,有时捕鱼,只是想换换我的口味。我确实像第一个捕鱼人一样,是由于需要的缘故才捕鱼的。尽管我以人道的名义反对捕鱼,那全是假话,其属于我的哲学的范畴,更甚于我的感情的范畴。这里我只说到捕鱼,因为很久以来,我对于打鸟有不同的看法,还在我到林中来之前,已卖掉了我的猎枪。倒不是因为我为人比别人残忍,而是因为我一点感觉不到我有什么恻隐之心。我既不可怜鱼,也不可怜饵虫。这已成了习惯。至于打鸟,在我那背猎枪的最后几年里,我的借口是我在研究飞鸟学,我找的只是罕见或新奇之鸟。可是我承认,现在我有比这更好的一种研究飞鸟学的方式了。你得这样严密仔细地观察飞鸟的习惯啊,就凭这样一个理由,已经可以让我取消猎枪了。然而,不管人们怎样根据人道来反对,我还是不得不怀疑,是否有同样有价值的娱乐,来代替打猎的;当一些朋友们不安地探问我的意见,应不应该让孩子们去打猎,我总是回答,应该,——因为我想起这是我所受教育中最好的一部分,——让他们成为猎者吧,虽然起先他们只是运动员,最后,如果可能的话,他们才成为好猎手,这样他们将来就会晓得,在这里或任何地方的莽原里并没有足够的鸟兽,来供给他们打猎的了。迄今为止,我还是同意乔叟①写的那个尼姑的意见,她说:

"没有听到老母鸡说过
猎者并不是圣洁的人。"

在个人的和种族的历史中还都曾经有过一个时期,那时猎者被称颂为"最好的人",而阿尔贡金族的印第安人就曾这样称呼过他们。我们不能不替一个没有放过一枪的孩子可怜,可怜他的教育被忽视,他不再是有人情的了。对那些沉湎在打猎上面的少年,我也说过这样的话,我相信他们将来是会超越过这个阶段的。还没有一个人在无思无虑地过完了他的童年之后,还会随便杀死任何生物,因为生物跟他一样有生存的权利。兔子到了末路,呼喊得真像一个小孩。我警告你们,母亲们,我的同情并不总是作出通常的那种爱人类的区别的。

青年往往通过打猎接近森林,并发展他身体里面最有天

---

① 乔叟(Ceoffrey Chaucer,约1340—1400),英国诗人。所著《坎特伯雷故事》中有《女尼的教士的故事》。

性的一部分。他到那里去，先是作为一个猎人，一个钓鱼的人，到后来，如果他身体里已播有更善良生命的种子，他就会发现他的正当目标也许是变成诗人，也许成为自然科学家，猎枪和钓竿就抛诸脑后了。在这一方面，人类大多数都还是并且永远是年轻的。在有些国家，爱打猎的牧师并非不常见。这样的牧师也许可以成为好的牧犬，但决不是一个善良的牧羊人。我还奇怪着呢，什么伐木、挖冰，这一类事是提也不用提了，现在显然只剩下一件事，还能够把我的市民同胞，弗论老少，都吸引到瓦尔登湖上来停留整整半天，只有这一件例外，那就是钓鱼。一般说，他们还不认为他们很幸运，他们这半天过得还很值得，除非他们钓到了长长一串鱼，其实他们明明得到了这样的好机会，可以一直观赏湖上风光。他们得去垂钓一千次，然后这种陋见才沉到了湖底，他们的目标才得到了净化；毫无疑问，这样的净化过程随时都在继续着。州长和议员们对于湖沼的记忆已经很模糊了，因为他们只在童年时代，曾经钓过鱼；现在他们太老了，道貌岸然，怎么还能去钓鱼？因此他们永远不知渔乐了。然而，他们居然还希望最后到天堂中去呢。如果他们立法，主要是作出该湖准许多少钓钩的规定；但是，他们不知道那钓钩上钓起了最好的湖上风光，而立法也成为钓饵。可见，甚至在文明社会中，处于胚胎状态的人，要经过一个渔猎者的发展阶段。

近年来我一再地发觉，我每钓一次鱼，总觉得我的自尊心降落了一些。我尝试又尝试。我有垂钓的技巧，像我的同伴们一样，又天生有垂钓的嗜好，一再促使我钓鱼去，可是等到我这样做了，我就觉得还是不钓鱼更好些，我想我并没有错。这是一个隐隐约约的暗示，好像黎明的微光一样。无疑问的，我这种天生嗜好是属于造物中较低劣的一种；然而我的捕鱼兴趣每年都减少了一点儿，而人道观点，甚至于智慧却并没有增加；目前我已经不再是钓鱼人了。可是我知道，如果我生活在旷野中，我还会再给引诱去做热忱的渔夫和猎人的。况且，这种鱼肉以及所有的肉食，基本上是不洁的，而且我开始明白，哪儿来的那么多家务，哪儿产生的那个愿望：要每天注意仪表，要穿得清洁而可敬，房屋要管理得可爱而没有任何恶臭难看的景象，要做到这点，花费很大。好在我身兼屠夫、杂役，厨师，又兼那吃一道道菜肴的老爷，所以我能根据不寻常的全部经验来说话。我反对吃兽肉的主要理由是因为它不干净；再说，在捉了，洗了，煮了，吃了我的鱼之后，我也并不觉得它给了我什么了不起的营养。既不足道，又无必要，耗资却又太大。一个小面包，几个土豆就很可以了，既少麻烦，又不肮脏。我像许多同时代人一样，已经有好几年难得吃兽肉或茶或咖啡等了；倒不是因为我找出了它们的缺点，而是因为它们跟我的想法不适应。对兽肉有反感并不是由经验引起的，而是一种本能。卑贱的刻苦生活在许多方面都显得更美；虽然我并不曾做到，至少也做到了使我的想象能满意的地步。我相信每一个热衷于把他更高级的、诗意的官能保存在最好状态中的人，必然是特别地避免吃兽肉，还要避免多吃任何食物的。昆虫学家认为这是值得注意的事实，——我从柯尔比和斯班司①的书中读到，——"有些昆虫在最完美状态中，虽有饮食的器官，并不使用它们，"他们把这归纳为"一个一般性的规

———————

① 柯尔比（William Kirby，1759—1850）和斯班司（William Spence，1783—1860）均为英国昆虫学家。两人合写了一部《昆虫学概论》（1815—1826），共四卷。后来，柯尔比还写了别的昆虫学著作。

则,在成虫时期的昆虫吃得比它们在蛹期少得多,贪吃的蛹一变而为蝴蝶,……贪婪的蛆虫一变而为苍蝇之后",只要有一两滴蜜或其他甘洌液体就很满足了。蝴蝶翅下的腹部还是蛹的形状。就是这一点东西引诱它残杀昆虫。大食者是还处于蛹状态中的人;有些国家的全部国民都处于这种状态,这些国民没有幻想,没有想象力,只有一个出卖了他们的大肚皮。

要准备,并烹调这样简单、这样清洁,而不至于触犯了你的想象力的饮食是难办的事;我想,身体固然需要营养,想象力同样需要营养,二者应该同时得到满足,这也许是可以做到的。有限度地吃些水果,不必因此而替胃囊感到羞耻,决不会阻碍我们最有价值的事业。但要是你在盘中再加上一点儿的作料,这就要毒害你了。靠珍馐美味来生活是不值得的。有许多人,要是给人看到在亲手煮一顿美食,不论是荤的或素的,都难免羞形于色,其实每天都有人在替他煮这样的美食。要是这种情形不改变,我们就无文明可言,即使是绅士淑女,也不是真正的男人女人。这方面当然已提供了应当怎样改变的内容。不必问想象力为什么不喜好兽肉和脂肪。知道它不喜好就够了。说人是一种食肉动物,不是一种责备吗?是的,把别的动物当作牺牲品,在很大一个程度里,可以使他活下来,事实上的确也活下来了;可是,这是一个悲惨的方式,——任何捉过兔子、杀过羊羔的人都知道,——如果有人能教育人类只吃更无罪过、更有营养的食物,那他就是人类的恩人。不管我自己实践的结果如何,我一点也不怀疑,这是人类命运的一部分,人类的发展必然会逐渐地进步到把吃肉的习惯淘汰为止,必然如此,就像野蛮人和较文明的人接触多了之后,把人吃人的习惯淘汰掉一样。

如果一个人听从了他的天性的虽然最微弱,却又最持久的建议——那建议当然是正确的——那他也不会知道这建议将要把他引导到什么极端去,甚至也会引导到疯狂中去;可是当他变得更坚决更有信心时,前面就是他的一条正路。一个健康的人内心最微弱的肯定的反对,都能战胜人间的种种雄辩和习俗。人们却很少听从自己的天性,偏偏在它带他走入歧途时,却又听从起来。结果不免是肉体的衰退,然而也许没有人会引以为憾。因为这些生活是遵循了更高的规律的。如果你欢快地迎来了白天和黑夜,生活像鲜花和香草一样芳香,而且更有弹性,更如繁星,更加不朽,——那就是你的成功。整个自然界都庆贺你,你暂时也有理由祝福你自己。最大的益处和价值往往都受不到人们的赞赏。我们很容易怀疑它们是否存在。我们很快把它们忘记了。它们是最高的现实。也许那些最惊人、最真实的事实从没有在人与人之间交流。我每天生命的最真实收获,也仿佛朝霞暮霭那样地不可捉摸,不可言传。我得到的只是一点儿尘埃,我抓住的只是一段彩虹而已。

　　然而我这个人绝不苛求;一只油煎老鼠,如果非吃不可,我也可以津津有味地吃下去。我只喝白开水已有这么久了,其原因同我爱好大自然的天空远胜过吸食鸦片烟的人的吞云吐雾一样。我欢喜经常保持清醒,而陶醉的程度是无穷的。我相信一个聪明人的唯一饮料是白开水,酒并不是怎样高贵的液体,试想一杯热咖啡足以捣毁一个早晨的希望,一杯热茶又可以把晚上的美梦破坏掉! 啊,受到它们的诱惑之后,我曾经如何地堕落过! 甚至音乐也可以使人醉倒。就是这一些微小的原因竟毁灭过希腊和罗马,将来还要毁灭英国和美国。

一切醉人的事物之中，谁不愿意因为呼吸了新鲜空气而陶醉呢？我反对长时间的拼命做苦工的理由是它强迫我也拼命地吃和喝。可是说实话，在这些方面，近来我似乎也不那么挑剔了。我很少把宗教带上食桌，我也不寻求祝福，这却不是因为我更加聪明了，我不能不从实供认，而是因为，不管多么遗憾，我也一年年地更加粗俗了，更加冷漠了。也许这一些问题只有年轻人关心，就像他们关心诗歌一样。"哪儿"也看不见我的实践，我的意见却写在这里了。然而，我并不觉得我是吠陀经典上说的那种特权阶级，它说过："于万物主宰有大信心者，可以吃一切存在之事物，"这是说他可以不用问吃的是什么，是谁给他预备的；然而，就是在他们那种情形下，也有这一点不能不提起，正如一个印度的注释家说过的，吠陀经典是把这一个特权限制在"患难时间"里的。

谁个没有吃得津津有味过，而胃囊却一无所获？我曾经欣然想到，由于一般的所谓知味，我有了一种精神上的感悟，通过味觉受到启发。坐在小山上吃的浆果营养了我的天性。"心不在焉，"曾子说过，"视而不见，听而不闻，食而不知其味。"能知道食物的真味的人决不可能成为饕餮；不这样的人才是饕餮。一个清教徒可能狂吞他的面包皮屑，正如一个议员大嚼甲鱼。食物入口并不足以玷辱一个人，但他吃这种食物的胃口却足以玷辱他。问题不在量，不在质，而在口腹的贪嗜上；如果吃东西不是为了养活我们的生命，也不是为了激励我们的精神生活，而是为了在肚皮里缠住我们的蛔虫。一个猎者爱吃乌龟、麝鼠或其他野蛮的食物，一个漂亮太太爱吃小牛蹄做的冻肉，或海外的沙丁鱼，他们是一样的。他到他的湖边去，她拿她的肉冻罐。使人惊奇的是他们，你，我，怎么能过如此卑劣的禽兽生活,只是吃吃喝喝。

我们的整个生命是惊人地精神性的。善恶之间,从无一瞬休战。善是唯一的授予,永不失败。在全世界为之振鸣的竖琴音乐中,善的主题给我们以欣喜。这竖琴好比宇宙保险公司里的旅行推销员,宣传它的条例,我们的小小善行是我们所付的保险费。虽然年轻人最后总要冷淡下去,宇宙的规律却是不会冷淡的,而是永远和敏感的人站在一边。从西风中听一听谴责之词吧,一定有的,听不到的人是不幸的。我们每弹拨一根弦,每移动一个音栓的时候,可爱的寓意渗透了我们的心灵。许多讨厌的声音,传得很远,听来却像音乐,对于我们卑贱的生活,这真是一个傲然的可爱的讽刺。

我们知道我们身体里面,有一只野兽,当我们的更高的天性沉沉欲睡时,它就醒过来了。这是官能的,像一条毒蛇一样,也许难于整个驱除掉;也像一些虫子,甚至在我们生活着并且活得很健康的时候,它们寄生在我们的体内。我们也许能躲开它,却永远改变不了它的天性。恐怕它自身也有一定的健壮;我们可以很健康,却永远不能是纯净的。那一天我拣到了一只野猪的下腭骨,有雪白的完整的牙齿和长牙,还有一种和精神上的不同的动物性的康健和精力。这是用节欲和纯洁以外的方法得到的。"人之所以异于禽兽者几希,"孟子说,"庶民去之,君子存之。"如果我们谨守着纯洁,谁知道将会得到何等样的生命?如果我知道有这样一个聪明人,他能教给我洁身自好的方法,我一定要去找他。"能够控制我们的情欲和身体的外在官能,并做好事的话,照吠陀经典的说法,是在心灵上接近神的不可缺少的条件。"然而精神是能够一时之间渗透并控制身体上的每一个官能和每一个部分,而把外表上最粗俗的淫荡转化为内心的纯洁与虔诚的。放纵了生殖的精力将使我们荒淫而不洁;克制了它则使我们精力洋溢而得到鼓舞。贞洁是人的花朵;创造力、英雄主义、神圣等只不过是它的各种果实。当纯洁的海峡畅通了,人便立刻奔流到上帝那里。我们一忽儿为纯洁所鼓舞,一忽儿因不洁而沮丧。自知身体之内的兽性在一天天地消失,而神性一天天地生长的人是有福的,当人和劣等的兽性结合时,便只有羞辱。我担心我们只是农牧之神①和森林之神②那样的神或半神与兽结合的妖怪,饕餮好色的动物。我担心,在一定程度上,我们的一生就是我们的耻辱。——

> 这人何等快乐,斩除了脑中的林莽,
> 把内心的群兽驱逐到适当的地方。
> …………
> 能利用他的马、羊、狼和一切野兽,
> 而自己和其他动物相比,不算蠢驴。
> 否则,人不单单放牧一群猪猡,
> 而且也是这样那样的鬼怪妖魔,
> 使它们狂妄失性,使他们越来越坏。③

一切的淫欲,虽然有许多形态,却只是一个东西;纯洁的一切也只是一个东西。一个人大吃大喝,男女同居,或淫荡地睡觉,只是一回事。这属于同一胃口,我们只要看到一个人在干

---

① 据古罗马传说,其体形一半像人,一半像羊。
② 据希腊神话,半人半兽的森林之神性好欢娱,耽于淫欲。
③ 引自英国诗人约翰·多恩(John Donne,1573—1631)的诗《致爱·赫倍特爵士》。

其中的一件事，就能够知道他是怎样的一个好色之徒。不洁和纯洁是不能一起站立，一起就座的。我们只要在穴洞的一头打一下蛇，它就会在另一头出现。如果你想要贞洁，你必须节制。什么是贞洁呢？一个人怎么知道他是贞洁的呢？他不能知道。我们只听说过，但不知道它是怎样的。我们依照我们听到过的传说来说明它。智慧和纯洁来之于力行；从懒惰中却出现了无知和淫欲。对一个学生来说，淫欲是他心智懒惰的结果，一个不洁的人往往是一个懒惰的人：他坐在炉边烤火，他在阳光照耀下躺着，他没有疲倦，就要休息。如果要避免不洁和一切罪恶，你就热忱地工作吧，即使是打扫马厩也行。天性难于克制，但必须克制。如果你不比异教徒纯洁，如果你不比异教徒更能克制自己，如果你不比异教徒更虔敬，那你就算是基督徒又怎么样呢？我知道有很多被认为是异教的宗教制度，它们的教律使读者感到羞愧，并且要他做新的努力，虽然要努力的只不过是奉行仪式而已。

我不愿意说这些话，但并不是由于主题，——我也不管我的用字是何等亵猥，——而是因为说这些话，就泄露出我自己的不洁。对于一种淫欲的形式，我们常常可以无所忌惮地畅谈，对于另一种却又闭口无言。我们已经太堕落了。所以不能简单地谈人类天性的必要活动。在稍早一些的几个时代，在某些国内，每一样活动都可以正经谈论，并且也都由法律控制。印度的立法者是丝毫不嫌其琐碎的，尽管近代人不以为然。他教人如何饮，食，同居，如何解大小便等，把卑贱的提高了，而不把它们作为琐碎之事，避而不谈。

每一个人都是一座圣庙的建筑师。他的身体是他的圣殿，在里面，他用完全是自己的方式来崇敬他的神，他即使另外去琢凿大理石,他还是有自己的圣殿与尊神的。我们都是雕刻家与画家,用我们的血,肉,骨骼做材料。任何崇高的品质,一开始就使一个人的形态有所改善,任何卑俗或淫欲立刻使他变成禽兽。

在一个九月的黄昏,约翰·发尔末做完一天艰苦的工作之后,坐在他的门口,他的心事多少还奔驰在他的工作上。洗澡之后,他坐下来给他的理性一点儿休息。这是一个相当寒冷的黄昏,他的一些邻人担心会降霜。他沉思不久,便听到了笛声,跟他的心情十分协调。他还在想他的工作;虽然他尽想尽想着,还在不由自主地计划着、设计着,可是他对这些事已不大关心了。这大不了是皮屑,随时可以去掉的。而笛子的乐音,是从不同于他那个工作的环境中吹出来的,催他沉睡着的官能起来工作。柔和的乐音吹走了街道、村子和他居住的国家。有一个声音对他说,——在可能过光荣的生活的时候,为什么你留在这里,过这种卑贱的苦役的生活呢? 同样的星星照耀着那边的大地,而不是这边的,——可是如何从这种境况中跳出来,真正迁移到那里去呢? 他所能够想到的只是实践一种新的刻苦生活,让他的心智降入他的肉体中去解救它,然后以日益增长的敬意来对待他自己。

# 禽兽为邻

　　有时我有一个钓鱼的伴侣，他从城那一头，穿过了村子到我的屋里来。我们一同捕鱼，好比请客吃饭，同样是一种社交活动。

　　隐士。我不知道这世界现在怎么啦。三个小时来，我甚至没听到一声羊齿植物上的蝉鸣。鸽子都睡在鸽房里，——它们的翅膀都不扑动。此刻，是否哪个农夫的正午的号角声在林子外面吹响了？雇工们要回来吃那煮好的腌牛肉和玉米粉面包，喝苹果酒了。人们为什么要这样自寻烦恼？人若不吃不喝，可就用不到工作了。我不知道他们收获了多少。谁愿意住在那种地方，狗吠得使一个人不能够思想？啊，还有家务！还得活见鬼，把铜把手擦亮，这样好的天气里还要擦亮他的浴盆！还是没有家的好。还不如住在空心的树洞里；也就不会再有早上的拜访和夜间的宴会！只有啄木鸟的啄木声。啊，那里人们蜂拥着；那里太阳太热；对我来说，他们这些人世故太深了。我从泉水中汲水，架上有一块棕色的面包。听！我听到树叶的沙沙声。是村中饿慌了的狗在追猎？还是一只据说迷了路的小猪跑到这森林里来了？下雨后，我还看见过它的脚印呢。脚步声越来越近了；我的黄栌树和多花蔷薇在战抖了。——呃，诗人先生，是你吗？你觉得今天这个世界怎么样？

诗人。看这些云，如何地悬挂在天上！这就是我今天所看见的最伟大的东西了。在古画中看不到这样的云，在外国也都没有这样的云，——除非我们是在西班牙海岸之外。这是一个真正的地中海的天空。我想到，既然我总得活着，而今天却没有吃东西，那我就该去钓鱼了。这是诗人的最好的工作。这也是我唯一懂得的营生。来吧，我们一起去。

隐士。我不能拒绝你。我的棕色面包快要吃完了。我很愿意马上跟你一起去，可是我正在结束一次严肃的沉思。我想很快就完了。那就请你让我再孤独一会儿。可是，为了免得大家都耽误，你可以先掘出一些钓饵来。这一带能作钓饵的蚯蚓很少，因为土里从没有施过肥料；这一个物种几乎绝种了。挖掘鱼饵的游戏，跟钓鱼实在是同等有味的，尤其肚皮不饿的话；这一个游戏今天你一个人去做吧。我要劝你带上铲子，到那边的落花生丛中去挖掘；你看见那边狗尾草在摇摆吗？我想我可以保证，如果你在草根里仔细地找，就跟你是在除败草一样，那每翻起三块草皮，你准可以捉到一条蚯蚓。或者，如果你愿意走远一些，那也不是不聪明的，因为我发现钓饵的多少，恰好跟距离的平方成正比。

隐士独白。让我看，我想到什么地方去了？我以为我是在这样的思维的框框中；我对周围世界的看法是从这样的角度看的。我是应该上天堂去呢，还是应该去钓鱼？如果我立刻可以把我的沉思结束，难道还会有这样一个美妙的机会吗？我刚才几乎已经和万物的本体化为一体，这一生中我还从没有过这样的经验。我恐怕我的思想是不会再回来的了。如果吹口哨能召唤它们回来，那我就要吹口哨。当初思想向我们涌来的时候,说一句:我们要想一想,是聪明的吗? 现在我的思想一点痕迹也没有留下来,我找不到我的思路了。我在想的是什么呢? 这是一个非常朦胧的日子。我还是来想一想孔夫子的三句话,也许还能恢复刚才的思路。我不知道那是一团糟呢,还是一种处于抽芽发枝状态的狂喜。备忘录。机会是只有一次的。

　　诗人。怎么啦,隐士;是不是太快了? 我已经捉到了十三条整的,还有几条不全的,或者是太小的;用它们捉小鱼也可以;它们不会在钓钩上显得太大。这村子的蚯蚓真大极了;银鱼可以饱餐一顿而还没碰到这个串肉的钩呢。

　　隐士。好的,让我们去吧。我们要不要到康科德去? 如果水位不太高,就可以玩个痛快了。


　　为什么恰恰是我们看到的这些事物构成了这个世界? 为什么人只有这样一些禽兽做他的邻居;好像天地之间,只有老鼠能够填充这个窟窿? 我想皮尔贝公司①的利用动物,是利用得好极了,因为那里的动物都负有重载,可以说,是负载着我们的一些思想的。

　　常来我家的老鼠并不是平常的那种,平常的那种据说是从外地带到这野地里来的,而常来我家的却是在村子里看不到的土生的野鼠。我寄了一只给一个著名的博物学家,他对它发生了很大的兴趣。还在我造房子那时,就有一只这种老鼠在我的屋子下面做窝了,而在我还没有铺好楼板,刨花也还没有扫出去之前,每到午饭时分,它就到我的脚边来吃面包屑

　　① 　一家出版寓言书本的出版公司。

了。也许它从来没有看见过人；我们很快就亲热起来，它驰奔过我的皮鞋，而且从我的衣服上爬上来。它很容易就爬上屋侧，三下两蹿就上去了，像松鼠，连动作都是相似的。到后来有一天我这样坐着，用肘子支在凳上，它爬上我的衣服，沿着我的袖子，绕着我盛放食物的纸不断地打转，而我把纸拉向我，躲开它，然后突然把纸推到它面前，跟它玩躲猫儿；最后，我用拇指与食指拿起一片干酪来，它过来了，坐在我的手掌中，一口一口地吃了它之后，很像苍蝇似的擦擦它的脸和前掌，然后扬长而去。

很快就有一只美洲鹟来我屋中做巢；一只知更鸟在我屋侧的一棵松树上巢居着，受我保护。六月里，鹧鸪(Tetrao umbellus)这样怕羞的飞鸟，带了它的幼雏经过我的窗子，从我屋后的林中飞到我的屋前，像一只老母鸡一样咯咯咯地唤它的孩子们，它的这些行为证明了它是森林中的老母鸡。你一走近它们，母亲就发出一个信号，它们就一哄而散，像一阵旋风吹散了它们一样；鹧鸪的颜色又真像枯枝和败叶，经常有些个旅行家，一脚踏在这些幼雏的中间了，只听得老鸟拍翅飞走，发出那焦虑的呼号，只见它的扑扑拍动的翅膀，为了吸引那些旅人，不去注意他们的前后左右。母鸟在你们面前打滚，打旋子，弄得羽毛蓬松，使你一时之间不知道它是怎么一种禽鸟了。幼雏们宁静而扁平地蹲着，常常把它们的头缩入一张叶子底下，什么也不听，只听着它们母亲从远处发来的信号，你就是走近它们，它们也不会再奔走，因此它们是不会被发觉的。甚至你的脚已经踏上了它们，眼睛还望了它们一会儿，可是还不能发觉你踩的是什么。有一次我偶然把它们放在我摊开的手掌中，因为它们从来只服从它们的母亲与自己的本能，一点也不觉得恐惧，也不打抖，它们只是照旧蹲着。这种本能是如此之完美，有一次我又把它们放回到树叶上，其中有一只由于不小心而跌倒在地了，可是我发现它，十分钟之后还是和别的雏鸟一起，还是原来的姿势。鹧鸪的幼雏不像其余的幼雏那样不长羽毛，比起小鸡来，它们羽毛更快地丰满起来，而且更加早熟。它们睁大了宁静的眼睛，很显著地成熟了，却又很天真的样子，使人一见难忘。这种眼睛似乎反映了全部智慧。不仅仅提示了婴孩期的纯洁，还提示了由经验洗练过的智慧。鸟儿的这样的眼睛不是与生俱来的，而是和它所反映的天空同样久远。山林之中还没有产生过像它们的眼睛那样的宝石。一般的旅行家也都不大望到过这样清澈的一口井。无知而鲁莽的猎者在这种时候常常枪杀了它们的父母，使这一群无告的幼雏成了四处觅食的猛兽或恶鸟的牺牲品，或逐渐地混入了那些和它们如此相似的枯叶而同归于尽。据说，这些幼雏要是由老母鸡孵出来，那稍被惊扰，便到处乱走，很难幸免，因为它们再听不到母鸟召唤它们的声音。这些便是我的母鸡和幼雏。

惊人的是，在森林之中，有多少动物是自由而奔放地，并且是秘密地生活着的，它们在乡镇的周遭觅食，只有猎者才猜到它们在那儿。水獭在这里过着何等僻隐的生活啊！它长到四英尺长，像一个小孩子那样大了，也许还没有被人看到过。以前我还看到过浣熊，就在我的屋子后面的森林中，现在我在晚上似乎依然能听到它们的嘤嘤之声。通常我上午耕作，中午在树荫之下休息一两个小时，吃过午饭，还在一道泉水旁边读读书，那泉水是离我的田地半英里远的勃立斯特山上流下来的，附近一个沼泽地和一道小溪都从那儿发源。到这泉水边去，得穿过一连串草木蓊蔚的洼地，那里长满了苍松的幼树，最后到达沼泽附近的一座较大的森林。在那里的一个僻隐而荫翳的地方，一棵巨大的白松下面有片清洁而坚实的草地，可以坐坐。我挖出泉水，挖成了一口井，流出清冽的银灰色水流，可以提出一桶水，而井水不致混浊。仲夏时分，我几乎每天都在那边取水，湖水太热了。山鹬把幼雏也带到这里，在泥土中找蚯蚓，又在幼雏之上大约一英尺的地方飞，飞在泉水之侧，而幼雏们成群结队在下面奔跑；可是后来它看到我，便离了它的幼雏，绕着我盘旋，越来越近，只有四五英尺的距离了，装出翅膀或脚折断了的样子，吸引我的注意，使我放过它的孩子们，那时它们已经发出微弱、尖细的叫声，照了它的指示，排成单行经过了沼泽。或者，我看不见那只母鸟，但是却听到了它们的细声。斑鸠也在这里的泉水上坐着，或从我头顶上面的那棵柔和的白松的一根丫枝上飞到另一丫枝；而红色的松鼠，从最近的树枝上盘旋下来，也特别和我亲热，特别对我好奇。不须在山林中的一些风景点坐上多久，便可以看见它的全体成员轮流出来展览它们自己。

我还是目睹比较不平和的一些事件的见证人。有一天，当我走出去，到我那一堆木料，或者说，到那一堆树根去的时候，我观察到两只大蚂蚁，一只是红的，另一只大得多，几乎有半英寸长，是黑色的，正在恶斗。一交手，它们就谁也不肯放松，挣扎着，角斗着，在木片上不停止地打滚。再往远处看，我更惊奇地发现，木片上到处有这样的斗士，看来这不是决斗，而是一场战争，这两个蚁民族之间的战争，红蚂蚁总跟黑蚂蚁战斗，时常还是两个红的对付一个黑的。在我放置木料的庭院中,满坑满谷都是这些迈密登①。大地上已经满布了黑的和红的死者和将死者。这是我亲眼目击的唯一的一场战争,我曾经亲临前线的唯一的激战犹酣的战场;自相残杀的战争啊;红色的共和派在一边,黑色的帝国派在另一边。两方面都奋身作殊死之战,虽然我听不到一些声音,人类的战争还从没有打得这样坚决过。我看到在和丽阳光下,木片间的小山谷中,一对战士死死抱住不放开,现在是正午,它们准备酣战到日落,或生命消逝为止。那小个儿的红色英豪,像老虎钳一样地咬住它的仇敌的脑门不放。一面在战场上翻滚,一面丝毫不放松地咬住了它的一根触须的根,已经把另一根触须咬掉了;那更强壮的黑蚂蚁呢,却把红蚂蚁从一边到另一边地甩来甩去,我走近一看,它已经把红蚂蚁的好些部分都啃去了,它们打得比恶狗还凶狠。双方都一点也不愿撤退。显然它们的战争的口号是"不战胜,毋宁死"。同时,从这山谷的顶上出现了一只孤独的红蚂蚁,它显然是非常激动,要不是已经打死了一个敌人,便是还没有参加战斗;大约是后面的理由,因为它还没有损失一条腿;它的母亲要它拿着盾牌回去,或者躺在盾牌上回去。也许它是阿基勒斯式的英雄,独自在一旁光火着,现在来救它的普特洛克勒斯,或者替它复仇来了。它从远处看见了这不平等的战斗,——因为黑蚂蚁大于红蚂蚁将近一倍,——它急忙奔上来,直到它离开那一对战斗者只半英寸的距离;于是,它觑定了下手的机会,便扑向那黑色斗士,从它的前腿根上开始了它的军事行动,根本不顾敌人反噬它自己身上的哪一部分;于是三个为了生命纠缠在一起了,好像发明

---

① 希腊神话中跟随阿基勒斯去特洛伊作战的塞萨利人。

了一种新的胶合力，使任何铁锁和水泥都比不上它们。这时，如果看到它们有各自的军乐队，排列在比较突出的木片上，吹奏着各自的国歌，以激励那些落在后面的战士，并鼓舞那些垂死的战士，我也会毫不惊奇了。我自己也相当地激动，好像它们是人一样。你越研究，越觉得它们和人类并没有不同。至少在康科德的历史中，暂且不说美国的历史了，自然是没有一场大战可以跟这一场战争相比的，无论从战斗人员的数量来说，还是从它们所表现的爱国主义与英雄主义来说。论人数与残杀的程度，这是一场奥斯特利茨之战①，或一场德累斯顿之战②。康科德之战算什么！爱国者死了两个，而路德·布朗夏尔受了重伤！啊，这里的每一个蚂蚁，都是一个波特利克，高呼着——"射击，为了上帝的缘故，射击！"——而成千生命都像台维斯和霍斯曼尔的命运一样。这里没有一个雇佣兵。我不怀疑，它们是为了原则而战争的，正如我的祖先一样，不是为了免去三便士的茶叶税；至于这一场大战的胜负，对于参战的双方，都是如此之重要，永远不能忘记，至少像我们的邦克山之战③一样。

我特别描写的三个战士在同一张木片上搏斗，我把这张木片拿进我的家里，放在我的窗槛上。罩在一个大杯子下面，以便考察结局。用了这显微镜，先来看那最初提起的红蚂蚁，我看到，虽然它猛咬敌人前腿的附近，又咬断了它剩下的触

①　一八〇五年十二月初，拿破仑在奥斯特利茨一战中，消灭俄奥联军三万余，使第三次反法联盟解体。
②　一八一三年，拿破仑在德累斯顿之战中战胜反法联盟。
③　一七七五年六月十七日，英军在波士顿附近的邦克山发动进攻。由美国农民、工人、渔民、白奴等两万人组织起来的志愿民兵队，在自由之子社的领导下英勇迎击，一天之内击退英军三次冲锋，重创敌军。

须，它自己的胸部却完全给那个黑色战士撕掉了，露出了内脏，而黑色战士的胸铠却太厚，它没法刺穿；这受难者的黑色眼珠发出了只有战争才能激发出来的凶狠光芒。它们在杯子下面又挣扎了半小时，等我再去看时，那黑色战士已经使它的敌人的头颅同它们的身体分了家，但是那两个依然活着的头颅，就挂在它的两边，好像挂在马鞍边上的两个可怕的战利品，依然咬住它不放。它正企图作微弱的挣扎，因为它没有了触须，而且只存一条腿的残余部分，还不知受了多少其他的伤，它挣扎着要甩掉它们；这一件事，又过了半个小时之后，总算成功了。我拿掉了玻璃杯，它就在这残废的状态下，爬过了窗槛。经过了这场战斗之后，它是否还能活着，是否把它的余生消磨在荣誉军人院中，我却不知道了；可是我想它以后是干不了什么了不起的活儿的了。我不知道后来究竟是哪方面战胜的，也不知道这场大战的原因；可是后来这一整天里我的感情就仿佛因为目击了这一场战争而激动和痛苦，仿佛就在我的门口发生过一场人类的血淋淋的恶战一样。

柯尔比和斯班司告诉我们，蚂蚁的战争很久以来就备受称道，大战役的日期也曾经在史册上有过记载，虽然据他们说，近代作家中大约只有胡勃①似乎是目击了蚂蚁大战的。他们说，"依尼斯·薛尔维乌斯曾经描写了，在一枝梨树树干上进行的一场大蚂蚁对小蚂蚁的异常坚韧的战斗以后"，接下来添注道——"'这一场战斗发生于教皇攸琴尼斯第四②治下，观察家是著名律师尼古拉斯·毕斯托利安西斯，他很忠实

<hr>

① 胡勃（François Huber，1750—1831），瑞士自然科学家，博物学家。
② 一四三一至一四四七年任罗马天主教教皇。

地把这场战争的全部经过转述了出来。'还有一场类似的大蚂蚁和小蚂蚁的战斗是俄拉乌斯·玛格纳斯记录的,结果小蚂蚁战胜了,据说战后它们埋葬了小蚂蚁士兵的尸首,可是对它们的战死的大敌人则暴尸不埋,听任飞鸟去享受。这一件战史发生于克利斯蒂恩第二①被逐出瑞典之前。"至于我这次目击的战争,发生于波尔克总统②任期之内,时候在韦勃司特制定的逃亡奴隶法案③通过之前五年。

许多村中的牛,行动迟缓,只配在储藏食物的地窖里追逐乌龟的,却以它那种笨重的躯体来到森林中跑跑跳跳了,它的主人是不知道的,它嗅嗅老狐狸的窟穴和土拨鼠的洞,毫无结果;也许是些瘦小的恶狗给带路进来的,它们在森林中灵活地穿来穿去,林中鸟兽对这种恶狗自然有一种恐惧;现在老牛远落在它那导游者的后面了,向树上一些小松鼠狂叫,那些松鼠就是躲在上面仔细观察它的,然后它缓缓跑开,那笨重的躯体把树枝都压弯了,它自以为在追踪一些迷了路的老鼠。有一次,我很奇怪地发现了一只猫,散步在湖边的石子岸上,它们很少会离家走这么远的。我和猫都感到惊奇了。然而,就是整天都躺在地毡上的最驯服的猫,一到森林里却也好像回了老家,从它的偷偷摸摸的狡猾的步伐上可以看出,它是比土生的森林禽兽更土生的。有一次,在森林捡浆果时我遇到了一只猫,带领了它的一群小猫,那些小猫全是野性未驯的,像它

① 一五一三至一五二三年为丹麦国王。

② 波尔克(James Knox Polk,1795—1849),美国第十一任总统(1845—1849)。

③ 该法案于一八五〇年由联邦通过,使南北双方的敌视更加激化,于一八六四年废除。

们的母亲一样地弓起了背脊,向我凶恶地喷吐口水。在我迁入森林之前不多几年,在林肯那儿离湖最近的吉利安·倍克田庄内,有一只所谓"有翅膀的猫"。一八四二年六月,我专程去访问她(我不能确定这只猫是雌的还是雄的,所以我采用了这一般称呼猫的女性的代名词),她已经像她往常那样,去森林猎食去了,据她的女主人告诉我,她是一年多以前的四月里来到这附近的,后来就由她收容到家里;猫身深棕灰色,喉部有个白点,脚也是白的,尾巴很大,毛茸茸的像狐狸。到了冬天,她的毛越长越密,向两旁披挂,形成了两条十至十二英寸长,两英寸半阔的带子,在她的下巴那儿也好像有了一个暖手筒,上面的毛比较松,下面却像毡一样缠结着,一到春天,这些附着物就落掉了。他们给了我一对她的"翅膀",我至今还保存着。翅膀的外面似乎并没有一层膜。有人以为这猫的血统一部分是飞松鼠,或别的什么野兽,因为这并不是不可能的,据博物学家说,貂和家猫交配,可以产生许多这样的杂种。如果我要养猫的话,这倒正好是我愿意养的猫,因为一个诗人的马既然能插翅飞跑,他的猫为什么不能飞呢?

秋天里,潜水鸟(Colymbus glacialis)像往常一样来了,在湖里脱毛并且洗澡,我还没有起身,森林里已响起了它的狂放的笑声。一听到它已经来到,磨坊水闸上的全部猎人都出动了,有的坐马车,有的步行,两两三三,带着猎枪和子弹,还有望远镜。他们行来,像秋天的树叶飒飒然穿过林中,一只潜水鸟至少有十个猎者。有的放哨在这一边湖岸,有的站岗在那一边湖岸,因为这可怜的鸟不能够四处同时出现;如果它从这里潜水下去,它一定会从那边上来的。可是,那阳春十月的风吹起来了,吹得树叶沙沙作响,湖面起了皱纹,再听不到也看不到潜水鸟了，虽然它的敌人用望远镜搜索水面，尽管枪声在林中震荡，鸟儿的踪迹都没有了。水波大量地涌起，愤怒地冲到岸上，它们和水禽是同一阵线的，我们的爱好打猎的人们只得空手回到镇上店里，还去干他们的未完的事务。不过，他们的事务常常是很成功的。黎明，我到湖上汲水的时候，我常常看到这种王者风度的潜水鸟驶出我的小湾，相距不过数杆。如果我想坐船追上它，看它如何活动，它就潜下水去，全身消失，从此不再看见，有时候要到当天的下午才出来。可是，在水面上，我还是有法子对付它的。它常常在一阵雨中飞去。

有一个静谧的十月下午，我划船在北岸，因为正是这种日子，潜水鸟会像乳草的柔毛似的出现在湖上。我正四顾都找不到潜水鸟，突然间却有一只，从湖岸上出来，向湖心游去，在我面前只几杆之远，狂笑一阵，引起了我的注意。我划桨追去，它便潜入水中，但是等它冒出来，我却愈加接近了。它又潜入水中，这次我把方向估计错误了，它再次冒出来时，距离我已经五十杆。这样的距离却是我自己造成的；它又大声哗笑了半天，这次当然笑得更有理由了。它这样灵活地行动，矫若游龙，我无法进入距离它五六杆的地方。每一次，它冒到水面上，头这边那边地旋转，冷静地考察了湖水和大地。显然在挑选它的路线，以便浮起来时，恰在湖面最开阔、距离船舶又最远的地点。惊人的是它运筹决策十分迅速，而一经决定就立即执行。它立刻把我诱入最浩淼的水域，我却不能把它驱入湖水之一角了，当它脑中正想着什么的时候，我也努力在脑中测度它的思想。这真是一个美丽的棋局，在一个波平如镜的水上，一人一鸟正在对弈。突然对方把它的棋子下在棋盘下面了，问题便是把你的棋子下在它下次出现时最接近它的地方。有时它出乎意料地在我对面升上水面,显然从我的船底穿过了。它的一口气真长,它又不知疲倦,然而,等它游到最远处时,立刻又潜到水下;任何智慧都无法测度,在这样平滑的水面下,它能在这样深的湖水里的什么地方急泅如鱼,因为它有能力以及时间去到最深处的湖底作访问。据说在纽约湖中,深八十英尺的地方,潜水鸟曾被捕鳅鱼的钩子钩住。然而瓦尔登是深得多了。我想水中群鱼一定惊奇不置了,从另一世界来的这个不速之客能在它们的中间潜来潜去!然而它似乎深识水性,水下认路和水上一样,并且在水下泅泳得还格外迅疾。有一两次,我看到它接近水面时激起的水花,刚把它的脑袋探出来观察了一下,立刻又潜没了。我觉得我既可以估计它下次出现的地点,也不妨停下桨来等它自行出水;因为一次又一次,当我向着一个方向望穿了秋水时,我却突然听到它在我背后发出一声怪笑,叫我大吃一惊,可是为什么这样狡猾地作弄了我之后,每次钻出水面,一定放声大笑,使得它自己形迹败露呢?它的白色的胸脯还不够使它被人发现吗?我想,它真是一只愚蠢的潜水鸟。我一般都能听到它出水时的拍水之声,所以也能侦察到它的所在。可是,这样玩了一个小时,它富有生气、兴致勃勃,不减当初,游得比一开始时还要远。它钻出水面又庄严地游走了,胸羽一丝不乱,它是在水底下就用自己的脚蹼抚平了它胸上的羽毛的。它通常的声音是这恶魔般的笑声,有点像水鸟的叫声;但是有时,它成功地躲开了我,潜水到了老远的地方再钻出水面,它就发出一声长长的怪叫,不似鸟叫,更似狼嗥;正像一只野兽的嘴,咻咻地啃着地面而发出呼号。这是潜水鸟之音,这样狂野的音响在这一带似乎还从没听见过,整个森林都被震动了。我想它是用笑声来嘲笑我白费力气,并且相信它自己是足智多谋的。此时天色虽然阴沉,湖面却很平静,我只看到它冒出水来,还未听到它的声音。它的胸毛雪白,空气肃穆,湖水平静,这一切本来都是不利于它的。最后,在离我五十杆的地方,它又发出了这样的一声长啸,仿佛它在召唤潜水鸟之神出来援助它,立刻从东方吹来一阵风,吹皱了湖水,而天地间都是蒙蒙细雨,还夹带着雨点,我的印象是,好像潜水鸟的召唤得到了响应,它的神生了我的气,于是我离开它,听凭它在汹涌的波浪上任意远扬了。

秋天里,我常常一连几个小时观望野鸭如何狡猾地游来游去,始终在湖中央,远离开那些猎人;这种阵势,它们是不必在路易斯安那的长沼练习的。在必须起飞时,它们飞到相当的高度,盘旋不已,像天空中的黑点。它们从这样的高度,想必可以看到别的湖沼和河流了;可是当我以为它们早已经飞到了那里,它们却突然之间,斜飞而下,飞了约有四分之一英里的光景,又降落到了远处一个比较不受惊扰的区域;可是它们飞到瓦尔登湖中心来,除了安全起见,还有没有别的理由呢?我不知道,也许它们爱这一片湖水,理由跟我的是一样的吧。

# 室内的取暖

　　十月中,我到河岸草地采葡萄,满载而归,色泽芬芳,胜似美味。在那里,我也赞赏蔓越橘,那小小的蜡宝石垂悬在草叶上,光莹而艳红,我却并不采集;农夫用耙耙集了它们,平滑的草地凌乱不堪,他们只是漫不经心地用蒲式耳和金元来计算,把草地上的劫获出卖到波士顿和纽约;命定了制成果酱,以满足那里的大自然爱好者的口味。同样地,屠夫们在草地上到处耙野牛舌草,不顾那被撕伤了和枯萎了的植物。光耀的伏牛花果也只供我眼睛的欣赏;我只稍为采集了一些野苹果,拿来煮了吃,这地方的地主和旅行家还没有注意到这些东西呢。栗子熟了,我藏了半蒲式耳,预备过冬天。这样的季节里,徜徉在林肯一带无边无际的栗树林中,真是非常兴奋的,——现在,这些栗树却长眠在铁道之下了,——那时我肩上扛了一只布囊,手中提了一根棍棒来打开那些有芒刺的果子,因为我总是等不到霜降的,在枯叶飒飒声和赤松鼠跟樫鸟聒噪责怪声中漫游,有时我还偷窃它们已经吃了一部分的坚果,因为它们所选中的有芒刺的果子中间,一定有一些是较好的。偶尔我爬上树,去震摇栗树,我屋后也长有栗树,有一棵大得几乎荫蔽了我的房屋。开花时,它是一个巨大的花束,四邻都馨郁,但它的果实大部分却给松鼠和樫鸟吃掉;樫鸟一清早就成群地飞来,在栗子落下来之前先把它从果皮中拣出来。这些树我让给了它们,自去找全部都是栗树的较远处的森林。这一种果实,我看,可以作为面包的良好的代用品。也许还可以找到别的许多种代用品吧。有一天我挖地找鱼饵,发现了成串的野豆(Apios tuberosa),是少数民族的土豆,一种奇怪的食物,我不禁奇怪起来,究竟我有没有像他们告诉过我的,在童年时代挖过,吃过它们,何以我又不再梦见它们了。我常常看到它们的皱的、红天鹅绒似的花朵,给别些植物的梗子支撑着,却不知道便是它们。耕耘差不多消灭了它们。它有甜味,像霜后的土豆,我觉得煮熟了吃比烘来吃更好。这种块茎似乎是大自然的一个默诺,将来会有一天它就要在这里简单地抚养自己的孩子,就用这些来喂养它们。目前崇尚养肥的耕牛,麦浪翻滚的田地,在这种时代里,卑微的野豆便被人遗忘了,顶多只有它开花的藤蔓还能看到,却曾经有一度它还是印第安部落的图腾呢;其实只要让狂野的大自然重新在这里统治,那些温柔而奢侈的英国谷物说不定就会在无数仇敌面前消失,而且不要人的援助,乌鸦会把最后的一颗玉米的种子再送往西南方,到印第安之神的大玉米田野上去,据说以前它就是从那儿把种子带过来的;那时候,野豆这现已几乎灭了种的果实也许要再生,并且繁殖了,不怕那霜雪和蛮荒,证明它自己是土生土长的,而且还要恢复古代作为游猎人民的一种主要食品时的那种重要地位和尊严了。必定是印第安的谷物女神或智慧女神发明了它,以后赐予人类的;当诗歌的统治在这里开始时,它的叶子和成串的坚果将在我们的艺术作品上得到表现。

九月一日,我就看到三两株小枫树的树叶已经红了,隔湖,就在三株岔开的白杨之下,在一个湖角上,靠近着水。啊!它们的颜色诉说着如许的故事。慢慢地,一个又一个星期,每株树的性格都显露了,它欣赏着照鉴在湖的明镜中的自己的倒影。每个早晨,这一画廊的经理先生取下墙上的旧画,换上一些新的画幅,新画更鲜艳或者色彩更和谐,非常出色。

十月中,黄蜂飞到我的住所来,数以千计,好像来过冬的,住在我的窗户里边我头顶上方的墙上,有时还把访客挡了驾呢。每天早晨都冻僵几只,我就把它们扫到外边,但我不愿意麻烦自己去赶走它们。它们肯惠临寒舍避冬,我还引以为荣哩。虽然它们跟我一起睡,从来不严重地触犯我;逐渐地,它们也消失了,我却不知道它们躲到什么隙缝中间,避去那冬天和不可言喻的寒冷。

到十一月,就像那些黄蜂一样,在我躲避冬天之前,我也先到瓦尔登的东北岸去,在那里,太阳从苍松林和石岸上反映过来,成了湖上的炉火;趁你还能做到的时候,曝日取暖,这样做比生火取暖更加愉快,也更加卫生。夏天像猎人一样已经走掉了,我就这样烤着它所留下来的还在发光的余火。


当我造烟囱的时候,我研究了泥水工的手艺。我的砖头都是旧货,必须用瓦刀刮干净,这样我对砖头和瓦刀的性质有了超出一般的了解。上面的灰浆已经有五十年历史,据说它愈经久愈牢固;就是这一种话,人们最爱反复地说,不管它们对不对。这种话的本身也愈经久而愈牢固了,必须用瓦刀一再猛击之,才能粉碎它,使一个自作聪明的老人不再说这种话。美索不达米亚的许多村子都是用从巴比伦废墟里拣来的质地很好的旧砖头造的,它们上面的水泥也许更老,也该更牢啦。不管怎么样,那瓦刀真厉害,用力猛击,丝毫无损于钢刃,简直叫我吃惊。我砌壁炉用的砖,都是以前一个烟囱里面的砖头,虽然并未刻上尼布甲尼撒①的名字,我尽量拣。有多少就拣多少,以便减少工作和浪费,我在壁炉周围的砖头之间填塞了湖岸上的圆石,并且就用湖中的白沙来做我的灰浆。我为炉灶花了很多时间,把它作为寒舍最紧要的一部分。真的,我工作得很精细,虽然我是一清早就从地上开始工作的,到晚上却只叠起了离地不过数英寸高,我睡地板刚好用它代替枕头;然而我记得我并没有睡成了硬头颈;我的硬头颈倒是从前睡出来的。大约是这时候,我招待一个诗人来住了半个月,这使我腾不出地方来。他带来了他自己的刀子,我却有两柄呢,我们常常把刀子插进地里,这样来把它们擦干净。他帮我做饭。看到我的炉灶,方方正正、结结实实,渐渐升高起来,真是高兴,我想,虽说进展很慢,但据说这就可以更坚固些。在某种程度上,烟囱是一个独立体,站在地上,穿过屋子,升上天空;就是房子烧掉了,它有时候还站着,它的独立性和重要性是显而易见的。当时还是快近夏末。现在却是十一月了。

北风已经开始把湖水吹凉,虽然还要不断地再吹几个星期才能结冰,湖太深了。当我第一天晚上生了火,烟在烟囱里通行无阻,异常美妙,因为墙壁有很多漏风的缝,那时我还没有给板壁涂上灰浆。然而,我在这寒冷通风的房间内过了几个愉快的晚上,四周尽是些有节疤的棕色木板,而橡木是连树皮的,高高的在头顶上面。后来涂上了灰浆,我就格外喜欢我

---

① 巴比伦古国王。

的房子。我不能不承认这样格外舒服。人住的每一所房子难道不应该顶上很高,高得有些隐晦的感觉吗?到了晚上,火光投射的影子就可以在橡木之上跳跃了。这种影子的形态,比起壁画或最值钱的家具来,应该是更适合于幻觉与想象的。现在我可以说,我是第一次住在我自己的房子里了,第一次用以蔽风雨,并且取暖了。我还用了两个旧的薪架以使木柴脱空,当我看到我亲手造的烟囱的背后积起了烟炱,我很欣慰,我比平常更加有权威、更加满意地拨火。固然我的房子很小,无法引起回声;但作为一个单独的房间,和邻居又离得很远,这就显得大一点了。一幢房屋内应有的一切都集中在这一个房间内;它是厨房,寝室,客厅兼储藏室;无论是父母或孩子,主人或仆役,他们住在一个房子里所得到的一切,我统统享受到了。卡托说,一个家庭的主人(patremfamilias)必须在他的乡居别墅中,具有"cellam oleariam, vinariam, dolia multa, uti lubeat caritatem expectare, et rei, et virtuti, et gloriae erit,"也就是说,"一个放油放酒的地窖,放进许多桶去预防艰难的日子;这是于他有利的,有价值的,光荣的"。在我的地窖中,我有一小桶的土豆,大约两夸脱①的豌豆,连带它们的象鼻虫,在我的架上,还有一点儿米,一缸糖浆,还有黑麦和印第安玉米粉,各一配克②。

我有时梦见了一座较大的容得很多人的房屋,矗立在神话中的黄金时代中,材料耐用持久,屋顶上也没华而不实的装饰,可是它只包括一个房间,一个阔大、简朴、实用而具有原

---

① 在美国,1 夸脱合 1.101 升。
② 在美国,1 配克合 8.809 升。

始风味的厅堂，没有天花板没有灰浆，只有光光的橡木和桁条，支撑着头顶上的较低的天，——却尽足以抵御雨雪了；在那里，在你进门向一个古代的俯卧的农神致敬之后，你看到桁架中柱和双柱架在接受你的致敬；一个空洞洞的房间，你必须把火炬装在一根长竿顶端方能看到屋顶，而在那里，有人可以住在炉边，有人可以住在窗口凹处，有人在高背长椅上，有人在大厅一端，有人在另一端，有人，如果他们中意，可以和蜘蛛一起住在橡木上；这屋子，你一打开大门就到了里边，不必再拘泥形迹；在那里，疲倦的旅客可以洗尘、吃喝、谈天、睡觉，不须继续旅行；正是在暴风雨之夜你愿意到达的一间房屋，一切应有尽有，又无管理家务之烦；在那里，你一眼可以望尽屋中一切财富，而凡是人所需要的都挂在木钉上；同时是厨房，伙食房，客厅，卧室，栈房和阁楼；在那里你可以看见木桶和梯子之类的有用的东西和碗橱之类的便利的设备，你听到壶里的水沸腾了，你能向煮你的饭菜的火焰和焙你的面包的炉子致敬，而必需的家具与用具是主要的装饰品；在那里，洗涤物不必晒在外面，炉火不熄，女主人也不会生气，也许有时要你移动一下，让厨子从地板门里走下地窖去，而你不用蹑脚就可以知道你的脚下是虚是实。这房子，像鸟窠，内部公开而且明显；你可以前门进来后门出去，而不看到它的房客；就是做客人也享受房屋中的全部自由，并没有八分之七是不能擅入的，并不是把你关起在一个特别的小房间中，叫你在里面自得其乐，——实际是使你孤零零地受到禁锢。目前的一般的主人都不肯邀请你到他的炉火旁边去，他叫来泥水匠，另外给你在一条长廊中造一个火炉，所谓"招待"，便是把你安置在最远处的一种艺术。关于做菜，自有秘密方法，好像要毒死你的样子。我只觉得我到过许多人的住宅，很可能会给他们根据法律而哄走，可是我从不觉得我到许多人的什么家里去过。如果我走到了像我所描写的那种广厦里，我倒可以穿了旧衣服去访问过着简单生活的国王或王后，可是如果我进到一个现代宫殿里，我希望我学会那倒退溜走的本领。

看起来，仿佛我们的高雅言语已经失去了它的全部力量，堕落到变成全无意义的废话，我们的生命已经这样地远离了言语的符号，隐喻与借喻都得是那么的牵强，要用送菜升降机从下面送上来，客厅与厨房或工作场隔得太远。甚至连吃饭也一般只不过是吃一顿饭的比喻，仿佛只有野蛮人才跟大自然和真理住得相近，能够向它们借用譬喻。远远住在西北的疆土或人之岛的学者怎么知道厨房中的议会式的清谈呢？

只有一两个宾客还有勇气跟我一起吃玉米糊；可是当他们看到危机接近，立刻退避，好像它可以把屋子都震坍似的。煮过那么多玉米糊了，房屋还是好好地站着呢。

我是直到气候真的很冷了，才开始泥墙的，为了这个缘故，我驾了一叶扁舟到湖对岸去取来更洁白的细沙。有了这样的交通工具，必要的话，就是旅行得更远我也是高兴的。在这期间，我的屋子已经四面都钉满了薄薄的木板条子。在钉这些板条的时候，我很高兴，我能够一锤就钉好一只钉子。我更野心勃勃，要迅速而漂亮地把灰浆从木板上涂到墙上。我记起了讲一个自负的家伙的那个故事。他穿了很好的衣服，常常在村里走来走去，指点工人。有一天他忽然想用实践来代替他的理论了，他卷起了袖子，拿了一块泥水工用的木板，放上灰浆，总算没出岔子，于是得意扬扬地望了望头顶上的板条，用了一个勇敢的动作把灰浆糊上去，马上出丑，全部灰浆掉回到他那傲慢的胸口。我再次欣赏灰浆，它能这样经济，这样便利地击退了寒冷，它平滑又漂亮，我懂得了一个泥水匠会碰到怎样一些事故。使我惊奇的是，在我泥平以前，砖头如何饥渴地吸入了灰浆中的全部水分，为了造一个新的壁炉，我用了多少桶水。前一个冬天，我就曾经试验过，用我们的河流中学名 Unio fluviatilis 的一种介壳烧制成少量的石灰；所以我已知道从什么地方去取得材料了。如果我高兴的话，也许我会走一两英里路，找到很好的石灰石，自己动手来烧石灰。

这时候，最照不到阳光和最浅的湖凹中已经结起了薄冰，比整个湖结冰早了几天，有些地方早了几星期。第一块冰特别有趣，特别美满，因为它坚硬，黝黑，透明，借以观察浅水地方的水，机会更好；因为在一英寸厚薄的冰上你已经可以躺下来，像水上的掠水虫，然后惬惬意意地研究湖底，距离你不过两三英寸，好像玻璃后面的画片，那时的水当然一直是平静的。沙上有许多沟槽，若干生物曾经爬过去，又从原路爬回来；至于残骸，那儿到处是白石英细粒形成的石蚕壳。也许是它们形成沟槽的吧，因为石蚕就在沟槽之中，虽然由它们来形成，而那些沟槽却又显得太宽阔而大。不过，冰本身是最有趣的东西，你得利用最早的机会来研究它。如果你就在冻冰以后的那天早晨仔细观看它，你可以发现那些仿佛是在冰层中间的气泡，实际上却是附在冰下面的表层的，还有好些气泡正从水底升上来；因为冰块还是比较结实，比较黝黑的，所以你可以穿过它看到水。这些气泡的直径从一英寸的八十分之一到八分之一，非常清晰而又非常美丽，你能看到你自己的脸反映在冰下面的这些气泡上。一平方英寸内可以数出三四十个气泡来。也有一些是在冰层之内的,狭小的,椭圆的,垂直的,约半英寸长,还有圆锥形的,顶朝上面,如果是刚刚冻结的冰,常常有一串珠子似的圆形气泡,一个顶在另一个的上面。但在冰层中间的这些气泡并没有附在冰下面的那么多,也没那么明显。我常常投掷些石子去试试冰的力量,那些穿冰而过的石子带了空气下去,就在下面形成了很大的很明显的白气泡。有一天,我过了四十八小时之后再去老地方看看,虽然那窟窿里已经又结了一英寸厚的冰了,但是我看到那些大气泡还很美好,我从一块冰边上的裂缝里看得很清楚。可是由于前两天温暖得仿佛小阳春,现在冰不再是透明的,透出水的暗绿色,看得到水底,而是不透明的,呈现灰白色,冰层已经比以前厚了一倍了,却不比以前坚固。热量使气泡大大扩展,凝集在一块,却变得不规则了;不再一个顶着一个,往往像一只袋子里倒出来的银币,堆积在一起,有的成了薄片,仿佛只占了一个细小的裂隙。冰的美感已经消失,再要研究水底已经来不及了。我很好奇,想知道我那个大气泡在新冰那儿占了什么位置,我挖起了一块有中型气泡的冰块来,把它的底朝了天。在气泡之下和周围已经结了一层新的冰,所以气泡是在两片冰的中间;它全部是在下层中间的,却又贴近上层,扁平的,也许有点像扁豆形,圆边,深四分之一英寸,直径四英寸;我惊奇地发现,就在气泡的下面,冰融化得很有规则,像一只倒置的茶托,在中央八分之五英寸的高度,水和气泡之间有着一个薄薄的分界线,薄得还不到一英寸的八分之一;在许多地方,这分界线中的小气泡向下爆裂,也许在最大的直径一英尺的气泡底下完全是没有冰的。我恍然大悟了,我第一次看到的附在冰下面的小气泡现在也给冻入了冰块中,它们每一个都以不同程度在下面对冰块起了取火镜的作用，要融化冰块。融冰爆裂有声，全是这些小气泡干的花样。

最后冬天热心地来到了；刚好我把泥墙完成，那狂风就开始在屋子的周围吼叫，仿佛它待命已久，这时才获准吼叫。一夜夜，飞鹅在黑暗中隆隆而来，呼号着拍动着翅膀，一直到大地上已经铺了白雪之后，有的停在瓦尔登，有的低飞过森林到美港，准备上墨西哥。好几次，在十点十一点光景，从村里回到了家，我听到一群飞鹅的脚声，要不然就是野鸭，在我屋后，踩过洼地边林中的枯叶，它们要去那里觅食了，我还能听到它们的领队低唤着急行而去。一八四五年里，瓦尔登全面冻结的第一夜是十二月二十二日的晚上，早十多天，弗灵特和其他较浅的湖沼早就全部冻上了；一八四六年里是十六那一夜冻的；四九年大约是三十一日夜里；五〇年大约是十二月二十七日；五二年，一月五日；五三年，十二月三十一日。自十一月二十五日以来，雪已经在地面上积起来了，突然间冬天的景象展现在我的面前。我更加躲进我的小窝里，希望在我的屋子和我的心中都点亮一个火。现在我的户外工作便是到森林中去找枯木，抱在我手中，或者放在我肩膀上，把它们拿回来，有时还在左右两臂下各自挟了干枯松枝，把它们拖回家。曾经在夏令用作藩篱的茂郁松树现在却够我拖的了。我用它们祭了火神，因为它们已经祭过土地之神。这是多么有味的事，到森林中去猎取，或者说，去偷窃燃料，煮熟一顿饭菜！我的面包和肉食都很香。我们大部分的乡镇，在森林里都有足够的柴薪和废木料可以生火，可是目前它们却没有给任何人以温暖，有人还认为它们阻碍了幼林的发展。湖上还有许多漂浮而来的木料。夏天里，我曾经发现了一个苍松的木筏，是造铁路的时候，爱尔兰人钉起来的，树皮都还保留着。我把它们的一部分拖上了岸。已经浸过两年之久，现在又躺在高地有六个月，虽说还饱和着水没法晒干，却是十全十美的木料。这个冬天里的一天，我把木头一根根拖过湖来，以此自娱，拖了半英里路，木头有十五英尺长，一头搁在我肩上，一头放在冰上，就像溜冰似的溜了过来；要不我就把几根木料用赤杨的纤枝来捆上，再用一枝较长的赤杨或桤木丫枝钩住它，钩了过湖。这些木头虽然饱和着水，并且重得像铅，但是却不仅经烧，而且烧的火很热；而且，我还觉得它们浸湿了更好烧，好像浸水的松脂，在灯里烧起来格外经久。

　　吉尔平①在他的英格兰森林中的居民记录里面，写着："一些人侵占了土地，在森林中就这样筑了篱笆，造了屋子，"在"古老的森林法规中，这是被认为很有害的而要以强占土地的罪名重罚的，因为 ad terrorem ferarum——ad nocumentum forestae 等"使飞禽恐惧，使森林受损。可是我比猎者或伐木者更关心野味和森林保护，仿佛我自己便是护林官一样；假若它有一部分给烧掉了，即便是我自己不小心烧掉的，我也要大为悲伤，比任何一个森林主本人都要哀痛得更长久，而且更无法安慰。我希望我们的农夫在砍伐一个森林的时候，能够感觉到那种恐惧，好像古罗马人士在使一个神圣森林（lucum conlucare）里的树木更稀些，以便放阳光进来的时候所感觉到的恐惧一样，因为他们觉得这个森林是属于一些天神的。罗马人先赎罪，后祈祷，无论你是男神或女神，这森林是因你而

---

　　①　吉尔平（Bernard Gilpin，1517—1583），英国改革家。

神圣的,愿你赐福给我,给我的家庭和我的孩子们,等等。

甚至在这种时代,这新大陆上的森林却还是极有价值的,有一种比黄金更永久更普遍的价值,这真是很惊人的。我们已经发明和发现了许多东西,但没有人能经过一堆木料而毫不心动的。它对我们是非常地宝贵,正如对我们的撒克逊和诺尔门的祖先一样。如果他们是用来做弓箭,则我们是用它来做枪托的。米萧①在三十多年前说过,纽约和费城的燃料的价钱,"几几乎等于巴黎最好的木料的价钱,有时甚至于还要超过,虽然这大城市每年需要三十万'考德'的燃料,而且周围三百英里的土地都已开垦过了"。在本乡镇上,木料的价钱几乎日夜在涨,唯一的问题是今年比去年涨多少。不是为了别的事情亲自到森林里来的机械师或商人,一定是为了林木拍卖才来的;甚至有人愿出很高的价钱来取得在砍伐者走了以后拣拾木头的权利。多少年代了啊,人类总是到森林中去找燃料和艺术的材料;新英格兰人,新荷兰人,巴黎人,克尔特人,农夫,罗宾汉,戈底·勃莱克和哈莱·吉尔②;世界各地的王子和乡下人,学者和野蛮人,都要到森林里去拿一些木头出来,生火取暖煮饭。便是我,也肯定是少不了它的。

每一个人看见了他的柴火堆都非常欢喜。我喜欢把我的柴火堆放在我的窗下,细木片越多越能够使我记起那愉快的工作。我有一柄没人要的旧斧头,冬天里我常常在屋子向阳的一面砍那些豆田中挖出来的树根。正如在我耕田时,我租用的马匹的主人曾预言过的,这些树根给了我两次温暖,一次

---

① 米萧(André Michaux,1746—1802),法国植物学家。
② 见英国诗人华兹华斯(William Wordsworth,1770—1850)的诗《戈底·勃莱克和哈莱·吉尔》,前者责备后者拒绝给她柴火。

是我劈开它们的时候，一次在燃烧它们的时候，可是再没有任何燃料能够发出更多的热量来了。至于那柄斧头，有人劝我到村中的铁匠那里去锻一下，可是我自己锻了它，并用一根山核桃木给它装上柄，可以用了。虽然它很钝，却至少是修好了。

　　几片多油质的松木就是一大宝藏。不知道现在还有多少这样的燃料藏在大地的腹内。几年前，我常常在光秃秃的山顶上侦察，那地方曾经站着一个大松林，我找到过一些油质多的松根。它们几乎是不能毁灭的。至少三四十年老的树根，心子里还是完好的，虽然外表的边材已经腐朽了，那厚厚的树皮在心子外边四五英寸的地方形成了一个环，和地面相齐。你用斧头和铲子，探索这个矿藏，沿着那黄黄的牛油脂似的、骨髓似的储藏，或者仿佛找到了金矿的矿苗似的，一直深入到地里去。通常我是用森林中的枯叶来引火的，那还是在下雪以前，我在我的棚子里储藏起来的。青青的山核桃木，精巧地劈开，那是樵夫们在森林中生营火时所用的引火。每隔一阵，我也把这种燃料预备好一些。正如村中的袅袅的炊烟一样，我的烟囱上也有一道浓烟流出来，让瓦尔登谷中的许多野性的居民知道我是醒着的：——

　　　　　　翅膀轻展的烟啊，伊卡洛斯之鸟，
　　　　　　向上升腾，你的羽毛就要融消，
　　　　　　悄然无声的云雀，黎明的信使啊，
　　　　　　盘旋在你的村屋上，那是你的巢；
　　　　　　要不然你是逝去的梦，午夜的
　　　　　　迷幻的身影，整理着你的裙裳；
　　　　　　夜间给群星蒙上面纱，白天里，

抹黑了光明,遮蔽了太阳光;

我的薰香,去吧,从这火炉上升,

见到诸神,请他们宽恕这通明的火光。

虽然我只用很少坚硬的青翠的刚刚劈开的树木,它却比任何别种燃料更适合我用。有时在一个冬令的下午,我出去散步的时候,留下了一堆旺盛的火;三四个小时之后,我回来了,它还熊熊地燃烧着。我出去之后,房中还并不是阒无一人的。好像我留下了一个愉快的管家妇在后面。住在那里的是我和火;一般说来,这位管家真是忠实可靠。然而,也有过一天,我正在劈木头,我想到我该到窗口去张望一下,看看这座房子是否着火了;在我的记忆中,就是这么一次,我特别在这事儿上焦虑了一下;所以,我去张望了,我看到一粒火星烧着了我的床铺,我就走了进去,把它扑灭,它已经烧去了像我手掌那么大的一块。既然我的房屋处在一个这样阳光充足,又这样挡风的位置上,它的屋脊又很低,所以在任何一个冬天的中午,我都可以让火熄灭。

鼹鼠住在我的地窖里,每次要啃去三分之一的土豆,它们利用我泥墙以后还剩下来的兽毛和几张牛皮纸,做了它们的巢;因为就是最最野性的动物,也像人类一样地爱舒服和温暖,也只有因为它们是这样小心,得到了个窝,它们才能过了一个冬天还活着。我有几个朋友,说话的口气好像我跑到森林里来,是为了要把我自己冷藏起来。动物只要在荫蔽的地方安排一张床铺,它以自己的体温来取暖;人却因为发现了火,在一个宽大的房间内把空气关了起来,把它弄得很温暖,却不靠自己的体温,然后把这暖室做成他的卧床,让他可以少穿许多累赘的衣服而跑来跑去,在冬天里保持着一种夏天的温度,更因为有窗子,依然能邀入光明来,再用一盏灯火,就把白昼拉长。就这样他超出了他的本能一步或两步,节省下时间来从事美术了。虽然,每当我长久暴露于狂风之下,我的全身就开始麻木,可是等到我回到了满室生春的房屋之内,我立刻恢复了我的官能,又延长了我的生命。就是住在最奢华的房间里的人在这方面也没有什么可以夸耀的,我们也不必费神去猜测人类最后将怎么毁灭。只要从北方吹来一股稍为锐利一些的狂风,任何时候都可以结束他们的生命,这还不容易吗?我们往往用寒冷的星期五和大雪这种说法,来计算日子,可是一个更寒冷的星期五,或更大的雪,就可以把地球上的人类的生存告一段落的。

第二年冬天,为了经济起见,我用了一只小小的炉灶,因为森林并不属于我所有;可是它并不像壁炉那样能让火焰保持旺盛了,那时候,煮饭多半不再是一个诗意的工作,而只成了一种化学的过程。在用炉灶的日子里,大家很快都忘记在火灰中像印第安人似的烤土豆了。炉灶不仅占地位,熏得房间里一股烟味,而且看不见火,我觉得仿佛失去了一个伴侣似的。你常常可以在火中认出一个面孔来。劳动者,在晚上凝望着火,常把白天积聚起来的杂乱而又粗俗的思想,都放到火里去洗炼。可是我再不能坐着凝望火焰了,有一位诗人的切题的诗句对我发生了新的力量:

> "光亮的火焰,永远不要拒绝我,
> 你那可爱的生命之影,亲密之情,
> 向上升腾的光亮,是我的希望?
> 到夜晚沉沦低垂的是我的命运?
> 你是所有的人都欢迎,都爱的,

为何给放逐出我们的炉边和大厅？
难道是你的存在太富于想象了，
不能作迟钝的浮生的普遍照明？
你的神秘的光芒不是跟我们的
同性情的灵魂交谈吗？秘不可泄？

是的，我们安全而强壮，因为现在
我们坐在炉旁，炉中没有暗影。
也许没有喜乐哀愁，只有一堆火，
温暖我们手和足——也不希望更多；
有了它这坚密、实用的一堆火，
在它前面的人可以坐下，可以安寝，
不必怕黑暗中显现游魂厉鬼，
古树的火光闪闪地和我们絮语。"①

---

① 摘自艾仑·史笃琪斯·霍伯（Ellen Stargis Hooper，1812—1848）的一首
诗《柴火》。

# 旧居民；冬天的访客

　　我遭逢了几次快乐的风雪，在火炉边度过了一些愉快的冬夜，那时外面风雪狂放地旋转，便是枭鹰的叫声也给压下去了。好几个星期以来，我的散步中没有遇到过一个人，除非那些偶尔到林中来伐木的，他们用雪车把木料载走了。然而那些大风大雪却教会我从林中积雪深处开辟出一条路径来，因为有一次我走过去以后，风把一些橡树叶子吹到了被我踏过的地方；它们留在那里，吸收了太阳光，而融去了积雪，这样我不但脚下有了干燥的路可走，而且到晚上，它们的黑色线条可以给我引路。至于与人交往，我不能不念念有词，召回旧日的林中居民。照我那个乡镇上许多居民的记忆，我屋子附近那条路上曾响彻了居民的闲谈与笑声，而两旁的森林，到处斑斑点点，都曾经有他们的小花园和小住宅，虽然当时的森林，比起现在来，还要浓密得多。在有些地方，我自己都记得的，浓密的松树摩擦着轻便马车的两侧；不得不单独地步行到林肯去的女人和孩子，经过这里往往害怕得不得了，甚至狂奔上一段路。虽然主要地说来，这是到邻村去的一条微不足道的小径，或者说是只有樵夫在走的，但是它曾经迷惑了一些旅行家，当时它的花明柳暗，比现下更要丰富，在记忆之中也更可留恋。现在从村子到森林中间有一大片空旷的原野，当时是一个枫树林的沼泽地区,许多的木料是那里的小径的基础,现在成了多尘土的公路了,从现在已经是济贫院的斯特拉登,经过田庄,一直通到勃立斯特山的公路下,无疑还找得到它的痕迹。

在我的豆田之东,路的那一边,卡托·殷格拉汉姆曾居住过,他是康科德的乡绅邓肯·殷格拉汉姆老爷的奴隶;他给他的奴隶造了一座房子,还允许他住在瓦尔登林中;——这个卡托不是尤蒂卡的那个①,而是康科德人。有人说他是几内亚的黑人。有少数人还记得他胡桃林中的一块小地,他将它培育成林了,希望老了以后,需要的时候可以有用处;一个年轻白种人的投机家后来买下了它。现在他也有一所狭长的房子。卡托的那个半已消失无踪的地窖窟窿至今还在,却很少人知道了,因为有一行松树遮去了旅行家的视线。现在那里满是平滑的黄栌树(学名 Rhus glabra),还有很原始的一种黄色紫菀(学名 Solidago stricta),也在那里很茂郁地生长着。

就在我的豆田转角的地方,离乡镇更近了,一个黑种女人席尔发有着她的一幢小房屋,她在那里给地方上人织细麻布,她有一个响亮激越的嗓子,唱得瓦尔登林中回荡着她的尖锐的歌声。最后,一八一二年,她的住宅给一些英国兵烧掉了,他们是一些假释的俘房,那时恰巧她不在家,她的猫、狗和老母鸡一起都给烧死了。她过的生活很艰苦,几乎是不像人过的。有个在这森林中可称为常客的老者还记得,某一个午间他经过她的家,他听到她在对着沸腾的壶喃喃自语,——"你们全是骨头,骨头啊!"我还看见过橡树林中留存着的砖头。

① 指罗马哲学家、爱国志士卡托(Marcus Porcius Cato,前95—前46)。

沿路走下去,右手边,在勃立斯特山上,住着勃立斯特·富理曼,"一个机灵的黑人",一度是肯明斯老爷的奴隶,——这个勃立斯特亲手种植并培养的苹果树现在还在那里生长;成了很大很古老的树,可是那果实吃起来还是野性十足的野苹果味道。不久前,我还在林肯公墓里读到他的墓志铭,他躺在一个战死在康科德撤退中的英国掷弹兵旁边,——墓碑上写的是"斯伊比奥·勃立斯特",——他有资格被叫作斯基比奥·阿非利加努斯①——"一个有色人种",好像他曾经是无色似的。墓碑上还异常强调似的告诉了我,他是什么时候死的;这倒是一个间接的办法,它告诉了我,这人是曾经活过的。和他住在一起的是他的贤妻芬达,她能算命,然而是令人非常愉快的,——很壮硕,圆圆的,黑黑的,比任何黑夜的孩子还要黑,这样的黑球,在康科德一带是空前绝后的。

沿着山再下去,靠左手,在林中的古道上,还留着斯特拉登家的残迹;他家的果树园曾经把勃立斯特山的斜坡全部都占了,可是也老早给苍松杀退,只除了少数树根,那些根上又生出了更繁茂的野树。

更接近乡镇,在路的另外一面,就在森林的边上,你到了勃里德的地方;那地方以一个妖怪出名,这妖怪尚未收入古代神话中;他在新英格兰人的生活中有极重要、极惊人的关系,正如许多神话中的角色那样,理应有那么一天,有人给他写一部传记的;最初,他乔装成一个朋友,或者一个雇工来到,然后他抢劫了,甚至谋杀了那全家老小,——他是新英格兰的怪

---

① 斯基比奥·阿非利加努斯(Scipio Africanus,前237—约前183),古罗马将军,侵入非洲,打败汉尼拔。

人。可是历史还不能把这里所发生的一些悲剧写下来,让时间多少把它们弄糊涂一点,给它们一层蔚蓝的颜色吧。有一个说不清楚的传说,说到这里曾经有过一个酒店;正是这同一口井,供给了旅客的饮料,给他们的牲口解渴。在这里,人们曾经相聚一堂,交换新闻,然后各走各的路。

勃里德的草屋虽然早就没有人住了,却在十二年前还站着。大小跟我的一座房子差不多。如果我没有弄错的话,那是在一个选举大总统的晚上,几个顽皮小孩放火把它烧了。那时我住在村子边上,正读着德芙南特①的《刚蒂倍尔特》读得出了神,这年冬天我害了瞌睡病,——说起来,我也不知道这是否家传的老毛病,但是我有一个伯父,刮刮胡子都会睡着,星期天他不得不在地窖里摘去土豆的芽,就是为了保持清醒,信守他的安息日;也许另外的一个原因是由于这年我想读查尔末斯②编的《英国诗选》,一首也不跳过去,所以读昏了的。德芙南特的书相当征服了我的神经。我正读得脑袋越来越低垂,忽然火警的钟声响了,救火车狂热地奔上前去,前后簇拥着溃乱的男子和小孩,而我是跑在最前列的,因为我一跃而跃过了溪流。我们以为火烧的地点远在森林之南,——我们以前都救过火的,——兽厩啦,店铺啦,或者住宅啦,或者是所有这些都起了火。"是倍克田庄,"有人嚷道。"是考德曼的地方,"另外的人这样肯定。于是又一阵火星腾上了森林之上的天空,好像屋脊塌了下去,于是我们都叫起了"康科德来救火了!"在狂怒的速度下,车辆飞去如飞矢,坐满了人,其

① 德芙南特(William Davenant,1606—1668),英国剧作家。
② 查尔末斯(Alexander Chalmers,1759—1834),英国作家、编辑。

中说不定有保险公司代理人，不管火烧得离他如何远，他还是必须到场的；然而救火车的铃声却越落越后，它更慢更稳重了，而在殿军之中，后来大家窃窃私语地说，就有那一批放了火，又来报火警的人。就这样，我们像真正的唯心主义者向前行进，不去理会我们的感官提供的明证，直到在路上转了个弯，我们听到火焰的爆裂声，确确实实地感到了墙那边传过来的热度，才明白，唉！我们就在这个地方。接近了火只有使我们的热忱减少。起先我们想把一个蛙塘的水都浇在火上；结果却还是让它烧去，这房子已经烧得差不多了，又毫无价值。于是我们围住了我们的救火车，拥来拥去，从扬声喇叭中发表我们的观点，或者用低低的声音，谈谈有史以来世界上的大火灾，包括巴斯康的店铺的那一次，而在我们自己一些人中间却想到，要是凑巧我们有"桶"，又有个涨满水的蛙塘的话，我们可以把那吓人的最后一场大火变成再一次大洪水的。最后我们一点坏事也不做，都回去了，——回去睡觉，我回去看我的《刚蒂倍尔特》。说到这本书，序文中有一段话是关于机智是灵性的火药的，——"可是大部分的人类不懂得机智，正如印第安人不懂得火药"，我颇不以为然。

第二天晚上，我凑巧又走过了火烧地，差不多在同样的时候，那里我听到了低沉的呻吟声，我在黑暗中摸索着走近去，发现我认识这个人，他是那家的唯一的子孙；他承继了这一家人的缺点和优点；也唯有他还关心这火灾，现在他扑倒在地窖边上，从地窖的墙边望到里面还在冒烟的灰烬，一面喃喃自语，这是他的一个习惯。一整天来，他在远远的河边草地上干活，一有自己可以支配的时间，就立即来到他的祖先的家，他的童年时代就是在这里过的。他轮流从各个方向，各个地点，望着地窖,身子总躺着,好像他还记得有什么宝藏,藏在石块中间,但什么也没有,只有砖石和灰烬。屋子已经烧去了,他要看看留下来的部分。仅仅因为我在他的身边,他就仿佛有了同情者,而得到安慰,他指点给我看一口井,尽可能从黑暗中看到它被盖没的地方;他还沿着墙久久地摸索过去,找出了他父亲亲手制造和架起来的吊水架,叫我摸摸那重的一端吊重物用的铁钩或锁环,——现在他还能够抓到的只有这一个东西了,——他要我相信这是一个不平凡的架子。我摸了它,后来每次散步到这里总要看看它;因为它上面还钩着一个家族的历史。

在左边,在可以看见井和墙边的丁香花丛的地方,在现在的空地里,曾经住过纳丁和勒·格洛斯。可是,让我们回到林肯去吧。

在森林里比上述任何一个地方还要远些,就在路最最靠近湖的地点,陶器工人魏曼蹲在那里,制出陶器供应乡镇人民,还留下了子孙来继续他的事业。在世俗的事物上,他们也是很贫穷的,活着的时候,勉勉强强地被允许拥有那块土地;镇长还常常来征税,来也是白来,只能"拖走了一些不值钱的东西",做做形式,因为他实在是身无长物;我从他的报告里发现过上述的话。仲夏的一天,我正在锄地,有个带着许多陶器到市场去的人勒住了马,在我的田畔问我小魏曼的近况。很久以前,他向他买下了一个制陶器用的轮盘,他很希望知道他现在怎么样。我只在经文之中读到过制陶器的陶土和轮盘,我却从未注意过,我们所用的陶器并不是从那时流传到今天的丝毫无损的古代陶器,或者在哪儿像葫芦般长在树上的,我很高兴地听说,这样一种塑造的艺术,在我们附近,也有人干了。

在我眼前的最后一个林中居民是爱尔兰人休·夸尔（这是说如果我说他的名字舌头卷得够的话），他借住在魏曼那儿，——他们叫他夸尔上校。传说他曾经以士兵的身份参加过滑铁卢之战。如果他还活着，我一定要他把战争再打一遍。他在这里的营生是挖沟。拿破仑到了圣赫勒拿岛①，而夸尔来到了瓦尔登森林。凡我所知道的他的事情都是悲剧。他这人风度很好，正是见过世面的人，说起话来比你所能听得到的还要文雅得多呢。夏天里，他穿了一件大衣，因为他患着震颤性谵妄症，他的脸是胭脂红色的。我到森林中之后不久，他就死在勃立斯特山下的路上，所以我没把他当作邻居来记忆了。在他的房子被拆以前，他的朋友都认为这是"一座凶险的堡垒"，都是避而不去的，我进去看了看，看到里面他那些旧衣服，都穿皱了，就好像是他本人一样，放在高高架起的木板床上。火炉上放着他的断烟斗，而不是在泉水边打破的碗。所谓泉水，不能作为逝世的象征而言，因为他对我说，虽然他久闻勃立斯特泉水之名，却没有去看过；此外，地板上全是肮脏的纸牌，那些方块、黑桃、红心的老 K，等等。有一只黑羽毛的小鸡，没有给行政官长捉去，黑得像黑夜，静得连咯咯之声也发不出来的，在等着列那狐②吧，它依然栖宿在隔壁房间里。屋后有一个隐约像园子似的轮廓，曾经种过什么，但一次也没

①　拿破仑在滑铁卢战役失败后，被流放于圣赫勒拿岛。一八二一年病死该岛。
②　典出十二世纪到十三世纪形成的法国讽刺故事诗《列那狐的故事》中的《列那狐和公鸡商特克莱》。诡计多端的列那狐到一座庄园里去偷鸡，公鸡上当被咬住，最后设法逃脱。

有锄过，因为他的手抖得厉害，现在不觉已是收获的时候了。罗马苦艾和叫化草长满了，叫化草的小小的果实都贴在我的衣服上。一张土拨鼠皮新近张绷在房屋背后，这是他最后一次滑铁卢的战利品，可是现在他不再需要什么温暖的帽子，或者温暖的手套了。

现在只有一个凹痕，作这些住宅的记认，地窖中的石头深深陷下，而草莓、木莓、覆盆子、榛树和黄栌树却一起在向阳的草地上生长；烟囱那个角落现在给苍松或多节的橡树占去了，原来是门槛的地方，也许还摇曳着一枝馥郁的黑杨树。有时，一口井的凹痕看得很清楚，从前这里有泉水，现在是干燥无泪的草；也许它给长草遮蔽了，——要日久以后才有人来发现，——长草之下有一块扁平的石头，那是他们中间最后离开的一个人搬过来的。把井遮盖起来——这是何等悲哀的一件事！与它同时，泪泉开始涌流了。这些地窖的凹痕，像一些被遗弃了的狐狸洞，古老的窟窿，是这里曾经有过熙熙攘攘的人类的遗迹，他们当时多少也曾经用不同的形式，不同的方言讨论过，什么"命运、自由意志、绝对的预知"，等等。但是据我所知，他们所讨论的结果便是这个，"卡托和勃立斯特拉过羊毛"；这跟比较著名的哲学流派的历史同样地富于启发。

而在门框，门楣，门槛都消失了一世代之后，生机勃勃的丁香花还是生长着，每年春天展开它的芳香的花朵，给沉思的旅行者去摘；从前是一双小孩子的手种下的，在屋前的院子里——现在都生在无人迹的牧场上的墙脚边，并且让位给新兴的森林了；——那些丁香是这一个家庭的唯一的幸存者，孑然一遗民。那些黑皮肤的小孩子料想不到，他们在屋前阴影里插在地上的只有两个芽眼的细枝，经过他们天天浇水，居然扎下这么深的根,活得比他们还长久,比在后面荫蔽了它们的屋子还长久,甚至比大人的花园果园还长久,在他们长大而又死去之后,又是半个世纪了,而丁香花却还在把他们的故事叙述给一个孤独的旅行者听,——而它们的花朵开得何等地美,香味何等甜蜜,正如在第一个春天里一样。我看到了依然柔和、谦逊而愉快的丁香结的色彩。

可是这一个小村落,应该是可以发展的一个幼芽,为什么康科德还在老地方,它却失败了呢?难道没有天时地利,——譬如说,水利不好吗?啊,瓦尔登之深,勃立斯特泉水之冷,——何等丰富,喝了何等有益于健康,可是除了用来把他们的酒冲淡之外,这些人丝毫没有加以利用。他们都只是些口渴的家伙。为什么编篮子,做马棚扫帚,编席子,晒干苞谷,织细麻布,制陶器,这些营生在这儿不能发展,使荒原像玫瑰花一样开放,为什么又没有子子孙孙来继承他们祖先的土地呢?硗薄的土地至少是抵挡得住低地的退化的。可叹啊!这些人类居民的回忆对风景的美竟无贡献!也许,大自然又要拿我来试试,叫我做第一个移民,让我去年春天建立的屋子成为这个村子的最古老的建筑。

我不知道在我占用的土地上,以前有什么人建筑过房屋。不要让我住在一个建筑于古城之上的城市中,它以废墟为材料,以墓地为园林。那里的土地已经惊惶失色,已经受到诅咒,而在这些成为事实之前,大地本身恐怕也要毁灭了。有这样的回忆在心头,我重新把这些人安置在森林中,以此催我自己入眠。

在这种季节里,我那儿难得有客人来。当积雪最深的时候,往往一连一星期,甚至半个月都没有一个人走近我的屋子,可是我生活得很舒服,像草原上的一只老鼠或者牛,或者鸡,据说它们即使长时期地埋葬在积雪中,没有食物吃,也能活下去哩;或者,我像本州的萨顿城中,那最早的一家移民,据说在一七一七年的大雪中,他自己不在家,可是大雪全部盖没了他的草屋,后来幸亏一个印第安人,认出了烟囱中喷出的热气在积雪中化出的一个窟窿,才把他的一家人救了出来。可是没有友好的印第安友人来关心我了;他也不必,因为屋子的主人现在在家里。大雪!听来这是多么的愉快啊!农夫们不能带了他们的驴马到森林或沼泽中来,他们不能不把门口那些遮蔽日光的树木砍伐下来了,而当积雪坚硬了,他们来到沼泽地区砍了一些树,到第二年春天去看看,他们是在离地面十英尺高的地方砍下了那些树的。

积雪最深时,从公路到我家有半英里长的那条路,好像是迂回曲折的虚线,每两点之间都有很大的空白。一连平静一星期的天气中,我总是跨出同样的步数,同样大小的步伐,谨慎地行走,像一只两脚规一样地准确,老在我自己的深深的足印上,——冬天把我们局限在这样的路线上了,——可是这些足印往往反映出天空的蔚蓝色。其实不管什么天气,都没有致命地阻挠过我的步行,或者说,我的出门,因为我常常在最深的积雪之中,步行八英里或十英里,专为了践约,我和一株山毛榉,或一株黄杨,或松林中的一个旧相识,是定了约会时间的;那时冰雪压得它们的四肢都挂下来了,树顶就更尖,松树的样子倒像铁杉木,有时,我跋涉在两英尺深的积雪中,到了最高的山顶,我每跨一步,都得把我头顶上的一大团雪摇落下来;有几次我索性手脚都扑在地上爬行了,因为我知道猎户都躲在家里过冬天。有一个下午,我饶有兴味地观察一只有条纹的猫头鹰(学名 Strix nebulosa),它坐在一株白松的下面的枯枝上,靠近了树干,在光天化日之下,我站在离它不到一杆的地方,当我移动时,步履踏在雪上的声音,它可以听到的,可是它看不清我。我发出了很大的声音来,它就伸伸脖子,竖起了它颈上的羽毛,睁大了眼睛;可是,立刻它又把眼皮合上了,开始点头打瞌睡了。这样观察了半个小时之后,我自己也睡意蒙眬起来,它半开眼睛地睡着,真像一只猫,它是猫的有翅膀的哥哥。眼皮之间,它只开一条小缝,这样它和我保持了一个半岛形的关系;这样,从它的梦的土地上望我,极力想知道我是谁,是哪个朦胧的物体,或是它眼睛中的一粒灰尘在遮住它的视线。最后,或许是更响的声音,或许是我更接近了它使它不安了,在丫枝上蹒跚地转一个身,好像它的美梦被扰乱了,它颇不以为然;而当它展翅飞了起来,在松林中翱翔的时候,它的翅膀是出人意料地展开得很大,可我一点儿声音也听不到。就这样,它似乎不是用视觉,而是用感觉,在松枝之间缭绕,仿佛它那羽毛都有感觉一样,在阴暗之中,它找到了一个新的枝头,飞了上去,栖息在上面,在那儿它可以安静地等待它的一天的黎明了。

当我走过那贯穿了草原的铁路堤岸时,我遇到一阵阵刺人肌骨的冷风,因为冷风比在任何地方都刮得更自由;而当霜雪打击了我的左颊的时候,纵然我是一个异教徒,我却把右颊也给它吹打。从勃立斯特山来的那条马车路也不见得好多少。因为我还是要到乡镇上去的,像一个友好的印第安人一样,当时那宽阔的田野上的白雪积在瓦尔登路两侧的墙垣间,行人经过了之后,不要半小时,那足迹就看不见了。回来时候,又吹了一场新的风雪,使我在里面挣扎,那忙碌的西北风就在路的一个大转弯处积起了银粉似的雪花,连一只兔子的足迹也看不到,一只田鼠的细小脚迹更是不可能看到了。可是,甚至在隆冬,我还看到了温暖、松软的沼泽地带上,青草和臭菘依然呈露常青之色,有一些耐寒的鸟坚持着,在等待春天的归来。

有时虽然有雪,我散步回来,还发现樵夫的深深的足印从我门口通出来,在火炉上我看到他无目的地削尖的木片,屋中还有他的烟斗的味道。或者在一个星期日的下午,如果我凑巧在家,我听见了一个踏在雪上的窸窣之声,是一个长脸的农夫,他老远穿过了森林而来聊天的;是那种"农庄人物"中的少数人物之一;他穿的不是教授的长袍,而是一件工人服;他引用教会或国家的那些道德言论,好比是他在拉一车兽厩中的肥料一样。我们谈到了纯朴和粗野的时代,那时候的人在冷得使人精神焕发的气候中,围着一大堆火焰坐着,个个头脑清楚;如果没有别的水果吃,我们用牙齿来试试那些松鼠早已不吃的坚果,因为那些壳最硬的坚果里面说不定是空的呢。

从离得最远的地方,穿过最深的积雪和最阴惨惨的风暴来到我家的是一位诗人。便是一个农夫,一个猎户,一个兵或一个记者,甚至一个哲学家都可能吓得不敢来的,但是什么也不能阻止一个诗人,他是从纯粹的爱的动机出发的。谁能预言他的来去呢?他的职业,便是在医生都睡觉的时候,也可以使他出门。我们使这小小的木屋中响起了大笑声,还喃喃地作了许多清醒的谈话,弥补了瓦尔登山谷长久以来的沉默。相形之下,百老汇也都显得寂静而且荒凉了。在相当的间歇之后,经常有笑声出现,也可能是为了刚才出口的一句话,也可能是为了一个正要说的笑话。我们一边喝着稀粥，一边谈了许多"全新的"人生哲学，这碗稀粥既可飨客，又适宜于清醒地作哲学的讨论。

我不能忘记，我在湖上居住的最后一个冬天里，还有一位受欢迎的访客，有个时期他穿过了雪、雨和黑暗，直到他从树丛间看见了我的灯火，他和我消磨了好几个长长的冬夜。最后一批哲学家中的一个，——是康涅狄格州把他献给世界的，——他起先推销那个州的商品，后来他宣布要推销他的头脑了。他还在推销头脑，赞扬上帝，斥责世人，只有头脑是他的果实，像坚果里面的果肉一样。我想，他必然是世界上有信心的活人中间信心最强的一人。他的话，他的态度总意味着一切都比别人所了解的好，随着时代的变迁，他恐怕是感到失望的最后一个，目前他并没有计划。虽然现在比较不受人注意，可是，等到他的日子来到，一般人们意想不到的法规就要执行，家长和统治者都要找他征求意见了。

　　　　"不识澄清者是何等盲目！"①

人类的一个忠诚之友；几乎是人类进步的唯一朋友。一个古老的凡人，不如说是一个不朽的人吧，怀着不倦的耐心和信念，要把人类身上铭刻着的形象说明白，现在人类的神，还不过是神的损毁了的纪念碑，已经倾斜欲坠了。他用慈祥的智力，拥抱了孩子、乞丐、疯子、学者，一切思想都兼容并包，普遍地给它增加了广度以及精度。我想他应该在世界大路上开设一个大旅馆，全世界的哲学家都招待，而在招牌上应该写道：

---

① 引自汤麦斯·司多雷(Thomas Storer)的《汤麦斯·华司莱主教的生与死》(1599 年)。

"招待人，不招待他的兽性。有闲暇与平静心情的人有请，要寻找一条正路的人进来。"他大约是最清醒的人，我所认识的人中间最不会勾心斗角的一个；昨天和今天他是同一个人。从前我们散步，我们谈天，很有效地把我们的世界遗弃在后边了；因为他不属于这世界的任何制度，生来自由，异常智巧。不论我们转哪一个弯，天地仿佛都碰了头，因为他增强了风景的美丽。一个穿蓝衣服的人，他的最合适的屋顶便是那苍穹，其中反映着他的澄清。我不相信他会死；大自然是舍不得放他走的。

各自谈出自己的思想，好像把木片都晒干那样，我们坐下来，把它们削尖，试试我们的刀子，欣赏着那些松木的光亮的纹理。我们这样温和地、敬重地涉水而过，或者，我们这样融洽地携手前进，因此我们的思想的鱼并不被吓得从溪流中逃跑，也不怕岸上的钓鱼人，鱼儿庄严地来去，像西边天空中飘过的白云，那珠母色的云有时成了形，有时又消散。我们在那儿工作，考订神话、修正寓言，造空中楼阁，因为地上找不到有价值的基础。伟大的观察者！伟大的预见者！和他谈天是新英格兰之夜的一大享受。啊，我们有这等的谈话，隐士和哲学家，还有我说起过的那个老移民，——我们三个，——谈得小屋子扩大了，震动了；我不敢说，这氛围有多少磅的重量压在每一英寸直径的圆弧上；它裂开的缝，以后要塞进多少愚钝才能防止它漏；——幸亏我已经拣到了不少这一类的麻根和填絮了。

另外还有一个人，住在村中他自己的家里，我跟他有过"极好的共处时间"，永远难忘，他也不时来看我；可是再没有结交别人了。

正如在别处一样，有时我期待那些绝不会到来的客人。毗瑟奴浦蓝那说，"屋主人应于黄昏中，逡巡在大门口，大约有挤一条牛的牛乳之久，必要时可以延长，以守候客来"。我常常这样隆重地守候，时间都够用以挤一群牛的牛乳了，可是总没有看见人从乡镇上来。

# 冬天的禽兽

等到湖水冻成结实的冰，不但跑到许多地点去都有了新的道路、更短的捷径，而且还可以站在冰上看那些熟悉的风景。当我经过积雪以后的弗灵特湖的时候，虽然我在上面划过桨，溜过冰，它却出人意料地变得大了，而且很奇怪，它使我老是想着巴芬湾。在我周围，林肯的群山矗立在一个茫茫雪原的四极，我以前仿佛并未到过这个平原；在冰上看不清楚的远处，渔夫带了他们的狼犬慢慢地移动，好像是猎海狗的人或爱斯基摩人那样，或者在雾蒙蒙的天气里，如同传说中的生物隐隐约约地出现，我不知道他们究竟是人还是侏儒。晚间，我到林肯去演讲总是走这条路的，所以没有走任何一条介乎我的木屋与讲演室之间的道路，也不经过任何一座屋子。途中经过鹅湖，那里是麝鼠居处之地，它们的住宅矗立在冰上，但我经过时没有看到过一只麝鼠在外。瓦尔登湖，像另外几个湖一样，常常是不积雪的，至多积了一层薄薄的雪，不久也便给吹散了，它便是我的庭院，我可以在那里自由地散步，此外的地方这时候积雪却总有将近两英尺深，村中居民都给封锁在他们的街道里。远离着村中的街道，很难得听到雪车上的铃声，我时常闪闪跌跌地走着，或滑着，溜着，好像在一个踏平了的鹿苑中，上面挂着橡木和庄严的松树，不是给积雪压得弯倒,便是倒挂着许多的冰柱。

在冬天夜里,白天也往往是这样,我听到的声音是从很远的地方传来的绝望而旋律优美的枭嗥,这仿佛是用合适的拨子弹拨时,这冰冻的大地发出来的声音,正是瓦尔登森林的lingua vernacula①,后来我很熟悉它了,虽然从没有看到过那只枭在歌唱时的样子。冬夜,我推开了门,很少不听到它的"胡,胡,胡雷,胡"的叫声,响亮极了,尤其头上三个音似乎是"你好"的发音;有时它也只简单地"胡,胡"地叫。有一个初冬的晚上,湖水还没有全冻,大约九点钟,一只飞鹅的大声鸣叫吓了我一跳,我走到门口,又听到它们的翅膀,像林中一个风暴,它们低低地飞过了我的屋子。它们经过了湖,飞向美港,好像怕我的灯光,它们的指挥官用规律化的节奏叫个不停。突然间,我不会弄错的,是一只猫头鹰,跟我近极了,发出了最沙哑而发抖的声音,在森林中是从来听不到的,它在每隔一定间歇回答那飞鹅的鸣叫,好像它要侮辱那些来自赫德森湾的闯入者,它发出了音量更大、音域更宽的地方土话的声音来,"胡,胡"地要把它们逐出康科德的领空。在这样的只属于我的夜晚中,你要惊动整个堡垒,为的是什么呢?你以为在夜里这个时候,我在睡觉,你以为我没有你那样的肺和喉音吗?"波—胡,波—胡,波—胡!"我从来没有听见过这样叫人发抖的不协和音。然而,如果你有一个审音的耳朵,其中却又有一种和谐的因素,在这一带原野上可以说是从没有看见过,也从没有听到过的。

我还听到湖上的冰块的咳嗽声,湖是在康科德这个地方

---

① 拉丁文:地方语言。

和我同床共寝的那个大家伙，好像他在床上不耐烦，要想翻一个身，有一些肠胃气胀，而且做了噩梦；有时我听到严寒把地面冻裂的声音，犹如有人赶了一队驴马撞到我的门上来，到了早晨我就发现了一道裂痕，阔三分之一英寸，长四分之一英里。

有时我听到狐狸爬过积雪，在月夜，寻觅鹧鸪或其他的飞禽，像森林中的恶犬一样，刺耳地恶鬼似的吠叫，好像它有点心焦如焚，又好像它要表达一些什么，要挣扎着寻求光明，要变成狗，自由地在街上奔跑；因为如果我们把年代估计在内，难道禽兽不是跟人类一样，也存在着一种文明吗？我觉得它们像原始人，穴居的人，时时警戒着，等待着它们的变形。有时候，一只狐狸被我的灯光吸引住，走近了我的窗子，吠叫似的向我发出一声狐狸的诅咒，然后急速退走。

通常总是赤松鼠（学名 Sciurus Hudsonius）在黎明中把我叫醒的，它在屋脊上奔窜，又在屋子的四侧攀上爬下，好像它们出森林来，就为了这个目的。冬天里，我抛出了大约有半蒲式耳的都是没有熟的玉米穗，抛在门口的积雪之上，然后观察那些给勾引来的各种动物的姿态，这使我发生极大兴趣。黄昏与黑夜中，兔子经常跑来，饱餐一顿。整天里，赤松鼠来来去去，它们的灵活尤其娱悦了我。有一只赤松鼠开始谨慎地穿过矮橡树丛，跑跑停停地在雪地奔驰，像一张叶子给风的溜溜地吹了过来；一忽儿它向这个方向跑了几步，速度惊人，精力也消耗得过了分，它用"跑步"的姿态急跑，快得不可想象，似乎它是来作孤注一掷的，一忽儿它向那个方向也跑那么几步，但每一次总不超出半杆之遥；于是突然间做了一个滑稽的表情停了步，无缘无故地翻一个筋斗，仿佛全宇宙的眼睛都在看着它，——因为一只松鼠的行动，即使在森林最深最寂寞的地方，也好像舞女一样，似乎总是有观众在场的，——它在拖宕，兜圈子中，浪费了更多的时间，如果直线进行，早毕全程，——我却从没有看见过一只松鼠能泰然步行过，——然后，突然，刹那之间，它已经在一个小苍松的顶上，开足了它的发条，责骂一切假想中的观众，又像是在独白，同时又像是在向全宇宙说话，——我丝毫猜不出这是什么理由，我想，它自己也未必说得出理由来。最后，它终于到了玉米旁；拣定一个玉米穗，还是用那不规则三角形的路线跳来跳去，跳到了我窗前堆起的那一堆木料的最高峰上，在那里它从正面看着我，而且一坐就是几个小时，时不时地找来新的玉米穗，起先它贪食着，把半裸的穗轴抛掉；后来它变得更加精灵了，拿了它的食物来玩耍，只吃一粒粒的玉米，而它用一只前掌擎起的玉米穗忽然不小心掉到地上了，它便做出一副不肯定的滑稽的表情来，低头看着玉米穗，好像在怀疑那玉米穗是否是活的，决不定要去捡起来呢，还是该另外去拿一个过来，或者干脆走开；它一忽儿想看玉米穗，一忽儿又听听风里有什么声音。就是这样，这个唐突的家伙一个上午就糟蹋了好些玉米穗；直到最后，它攫起了最长最大的一支，比它自己还大得多，很灵巧地背了就走，回森林去，好像一只老虎背了一只水牛，却还是弯弯曲曲地走，走走又停停，辛辛苦苦前进，好像那玉米穗太重，老是掉落，它让玉米穗处在介乎垂直线与地平线之间的对角线状态，决心要把它拿到目的地去；——一个少见的这样轻佻而三心二意的家伙；——这样它把玉米穗带到它住的地方，也许是四五十杆之外的一棵松树的顶上去了，事后我总可以看见，那穗轴被乱掷在森林各处。

最后樫鸟来了，它们的不协和的声音早就听见过，当时它们在八分之一英里以外谨慎地飞近，偷偷摸摸地从一棵树飞到另一棵树，越来越近，沿途捡起了些松鼠掉下来的玉米粒。然后，它们坐在一棵苍松的枝头，想很快吞下那粒玉米，可是玉米太大，哽在喉头，呼吸都给塞住了；费尽力气又把它吐了出来，用它们的嘴喙啄个不休，企图啄破它，显然这是一群窃贼，我不很尊敬它们；倒是那些松鼠，开头虽有点羞答答，过后就像拿自己的东西一样老实不客气地干起来了。

同时飞来了成群的山雀，捡起了松鼠掉下来的屑粒，飞到最近的丫枝上，用爪子按住屑粒，就用小嘴喙啄，好像这些是树皮中的一只只小虫子，一直啄到屑粒小得可以让它们的细喉咙咽下去。一小群这种山雀每天都到我的一堆木料中来大吃一顿，或者吃我门前那些屑粒，发出微弱迅疾的咬舌儿的叫声，就像草丛间冰柱的声音，要不然，生气勃勃地"代，代，代"地呼号了，尤其难得的是在春天似的日子里，它们从林侧发出了颇有夏意的"菲—比"的琴弦似的声音。它们跟我混得熟了，最后有一只山雀飞到我臂下挟着进屋去的木柴上，毫不恐惧地啄着细枝。有一次，我在村中园子里锄地，一只麻雀飞来停落到我肩上，待了一忽儿，当时我觉得，佩戴任何的肩章，都比不上我这一次光荣。后来松鼠也跟我很熟了，偶然抄近路时，也从我的脚背上踩过去。

在大地还没有全部给雪花覆盖的时候，以及在冬天快要过去，朝南的山坡和我的柴堆上的积雪开始融化的时候，无论早晨或黄昏，鹧鸪都要从林中飞来觅食。无论你在林中走哪一边，总有鹧鸪急拍翅膀飞去，震落了枯叶和丫枝上的雪花；雪花在阳光下飘落的时候，像金光闪闪的灰尘；原来这一种勇敢的鸟不怕冬天。它们常常给积雪遮蔽了起来,据说,"有时它们振翅飞入柔软的雪中,能躲藏到一两天之久"。当它们在黄昏中飞出了林子,到野苹果树上来吃蓓蕾的时候,我常常在旷野里惊动它们。每天黄昏,它们总是飞到它们经常停落的树上,而狡猾的猎者正在那儿守候它们,那时远处紧靠林子的那些果园里就要有不小的骚动了。无论如何,我很高兴的是鹧鸪总能找到食物。它们依赖着蓓蕾和饮水为生,它们是大自然自己的鸟。

在黑暗的冬天早晨,或短促的冬天的下午,有时候我听到一大群猎狗的吠声,整个森林全是它们的嚎叫,它们抑制不住要追猎的本能,同时我听到间歇的猎角,知道它们后面还有人。森林又响彻了它们的叫声,可是没有狐狸奔到湖边开阔的平地上来,也没有一群追逐者在追他们的阿克梯翁①。也许在黄昏时分,我看到猎者,只有一根毛茸茸的狐狸尾巴拖在雪车后面作为战利品而回来,找他们的旅馆过夜。他们指点我说,如果狐狸躲在冰冻的地下,它一定可以安然无恙,或者,如果它逃跑时是一直线的,没有一只猎犬追得上它;可是,一旦把追逐者远远抛在后面,它便停下来休息,并且倾听着,直到它们又追了上来,等它再奔跑的时候,它兜了一个圈子,回到原来的老窝,猎者却正在那里等着它。有时,它在墙顶上奔驰了几杆之遥,然后跳到墙的另一面,它似乎知道水不沾染它的臊气。一个猎者曾告诉我,一次他看见一只狐狸给猎犬追赶得逃到了瓦尔登湖上,那时冰上浮了一泓泓浅水,它跑了一

---

① 希腊神话中的一个猎人,他撞见狩猎女神狄安娜在洗澡,她把他变成一头牡鹿后,他被自己的那群猎狗咬得粉碎。

段又回到原来的岸上。不久,猎犬来到了,可是到了这里,它们的嗅觉嗅不到狐臭了。有时,一大群猎犬自己追逐自己,来到我屋前,经过了门,绕着屋子兜圈子,一点不理睬我,只顾噪叫,好像害着某一种疯狂症,什么也不能制止它们的追逐,它们就这样绕着圈子追逐着,直到它们发觉了一股新近的狐臭,聪明的猎犬总是不顾一切的,只管追逐狐狸。有一天,有人从列克星敦到了我的木屋,打听他的猎犬,它自己追逐了很长一段路,已经有一个星期了。可是,把我所知道的告诉了他以后,恐怕他未必会得到好处,因为每一次我刚想回答他的问题,他都打断了我的话,另外问我:"你在这里干什么呢?"他丢掉了一只狗,却找到了一个人。

有一个老猎户,说起话来枯燥无味,常到瓦尔登湖来洗澡,每年一回,总在湖水最温暖的时候到来,他还来看我,告诉过我,好几年前的某一个下午,他带了一支猎枪,巡行在瓦尔登林中;正当他走在威兰路上时,他听到一只猎犬追上来的声音,不久,一只狐狸跳过了墙,到了路上,又快得像思想一样,跳过了另一堵墙,离开了路,他迅即发射的子弹却没有打中它。在若干距离的后面,来了一条老猎犬和它的三只小猎犬,全速地追赶着,自动地追赶着,一忽儿已消失在森林中了。这天下午,很晚了,他在瓦尔登南面的密林中休息,他听到远远在美港那个方向,猎犬的声音还在追逐狐狸;它们逼近来了,它们的吠声使整个森林震动,更近了,更近了,现在在威尔草地,现在在倍克田庄。他静静地站着,长久地,听着它们的音乐之声,在猎者的耳朵中这是如此之甜蜜的,那时突然间狐狸出现了,轻快地穿过了林间的走廊,它的声音被树叶的同情的飒飒声掩盖了,它又快,又安详,把握住地势,把追踪者抛在老远的后面;于是,跳上林中的一块岩石,笔直地坐着,听着,它的背朝着猎者。片刻之间,恻隐之心限制了猎者的手臂;然而这是一种短命的感情,快得像思想一样,他的火器瞄准了,砰——狐狸从岩石上滚了下来,躺在地上死了。猎者还站在老地方,听着猎犬的吠声。它们还在追赶,现在附近森林中的所有的小径上全部都是它们的恶魔似的嗥叫。最后,那老猎犬跳入眼帘,鼻子嗅着地,像中了魔似的吠叫得空气都震动了,一直朝岩石奔去;可是,看到那死去了的狐狸,它突然停止了吠叫,仿佛给惊愕征服,哑口无言,它绕着,绕着它,静静地走动;它的小狗一个又一个地来到了,像它们的母亲一样,也清醒了过来,在这神秘的气氛中静静地不作声了。于是猎者走到它们中间,神秘的谜解开了。他剥下了狐狸皮,它们静静地等着,后来,它们跟在狐狸尾巴后面走了一阵,最后拐入林中自去了。这晚上,一个魏士登的绅士找到这康科德的猎者的小屋,探听他的猎犬,还告诉他说,它们自己这样追逐着,离开了魏士登的森林已经一个星期。康科德的猎者就把自己知道的详情告诉他,并把狐狸皮送给他,后者辞受,自行离去。这晚上他找不到他的猎犬,可是第二天他知道了,它们已过了河,在一个农家过了一夜,在那里饱餐了一顿,一清早就动身回家了。

把这话告诉我的猎者还能记得一个名叫山姆·纳丁的人,他常常在美港的岩层上猎熊,然后把熊皮拿回来,到康科德的村子里换朗姆酒喝;那个人曾经告诉他,他甚至于看见过一只麋鹿。纳丁有一只著名的猎狐犬,名叫布尔戈因,——他却把它念作布经,——告诉我这段话的人常常向他借用这条狗。这个乡镇中,有一个老年的生意人,他又是队长,市镇会计,兼代表,我在他的"日记账簿"中,看到了这样的记录。一七四二——一七四三年,一月十八日,"约翰,梅尔文,贷方,一只灰色的狐狸,零元二角三分";现在这里却没有这种事了;在他的总账中,一七四三年,二月七日,赫齐吉阿·斯特拉登贷款"半张猫皮,零元一角四分半";这当然是山猫皮,因为从前法兰西之战的时候,斯特拉登做过军曹,当然不会拿比山猫还不如的东西来贷款的。当时也有以鹿皮来换取贷款的;每天都有鹿皮卖出。有一个人还保存着附近这一带最后杀死的一只鹿的鹿角,另外一个人还告诉过我,他的伯父参加过的一次狩猎的情形。从前这里的猎户人数既多,而且都很愉快。我还记得一个消瘦的宁录①呢,他随手在路边抓到一张叶子,就能在上面吹奏出一个旋律来,如果我没记错的话,似乎比任何猎号声都更野,更动听。

在有月亮的午夜,有时候我路上碰到了许多的猎犬,它们奔窜在树林中,从我面前的路上躲开,好像很怕我而静静地站在灌木丛中,直到我走过了再出来。

松鼠和野鼠为了我储藏的坚果而争吵开了。在我的屋子四周有二三十棵苍松,直径一英寸到四英寸,前一个冬天给老鼠啃过,——对它们来说,那是一个挪威式的冬天,雪长久地积着,积得太深了,它们不得不动用松树皮来补救它们的粮食短缺。这些树还是活了下来,在夏天里显然还很茂郁,虽然它们的树皮全都给环切了一匝,却有许多树长高了一英尺;可是又过了一个冬天,它们无例外全都死去了。奇怪得很,小小的老鼠竟然被允许吃下整个一株树,它们不是上上下下,而是环

---

① 《圣经》中的一个英勇的猎户。后来这个名字用来指一般的猎人。

绕着它来吃的;可是,要使这森林稀疏起来,这也许还是必要的,它们常常长得太浓密了。

野兔子(学名 Lepus Americanus)是很常见的,整个冬天,它的身体常活动在我的屋子下面,只有地板隔开了我们,每天早晨,当我开始动弹的时候,它便急促地逃开,惊醒我,——砰,砰,砰,它在匆忙之中,脑袋撞在地板上了。黄昏中,它们常常绕到我的门口来,吃我扔掉的土豆皮,它们和土地的颜色是这样的相似,当静着不动的时候,你几乎辨别不出来。有时在黄昏中,我一忽儿看不见了,一忽儿又看见了那一动不动呆坐在我窗下的野兔子。黄昏时要是我推开了门,它们吱吱地叫,一跃而去。靠近了看它们,只有叫我可怜。有一个晚上,有一只坐在我门口,离我只有两步;起先怕得发抖,可是还不肯跑开,可怜的小东西,瘦得骨头都突出来了,破耳朵,尖鼻子,光尾巴,细脚爪。看起来,仿佛大自然已经没有比它更高贵的品种,只存这样的小东西了。它的大眼睛显得很年轻,可是不健康,几乎像生了水肿病似的。我跨上一步,瞧,它弹力很足地一跃而起,奔过了雪地,温文尔雅地伸直了它的身子和四肢,立刻把森林搬到我和它的中间来了,——这野性的自由的肌肉却又说明了大自然的精力和尊严。它的消瘦并不是没有理由的。这便是它的天性。(它的学名 Lepus,来自 Levipes,足力矫健,有人这样想。)

要没有兔子和鹧鸪,一个田野还成什么田野呢?它们是最简单的土生土长的动物;古时候,跟现在一样,就有了这类古老而可敬的动物;与大自然同色彩,同性质,和树叶,和土地是最亲密的联盟,——彼此之间也是联盟;既不是靠翅膀的飞禽,又不是靠脚的走兽。看到兔子和鹧鸪跑掉的时候,你不觉得它们是禽兽,它们是大自然的一部分,仿佛飒飒的树叶一样。不管发生怎么样的革命,兔子和鹧鸪一定可以永存,像土生土长的人一样。如果森林被砍伐了,矮枝和嫩叶还可以藏起它们,它们还会更加繁殖呢。不能维持一只兔子的生活的田野一定是贫瘠无比的。我们的森林对于它们两者都很适宜,在每一个沼泽的周围可以看到兔子和鹧鸪在步行,而牧童们在它们周围布置了细枝的篱笆和马鬃的陷阱。

# 冬 天 的 湖

睡过了一个安静的冬天的夜晚,而醒来时,印象中仿佛有什么问题在问我,而在睡眠之中,我曾企图回答,却又回答不了——什么——如何——何时——何处?可这是黎明中的大自然,其中生活着一切的生物,她从我的大窗户里望进来,脸色澄清,心满意足,她的嘴唇上并没有问题。醒来便是大自然和天光,这便是问题的答案。雪深深地积在大地,年幼的松树点点在上面,而我的木屋所在的小山坡似乎在说:"开步走!"大自然并不发问,发问的是我们人类,而它也不作回答。它早就有了决断了。"啊,王子,我们的眼睛察审而羡慕不置,这宇宙的奇妙而多变的景象便传到了我们的灵魂中。无疑的,黑夜把这光荣的创造遮去了一部分;可是,白昼再来把这伟大作品启示给我们,这伟大作品从地上伸展,直到太空中。"①

于是我干我的黎明时的工作。第一,我拿了一把斧头和桶子找水去,如果我不是在做梦。过了寒冷的、飘雪的一夜之后,要一根魔杖才有办法找到水呢。水汪汪的微抖的湖水,对任何呼吸都异常地敏感,能反映每一道光和影,可是到了冬天,就冻结了一英尺,一英尺半,最笨重的牲畜它也承受得住,

①　引自印度史诗《摩诃婆罗多》。

也许冰上还积了一英尺深的雪，使你分别不出它是湖还是平地。像周围群山中的土拨鼠，它合上眼睛，要睡三个月或三个月不止。站在积雪的平原上，好像在群山中的牧场上，我先是穿过一英尺深的雪，然后又穿过一英尺厚的冰，在我的脚下开一扇窗，就跪在那里喝水，又望入那安静的鱼的客厅，那儿充满了一种柔和的光，仿佛是透过了一层磨砂玻璃照进去似的，那细沙的底还跟夏天的时候一样，在那里一个并无波涛而有悠久澄清之感的，像琥珀色一样的黄昏正统治着，和那里的居民的冷静与均衡气质却完全协调。天空在我脚下，正如它之又在我们头上。

每天，很早的时候，一切都被严寒冻得松脆，人们带了钓竿和简单的午饭，穿过雪地来钓鲈鱼和梭鱼；这些野性未驯的人们，并不像他们城里的人，他们本能地采用另外的生活方式，相信另外的势力，他们这样来来去去，就把许多城市部分地缝合在一起了，否则的话，城市之间还是分裂的。他们穿着结实的粗呢大衣坐在湖岸上，在干燥的橡树叶上吃他们的饭餐，他们在自然界的经验方面，同城里人在虚伪做作方面一样聪明。他们从来不研究书本，所知道和所能说的，比他们所做的少了许多。他们所做的事据说还没有人知道。这里有一位，是用大鲈鱼来钓梭鱼的。你看看他的桶子，像看到了一个夏天的湖沼一样，何等惊人啊，好像他把夏天锁在他的家里了，或者是他知道夏天躲在什么地方。你说，在仲冬，他怎么能捉到这么多？啊，大地冻了冰，他从朽木之中找出了虫子来，所以他能捕到这些鱼。他的生活本身，就在大自然深处度过的，超过了自然科学家的钻研深度；他自己就应该是自然科学家的一个研究专题。科学家轻轻地把苔藓和树皮，用刀子挑起,来寻找虫子;而他却用斧子劈到树木中心,苔藓和树皮飞得老远。他是靠了剥树皮为生的。这样一个人就有了捕鱼权了,我爱见大自然在他那里现身。鲈鱼吃了螬蛴,梭鱼吃了鲈鱼,而渔夫吃了梭鱼;生物等级的所有空位就是这样填满的。

当我在有雾的天气里,绕着湖闲步时,有时我很有兴味地看到了一些渔人所采取的原始的生活方式。也许他在冰上掘了许多距离湖岸相等的小窟窿,各自距离四五杆,把白杨枝横在上面,用绳子缚住了丫枝,免得它被拉下水去,再在冰上面一英尺多的地方把松松的钓丝挂在白杨枝上,还缚了一张干燥的橡叶,这样钓丝给拉下去的时候,就表明鱼已上钩了。这些白杨枝显露在雾中,距离相等,你绕湖边走了一半时,便可以看到。

啊,瓦尔登的梭鱼!当我躺在冰上看它们,或者,当我望进渔人们在冰上挖掘的井,那些通到水中去的小窟窿的时候,我常常给它们的稀世之美弄得惊异不止,好像它们是神秘的鱼,街上看不到,森林中看不到,正如在康科德的生活中看不到阿拉伯一样。他们有一种异常炫目、超乎自然的美,这使它们跟灰白色的小鳕鱼和黑线鳕相比,不啻天渊之别,然而后者的名誉,却传遍了街道。它们并不绿得像松树,也不灰得像石块,更不是蓝得像天空的;然而,我觉得它们更有稀世的色彩,像花,像宝石,像珠子,是瓦尔登湖水中的动物化了的核或晶体。它们自然是彻头彻尾的瓦尔登;在动物界之中,它们自身就是一个个小瓦尔登,这许多的瓦尔登啊!惊人的是它们在这里被捕到,——在这深而且广的水中,远远避开了瓦尔登路上旅行经过的驴马,轻便马车和铃儿叮当的雪车,这伟大的金色的翠玉色的鱼游泳着。这一种鱼我从没有在市场上看到过;在那儿,它必然会成众目之所瞩注。很容易的,只用几下痉挛性的急转,它们就抛弃了那水漉漉的鬼影,像一个凡人还没有到时候就已升上了天。

因为我渴望着把瓦尔登湖的相传早已失去的湖底给予恢复,我在一八四六年初,在融冰之前就小心地勘察了它,用了罗盘,铰链和测水深的铅锤。关于这个湖底,或者说,关于这个湖的无底,已经有许多故事传诵,那许多故事自然是没有根据的。人们并不去探查湖底,就立刻相信它是无底之湖,这就奇怪极了。我在这一带的一次散步中曾跑到两个这样的无底湖边。许多人非常之相信,认为瓦尔登一直通到地球的另外一面。有的人躺卧在冰上,躺了很久,通过那幻觉似的媒介物而下瞰,也许还望得眼中全是水波,但是他们怕伤风,所以很迅速地下了结论,说他们看到了许多很大的洞穴,如果真有人会下去填塞干草,"其中不知道可以塞进多少干草",那无疑是冥河的入口,从这些入口可以通到地狱的疆域里去。另外有人从村里来,驾了一头五十六号马,绳子装满了一车,然而找不出任何的湖底;因为,当五十六号在路边休息时,他们把绳子放下水去,要测量它的神奇不可测量,结果是徒然。可是,我可以确切地告诉读者,瓦尔登有一个坚密得合乎常理的湖底,虽然那深度很罕见,但也并非不合理。我用一根钓鳕鱼的钓丝测量了它,这很容易,只需在它的一头系一块重一磅半的石头,它就能很准确地告诉我这石头在什么时候离开了湖底,因为在它下面再有湖水以前,要把它提起来得费很大力气。最深的地方恰恰是一百零二英尺;还不妨加入后来上涨的湖水五英尺,共计一百零七英尺。湖面这样小,而有这样的深度，真是令人惊奇，然而不管你的想象力怎样丰富，你不能再减少它一英寸。如果一切的湖都很浅，那又怎么样呢？难道它不会在人类心灵上反映出来吗？我感激的是这一个湖，深而纯洁，可以作为一个象征。当人们还相信着无限的时候，就会有一些湖沼被认为是无底的了。

一个工厂主，听说了我所发现的深度之后，认为这不是真实的，因为根据他熟悉水闸的情况而言，细沙不能够躺在这样峻峭的角度上。可是最深的湖，按它的面积的比例来看，也就不像大多数人想象的那么深了，如果抽干了它的水来看一看，留下的并不是一个十分深邃的山谷。它们不是像山谷似的杯形，因为这一个湖，就它的面积来说已经深得出奇了，通过中心的纵切面却只是像一只浅盘子那样深。大部分湖沼抽干了水，剩下来的是一片草地，并不比我们时常看到的低洼。威廉·吉尔平在描写风景时真是出色，而且总是很准确的，站在苏格兰的费因湖湾的尖端上，他描写道，"这一湾盐水，六七十英寻深，四英里阔。"约五十英里长，四面全是高山，他还加以评论："如果我们能在洪水泛滥，或者无论大自然的什么痉挛造成它的时候，在那水流奔湍入内以前，这一定是何等可怕的缺口啊！"

> "高耸的山峰升得这高，
> 低洼的湖底沉得这低，
> 阔而广，好河床——。"①

可是，如果我们把费因湖湾的最短一条直径的比例应用在瓦

---

① 引诗见密尔顿《失乐园》第七卷第288—290行。

尔登上,后者我们已经知道,纵切面只不过是一只浅盘形,那么,它比瓦尔登还浅了四倍。要是费因湖湾的水一古脑儿倒出来,那缺口的夸大了的可怕程度就是这样。无疑问的,许多伸展着玉米田的笑眯眯的山谷,都是急流退去以后露出的"可怕的缺口",虽然必须有地质学家的洞察力与远见才能使那些始料所未及的居民们相信这个事实。在低低的地平线上的小山中,有鉴识力的眼睛可以看出一个原始的湖沼来,平原没有必要在以后升高,来掩盖它的历史。但是像在公路上做过工的人一样,都很容易知道,大雨以后,看看泥水潭就可以知道哪里是洼地。这意思就是说,想象力,要允许它稍稍放纵一下,就要比自然界潜下得更低,升起得更高。所以,海洋的深度,要是和它的面积一比,也许是浅得不足道也。

我已经在冰上测量了湖的深度,现在我可以决定湖底的形态了,这比起测量没有冻冰的港湾来要准确得多,结果我发现它总的说来是规则的,感到吃惊。在最深的部分,有数英亩地是平坦的,几乎不下于任何阳光下、和风中那些被耕植了的田野。有一处,我任意地挑了一条线,测量了三十杆,可是深浅的变化不过一英尺;一般地说来,在靠近湖心的地方,向任何方向移动,每一百英尺的变化,我预先就可以知道,不过是三四英尺上下的深浅。有人惯于说,甚至在这样平静的、沙底的湖中有着深而危险的窟窿,可是若有这种情况,湖水早把湖底的不平一律夷为平底了。湖底的规则性,它和湖岸以及邻近山脉的一致性,都是这样地完美,远处的一个湖湾,从湖的对面都可以测量出来,观察一下它的对岸,已可以知道它的方向。岬角成了沙洲和浅滩,溪谷和山峡成了深水与湖峡。

当我以十杆比一英寸的比例画了湖的图样,在一百多处记下了它们的深度,我更发现了这惊人的一致性了。发现那记录着最大深度的地方恰恰在湖心,我用一根直尺放在最长的距离上画了一道线,又放在最宽阔的地方画了一道线,真使人暗暗吃惊,最深处正巧在两线的交点,虽然湖的中心相当平坦,湖的轮廓却不很规则,而长阔的悬殊是从凹处量出来的,我对我自己说道,谁知道是否这暗示了海洋最深处的情形之正如一个湖和一个泥水潭的情形一样呢? 这一个规律是否也适用于高山,把高山与山谷看作是相对的? 我们知道一个山的最狭的地方并不一定是它的最高处。

五个凹处中有三个,我全去测量过,口上有一个沙洲,里面却是深水,可是那沙洲的目的,不仅是为了面积上扩张,也为了向深处扩张,形成一个独立的湖沼似的盆地,而两个岬角正表明了沙洲的方位。海岸上的每一个港埠的入口处也都有一个沙洲。正如凹处的口上,阔度大于它的长度,沙洲上的水,在同比例度内,比盆地的水更深。所以把凹处的长阔数和周遭的湖岸的情形告诉给你之后,你就几乎有充分的材料,可以列出公式,凡是这一类情况都用得上它。

我用这些经验来测量湖的最深处,就凭着观察它的平面轮廓和它的湖岸的特性,为了看看我测量的准确程度如何,我画出了一张白湖的平面图,白湖幅员占四十一英亩左右,同这个湖一样,其中没有岛,也没有出入口;因为最阔的一道线和最狭的一道线相当接近,就在那儿,两个隔岸相望的岬角在彼此接近,而两个相对的沙洲彼此远距,我就在最狭的线上挑了一个点,却依然交叉在最长的一条线上的,作为那里是最深处。最深处果然离这一个点不到一百英尺,在我定的那个方向再过去一些的地方,比我预测的深一英尺,也就是说,六十英尺深。自然,要是有泉水流入,或者湖中有一个岛屿的话,问题就比较复杂了。

如果我们知道大自然的一切规律,我们就只要明白一个事实,或者只要对一个现象作忠实描写,就可以举一反三,得出一切特殊的结论来了。现在我们只知道少数的规律,我们的结论往往荒谬,自然啰,这并不是因为大自然不规则,或混乱,这是因为我们在计算之中,对于某些基本的原理,还是无知之故。我们所知道的规则与和谐,常常局限于经我们考察了的一些事物;可是有更多数的似乎矛盾而实在却呼应着的法则,我们只是还没有找出来而已,它们所产生的和谐却是更惊人的。我们的特殊规律都出于我们的观点,就像从一个旅行家看来,每当他跨出一步,山峰的轮廓就要变动一步,虽然绝对的只有一个形态,却有着不计其数的侧面。即使裂开了它,即使钻穿了它,也不能窥见其全貌。

据我所观察,湖的情形如此,在伦理学上又何尝不如此。这就是平均律。这样用两条直径来测量的规律,不但指示了我们观察天体中的太阳系,还指示了我们观察人心,而且就一个人的特殊的日常行为和生活潮流组成的集合体的长度和阔度,我们也可以画两条这样的线,通到他的凹处和入口,那两条线的交叉点,便是他的性格的最高峰或最深处了。也许我们只要知道这人的河岸的走向和他的四周环境,我们便可以知道他的深度和那隐藏着的底奥。如果他的周围是多山的环境,湖岸险巇,山峰高高耸起,反映在胸际,他一定是一个有着同样的深度的人。可是一个低平的湖岸,就说明这人在另一方面也肤浅。在我们的身体上,一个明显地突出的前额,表示他有思想的深度。在我们的每一个凹处的入口,也都有一个沙洲的,或者说,我们都有特殊的倾向;每一个凹处,都在一定时期内,是我们的港埠,在这里我们特别待得长久,几乎永久给束缚在那里。这些倾向往往不是古怪可笑的,它们的形式、大小、方向,都取决于岸上的岬角,亦即古时地势升高的轴线。当这一个沙洲给暴风雨,潮汐或水流渐渐加高,或者当水位降落下去了,它冒出了水面时,起先仅是湖岸的一个倾向,其中隐藏着思想,现在却独立起来了,成了一个湖沼,和大海洋隔离了,在思想获得它自己的境界之后,也许它从咸水变成了淡水,也许成了一个淡海,死海,或者一个沼泽。而每一个人来到尘世,我们是否可以说,就是这样的一个沙洲升到了水面上?这是真的,我们是一些可怜的航海家,我们的思想大体说来都有点虚无缥缈,在一个没有港口的海岸线上,顶多和有诗意的小港汊有些往还,不然就驶入公共的大港埠,驶进了科学这枯燥的码头上,在那里他们重新拆卸组装,以适应世俗,并没有一种潮流使它们同时保持其独立性。

至于瓦尔登湖水的出入口呢,除了雨雪和蒸发,我并没有发现别的,虽然用一只温度表和一条绳子也许可以寻得出这样的地点来,因为在水流入湖的地方在夏天大约是最冷而冬天大约最温暖。一八四六——一八四七年派到这里来掘冰块的人,有一天,他们正在工作,把一部分的冰块送上岸去,而囤冰的商人拒绝接受,因为这一部分比起其他的来薄了许多,挖冰的工人便这样发现了,有一小块地区上面的冰比其余的冰都薄了两三英寸,他们想这地方一定有一个入口了。另外一个地方他们还指给我看过,他们认为那是一个"漏洞",湖水从那里漏出去,从一座小山下经过,到达邻近的一处草地,他们让我待在一个冰块上把我推过去看。在水深十英尺之处有一个小小的洞穴；可是我敢保证，不将它填补都可以，除非以后发现更大的漏洞。有人主张，如果确有这样的大"漏洞"，如果它和草地确有联系的话，这是可以给予证明的，只要放下一些有颜色的粉末或木屑在这个漏洞口，再在草地上的那些泉源口上放一个过滤器，就一定可以找到一些被流水夹带而去的屑粒了。

当我勘察的时候，十六英寸厚的冰层，也像水波一样，会在微风之下有些波动。大家都知道在冰上，酒精水准仪是不能用的。在冰上，摆一根刻有度数的棒，再把酒精水准仪放在岸上，对准它来观察，那么离岸一杆处，冰层的最大的波动有四分之三英寸，尽管冰层似乎跟湖岸是紧接着的。在湖心的波动，恐怕更大。谁知道呢？如果我们的仪器更精密的话，我们还可以测出地球表面的波动呢。当我的水准仪的三只脚，两只放在岸上，一只放在冰上，而在第三只脚上瞄准并观察时，冰上的极微小的波动可以在湖对岸的一棵树上，变成数英尺的区别。当我为了测量水深，而开始挖洞之时，深深的积雪下面，冰层的上面有三四英寸的水，是积雪使冰下沉了几英寸；水立刻从窟窿中流下去，引成深深的溪流，一连流了两天才流完，把四周的冰都磨光了，湖面变得干燥，这虽然不是主要的，却也是很重要的原因；因为，当水流下去的时候，它提高了，浮起了冰层。这好像是在船底下挖出一个洞，让水流出去，当这些洞又冻结了，接着又下了雨，最后又来了次新的冰冻，全湖上都罩上一层新鲜光滑的冰面，冰的内部就有了美丽的网络的形状，很像是黑色的蜘蛛网，你不妨称之为玫瑰花形的冰球，那是从四方流到中心的水流所形成的。也有一些时候，当冰上有浅浅的水潭时，我能看到我自己的两个影子，一个重叠在另一个上面,一个影子在冰上,一个在树木或山坡的倒影上。

　　还在寒冷的一月份中,冰雪依然很厚很坚固的时候,一些精明的地主老爷已经从村中来拿回冰去,准备冰冻夏天的冷饮了;现在只在一月中,就想到了七月中的炎热和口渴了,这样的聪明给人留下深刻的印象,甚至使人觉得可悲,——现在,他还穿着厚大衣,戴着皮手套呢!况且有那么多的事情,他都没有一点儿准备。他也许还没有在这个世界上准备了什么可贵的东西,让他将来在另一世界上可以作为夏天的冷饮的。他砍着锯着坚固的冰,把鱼住宅的屋顶给拆掉了,用锁链把冰块和寒气一起,像捆住木料一样地捆绑了起来,用车子载走,经过有利的寒冷的空气,运到了冬天的地窖中,在那里,让它们静待炎夏来临。当它们远远地给拖过村子的时候,看起来仿佛是固体化的碧空。这些挖冰的都是快活的人,充满了玩笑和游戏精神,每当我来到他们中间的时候,他们常常请求我站在下面,同他们一上一下地用大锯来锯冰。

　　在一八四六——一八四七年的冬季,来了一百个出身于北极的人,那天早晨,他们涌到了这湖滨来,带来了好几车笨重的农具,雪车,犁耙,条播机,轧草机,铲子,锯子,耙子,每一个人还带着一柄两股叉,这种两股叉,就是《新英格兰农业杂志》或《农事杂志》上都没有描写过的。我不知道他们的来意是否为了播种冬天的黑麦,或是播种什么新近从冰岛推销过来的新种子。由于没有看到肥料,我判断他们和我一样,大约不预备深耕了,以为泥土很深,已经休闲得够久了。他们告诉我,有一位农民绅士,他自己没有登场,想使他的钱财加一倍,那笔钱财，据我所知，大约已经有五十万了；现在为了在每一个金元之上，再放上一个金元起见，他剥去了，是的，剥去了瓦尔登湖的唯一的外衣，不，剥去了它的皮，而且是在这样的严寒的冬天里！他们立刻工作了，耕着，耙着，滚着，犁着，秩序井然，好像他们要把这里变成一个模范的农场；可是正在我睁大了眼睛看他们要播下什么种子的时候，我旁边的一群人突然开始钩起那处女地来了，猛地一动，就一直钩到沙地上，或者钩到水里，因为这是一片很松软的土地，——那儿的一切的大地都是这样，——立刻用一辆雪车把它载走了，那时候我猜想，他们一定是在泥沼里挖泥炭吧。他们每天这样来了，去了，火车发出了锐叫声，好像他们来自北极区，又回到北极区，我觉得就像一群北冰洋中的雪鹀一样的。有时候，瓦尔登这印第安女子复仇了，一个雇工，走在队伍后面的，不留神滑入了地上一条通到冥府去的裂缝中，于是刚才还勇敢无比的人物只剩了九分之一的生命，他的动物的体温几乎全部消失了，能够躲入我的木屋中，算是他的运气，他不能不承认火炉之中确有美德；有时候，那冰冻的土地把犁头的一只钢齿折断了；有时，犁陷在犁沟中了，不得不把冰挖破才能取出来。

老老实实地说，是一百个爱尔兰人，由北方佬监工带领，每天从剑桥来这里挖冰。他们把冰切成一方块一方块，那方法是大家都知道的，无须描写的了，这些冰块放在雪车上，车到了岸边，迅疾地拖到一个冰站上，那里再用马匹拖的铁手、滑车、索具搬到一个台上，就像一桶一桶面粉一样，一块一块排列着，又一排一排地叠起来，好像他们要叠一个耸入云霄的方塔的基础一样。他们告诉我，好好地工作一天，可以挖起一千吨来，那是每一英亩地的出产数字。深深的车辙和安放支架的摇篮洞,都在冰上出现,正如在大地上一样,因为雪车在上面来回的次数走得多了,而马匹就在挖成桶形的冰块之中吃麦子。他们这样在露天叠起了一堆冰块来,高三十五英尺,约六七杆见方,在外面一层中间放了干草,以排除空气;因为风虽然空前料峭,还可以在中间找到路线,裂出很大的洞来,以致这里或那里就没有什么支撑了,到最后会全部倒翻。最初,我看这很像一个巨大的蓝色的堡垒,一个伐尔哈拉殿堂①;可是他们开始把粗糙的草皮填塞到隙缝中间去了,于是上面有了白霜和冰柱,看起来像一个古色古香的,生满了苔藓的灰白的废墟,全部是用蓝色大理石构成的冬神的住所,像我们在历本上看到的画片一样,——他的陋室,好像他计划同我们一起度过夏季。据他们的估计,这中间百分之二十五到不了目的地,百分之二三将在车子中损失。然而这一堆中,更大的一部分的命运和当初的原意不同;因为这些冰或者是不能保藏得像意想的那么好,它里面有比之一般更多的空气,或者是由于另外的原因,这一部分冰就一直没能送到市场上。这一堆,在一八四六——一八四七年垒起来的,据估计共有一万吨重,后来用干草和木板钉了起来,第二年七月开了一次箱,一部分拿走了,其余的就暴露在太阳底下,整个夏天,站着度过去了,这年的冬天,也还是度过去了,直到一八四八年的九月,它还没有全部融化掉。最后,湖还是把它们的一大部分收了回来。

像湖水一样,瓦尔登的冰,近看是绿的,可是从远处望去,它蓝蓝的很美,你很容易就辨别出来了,那是河上的白冰,或

———————————

①　北欧神话中沃丁神接待战死者英灵的殿堂。

是四分之一英里外的湖上的只是微绿的冰,而这是瓦尔登的冰。有时候,从挖冰人的雪车上,有一大块冰掉在村中街道上,躺在那里有一星期,像一块很大的翡翠,引起所有过路人的兴趣。我注意到瓦尔登的一个部分,它的水是绿的,一俟冻结之后,从同一观察点望去,它成了蓝色。所以在湖边的许多低洼地,有时候,在冬天,充满了像它一样的绿色的水,可是到了第二天,我发现它们已冻成了蓝色的冰。也许水和冰的蓝色是由它们所包含的光和空气造成的,最透明的,也就是最蓝的。冰乃是沉思的一个最有趣的题目。他们告诉我,他们有一些冰,放在富莱喜湖的冰栈中已有五年,还是很好的冰。为什么一桶水放久了要臭,而冻冰以后,却永远甘美呢?一般人说这正如情感和理智之间的不同。

所以一连十六天,我从我的窗口,看到一百个人,忙忙碌碌,像农夫一样地工作,成群结队,带着牲口和显然一应俱全的农具,这样的图画我们常常在历书的第一页上看到的;每次从窗口望出去,我常常想到云雀和收割者的寓言,或者那撒播者的譬喻,等等;现在,他们都走掉了,大约又过了三十天之后,我又从这同一窗口,眺望纯粹的海绿色的瓦尔登湖水了,它反映着云和树木,把它蒸发的水汽寂寥地送上天空,一点也看不出曾经有人站在它的上面。也许我又可以听到一只孤独的潜水鸟钻入水底,整理羽毛,放声大笑,或许我可以看到一个孤独的渔夫坐在船上,扁舟一叶,而他的形态倒映在这一面水波上,可是不久以前就在这里,有一百个人安全地站着工作过呢。

似乎紧跟着将要有查尔斯顿和新奥尔良,马德拉斯,孟买和加尔各答的挥汗如雨的居民,在我的井中饮水。在黎明中我把我的智力沐浴在《对话录》的宏伟宇宙的哲学中,自从这一部史诗完成了之后,神仙的岁月也不知已逝去了多少,而和它一比较,我们的近代世界以及它的文学显得多么猥琐而渺小啊;我还怀疑,这一种哲学是否不仅仅限于从前的生存状态,它的崇高性,距离着我们的观点是这样地遥远啊!我放下了书本,跑到我的井边去喝水。瞧啊!在那里,我遇到了婆罗门教的仆人,梵天和毗瑟奴和因陀罗的僧人,他还是坐在恒河上,他的神庙中,读着他们的吠陀经典,或住在一棵树的根上,只有一些面包屑和一个水钵。我遇到他的仆人来给他的主人汲水,我们的桶子好像在同一井内碰撞。瓦尔登的纯粹的水已经和恒河的圣水混合了。柔和的风吹送着,这水波流过了阿特兰蒂斯①和海斯贝里底②这些传说中的岛屿,流过饭能,流过特尔纳特,蒂达尔③和波斯湾的入口,在印度洋的热带风中汇流,到达连亚历山大也只听到过名字的一些港埠。

---

① 传说中的西方的一个岛屿,后因地震沉入海洋。
② 希腊罗马神话中西方一个产金苹果的花园。
③ 特尔纳特和蒂达尔是当时荷属东印度群岛中的两个岛屿的名字。现属印度尼西亚。

# 春　天

掘冰人的大量挖掘，通常使得一个湖沼的冰解冻得早一些；因为即使在寒冷的气候中，给风吹动了的水波，都能够销蚀它周围的冰块。可是这一年，瓦尔登没有受到这种影响，因为它立刻穿上了新的一层厚冰，来替代那旧的一层。这一个湖，从不像邻近的那些湖沼的冰化得那样早，因为它深得多，而且底下并没有流泉经过，来融化或耗损上面的冰。我从没有见它在冬天里爆开过；只除了一八五二——一八五三年的冬季，那个冬季给许多湖沼这样严重的一次考验。它通常在四月一日开冻，比茀灵特湖或美港迟一星期或十天，从北岸，和一些浅水的地方开始，也正是那里先行冻结起来的。它比附近任何水波更切合时令，指示了季节的绝对进度，毫不受温度变幻不定的影响。三月里严寒了几天，便能延迟其他湖沼的开冻日了，但瓦尔登的温度却几乎没有中断地在增高。一八四七年三月六日，一只温度表插入瓦尔登湖心，得三十二度，或冰点；湖岸附近，得三十三度；同日，在茀灵特湖心，得三十二度半；离岸十二杆的浅水处，在一英尺厚的冰下面，得三十六度。后者湖中，浅水深水的温度相差三度半，而事实上这一个湖大部分都是浅水，这就可以说明为什么它的化冰日期要比瓦尔登早得多了。那时，最浅水中的冰要比湖心的冰薄上好几英寸。仲冬,反而是湖心最温暖,那儿的冰最薄。同样,夏季里在湖岸附近,涉水而过的人都知道的,靠湖沼的水要温暖得多,尤其是只三四英寸水的地方,游泳出去远了一点,深水的水面也比深水深处温暖得多。而在春天,阳光不仅在温度逐渐增加的天空与大地上发挥它的力量,它的热量还透过了一英尺或一英尺以上的厚冰,在浅水处更从水底反射到上面,使水波温暖了,并且融化了冰的下部,同时从上面,阳光更直接地融化了冰,使它不均匀了,凸起了气泡,升上又降下,直到后来全部成了蜂窝,到最后一阵春雨,它们全部消失。冰,好比树木一样,也有纹理,当一个冰块开始融化,或蜂窝化了,不论它在什么地位,气泡和水面总是成直角地相连的。在水面下有一块突出的岩石或木料时,它们上面的冰总要薄得多,往往给反射的热力所溶解;我听说,在剑桥曾有过这样的试验,在一个浅浅的木制的湖沼中冻冰,用冷空气在下面流过,使得上下都可以发生影响,而从水底反射上来的太阳的热量仍然可以胜过这种影响。当仲冬季节下了一阵温暖的雨,溶解了瓦尔登湖上带雪的冰,只在湖心留着一块黑色而坚硬的透明的冰,这就会出现一种腐化的,但更厚的白冰,约一杆或一杆多阔,沿湖岸都是,正是这反射的热量所形成的。还有是我已经说起过的,冰中间的气泡像凸透镜一样从下面起来溶解冰。

这一年四季的现象,每天在湖上变化着,但规模很小。一般说来,每天早晨,浅水比深水温暖得更快,可是到底不能温暖得怎样,而每天黄昏,它却也冷得更快,直到早晨。一天正是一年的缩影。夜是冬季,早晨和傍晚是春秋,中午是夏季。冰的爆裂声和隆隆声在指示着温度的变化。一八五〇年二月二十四日，一个寒冷的夜晚过去后，在令人愉快的黎明中，我跑到萧灵特湖去消磨这一天，惊异地发现我只用斧头劈了一下冰，便像敲了锣一样，声音延展到好几杆远，或者也可以说，好像我打响了一只绷得紧紧的鼓。太阳升起以后大约一个小时，湖感受到斜斜地从山上射下来的阳光的热力了，开始发出隆隆的声响；它伸懒腰，打呵欠，像一个才醒过来的人，闹声渐渐越来越响，这样继续了三四个小时。正午是睡午觉的时候，可是快到傍晚的时候，太阳收回它的影响，隆隆声又响起来了。在正常的天气中，每天，湖发射了它的黄昏礼炮，很有定时。只是在正午，裂痕已经太多，空气的弹性也不够，所以它完全失去了共鸣，鱼和麝鼠大约都不会听到而被震动得呆住的。渔夫们说，"湖的雷鸣"吓得鱼都不敢咬钩了。湖并不是每晚都打雷的，我也不知道该什么时候期待它的雷鸣；可是，虽然我不能从气候中感到什么不同，有时还是响起来了。谁想得到这样大，这样冷，这样厚皮的事物，竟然这样的敏感？然而，它也有它的规律，它发出雷声是要大家服从它，像蓓蕾应该在春天萌芽一样。周身赘疣的大地生机蓬勃。对于大气的变化，最大的湖也敏感得像管柱中的水银。

吸引我住到森林中来的是我要生活得有闲暇，并有机会看到春天的来临。最后，湖中的冰开始像蜂房那样了，我一走上去，后跟都陷进去了。雾，雨，温暖的太阳慢慢地把雪融化了；你感觉到白昼已延长得多，我看到我的燃料已不必增添，尽够过冬，现在已经根本不需要生个旺火了。我注意地等待着春天的第一个信号，倾听着一些飞来鸟雀的偶然的乐音，或有条纹的松鼠的啁啾，因为它的储藏大约也告罄了吧，我也想看一看土拨鼠如何从它们冬蛰的地方出现。三月十三日，我已经听到青鸟、篱雀和红翼鸫,冰那时却还有一英尺厚。因为天气更温暖了,它不再给水冲掉,也不像河里的冰那样地浮动,虽然沿岸半杆阔的地方都已经融化,可是湖心的依然像蜂房一样,饱和着水,六英寸深的时候,还可以用你的脚穿过去;可是第二天晚上,也许在一阵温暖的雨和紧跟着的大雾之后,它就全部消失,跟着雾一起走掉,迅速而神秘地给带走了。有一年,我在湖心散步之后的第五天,它全部消隐了。一八四五年,瓦尔登在四月一日全部开冻;四六年,三月二十五日;四七年,四月八日;五一年,三月二十八日;五二年,四月十八日;五三年,三月二十三日;五四年,大约在四月七日。

凡有关于河和湖的开冻,春光之来临的一切琐碎事,对我们生活在这样极端的气候中的人,都是特别地有趣的。当比较温和的日子来到的时候,住在河流附近的人,晚间能听到冰裂开的声响,惊人的吼声,像一声大炮,好像那冰的锁链就此全都断了,几天之内,只见它迅速地消融。正像鳄鱼从泥土中钻了出来,大地为之震动。有一位老年人,是大自然的精密的观察家,关于大自然的一切变幻,似乎他有充分的智慧,好像他还只是一个孩子的时候,大自然给放在造船台上,而他也帮助过安置她的龙骨似的,——他现在已经成长了,即使他再活下去,活到玛土撒拉①那样的年纪,也不会增加多少大自然的知识了。他告诉我,有一个春季的日子里,他持枪坐上了船,想跟那些野鸭进行竞技,——听到他居然也对大自然的任何变幻表示惊奇,我感到诧异,因为我想他跟大自然之间一定不

① 《圣经》中寿命最长的人。据《创世记》第 5 章第 27 节,玛土撒拉共活了九百六十九岁。

会有任何秘密了。那时草原上还有冰，可是河里完全没有了，他毫无阻碍地从他住的萨德伯里地方顺流而下，到了美港湖，在那里，他突然发现大部分还是坚实的冰。这是一个温和的日子，而还有这样大体积的冰残留着，使他非常惊异。因为看不到野鸭，他把船藏在北部，或者说，湖中一个小岛的背后，而他自己则躲在南岸的灌木丛中，等待它们。离岸三四杆的地方，冰已经都融化掉了，有着平滑而温暖的水，水底却很泥泞，这正是鸭子所喜爱的，所以他想，不久一定会有野鸭飞来。他一动不动地躺卧在那里，大约已有一个小时了，他听到了一种低沉，似乎很远的声音，出奇的伟大而给人留下深刻的印象，那是从来没有听到过的，慢慢地上涨而加强，仿佛它会有一个全宇宙的，令人难忘的音乐尾声一样，一种愠郁的激撞声和吼声，由他听来，仿佛一下子大群的飞禽要降落到这里来了，于是他抓住了枪，急忙跳了起来，很是兴奋；可是他发现，真是惊奇的事，整整一大块冰，就在躺卧的时候却行动起来了，向岸边流动，而他所听到的正是它的边沿摩擦湖岸的粗粝之声，——起先还比较温和，一点一点地咬着，碎落着，可是到后来却沸腾了，把它自己撞到湖岸上，冰花飞溅到相当的高度，才又落下而复归于平静。

终于，太阳的光线形成了直角，温暖的风吹散了雾和雨，更融化了湖岸上的积雪，雾散后的太阳，向着一个褐色和白色相间隔的格子形的风景微笑，而且薰香似的微雾还在缭绕呢。旅行家从一个小岛屿寻路到另一个小岛屿，给一千道淙淙的小溪和小涧的音乐迷住了，在它们的脉管中，冬天的血液畅流，从中逝去。

除了观察解冻的泥沙流下铁路线的深沟陡坡的形态以

外,再没有什么现象更使我喜悦的了,我行路到村中去,总要经过那里,这一种形态,不是常常能够看到像这样大的规模的,虽然说,自从铁路到处兴建以来,许多新近暴露在外的铁路路基都提供了这种合适的材料。那材料是各种粗细不同的细沙,颜色也各不相同,往往还要包含一些泥土。当霜冻到了春天里又重新涌现的时候,甚至还在冬天冰雪未融将融的时候呢,沙子就开始流下陡坡了,好像火山的熔岩,有时还穿透了积雪而流了出来,泛滥在以前没有见过沙子的地方。无数这样的小溪流,相互地叠起,交叉,展现出一种混合的产物,一半服从着流水的规律,一半又服从着植物的规律。因为它流下来的时候,那状态颇像萌芽发叶,或藤蔓的蔓生,造成了许多软浆似的喷射,有时深达一英尺或一英尺以上,你望它们的时候,形态像一些苔藓的条裂的、有裂片的、叠盖的叶状体;或者,你会想到珊瑚,豹掌,或鸟爪,或人脑,或脏腑,或任何的分泌。这真是一种奇异的滋育,它们的形态和颜色,或者我们从青铜器上看到过模仿,这种建筑学的枝叶花簇的装饰比古代的莨苕叶,菊苣,常春藤,或其他的植物叶更古,更典型;也许,在某种情形之下,会使得将来的地质学家百思不得其解了。这整个深沟给了我深刻的印象,好像这是一个山洞被打开而钟乳石都暴露在阳光之下。沙子的各种颜色,简直是丰富,悦目,包含了铁的各种不同的颜色,棕色的,灰色的,黄色的,红色的。当那流质到了路基脚下的排水沟里,它就平摊开来而成为浅滩,各种溪流已失去了它们的半圆柱形,越来越平坦而广阔了,如果更湿润一点,它们就更加混合在一起,直到它们形成了一个几乎完全平坦的沙地,却依旧有千变万化的、美丽的色调,其中你还能看出原来的植物形态;直到后来,到了水里,变成了沙岸,像一些河口上所见的那样,这时才失去植物的形态,而变为沟底的粼粼波纹。

整个铁路路基约二十英尺到四十英尺高,有时给这种枝叶花簇的装饰所覆盖,或者说,这是细沙的裂痕吧,在其一面或两面都有,长达四分之一英里,这便是一个春日的产品。这些沙泥枝叶的惊人之处,在于突然间就构成了。当我在路基的一面,因为太阳是先照射在一面的,看到的是一个毫无生气的斜面,而另外的一面上,我却看到了如此华丽的枝叶,它只是一小时的创造,我深深地被感动了,仿佛在一种特别的意义上来说,我是站在这个创造了世界和自己的大艺术家的画室中,——跑到他正在继续工作的地点去,他在这路基上嬉戏,以过多的精力到处画下了他的新颖的图案。我觉得我仿佛和这地球的内脏更加接近起来,因为流沙呈叶形体,像动物的心肺一样。在这沙地上,你看到会出现叶子的形状。难怪大地表现在外面的形式是叶形了,因为在它内部,它也在这个意念之下劳动着。原子已经学习了这个规律,而孕育在它里面了。高挂在树枝上的叶子在这里看到它的原形了。无论在地球或动物身体的内部,都有润湿的,厚厚的叶,这一个字特别适用于肝,肺和脂肪叶〔它的字源 γει βω, labor, lapsus, 是漂流,向下流,或逝去的意思;λoβ ós, globus, 是 lobe(叶), globe(地球)的意思;更可以化出 lap(叠盖), flap(扁宽之悬垂物)和许多别的字〕,而在外表上呢,一张干燥的薄薄的 leaf(叶子),便是那 f 音,或 v 音,都是一个压缩了的干燥的 b 音。叶片 lobe 这个字的辅音是 l b,柔和的 b 音(单叶片的,B 是双叶片的)有流音 l 陪衬着,推动着它。在地球 globe 一个字的 g l b 中,g 这个喉音用喉部的容量增加了字面意义。鸟雀的羽毛依然是叶形的,只是更干燥,更薄了。这样,你还可以从土地的粗笨的蛴螬进而看到活泼的,蹁跹的蝴蝶。我们这个地球变幻不已,不断地超越自己,它也在它的轨道上扑动翅膀,甚至冰也是以精致的晶体叶子来开始的,好像它流进一种模型翻印出来的,而那模型便是印在湖的镜面上的水草的叶子。整个一棵树,也不过是一张叶子,而河流是更大的叶子,它的叶质是河流中间的大地,乡镇和城市是它们的叶腋上的虫卵。

而当太阳西沉时,沙停止了流动,一到早晨,这条沙溪却又开始流动,一个支流一个支流地分成了亿万道川流。也许你可以从这里知道血管是如何形成的。如果你仔细观察,你可以发现,起初从那溶解体中,有一道软化的沙流,前面有一个水滴似的顶端,像手指的圆圆的突出部分,缓慢而又盲目地向下找路,直到后来因为太阳升得更高了,它也有了更多的热力和水分,那流质的较大的部分就为了要服从那最呆滞的部分也服从的规律,和后者分离了,脱颖而出,自己形成了一道弯弯曲曲的渠道或血管,从中你可以看到一个银色的川流,像闪电般地闪耀,从一段泥沙形成的枝叶,闪到另一段,而又总是不时地给细沙吞没。神奇的是那些细沙流得既快,又把自己组织得极为完美,利用最好的材料来组成渠道的两边。河流的源远流长正是这样的一回事。大约骨骼的系统便是水分和硅所形成的,而在更精细的泥土和有机化合物上,便形成了我们的肌肉纤维或纤维细胞。人是什么,还不是一团溶解的泥土?人的手指足趾的顶点只是凝结了的一滴。手指和足趾从身体的溶解体中流出,流到了它们的极限。在一个更富生机的环境之中,谁知道人的身体会扩张和流到如何的程度?手掌,可不也像一张张开的棕榈叶的有叶片和叶脉的吗?耳朵,不妨想象为一种苔藓,学名 Umbilicaria,挂在头的两侧,也有它的叶片似的耳垂或者滴。唇——字源 labium,大约是从labor(劳动)化出来的——便是在口腔的上下两边叠着悬垂着的。鼻子,很明显,是一个凝聚了的水滴,或钟乳石。下巴是更大的一滴了,整个面孔的水滴汇合在这里。面颊是一个斜坡,从眉毛上向山谷降下,广布在颧骨上。每一张草叶的叶片也是一滴浓厚的在缓缓流动的水滴,或大或小;叶片乃是叶的手指;有多少叶片,便说明它企图向多少方向流动,如果它有更多的热量或别种助长的影响,它就流得更加远了。

这样看来,这一个小斜坡已图解了大自然的一切活动的原则。地球的创造者只专利一个叶子的形式。哪一个香波利益①能够为我们解出这象形文字的意义,使我们终于能翻到新的一页去呢? 这一个现象给我的欣喜,更甚于一个丰饶多产的葡萄园。真的,性质上这是分泌,而肝啊,肺脏啊,肠子啊,多得无底,好像大地的里面给翻了出来;可是这至少说明了大自然是有肠子的,又是人类的母亲。这是从地里出来的霜;这是春天。正如神话先于正式的诗歌,它先于青青的春天,先于百花怒放的春天。我知道再没有一种事物更能荡涤冬天的雾霭和消化不良的了。它使我相信,大地还在襁褓之中,还在到处伸出它的婴孩的手指。从那最光秃的额头上冒出了新的鬈发。世上没有一物是无机的。路基上的叶形的图案,仿佛是锅炉中的熔滓,说明大自然的内部"烧得火旺"。大地不只是已死的历史的一个片段,地层架地层像一本书的

---

① 香波利益(Jean Jacques Champollion-Figeac,1778—1867),法国考古学家。

层层叠叠的书页,主要让地质学家和考古学家去研究;大地是活生生的诗歌,像一株树的树叶,它先于花朵,先于果实;——不是一个化石的地球,而是一个活生生的地球;和它一比较,一切动植物的生命都不过寄生在这个伟大的中心生命上。它的剧震可以把我们的残骸从它们的坟墓中暴露出来。你可以把你的金属熔化了,把它们铸成你能铸成的最美丽的形体来;可是不能像这大地的溶液所形成的图案那样使我兴奋。还不仅是它,任何制度,都好像放在一个陶器工人手上的一块黏土,是可塑的啊。

不多久,不仅在这些湖岸上,在每一个小山,平原和每一个洞窟中,都有霜从地里出来了,像一个四足动物从冬眠中醒了过来一样,在音乐声中寻找着海洋,或者要迁移到云中另外的地方。柔和劝诱的融雪,比之用锤子的雷神,力量大得多。这一种是溶解,那另一种却把它击成碎片。

土地上有一部分已没有了积雪,一连几个温暖的日子把它的表面晒得相当的干燥了,这时的赏心悦目之事是用这新生之年的婴孩期中各种初生的柔和的现象,来同那些熬过了冬天的一些苍老的植物的高尚的美比较,——长生草,黄色紫菀,针刺草和别种高雅的野草,往往在这时比它们在夏季里更加鲜明,更加有味,好像它们的美非得熬过了冬才到达成熟时期似的;甚至棉花草,猫尾草,毛蕊花,狗尾草,绣线草,草原细草,以及其他有强壮草茎的植物,这些都是早春的飞鸟之无穷的谷仓,——至少是像像样样的杂草,它们是大自然过冬的点缀。我特别给羊毛草的穹隆形的禾束似的顶部所吸引;它把夏天带到冬日我们的记忆中,那种形态,也是艺术家所喜欢描绘的,而且在植物王国中,它的形式和人心里的类型的关系正如星象学与人的心智的关系一样。它是比希腊语或埃及语更古老的一种古典风格。许多冬天的现象偏偏暗示了无法形容的柔和,脆弱的精致。我们常听人把冬天描写成一个粗莽狂烈的暴君;其实它正用情人似的轻巧的手脚在给夏天装饰着鬈发呢。

春天临近时,赤松鼠来到了我的屋子底下,成双作对,正当我静坐阅读或写作的时候,它们就在我脚下,不断地发出最奇怪的唧唧咕咕的叫声,不断地长嘶短鸣;要是我蹬了几脚,叫声就更加高,好像它们的疯狂的恶作剧已经超过了畏惧的境界,无视于人类的禁令了。你别——叽喀里——叽喀里地叫。对于我的驳斥,它们听也不听,它们不觉得我声势汹汹,反而破口大骂,弄得我毫无办法。

春天的第一只麻雀! 这一年又在从来没有这样年轻的希望之中开始了! 最初听到很微弱的银色的啁啾之声传过了一部分还光秃秃的,润湿的田野,那是发自青鸟、篱雀和红翼鸫的,仿佛冬天的最后的雪花在叮当地飘落! 在这样的一个时候,历史、编年纪、传说,一切启示的文字又算得了什么! 小溪向春天唱赞美诗和四部曲。沼泽上的鹰隼低低地飞翔在草地上,已经在寻觅那初醒的脆弱的生物了。在所有的谷中,听得到融雪的滴答之声,而湖上的冰在迅速地融化。小草像春火在山腰燃烧起来了,——"et primitus oritur herba imbribus primoribus evocata,"①——好像大地送上了一个内在的热力来迎候太阳的归来;而火焰的颜色,不是黄的,是绿的;——永远的青春的象征,那草叶,像一根长长的绿色缎带,从草地上流

---

① 拉丁文:春雨带来一片新绿。

出来流向夏季。是的,它给霜雪阻拦过,可是它不久又在向前推进,举起了去年的干草的长茎,让新的生命从下面升起来。它像小泉源的水从地下淙淙地冒出来一样。它与小溪几乎是一体的,因为在六月那些长日之中,小溪已经干涸了,这些草叶成了它的小道,多少个年代来,牛羊从这永恒的青色的溪流上饮水,到了时候,刈草的人把它们割去供给冬天的需要。我们人类的生命即使绝灭,只是绝灭不了根,那根上仍能茁生绿色的草叶,至于永恒。

瓦尔登湖迅速地融冰了。靠北,靠西有一道两杆阔的运河,流到了东面更阔。一大部分的冰从它的主体上裂开了。我听到一只篱雀在岸上灌木林中唱着,——欧利,欧利,欧利,——吉泼,吉泼,吉泼,诧,却尔,——诧,维斯,维斯,维斯。它也在帮忙破裂冰块,冰块边沿的那样巨大的曲线是何等的潇洒,跟湖岸多少有着呼应,可是要规则得多了! 这是出奇的坚硬,因为最近曾有一度短短的严寒时期,冰上都有着波纹,真像一个皇宫的地板。可是风徒然向东拂过它不透光的表面,直到吹皱那远处活的水波。看这缎带似的水在阳光底下闪耀,真是太光辉灿烂了,湖的颜容上充满了快活和青春,似乎它也说明了游鱼之乐,以及湖岸上的细沙的欢怡。这是银色的鲹鱼鱼鳞上的光辉,整个湖仿佛是一条活跃的鱼。冬天和春天的对比就是这样。瓦尔登死而复生了。可是我已经说过,这一个春天湖开冻得更为从容不迫。

从暴风雪和冬天转换到晴朗而柔和的天气,从黑暗而迟缓的时辰转换到光亮和富于弹性的时刻,这种转化是一切事物都在宣告着的很值得纪念的重大转变。最后它似乎是突如其来的。突然,注入的光明充满了我的屋子,虽然那时已将近黄昏了，而且冬天的灰云还布满天空，雨雪之后的水珠还从檐上落下来。我从窗口望出去，瞧！昨天还是灰色的寒冰的地方，横陈着湖的透明的皓体，已经像一个夏日的傍晚似的平静，充满了希望，在它的胸怀上反映了一个夏季的夕阳天，虽然上空还看不到这样的云彩，但是它仿佛已经和一个远远的天空心心相印了。我听到有一只知更鸟在远处叫，我想，我好像有几千年没有听到它了。虽然它的乐音是再过几千年我也决不会忘记的，——它还是那样甜蜜而有力量，像过去的歌声一样。啊，黄昏的知更鸟，在新英格兰的夏日的天空下！但愿我能找到他栖立的树枝！我指的是他；我说的是那树枝。至少这不是 Turdus migratorius①。我的屋子周围的苍松和矮橡树，垂头丧气已久，突然又恢复了它们的好些个性，看上去更光亮，更苍翠，更挺拔，更生气蓬勃了，好像它们给雨水有效地洗过，复苏了一样。我知道再不会下雨。看看森林中任何一个枝丫，是的，看看你那一堆燃料，你可以知道冬天过去没有。天色渐渐黑下来，我给飞鹅的唉声惊起，它们低飞过森林，像疲倦的旅行家，从南方的湖上飞来，到得已经迟了，终于大诉其苦，而且互相安慰着。站在门口，我能听到它们拍翅膀的声音；而向我的屋子方向近来时，突然发现了我的灯火，喋喋的声浪忽然静下来，它们盘旋而去，停在湖上。于是我回进屋子里，关上门，在森林中度过我的第一个春宵。

在黎明中，我守望着雾中的飞鹅，在五十杆以外的湖心游泳，它们这样多，这样乱，瓦尔登仿佛成了一个供它们嬉戏的人造池。可是，等到我站到湖岸上，它们的领袖发出一个信

---

① 候鸟。

号,全体拍动了翅膀,便立时起飞,它们列成一队形,就在我头顶盘旋一匝,一共二十九只,直向加拿大飞去,它们的领袖每隔一定的间歇便发出一声唳叫,好像通知它们到一些比较混浊的湖中去用早饭。一大堆野鸭也同时飞了起来,随着喧闹的飞鹅向北飞去。

有一星期,我听到失群的孤鹅在雾蒙蒙的黎明中盘旋,摸索,叫唳,寻找它的伴侣,给予森林以超过它能负担的音响。四月中看得到鸽子了,一小队一小队迅速飞过;到一定的时候我听到小燕儿在我的林中空地上吱吱叫,虽然我知道飞燕在乡镇并不是多得让我在这里也可以有一两只,但是我想这种小燕儿也许是古代的苗裔,在白人来到之前,它们就在树洞中居住了。几乎在任何地区,乌龟和青蛙常常是这一季节的前驱者和传信使,而鸟雀歌唱着飞,扇着它们的羽毛,植物一跃而起,花朵怒放,和风也吹拂,以调整两极的振摆,保持大自然的平衡。

每一个季节,在我看来,对于我们都是各极其妙的;因此春天的来临,很像混沌初开,宇宙创始,黄金时代的再现。——

"Eurus ad Auroram Nabathaeaque regna recessit,
Persidaque, et radijs juga subdita matutinis."


"东风退到曙光和拿巴沙王国①,
波斯,和置于黎明光芒下的山冈。

~~~~~~~~~~

① 阿拉伯古国,在巴勒斯坦之东及东南方,约建于公元前三一二年,公元一〇六年成为罗马的一个省。

············

人诞生了。究竟是万物的创造主，

为创始更好世界，以神的种子创造人；

还是为了大地，新近才从高高的太空

坠落，保持了一些天上的同类种族。"①

一场柔雨，青草更青。我们的展望也这样，当更好的思想注入其中，它便光明起来。我们有福了，如果我们常常生活在"现在"，对任何发生的事情，都能善于利用，就像青草承认最小一滴露水给它的影响；别让我们惋惜失去的机会，把时间耗费在抱怨中，而要认为那是尽我们的责任。春天已经来到了，我们还停留在冬天里。在一个愉快的春日早晨，一切人类的罪恶全部得到了宽赦。这样的一个日子是罪恶消融的日子。阳光如此温暖，坏人也会回头。由于我们自己恢复了纯洁，我们也发现了邻人的纯洁。也许，在昨天，你还把某一个邻居看作贼子醉鬼，或好色之徒，不是可怜他，就是轻视他，对世界你也是非常悲观；可是太阳照耀得光亮而温和，在这个春天的第一个黎明，世界重新创造，你碰到他正在做一件清洁的工作，看到他的衰颓而淫欲的血管中，静静的欢乐涨溢了，在祝福这一个新日子，像婴孩一样纯洁地感受了春天的影响，他的一切错误你一下子都忘记了。不仅他周身充满着善意，甚至还有一种圣洁的风味缭绕着，也许正盲目地无结果地寻求着表现，好像有了一种新的本能，片刻之间，向阳的南坡上便没有任何庸俗的笑声回荡。你看到他纠曲的树皮上有一些纯洁的芽枝等

① 这首诗引自罗马诗人奥维德（Ovid，公元前43—约公元17）的《变形记》第一卷，后面还有一段诗也引自它的第一卷。

着苗生,要尝试这一年的新生活,这样柔和,新鲜,有如一株幼树。他甚至于已经进入了上帝的喜悦中间。为什么狱吏不把牢狱的门打开,——为什么审判官不把他手上的案件撤销,——为什么布道的人不叫会众离去;这是因为这些人不服从上帝给他们的暗示,也因为他们不愿接受上帝自由地赐给一切人的大赦。

"牛山之木尝美矣,以其效于大国也。斧斤伐之可以为美乎?是其日夜之所息,雨露之所润,非无萌蘖之生焉。牛羊之从而牧之,是以若彼之濯濯也。人见其濯濯也,以为未尝有材焉,此岂山之性也哉。

"虽存乎人者,岂无仁义之心哉。其所以放其良心者,亦犹斧斤之于木也。旦旦而伐之,可为美乎?其日夜之所息,平旦之气,其好恶与人相近也者几希?则其旦昼之所为,有梏亡之矣。梏之反复,则其夜气不足以存,夜气不足以存,则其违禽兽不远矣。人见其禽兽也,而以为未尝有才焉者,是岂人之情也哉。"①

> 黄金时代初创时,世无复仇者,
> 没有法律而自动信守忠诚和正直,
> 没有刑名没有恐惧,从来也没有。
> 恐吓文字没铸在黄铜上高高挂起,
> 乞援者也不焦虑审判者口头的话;
> 一切都平安,世无复仇者。
> 高山上还没有松树被砍伐下来,

---

① 《孟子·告子章句》(上)。梭罗是引用鲍蒂尔(Pauthier)的译文的,不太准确,尚能达意。

水波可以流向一个异国的世界，

人类除了自己的海岸不知有其他。

…………

春光永不消逝，徐风温馨吹拂，

抚育那不须播种自然生长的花朵。

在四月二十九日，我在九亩角桥附近的河岸上钓鱼，站在飘摇的草和柳树的根上，那里躲着一些麝鼠。我听到了一种奇特的响声，有一点像小孩子用他们的手指来玩的木棒所发出来的声音，这时我抬头一看，我看到了一只很小、很漂亮的鹰，模样像夜鹰，一忽儿像水花似的飞旋，一忽儿翻跟斗似的落下一两杆，如是轮流，展示了它的翅膀的内部，在日光下闪闪如一条缎带，或者说像一只贝壳内层的珠光。这一幅景象使我想起了放鹰捕禽的技术，关于这一项运动曾经伴随着何等崇高的意兴，抒写过多少诗歌啊。这好像可以称为鴥隼了，我倒是不在乎它的名字。这是我所看见过的最灵活的一次飞翔。它并不像一只蝴蝶那样蹁跹，也不像较大的那一些鸷鹰似的扶摇；它在太空中骄傲而有信心地嬉戏，发出奇异的咯咯之声，越飞越高，于是一再任意而优美地下降，像鸢鸟般连连翻身，然后又从它在高处的翻腾中恢复过来，好像它从来不愿意降落在大地上，看来在天空之中，鸷鸟之不群兮，——它独自在那里嬉戏，除了空气和黎明之外，它似乎也不需要一起游戏的伴侣。它并不是孤寂的，相形之下，下面的大地可是异常地孤寂。孵养它的母亲在什么地方呢？它的同类呢，它的天空中的父亲呢？它是空中的动物，似乎它和大地只有一个关系，就是有过那样的一个蛋，什么时候在巉岩的裂隙中被孵了一下；难道说它的故乡的巢穴是在云中一角，是以彩虹作边沿，以夕阳天编成，并且用从地面浮起的一阵仲夏的薄雾来围绕住的吗？它的猛禽巢在悬岩似的云中。

此外，我居然捕到了很难得的一堆金色银色闪闪发光的杯形鱼，看来很像一串宝石。啊！我在许多早春的黎明深入过这些个草地，从一个小丘跳到另一个小丘，从一枝柳树的根到达另一枝柳树的根，当时野性的河谷和森林都沐浴在这样纯净、这样璀璨的光芒中，如果死者真像人家设想过的，都不过在坟墓中睡着了觉，那他们都会给唤醒过来的。不需要更有力的证据来证明不朽了！一切事物都必须生活在这样的一道光芒下。啊，死亡，你的针蛰在何处？啊，坟墓，你的胜利又在哪儿呢？

如果没有一些未经探险的森林和草原绕着村庄，我们的乡村生活将是何等的凝滞。我们需要旷野来营养，——有时跋涉在潜伏着山鸡和鹭鸶的沼泽地区，听鹬声；有时嗅嗅微语着的菅草，在那里只有一些更野更孤独的鸟筑了它的巢，而貂鼠爬来了，它肚皮贴着地，爬行着。在我们热忱地发现和学习一切事物的同时，我们要求万物是神秘的，并且是无法考察的，要求大陆和海洋永远地狂野，未经勘察，也无人测探，因为它们是无法测探的。我们决不会对大自然感到厌倦。我们必须从无穷的精力，广大的巨神似的形象中得到焕发，必须从海岸和岸上的破舟碎片，从旷野和它的生意盎然的以及腐朽林木，从雷云，从连下三个星期致成水灾的雨，从这一切中得到精神的焕发。我们需要看到我们突破自己的限度，需要在一些我们从未漂泊过的牧场上自由地生活。当我们观察到使我们作呕和沮丧的腐尸给鸷鹰吃掉的时候，我们高兴起来了，它们是能从这里面得到健康和精力的。回到我的木屋去的路中,在一个洞穴里面有一匹死马,往往能逼得我绕道而行,特别在晚上空气很闷的时候,但是它使我相信大自然的强壮胃口与不可侵犯的健康,这却给了我一个很好的补偿。我爱看大自然充满了生物,能受得住无数生灵相互残杀的牺牲与受苦;组织薄弱的,就像软浆一样地给澄清,给榨掉了——苍鹭一口就吞下了蝌蚪,乌龟和虾蟆在路上给车轮碾死;有时候,血肉会像雨点一样落下来! 既然这样容易遭遇不测啊,我们必须明白,不要过于介意。在一个智慧者的印象中,宇宙万物是普遍无知的。毒药反而不一定是毒的,受伤反而不一定是致命的。恻隐之心是一个很不可靠的基础。它是稍纵即逝的。它的诉诸同情的方法不能一成不变。

五月初,橡树、山核桃树、枫树和别的树才从沿湖的松林中发芽抽叶,给予风景一个阳光似的光辉,特别在多云的日子里,好像太阳是透过云雾而微弱地在小山的这里那里照耀的。五月三日或四日,我在湖中看到了一只潜水鸟。在这一个月的第一个星期中,我听到了夜鹰,棕色的鸫鸟,画眉,小鹟,雀子和其他的飞禽。林中的画眉我是早已听到了的。鸫鸟又到我的门窗上来张张望望,要看看我这一座木屋能不能够做它的窠,它翅膀急促地拍动着,停在空中,爪子紧紧地抓着,好像它是这样地抓住了空气似的,同时它仔仔细细地观察了我的屋子。苍松的硫磺色的花粉不久就铺满了湖面和圆石以及沿湖的那些腐朽了的树木,因此你可以用桶来满满地装上一桶。这就是我们曾经听到过的所谓"硫磺雨"。甚至在迦梨陀娑①的剧本《沙恭达罗》中,我们就读到,"莲花的金粉把小河染黄

---

① 印度古代剧作家。约生于四到五世纪。《沙恭达罗》是他的代表作。

了"。便这样,季节流逝,到了夏天,你漫游在越长越高的丰草中了。

我第一年的林中生活便这样说完了,第二年和它有点差不多。最后在一八四七年的九月六日,我离开了瓦尔登。

# 结　束　语

　　生了病的话,医生要明智地劝告你转移个地方,换换空气。谢天谢地,世界并不限于这里。七叶树没有在新英格兰生长,这里也难得听到模仿鸟①。野鹅比起我们来更加国际化,它们在加拿大用早饭,在俄亥俄州吃中饭,夜间到南方的河湾上去修饰自己的羽毛,甚至野牛也相当地追随着时令节气,它在科罗拉多牧场上吃草,一直吃到黄石公园又有更绿更甜的草在等待它的时候。然而我们人却认为,如果拆掉栏杆或篱笆,在田园周围砌上石墙的话,我们的生活可就有了界限,我们的命运方能安定。如果你被挑选为市镇的办事员,那你今夏就不能到火地岛去旅行,但你很可能到地狱的火里去。宇宙比我们看到的还要来得大呵。

　　然而我们应该更经常地像好奇的旅行家一样在船尾浏览周遭的风景,不要一面旅行,一面却像愚蠢的水手,只顾低头撕麻絮。其实地球的另一面也不过是和我们通信的人家。我们的旅行只是兜了一个大圈子,而医生开方子,也只能医治你的皮肤病。有人赶到南非洲去追逐长颈鹿,实在他应该追逐的不是这种动物。你说一个人又有多久的时候追逐长颈鹿

———————

　　①　产于美国南部的模仿鸟,善于模仿别种鸟的叫声。

呢！猎鹬鸟捉土拨鼠也是罕有的游戏了；我认为枪击你自己会是更崇高的一项运动。——

> "快把你的视线转向内心，
>
> 你将发现你心中有一千处
>
> 地区未曾发现。那么去旅行，
>
> 成为家庭宇宙志的地理专家。"①

非洲是什么意思，——西方又代表什么呢？在我们的内心的地图上，可不是一块空白吗？一旦将它发现，它还不是像海岸一样，是黑黑的吗？是否要我们去发现尼罗河的河源，或尼日尔河的，或密西西比河的源头，或我们这大陆上的西北走廊呢？难道这些是跟人类最有关系的问题吗？弗兰克林爵士②是否是这世上唯一失踪了的北极探险家，因此他的太太必须这样焦急地找寻他呢。格林奈尔先生是否知道他自己在什么地方？让你自己成为考察自己的江河海洋的门戈·派克③、刘易士④、克拉克⑤和弗罗比秀⑥之流吧；去勘探你自己的更高纬度去吧，——必要的话，船上装足了罐头肉，以维持你的生命，你还可以把空罐头堆得跟天空一样高，作为标志之用。发明罐头肉难道仅仅是为了保藏肉类吗？不，你得做一个哥伦布，寻找你自己内心的新大陆和新世界，开辟海峡，并不是

---

① 引自威廉·哈平顿（1605—1654）的诗《致友人》。

② 弗兰克林爵士（Sir John Franklin，1786—1847），英国的北极探险家。失踪后，格林奈尔先生组织了搜寻队。

③ 门戈·派克（Mungo Park，1771—1806），苏格兰探险家。

④ 刘易士（Meriwether Lewis，1774—1809），美国探险家。

⑤ 克拉克（William Clark，1770—1838），美国探险家。

⑥ 弗罗比秀（Sir Martin Frobisher，约 1535—1594），英国航海冒险家。

为了做生意,而是为了思想的流通。每个人都是自己领域中的主人,沙皇的帝国和这个领域一比较,只成了蕞尔小国,一个冰天雪地中的小疙瘩。然而有的人就不知道尊重自己,却奢谈爱国,而为了少数人的缘故,要大多数人当牺牲品。他们爱上他们将来要葬身的土地,却不理睬使他们的躯体活泼起来的精神。爱国只是他们脑子里的空想。南海探险队是什么意思呢? 那样的排场,那样的耗费,间接地说,那只是承认了这样一个事实:在精神生活的世界中,虽然有的是海洋和大陆,其中每一个人只不过是一个半岛和一个岛屿,然而他不去探这个险;他却坐在一只政府拨给他的大船中间,航行经过几千里的寒冷、风暴和吃人生番之地,带着五百名水手和仆人来服侍他;他觉得这比在内心的海洋上探险,比在单独一个人的大西洋和太平洋上探险,倒是容易得多呢。

"Erret, et extremos alter scrutetur Iberos.

Plus habet hic vitae, plus habet ille viae."

"让他们去漂泊去考察异邦的澳大利亚人,

我从上帝得到的多,他们得到更多的路。"①

周游全世界,跑到桑给巴尔去数老虎的多少,是不值得的。但没有更好的事情做,这甚至还是值得做的事情,也许你能找到"薛美斯②的洞",从那里你最后可以进入到你内心的深处。

---

① 引自四世纪的拉丁诗人克劳狄恩(Claudian)的《维隆那的老年人》一诗。梭罗的英译文中将西班牙人译作了澳大利亚人。中译文根据英译文译出。

② 约翰·薛美斯(John Symmes)曾著文论证地球是空心的。

英国、法国、西班牙、葡萄牙、黄金海岸、奴隶海岸,都面对着内心的海洋;可是从那里出发,都可以直航印度,却没有哪一条船敢开出港湾,远航到茫茫不见大陆的内心海洋上。尽管你学会了一切方言,习惯了一切风俗,尽管你比一切旅行家旅行得更远,适应了一切的气候和水土,连那斯芬克斯①也给你气死撞碎在石上了,你还是要听从古代哲学家的一句话,"到你内心去探险"。这才用得到眼睛和脑子。只有败军之将和逃兵才能走上这个战场,只有懦夫和逃亡者才能在这里入伍。现在就开始探险吧,走上那最远的西方之路,这样的探险并不停止在密西西比,或太平洋,也不叫你到古老的中国或日本去,这个探险一往无前,好像经过大地的一条切线,无论冬夏昼夜,日落月殁,都可以做灵魂的探险,一直探到最后地球消失之处。

据说米拉波②到大路上试验了一次剪径的行为,"来测验一下,正式违抗社会最神圣的法律到底需要多少程度的决心"。他后来宣称"战场上的士兵所需要的勇气只有剪径强盗的一半",——还说,"荣誉和宗教不能拦阻住一个审慎而坚定的决心"。而在这个世界上,米拉波总算是个男子汉了;可是这很无聊,即使他并不是无赖。一个比较清醒的人将发现自己"正式违抗"所谓"社会最神圣的法律"的次数是太多了,因为他服从一些更加神圣的法律,他不故意这样做,也已经测验了他自己的决心。其实他不必对社会采取这样的态

① 希腊神话中带翼的狮身女怪,传说她常叫过路行人猜谜,猜不出即遭杀害。
② 米拉波(Honoré Gabriel Mirabeau,1749—1791),法国资产阶级革命时期立宪派领袖之一。

度,他只要保持原来的态度,仅仅服从他自己的法则,如果他能碰到一个公正的政府,他这样做是不会和它对抗的。

我离开森林,就跟我进入森林,有同样的好理由。我觉得也许还有好几个生命可过,我不必把更多时间来交给这一种生命了。惊人的是我们很容易糊里糊涂习惯于一种生活,踏出一条自己的一定轨迹。在那儿住不到一星期,我的脚就踏出了一条小径,从门口一直通到湖滨;距今不觉五六年了,这小径依然还在。是的,我想是别人也走了这条小径了,所以它还在通行。大地的表面是柔软的,人脚留下了踪迹;同样的是,心灵的行程也留下了路线。想人世的公路如何给践踏得尘埃蔽天,传统和习俗形成了何等深的车辙!我不愿坐在房舱里,宁肯站在世界的桅杆前与甲板上,因为从那里我更能看清群峰中的皓月。我再也不愿意下到舱底去了。

至少我是从实验中了解这个的:一个人若能自信地向他梦想的方向行进,努力经营他所想望的生活,他是可以获得通常还意想不到的成功的。他将要越过一条看不见的界线,他将要把一些事物抛在后面;新的、更广大的、更自由的规律将要开始围绕着他,并且在他的内心里建立起来;或者旧有的规律将要扩大,并在更自由的意义里得到有利于他的新解释,他将要拿到许可证,生活在事物的更高级的秩序中。他自己的生活越简单,宇宙的规律也就越显得简单,寂寞将不成其为寂寞,贫困将不成其为贫困,软弱将不成其为软弱。如果你造了空中楼阁,你的劳苦并不是白费的,楼阁应该造在空中,就是要把基础放到它们的下面去。

英国和美国提出了奇怪可笑的要求,要求你说话必须能被他们理解。人生和毒菌的生长都不是这样听命的。还以为这很重要,好像没有了他们便没有人来理解你了。好像大自然只赞成这样一种理解的能力,它养得活四足动物而并不能养活鸟雀,养活了走兽而养不活飞禽,轻声,别说话和站住的吆喝,好像成了最好的英文,连勃莱特①也能懂得的。仿佛只有愚蠢倒能永保安全! 我最担心的是我表达得还不够过火呢,我担心我的表达不能超过我自己的日常经验的狭隘范围,来适应我所肯定的真理! 过火! 这要看你处在什么境地。漂泊的水牛跑到另一个纬度去找新的牧场,并不比奶牛在喂奶时踢翻了铅桶,跳过了牛栏,奔到小牛身边去,来得更加过火。我希望在一些没有束缚的地方说话;像一个清醒的人跟另一些清醒的人那样地说话;我觉得,要给真正的表达奠立一个基础,我还不够过火呢。谁听到过一段音乐就害怕自己会永远说话说得过火呢? 为了未来或为了可能的事物,我们应该生活得不太紧张,表面上不要外露,轮廓不妨暧昧而朦胧些,正如我们的影子,对着太阳也会显得不知不觉地汗流浃背的。我们的真实的语言易于蒸发掉,常使一些残余下来的语言变得不适用。它们的真实是时刻改变的;只有它的文字形式还保留着。表达我们的信心和虔诚的文字是很不确定的;它们只对于卓越的人才有意义,其芳馨如乳香。

为什么我们时常降低我们的智力到了愚笨的程度,而又去赞美它为常识? 最平常的常识是睡着的人的意识,在他们打鼾中表达出来的。有时我们把难得聪明的人和愚笨的人归为一类,因为我们只能欣赏他们的三分之一的聪明。有人偶然起了一次早,就对黎明的红霞挑剔开了。我还听说过,"他

① 俗称,说的是牛。

们认为卡比尔①的诗有四种不同的意义；幻觉、精神、智性和吠陀经典的通俗教义。"可是我们这里要是有人给一个作品做了一种以上的解释，大家就要纷纷责难了。英国努力防治土豆腐烂，难道就不努力医治脑子腐烂？而后者实在是更普遍更危险的呢。

我并不是说，我已经变得更深奥了，可是，从我这些印张上找出来的致命缺点如果不比从这瓦尔登湖的冰上找出来更多的话，我就感觉到很骄傲了。你看南方的冰商反对它的蓝色，仿佛那是泥浆，其实这是它纯洁的证明，他们反而看中了剑桥之水，那是白色的，但有一股草腥气。人们所爱好的纯洁是包裹着大地的雾，而不是上面那蓝色的太空。

有人嘀咕着，说我们美国人及一般近代人，和古人比较起来，甚至和伊丽莎白时代的人比较起来，都不过是智力上的矮子罢了。这话什么意思？一只活着的狗总比一头死去的狮子好。难道一个人属于矮子一类便该上吊？为什么他不能做矮子中最长的一人。人人该管他自己的事情，努力于他的职责。

为什么我们这样急于要成功，而从事这样荒唐的事业？如果一个人跟不上他的伴侣们，那也许是因为他听的是另一种鼓声。让他踏着他听到的音乐节拍而走路，不管那拍子如何，或者在多远的地方。他应否像一株苹果树或橡树那样快地成熟，并不是重要的。他该不该把他的春天变作夏天？如果我们所要求的情况还不够条件，我们能用来代替的任何现实又算得了什么呢？我们不要在一个空虚的现实上撞破了船。我们是否要费力去在头顶上面建立一个蓝色玻璃的天空

① 卡比尔（Kabir，1440—1518），印度诗人。

呢,虽然完成后我们还要凝望那遥远得多的真实的天空,把前者视作并未建立过的一样?

在柯洛城中,有一个艺术家,他追求完美。有一天他想做一根手杖。他想,一有时间的因素就不能成为完美的艺术作品,凡是完美作品,其中时间是不存在的,因此他自言自语,哪怕我一生中不再做任何其他的事情,也要把它做得十全十美。他立刻到森林中去找木料,他已决定不用那不合式的材料,就在他寻找着,一根又一根地选不中意而抛掉的这个期间,他的朋友们逐渐地离开了他,因为他们工作到老了之后都死掉了,可是他一点也没老。他一心一意,坚定而又高度虔诚,这一切使他在不知不觉中得到了永久的青春。因为他并不跟时间妥协,时间就站在一旁叹气,拿他没办法。他还没有找到一个完全适用的材料,柯洛城已是古湮的废墟,后来他就坐在废墟上,剥一根树枝的皮。他还没有给它造出一个形状来,坎达哈朝代已经结束了。他用了手杖的尖头,在沙土上写下那个民族的最后一人的名字来,然后他又继续工作。当他磨光了手杖,卡尔伯已经不是北极星了;他还没有装上金箍和饰有宝石的杖头,梵天都已经睡醒过好几次。为什么我要提起这些话呢?最后完成的时候,它突然辉耀无比,成了梵天所创造的世界中间最美丽的一件作品,他在创造手杖之中创造了一个新制度,一个美妙而比例适度的新世界;其间古代古城虽都逝去了,新的更光荣的时代和城市却已代之而兴起。而现在他看到刨花还依然新鲜地堆在他的脚下,对于他和他的工作,所谓时间的流逝只是过眼幻影,时间一点也没逝去,就像梵天脑中闪过的思想立刻就点燃了凡人脑中的火绒一样。材料纯粹,他的艺术纯粹;结果怎能不神奇?

我们能给予物质的外貌，最后没有一个能像真理这样于我们有利。只有真理，永不破敝。大体说来，我们并不存在于这个地方，而是在一个虚设的位置上。只因我们天性脆弱，我们假定了一类情况，并把自己放了进去，这就同时有了两种情况，我们要从中脱身就加倍地困难了。清醒的时候，我们只注意事实，注意实际的情况。你要说你要说的话，别说你该说的话呵。任何真理都比虚伪好。补锅匠汤姆·海德站在断头台上，问他有什么话要说。"告诉裁缝们，"他说，"在缝第一针之前，不要忘记了在他们的线尾打一个结。"他的伴侣的祈祷被忘记了。

不论你的生命如何卑贱，你要面对它，生活它；不要躲避它，更别用恶言咒骂它。它不像你那样坏。你最富的时候，倒是最穷。爱找缺点的人就是到天堂里也找得到缺点。尽管贫困，你要爱你的生活。甚至在一个济贫院里，你也还有愉快，高兴，光荣的时辰。夕阳反射在济贫院的窗上，像射在富户人家窗上一样光亮；在那门前，积雪同在早春融化。我只看到，一个安心的人，在那里也像在皇宫中一样，生活得心满意足而富有愉快的思想。城镇中的穷人，我看，倒往往是过着最独立不羁的生活。也许因为他们很伟大，所以受之无愧。大多数人以为他们是超然的，不靠城镇来支援他们；可是事实上他们是往往用了不正当的手段来对付生活，他们毫不是超脱的，毋宁是不体面的。视贫穷如园中之花草而像圣人一样地耕植它吧！不要找新花样，无论是新朋友或新衣服，来麻烦你自己。找旧的；回到那里去。万物不变；是我们在变。你的衣服可以卖掉，但要保留你的思想。上帝将保证你不需要社会。如果我得整天躲在阁楼的一角，像一只蜘蛛一样，只要我还能思想，世界对于我还是一样地大。哲学家说，"三军可夺帅也，匹夫不可夺志也"。① 不要焦虑求发展，不要屈服于玩弄你的影响；这些全是浪费。卑贱像黑暗，闪耀着极美的光。贫穷与卑贱的阴影围住了我们，"可是瞧啊！我们的眼界扩大了。"我们常常被提醒，即使赐给我们克洛索斯②的巨富，我们的目的一定还是如此，我们的方法将依然故我。况且，你如果受尽了贫穷的限制，例如连书报都买不起了，那时你也不过是被限制于最有意义、最为重要的经验之内了；你不能不跟那些可以产生最多的糖和最多淀粉的物质打交道。最接近骨头地方的生命最甜蜜。你不会去做无聊的事了。在上的人宽宏大度，不会使那在下的人有任何损失。多余的财富只能够买多余的东西，人的灵魂必需的东西，是不需要花钱买的。

我住在一个铅墙的角隅中，那里已倒入了一点钟铜的合金。常常在我正午休息的时候，一种混乱的叮叮之声从外面传到了我的耳鼓中。这是我同时代人的声音。我的邻居在告诉我他们同那些著名的绅士淑女的奇遇，在夜宴桌上，他们遇见的那一些贵族；我对这些，正如我对《每日时报》的内容，同样不发生兴趣。一般的趣味和谈话资料总是关于服装和礼貌；可是笨鹅总归是笨鹅，随便你怎么打扮它。他们告诉我加利福尼亚和得克萨斯，英国和印度，佐治亚州或马萨诸塞州的某某大人，全是短暂的、瞬息即逝的现

① 见《论语》第九篇。
② 公元前六世纪小亚细亚吕底亚王国极富的国王。

314

象,我几乎要像马穆鲁克①的省长一样从他们的庭院中逃走。我愿我行我素,不愿涂脂抹粉,招摇过市,引人注目,即便我可以跟这个宇宙的建筑大师携手共行,我也不愿,——我不愿生活在这个不安的、神经质的、忙乱的、琐细的十九世纪生活中,宁可或立或坐,沉思着,听任这十九世纪过去。人们在庆祝些什么呢? 他们都参加了某个事业的筹备委员会,随时预备听人家演说。上帝只是今天的主席,韦勃斯特②是他的演说家。那些强烈地合理地吸引我的事物,我爱衡量它们的分量,处理它们,向它们转移;——决不拉住磅秤的横杆,来减少重量,——不假设一个情况,而是按照这个情况的实际来行事;旅行在我能够旅行的唯一的路上,在那里没有一种力量可以阻止我。我不会在奠定坚实基础以前先造拱门而自满自足。我们不要玩冒险的把戏。什么都得有个结实的基础。我们读到过一个旅行家问一个孩子,他面前的这个沼泽有没有一个坚固的底。孩子说有的。可是,旅行家的马立刻就陷了下去,陷到肚带了,他对孩子说,“我听你说的是这个沼泽有一个坚固的底”。“是有啊,”后者回答,“可是你还没有到达它的一半深呢。”社会的泥泽和流沙也如此。要知道这一点,却非年老的孩子不可。也只有在很难得,很凑巧之中,所想的,所说的那一些事才是好的。我不愿做一个在只有板条和灰浆的墙中钉入一只钉子的人;要是这样做了,那到半夜里我还会睡不着觉。给我一个锤子,让我来摸一摸钉板条。不要

① 中世纪埃及的一个骑兵卫队的成员。原是从高加索带到埃及去的奴隶。一二五四年其中一人夺得埃及王位。马穆鲁克苏丹在埃及一直统治到一五一七年,被土耳其苏丹推翻。

② 韦勃斯特(Daniel Webster,1782—1852),美国政治家,演说家。

依赖表面上涂着的灰浆。锤入一只钉子,让它真真实实地钉紧,那我半夜里醒来了想想都很满意呢,——这样的工作,便是你召唤了文艺女神来看看,也毫无愧色的。这样做上帝才会帮你的忙,也只有这样做你的忙他才帮。每一个锤入的钉子应该作为宇宙大机器中的一部分。你这才是在继续这一个工作。

不必给我爱,不必给我钱,不必给我名誉,给我真理吧。我坐在一张放满了山珍海味的食桌前,受到奉承的招待,可是那里没有真理和诚意;宴罢之后,从这冷淡的桌上归来,我饥饿难当。这种招待冷得像冰。我想不必再用冰来冰冻它们了,他们告诉我酒的年代和美名;可是我想到了一种更古,却又更新、更纯粹、更光荣的饮料,但他们没有,要买也买不到。式样,建筑,庭园和"娱乐",在我看来,有等于无。我去访问一个国王,他吩咐我在客厅里等他,像一个好客的人。我邻居中有一个人住在树洞里。他的行为才真有王者之风。我要是去访问他,结果一定会好得多。

我们还要有多久坐在走廊中,实行这些无聊的陈规陋习,弄得任何工作都荒诞不堪,还要有多久呢?好像一个人,每天一早就要苦修,还雇了一个人来给他种土豆;到下午,抱着预先想好的善心出去实行基督教徒的温柔与爱心!请想想中国的自大和那种人类的凝滞的自满。这一世代庆幸自己为一个光荣传统的最后一代;而在波士顿、伦敦、巴黎、罗马,想想它们历史多么悠久,它们还在说它们的文学、艺术和科学多么进步而沾沾自喜。有的是哲学学会的记录,对于伟人公开的赞美文章!好一个亚当,在夸耀他自己的美德了。"是的,我们做了伟大的事业了,唱出了神圣的歌了,它们是不朽的，"——在我们能记得它们的时候，自然是不朽的啰。可是古代亚述①的有学问的团体和他们的伟人，——请问现在何在？我们是何等年轻的哲学家和实验家啊！我的读者之中，还没有一个人生活过整个人生。这些也许只是在人类的春天的几个月里。即便我们患了七年才治好的癣疥，我们也并没有在康科德见过十七年蝉。我们只晓得我们所生活的地球上的一张薄膜。大多数人没有深入过水下六英尺，也没有跳高到六英尺以上。我们不知在哪里。况且有差不多一半的时间，我们是沉睡的。可是我们却自以为聪明，自以为在地球上建立了秩序。真的，我们倒是很深刻的思想家，而且我们是有志气的人！我站在林中，看这森林地上的松针之中，蠕蠕爬行着的一只昆虫，看到它企图避开我的视线，自己去藏起来，我便问我自己，为什么它有这样谦逊的思想，要藏起它的头避开我，而我，也许可以帮助它，可以给它这个族类若干可喜的消息，这时我禁不住想起我们更伟大的施恩者，大智慧者，他也在俯视着我们这些宛如虫豸的人。

新奇的事物正在无穷尽地注入这个世界来，而我们却忍受着不可思议的愚蠢。我只要提起，在最开明的国土上，我们还在听怎样的说教就够了。现在还有快乐啊，悲哀啊，这种字眼，但这些都只是用鼻音唱出的赞美诗的叠句，实际上我们所信仰的还是平庸而卑下的。我们以为我们只要换换衣服就行了。据说大英帝国很大，很可敬，而美利坚合众国是一等强国。我们不知道每一个人背后都有潮起潮落，这浪潮可以把大英帝国像小木片一样浮起来，如果他有决心记住这个。谁

————————

① 古代东方一奴隶制国家。

知道下一次还会出现什么样的十七年蝉？我所生活在内的那个世界的政府，并不像英国政府那样，不是在夜宴之后，喝喝美酒并谈谈说说就建立起来的。

我们身体内的生命像河中的水。它可以今年涨得高，高得空前，洪水涨上枯焦的高地；甚至这样的一年也可能是多事之年，把我们所有的麝鼠都淹死。我们生活的地方不一定总是干燥的土地。我看到远远地，在内陆就有些河岸，远在科学还没有记录它们的泛滥之前，就曾受过江河的冲击。大家都听到过新英格兰传说的这个故事，有一只强壮而美丽的爬虫，它从一只古老的苹果木桌子的干燥的活动桌板中爬了出来，那桌子放在一个农夫的厨房中间已经六十年了，先是在康涅狄格州，后来搬到了马萨诸塞州来，那卵还比六十年前更早几年，当苹果树还活着的时候就下在里面了，因为这是可以根据它外面的年轮判断的；好几个星期来，已经听到它在里面咬着了，它大约是受到一只钵头的热气才孵化的。听到了这样的故事之后，谁能不感到增强了复活的信心与不朽的信心呢？这卵已几世代地埋在好几层的、一圈圈围住的木头中间，放在枯燥的社会生活之中，起先在青青的有生命的白木质之间，后来这东西渐渐成了一个风干得很好的坟墓了，——也许它已经咬了几年之久，使那坐在这欢宴的餐桌前的一家子听到声音惊惶失措，——谁知道何等美丽的、有翅膀的生命突然从社会中最不值钱的、人家送的家具中，一下子跳了出来，终于享受了它完美的生命的夏天！

我并不是说约翰或者约纳森这些普通人可以理解所有的这一切；可是时间尽管流逝，而黎明始终不来的那个明天，它具备着这样的特性。使我们失去视觉的那种光明，对于我们是黑暗。只有我们睁开眼睛醒过来的那一天，天才亮了。天亮的日子多着呢。太阳不过是一个晓星。

# "外国文学名著丛书"书目

## 第 一 辑

| 书　名 | 作　者 | 译　者 |
|---|---|---|
| 伊索寓言 | 〔古希腊〕伊索 | 周作人 |
| 源氏物语 | 〔日〕紫式部 | 丰子恺 |
| 堂吉诃德 | 〔西班牙〕塞万提斯 | 杨　绛 |
| 泰戈尔诗选 | 〔印度〕泰戈尔 | 冰　心　石　真 |
| 坎特伯雷故事 | 〔英〕杰弗雷·乔叟 | 方　重 |
| 失乐园 | 〔英〕约翰·弥尔顿 | 朱维之 |
| 格列佛游记 | 〔英〕斯威夫特 | 张　健 |
| 傲慢与偏见 | 〔英〕简·奥斯丁 | 王科一 |
| 雪莱抒情诗选 | 〔英〕雪莱 | 查良铮 |
| 瓦尔登湖 | 〔美〕亨利·戴维·梭罗 | 徐　迟 |
| 欧·亨利短篇小说选 | 〔美〕欧·亨利 | 王永年 |
| 特利斯当与伊瑟 | 〔法〕贝迪耶 | 罗新璋 |
| 巨人传 | 〔法〕拉伯雷 | 鲍文蔚 |
| 忏悔录 | 〔法〕卢梭 | 范希衡　等 |
| 欧也妮·葛朗台 高老头 | 〔法〕巴尔扎克 | 傅　雷 |
| 雨果诗选 | 〔法〕雨果 | 程曾厚 |
| 巴黎圣母院 | 〔法〕雨果 | 陈敬容 |
| 包法利夫人 | 〔法〕福楼拜 | 李健吾 |
| 叶甫盖尼·奥涅金 | 〔俄〕普希金 | 智　量 |
| 死魂灵 | 〔俄〕果戈理 | 满　涛　许庆道 |

| 书　名 | 作　者 | 译　者 |
|---|---|---|
| 当代英雄 | 〔俄〕莱蒙托夫 | 草　婴 |
| 猎人笔记 | 〔俄〕屠格涅夫 | 丰子恺 |
| 白痴 | 〔俄〕陀思妥耶夫斯基 | 南　江 |
| 列夫·托尔斯泰中短篇小说选 | 〔俄〕列夫·托尔斯泰 | 草　婴 |
| 怎么办？ | 〔俄〕车尔尼雪夫斯基 | 蒋　路 |
| 高尔基短篇小说选 | 〔苏联〕高尔基 | 巴　金　等 |
| 浮士德 | 〔德〕歌德 | 绿　原 |
| 易卜生戏剧四种 | 〔挪〕易卜生 | 潘家洵 |
| 鲵鱼之乱 | 〔捷〕卡·恰佩克 | 贝　京 |
| 金人 | 〔匈〕约卡伊·莫尔 | 柯　青 |

# 第　二　辑

| | | |
|---|---|---|
| 荷马史诗·伊利亚特 | 〔古希腊〕荷马 | 罗念生　王焕生 |
| 荷马史诗·奥德赛 | 〔古希腊〕荷马 | 王焕生 |
| 十日谈 | 〔意大利〕薄伽丘 | 王永年 |
| 莎士比亚悲剧五种 | 〔英〕威廉·莎士比亚 | 朱生豪 |
| 多情客游记 | 〔英〕劳伦斯·斯特恩 | 石永礼 |
| 唐璜 | 〔英〕拜伦 | 查良铮 |
| 大卫·科波菲尔 | 〔英〕查尔斯·狄更斯 | 庄绎传 |
| 简·爱 | 〔英〕夏洛蒂·勃朗特 | 吴钧燮 |
| 呼啸山庄 | 〔英〕爱米丽·勃朗特 | 张　玲　张　扬 |
| 德伯家的苔丝 | 〔英〕托马斯·哈代 | 张谷若 |
| 海浪　达洛维太太 | 〔英〕弗吉尼亚·吴尔夫 | 吴钧燮　谷启楠 |
| 哈克贝利·费恩历险记 | 〔美〕马克·吐温 | 张友松 |
| 一位女士的画像 | 〔美〕亨利·詹姆斯 | 项星耀 |
| 喧哗与骚动 | 〔美〕威廉·福克纳 | 李文俊 |
| 永别了武器 | 〔美〕欧内斯特·海明威 | 于晓红 |

| 书　名 | 作　者 | 译　者 |
| --- | --- | --- |
| 波斯人信札 | 〔法〕孟德斯鸠 | 罗大冈 |
| 伏尔泰小说选 | 〔法〕伏尔泰 | 傅　雷 |
| 红与黑 | 〔法〕司汤达 | 张冠尧 |
| 幻灭 | 〔法〕巴尔扎克 | 傅　雷 |
| 莫泊桑中短篇小说选 | 〔法〕莫泊桑 | 张英伦 |
| 文字生涯 | 〔法〕让-保尔·萨特 | 沈志明 |
| 局外人　鼠疫 | 〔法〕加缪 | 徐和瑾 |
| 契诃夫小说选 | 〔俄〕契诃夫 | 汝　龙 |
| 布宁中短篇小说选 | 〔俄〕布宁 | 陈　馥 |
| 一个人的遭遇 | 〔苏联〕肖洛霍夫 | 草　婴 |
| 少年维特的烦恼 | 〔德〕歌德 | 杨武能 |
| 德国,一个冬天的童话 | 〔德〕海涅 | 冯　至 |
| 绿衣亨利 | 〔瑞士〕戈特弗里德·凯勒 | 田德望 |
| 斯特林堡小说戏剧选 | 〔瑞典〕斯特林堡 | 李之义 |
| 城堡 | 〔奥地利〕卡夫卡 | 高年生 |

# 第　三　辑

| | | |
| --- | --- | --- |
| 埃斯库罗斯悲剧二种 | 〔古希腊〕埃斯库罗斯 | 罗念生 |
| 索福克勒斯悲剧二种 | 〔古希腊〕索福克勒斯 | 罗念生 |
| 欧里庇得斯悲剧二种 | 〔古希腊〕欧里庇得斯 | 罗念生 |
| 神曲 | 〔意大利〕但丁 | 田德望 |
| 西班牙流浪汉小说选 | 〔西班牙〕克维多 等 | 杨　绛 等 |
| 阿拉伯古代诗选 | 〔阿拉伯〕乌姆鲁勒·盖斯 等 | 仲跻昆 |
| 列王纪选 | 〔波斯〕菲尔多西 | 张鸿年 |
| 蕾莉与马杰农 | 〔波斯〕内扎米 | 卢　永 |
| 莎士比亚喜剧五种 | 〔英〕威廉·莎士比亚 | 方　平 |
| 鲁滨孙飘流记 | 〔英〕笛福 | 徐霞村 |

| 书　名 | 作　者 | 译　者 |
|---|---|---|
| 彭斯诗选 | 〔英〕彭斯 | 王佐良 |
| 艾凡赫 | 〔英〕沃尔特·司各特 | 项星耀 |
| 名利场 | 〔英〕萨克雷 | 杨　必 |
| 人性的枷锁 | 〔英〕威廉·萨默塞特·毛姆 | 叶　尊 |
| 儿子与情人 | 〔英〕D. H. 劳伦斯 | 陈良廷　刘文澜 |
| 杰克·伦敦小说选 | 〔美〕杰克·伦敦 | 万　紫　等 |
| 了不起的盖茨比 | 〔美〕菲茨杰拉德 | 姚乃强 |
| 木工小史 | 〔法〕乔治·桑 | 齐　香 |
| 恶之花　巴黎的忧郁 | 〔法〕波德莱尔 | 钱春绮 |
| 萌芽 | 〔法〕左拉 | 黎　柯 |
| 前夜　父与子 | 〔俄〕屠格涅夫 | 丽　尼　巴　金 |
| 卡拉马佐夫兄弟 | 〔俄〕陀思妥耶夫斯基 | 耿济之 |
| 安娜·卡列宁娜 | 〔俄〕列夫·托尔斯泰 | 周　扬　谢素台 |
| 茨维塔耶娃诗选 | 〔俄〕茨维塔耶娃 | 刘文飞 |
| 德国诗选 | 〔德〕歌德　等 | 钱春绮 |
| 安徒生童话选 | 〔丹麦〕安徒生 | 叶君健 |
| 外祖母 | 〔捷〕鲍·聂姆佐娃 | 吴　琦 |
| 好兵帅克历险记 | 〔捷〕雅·哈谢克 | 星　灿 |
| 我是猫 | 〔日〕夏目漱石 | 阎小妹 |
| 罗生门 | 〔日〕芥川龙之介 | 文洁若 |

# 第 四 辑

| | | |
|---|---|---|
| 一千零一夜 | | 纳　训 |
| 培根随笔集 | 〔英〕培根 | 曹明伦 |
| 拜伦诗选 | 〔英〕拜伦 | 查良铮 |
| 黑暗的心　吉姆爷 | 〔英〕约瑟夫·康拉德 | 黄雨石　熊　蕾 |
| 福尔赛世家 | 〔英〕高尔斯华绥 | 周煦良 |

| 书　名 | 作　者 | 译　者 |
| --- | --- | --- |
| 月亮与六便士 | 〔英〕威廉·萨默塞特·毛姆 | 谷启楠 |
| 萧伯纳戏剧三种 | 〔爱尔兰〕萧伯纳 | 潘家洵 等 |
| 红字　七个尖角顶的宅第 | 〔美〕纳撒尼尔·霍桑 | 胡允桓 |
| 汤姆叔叔的小屋 | 〔美〕斯陀夫人 | 王家湘 |
| 白鲸 | 〔美〕赫尔曼·梅尔维尔 | 成　时 |
| 马克·吐温中短篇小说选 | 〔美〕马克·吐温 | 叶冬心 |
| 老人与海 | 〔美〕欧内斯特·海明威 | 陈良廷 等 |
| 愤怒的葡萄 | 〔美〕约翰·斯坦贝克 | 胡仲持 |
| 蒙田随笔集 | 〔法〕蒙田 | 梁宗岱　黄建华 |
| 悲惨世界 | 〔法〕雨果 | 李　丹　方　于 |
| 九三年 | 〔法〕雨果 | 郑永慧 |
| 梅里美中短篇小说选 | 〔法〕梅里美 | 张冠尧 |
| 情感教育 | 〔法〕福楼拜 | 王文融 |
| 茶花女 | 〔法〕小仲马 | 王振孙 |
| 都德小说选 | 〔法〕都德 | 刘　方　陆秉慧 |
| 一生 | 〔法〕莫泊桑 | 盛澄华 |
| 普希金诗选 | 〔俄〕普希金 | 高　莽 等 |
| 莱蒙托夫诗选 | 〔俄〕莱蒙托夫 | 余　振　顾蕴璞 |
| 罗亭　贵族之家 | 〔俄〕屠格涅夫 | 陆　蠡　丽　尼 |
| 日瓦戈医生 | 〔苏联〕帕斯捷尔纳克 | 张秉衡 |
| 大师和玛格丽特 | 〔苏联〕布尔加科夫 | 钱　诚 |
| 茨威格中短篇小说选 | 〔奥地利〕斯·茨威格 | 张玉书 等 |
| 玩偶 | 〔波兰〕普鲁斯 | 张振辉 |
| 万叶集精选 | 〔日〕大伴家持 | 钱稻孙 |
| 人间失格 | 〔日〕太宰治 | 魏大海 |

# 第 五 辑

| 书　名 | 作　者 | 译　者 |
|---|---|---|
| 泪与笑　先知 | 〔黎巴嫩〕纪伯伦 | 冰　心　等 |
| 华兹华斯<br>柯尔律治　诗选 | 〔英〕华兹华斯 柯尔律治 | 杨德豫 |
| 济慈诗选 | 〔英〕约翰·济慈 | 屠　岸 |
| 汤姆·索亚历险记 | 〔美〕马克·吐温 | 张友松 |
| 大街 | 〔美〕辛克莱·路易斯 | 潘庆舲 |
| 田园三部曲 | 〔法〕乔治·桑 | 罗　旭　等 |
| 金钱 | 〔法〕左拉 | 金满成 |
| 果戈理小说戏剧选 | 〔俄〕果戈理 | 满　涛 |
| 奥勃洛莫夫 | 〔俄〕冈察洛夫 | 陈　馥 |
| 谁在俄罗斯能过好日子 | 〔俄〕涅克拉索夫 | 飞　白 |
| 亚·奥斯特洛夫<br>斯基戏剧六种 | 〔俄〕亚·奥斯特洛夫斯基 | 姜椿芳　等 |
| 复活 | 〔俄〕列夫·托尔斯泰 | 草　婴 |
| 静静的顿河 | 〔苏联〕肖洛霍夫 | 金　人 |
| 谢甫琴科诗选 | 〔乌克兰〕谢甫琴科 | 戈宝权　任溶溶 |
| 维廉·麦斯特的学习时代 | 〔德〕歌德 | 冯　至　姚可崑 |
| 叔本华随笔集 | 〔德〕叔本华 | 绿　原 |
| 艾菲·布里斯特 | 〔德〕台奥多尔·冯塔纳 | 韩世钟 |
| 豪普特曼戏剧三种 | 〔德〕豪普特曼 | 章鹏高　等 |
| 铁皮鼓 | 〔德〕君特·格拉斯 | 胡其鼎 |
| 加西亚·洛尔卡诗选 | 〔西班牙〕加西亚·洛尔卡 | 赵振江 |
| 你往何处去 | 〔波兰〕亨利克·显克维奇 | 张振辉 |
| 显克维奇中短篇小说选 | 〔波兰〕亨利克·显克维奇 | 林洪亮 |
| 裴多菲诗选 | 〔匈〕裴多菲 | 孙　用 |

| 书　名 | 作　者 | 译　者 |
| --- | --- | --- |
| 轭下 | 〔保〕伐佐夫 | 施蛰存 |
| 卡勒瓦拉（上下） | 〔芬兰〕埃利亚斯·隆洛德 | 孙　用 |
| 破戒 | 〔日〕岛崎藤村 | 陈德文 |
| 戈拉 | 〔印度〕泰戈尔 | 刘寿康 |
| 三个火枪手（上下） | 〔法〕大仲马 | 李玉民 |
| 约翰–克利斯朵夫（上下） | 〔法〕罗曼·罗兰 | 傅　雷 |
| 都兰趣话 | 〔法〕巴尔扎克 | 施康强 |